十二间

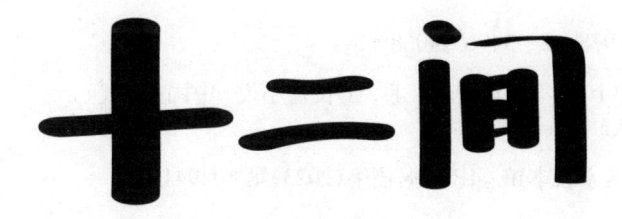

李寂如 著

文汇出版社

图书在版编目(CIP)数据

十二间 / 李寂如著. —上海：文汇出版社，2023.7
 ISBN 978 - 7 - 5496 - 4068 - 3

Ⅰ.①十… Ⅱ.①李… Ⅲ.①长篇小说-中国-当代 Ⅳ.①I247.5

中国国家版本馆 CIP 数据核字(2023)第 104941 号

十二间

策　　划 / 周华诚
著　　者 / 李寂如
责任编辑 / 吴　华
封面装帧 / 王　翔

出版发行 / 文匯出版社
　　　　　　上海市威海路 755 号
　　　　　　(邮政编码 200041)
经　　销 / 全国新华书店
排　　版 / 南京展望文化发展有限公司
印刷装订 / 启东市人民印刷有限公司
版　　次 / 2023 年 7 月第 1 版
印　　次 / 2023 年 8 月第 2 次印刷
开　　本 / 720×1000　1/16
字　　数 / 350 千字
印　　张 / 23.75

ISBN 978 - 7 - 5496 - 4068 - 3
定　　价 / 78.00 元

谨以此书献给那片有冰糖味星星和水蜜桃香气的土地!

——题记

代有才子出开化

——为李寂如长篇小说《十二间》而序

洪加祥

文学创作无论诗歌、小说、散文，都讲究一个通感与灵气，如果写出来的东西有当地语境又能让读者参与进来，这种通感文字干净利落，如行云流水，冷不丁深邃一下，上天入地，并能包容欣赏别家的创作精髓，又没一丁点儿袭仿别人东西者，如果还能在思想上通感，才能称得上才子。而现在不少人写东西，无论如何努力，如何精雕细琢，最后也入了"会"，当了作家，但其文字一眼望去，通感灵性全无，加之人物、语言、故事似曾相识，虽然也还是自己创作出来的，但这种作家就略输文采，靠勤奋写作一生，还就是一个"匠"人。而今，我读了李寂如的长篇小说《十二间》，似乎有万语千言，归纳为一句我最初的印象，就是他绝对是开化才子，天生写小说的料。

长篇小说《十二间》故事曲折离奇，师范学校刚毕业的程小峰原本可分在离县城较近的小学任教，但他却自愿去了偏僻山区桃花寺小学任教。外村人不敢进桃花寺村，是因为有片必经的原始森林时常发生怪异事。小学尽管有十二间房，却只有一群老鼠和一个叫程德寿的怪老师。天花板上那只重七八斤的山鼠更是吵得他晚上无法入睡。住村上的老师劝他搬离十二间，程小峰不仅没回应，还要探个究竟。直到有天晚上，床铺上方天花板上一个孔洞落下女人一节指头……情杀？仇杀？抑或别的缘由？小说围绕真相一层层剥开，桃花寺风俗传统怪诞，有山村少女的为爱痴情，有杀子禁山族长的果决，更有徐老秃事件的神秘恐怖和王小二风流逸事的香艳旖旎，尤其是以开化本地土语方言，揭示大山深处的种种人物脉络与曲折离奇事件。

《十二间》分明暗两条线展开，一条明线写程小峰和程德寿等两代老师在山村执教的理念冲突与不同爱情故事；另一条暗线写"山鼠""青衣皇后""白狐"和"丝瓜"、程老枪、王小二等在桃花寺村的活动轨迹……趴在十二间后的坟场，程小峰终于发觉深藏森林里的神秘，指挥程老枪和王小二在令人惊魂的菜园地里猎狐，然而揭开的是一出亦真亦幻、亦虚亦实、阴阳相隔、结局莫测的令人唏嘘不已的爱情悲剧……小说人物形象生动，语言独特、丰富，心理活动表达流畅，不失为浙江文坛新收获的一部好作品。

我与李寂如尽管是同乡，但从未谋过面，这次是画家、诗人章安君老弟搭的线。看了他的《十二间》，作为多年报纸副刊的文学主编及文学写作者，我对他冠以"开化才子"之名，绝非虚言，也不是讲地域概念，而是在讲一部长篇小说应该有的所处语境与通感的一个文学观。

李寂如写的这些山地人物有教师有农民，还有志怪，都鲜活生动。更难能可贵的是，他的小说语言不是浙江方言，也不是普通话，而是土生土长的开化腔调。他所反映的山地人物的情感世界与诡异故事，只属于山地开化。我很高兴看到，他这样把这块山地方方面面都描述得既准确又富有时代鲜明的具象通感。

多年来，开化作家一直少有像他那样，运用长篇小说绘声绘色描述程德寿、王小二、程小峰、徐老秃、"南瓜"、香、"丝瓜"等人物腔调，那些诡异怪诞的山林秘语，无一不带上开化人练达的语气韵味、拿腔捏调，甚至还有开化人随时会联想的狭隘恐惧与古灵精怪，能写活这些人物，深入了解开化人的语言特色和心理活动的逻辑方式的几近没有，所以，我才说他确实是开化才子。

说他是才子，说他用开化腔调，反映了中国山地新老教师与社会生活的百态，本身就是一个特殊的历史范本。山高水长岭深，桃花寺小学很小，但人物格局与心理活动的探索不小。小说中对新来的教师有一场"开考"，就很别致，因为开化林深山高，风湿风寒，喝酒是当地人生活的生活状态。那么，寂如这次给我们端上的《十二间》这杯自酿的开化酒，我以为不仅是在长篇小说创作思想与写作手法上是能醉人因而合格的，而且他独树一帜，让浙军小说从此出现开化腔调与思维创作，接下来可走向全国，更有可能走向世界。当然，如果他在以后的小说叙事结构与方法上、故事情节的编排与人物对手戏的设计安排上，做一番略为世俗而魔幻的调整、装配与取舍，那么，他的小说创作就会上一个更高台阶。

突然想起来，可能大家都以为我是写诗出身的，其实我和诗人徐福清（他在华埠高中比我低一届）最早都是写小说的，后来也发表过多篇小说，如中篇《失去的井》还在广东获奖。但与李寂如相比，可能略带一点儿婺州风味，没有寂如这样对家乡文化的深入了解与重度刻画，这是我特别为他自豪的。所以，我由衷地祝愿他的长篇小说处女作《十二间》能尽快出版发行，以飨家乡父老和广大读者。

是为序。

2023 年 2 月 27 日于上海红柳村

（洪加祥，开化人，中国著名报告文学作家和国家级文物鉴定专家，《浙江日报》首席记者，中国计量大学、宁波大学特聘教授）

那只火辣辣的鹰钩鼻从人群中钩住我视线，蓦地往上一蹿：
"嘿，'小蛋糕'！"
他猛烈挥手，扑腾过来。庆祝元旦的县城大街，水泄不通的人流分出两道波纹，黑色人头闪开又合拢。他挤过来，一把抱住我。很多人诧异地看向我们。显然，"小蛋糕"让人联想到甜美事物。

"小蛋糕"的称呼，是鹰钩鼻一年前相赠的。师范三年，我们同届不同班，实习却在同一所学校——开化县东门小学。从此，每天见到一只鹰钩鼻在校园里晃来晃去，独来独往。五月的一个傍晚，晚霞绚烂。我坐在县城玉屏公园东侧的革命烈士纪念碑下啃蛋糕。五角钱的蛋糕让拂过发际的轻风如恋人的小手，适时抚慰了某种难以言说的酸楚。革命烈士纪念碑在东门小学校园对面山坡上，三百米水杉路连着一百零八级陡峭台阶，越向上越是庄严。每天放学铃响后，扔了粉笔的实习生，三三两两散入街头巷尾找乐子。我则常去纪念碑下坐坐。我们这些即将踏入社会的小大人，年龄不过十八九，沾了毕业国家包分配工作的福利，人生下半场已然有着落，走路多少有些蟹步横行的意味。找乐子的方式千奇百怪。有的以早起去弄堂抢水煎包为乐，有的在夜幕掩护下，用一个美妙的借口偷偷外出，和社会接轨并提前进入实战演习状态。比如隔壁班最厉害的秦同学，实习期间在我们毫无知觉的情况下，至少从集体宿舍神秘消失三次。理由据说是彩排"六一节"的某个舞蹈，实际上练舞蹈的场地都在县城某家小旅馆的床上。她修长有劲的双腿不朝向地面，而是错落有致地向天空蹬着舞步。后来当我们像蒲公英随风飘散，怀着不同心情挑起祖国交给的"合格的、农村的、小学的"老师重任，她则顺利踏着舞步迈进省城小学，留给我们白娘子般窈窕的身段和撑伞而去的高冷背影！那位甘当人梯的共舞人物，则始终是不解之谜。

而包括青春与爱情在内的一切迷茫，在诵读革命先烈用鲜血写就的碑文后都能得以破解并消散。

"浙西开化，钱江之源……"我的目光从碑文上拂过的同时，鹰钩鼻从台阶下慢慢浮现上来。

"独自寻欢的家伙，逮个现行。"

"疼一下自己罢了——今天我生日！"

"生日快乐，'小蛋糕'！"

那天晚上他从叮当作响的裤袋捉出两枚硬币，两人去山脚小弄堂录像厅消磨了一个晚上。关于男女之事，我正是在录像厅的加片里获得了启蒙。这份生日礼物之独特，让我一生铭刻在心。以至于后来每逢生日，眼前就会腾起一只巨大的鹰钩鼻，和鹰钩鼻请客的加片。浪漫曲径幽深，欲望却多么简单直白。等我们勒紧裤带追完一部《千王之王》，脸上都现出青菜色。鹰钩鼻的眼镜则镀上了一层桀骜不驯的凌厉。

"六亲不认！做大事者六亲不认！请花山做证，大丈夫要么流芳千古，要么遗臭万年，才不负这副皮囊！"

我惊讶地看着他。这个平日学生簿上红钩尾巴能打到天际的家伙，我绝对相信，谁要惹他发怒，他泛腥味的狼牙准能让人尝到被撕成碎片的滋味。冲这一点，我无法相信他在小学老师岗位上能干久。老井囚得住青蛙，困得住长鹰钩鼻的雄鹰？我担忧着他很快会在新单位折腾出什么事情来。毕竟现实的巨手，总能利落地折断幻想之翅，并让不合时宜永世不得翻身。

一年不见，鹰钩鼻黑瘦了。两个黑眼圈涂了墨一般。

"嘴上长钩的家伙，刚领一点儿稿费，就从人群里杀出来了——走，撮一顿去。"

我请他到不远的"芹城酒家"吃饭。野兔火锅，江山米酒。

"'小蛋糕'，你上回在纪念碑下发什么誓言来着？"

鹰钩鼻村上春树的腔调，让我腮帮酸胀。黑瘦归黑瘦，这家伙眼神炽热，看来还没惨到被家长痛揍的地步。

鹰钩鼻说的是实习结束，我和他站在纪念碑下俯瞰开化县城。灯光映衬之下，山城亮出一条鱼的形状。是时头顶星光灿烂，脚下灯火万家。想到即将踏入社会，两人心潮澎湃。雄心万丈，却前途茫茫。不知是不是受了啤酒的刺激，在鹰钩鼻发表六亲不认的感慨后，我一手叉腰，一手指着祖国地图上只有油菜籽粒大小的小城：

"十年后，这座城里的每个人都将知道——"

我用尽全力吼出自己名字。

头顶的星微笑着，默默无言地看猖狂少年的号叫迅速消散于花山冷清的夜色之中。

一个空空的虚名对永世长存的星光来说，有什么意义呢？永世长存的星光，对横无际涯的宇宙，有什么意义呢？其实我更想表达的是我想杀回这座小城工作。我爱这座鸡蛋大的城，爱这座小城生养的人，爱坐在革命烈士纪念碑下吃小蛋糕。我尤其渴望邂逅一个与秦同学一样，长发飘肩腿长的城里姑娘。说真的，自从知道那个令人心酸的坏消息，我莫名恨了秦同学好长一段时间。恨她平时走路屁股摇得那么好看，恨她身上若有若无的香，恨她晚上会偷偷摸摸溜出去，恨她相遇时目中无人。

她要是从没有溜出去过该有多好！

毕业后几个月的经历已然使我对社会的人事颇为失望：校长霸道而近于野蛮，学校只是他独裁下的小王国；同事只盯着眼前三寸的事争论不休，教学研讨毫无新意；学生除体育课表现异常神勇，其他的课则眼神茫然状若瘟鸡。

"给自己打气罢了，哪里当得真。"

"不，'小蛋糕'，看好你。身在小县，不坠凌云之志。你以后到省报当个记者不成问题。"

"现在写诗作文的雅致，都打入冷宫了。书本比安眠药好用。一举起来，保管三分钟入睡。你别说，当初我还真崇拜郭大顺老师哩。"

"东小那个老婆差点被货车司机拐跑的老家伙？"

"人家可是省优秀少先队辅导员！影集里贴满少先队活动报道，领导来了一大本捧给他们看。一本捧一辈子。到乡下，才知道理想是头奶牛，现实是堆牛粪。痴心妄想省级优秀辅导员，乡级都难评上一个。阿猫阿狗，轮流坐庄。最扯淡的是成绩建立在孩子身上——你学生中可有孜孜不倦废寝忘食的学霸？"

"哦呵呵，上回我出了道数学题，结果有位计算出卖一斤红枣，赚五百元，算不算学霸？"

"你我还是去卖红枣算了。这些牛教不出来也就罢了，关键是每天不知道干了什么。这回还是借了节日普天同庆才出来转一下。"

我看着鹰钩鼻，不知道他两个黑眼圈积攒了多少无眠。我要知道他刚刚在坟堆里趴了一夜，并且已经趴了十多夜，说不定会没收了酒碗，赶下桌子去。

我的校长在一次酒后，曾认真承诺，要是我李子树早上五点半能起床守班里的牛，他培养我当校长接班人。不想当校长的老师自然不是好老师！我很准时地坚持了两周。现在正考虑要不要继续下去，毕竟睡眠不足会要命。没了命，校长的帽子只能戴到墓碑上去。

"这就对了嘛。'小蛋糕'，来一口。咱们兄弟——"鹰钩鼻拍拍肚皮，"当真是个缘分。学校里念书时我可瞧不上你这小家伙，经常弄个豆腐干到广播站，生怕人家不知道你肚肠里的小忧郁似的。还弄了笔名叫沉默，人家背后怎么评价你——这个沉默最不沉默，想勾引小女生罢了。"

"你这鼻头能挖穿地球！"

"呃，想让人家小姑娘陪你床上跳舞？"

我一惊。我一直以为鹰钩鼻不食人间烟火，没想他对秦同学的事竟了然于胸。

"秦同学的事，你知道？"

"你以为就你'小蛋糕'偷偷喜欢秦同学啊？看你实习时捧着饭盒坐在西渠边，眼珠子都粘在人家筷子上，巴不得让人家一口吞了。我十米外瞧见你的德行，恨不得一脚踹进西渠里去。可是，唉，眼珠子粘在她身上有什么用，白雪公主照样让猪拱！我亲眼所见，拱得那个欢。"

我瞬间整个人都不好了。

"'小蛋糕',就你还这么天真。我跟了她几个晚上,最后恨不得这眼睛挖出来扔西渠中漂洗几天。我敢保证,你们坐在西渠边吃饭,你要再靠近一点儿,说不定某天会白白胖胖从渠底浮上来。"

我瞪了他一眼。对秦同学到要死要活的地步,我可还没有。不过也不想不明不白被人干掉。

"谁不知道秦同学跟谁?就你'小蛋糕'不知道吧。我告诉你,那个经常叫秦同学去彩排节目的狗东西是——"

鹰钩鼻报出一个名字。我耳边如炸开响雷,半天返不过魂。鹰钩鼻说出的名字,一直以来在我心目中闪着金光。现在,金光变利刃,一刀刀在我心尖上割。我一仰头,一碗米酒灌了下去。

"实习结束回校那半个月,我每天晚上跟着,想在他头上拍一砖头。'小蛋糕',可不是替你报仇,我是决定为我洁白的爱情报一报仇。后来,有一天看他领着老母亲散步,这事想想又算了。半块砖扔进了敬业池。毕竟他是你和秦同学同一社团的领导。鲜花不插牛粪堆,难不成插到你这没营养的沙地上?编排节目也好,端茶送饭也好,爱情从来不是一个巴掌能拍响的事。不提这破事。'小蛋糕',吃了人家的嘴软,今儿个我说段如假包换的奇闻给你,算是这餐饭的回礼。回去后,白天安心当你的小学老师,晚上到睡眠中剥削点时间出来写作。等稿费赚到一大沓,再请我喝酒。"

酒碗砰地碰在一起。

"酒,没稿费照喝。反正这酒量喝死你也用不了几毛钱。"

"'小蛋糕',我就喜欢听你这样说话。其实我早知道你绝非凡人!"

"忽悠谁去。"

"那我问你,蛋糕从上面咬,还是下面啃?"

"当然下面。"

"这不就对了嘛,不走寻常路。蛋糕这么古怪吃法,路数怎么会和凡人一样。惭愧,我程小峰到现在还没开过生日蛋糕的荤哩。我老妈,这个乡下老太婆,年年一碗生日面加两个荷包蛋或一节腊猪脚,就以为把她的心都掏出来端在我面前了。所以第一眼见你吃蛋糕,就想当地主儿子一脚踢翻。"

"早知如此，掰点喂你。对了，分配那天，你莫不是发了神经，怎么突然改了主意？"

"我分配方案上是——"

"就是嘛，好好的菖蒲小学不去，偏要去桃花寺，很多人以为你发了神经。"

"还不是小时候挤怕了。家里一直怪穷的。晚上三兄弟挤一张床，呼噜声此起彼伏，什么时候有过清静。想着哪天工作了，高楼大厦不奢望，只要晚上一人一间房一张床，想怎么躺怎么躺，想怎么滚怎么滚。那菖蒲小学我打听过，宿舍都没有，要住老百姓家。我一听心全凉了。桃花寺小学偏归偏，一大幢宿舍楼，足足十二个房间，加我，才两人住。"

"鬼楼味道很重啊。"

"可不是，早就传言二楼走廊上有鬼飘来飘去。"

"对你这号天神，它在门口替你巡逻。"

"我不就是图个居住自由选择权嘛。我一间，他一间，剩十间，多阔绰。"

"那是！三宫六院全装了还多一间。"

"切，我又不是金小生。"

鹰钩鼻说的金小生，是县报社原首席记者。两个月前因当年在山村初中教书猥亵女生的罪恶行径暴露被抓。县教育局为这事专门下发加强师德师风建设文件，全县教育系统上下人人学习个个表态，坚决和衣冠禽兽行径划清界限。我和鹰钩鼻都在承诺书上签过大名。据说金小生金丝眼镜下浓情蜜意的眯眯眼，在女性眼里是两颗会发电光的宝石，有夺魂收魄的魅力。令人难以置信的，是他对十二岁到十六岁如花女生做天理难容举动时，全在学校师生眼皮子底下竟无一人发觉……

"这畜生该用剪刀剪了，让他当中国最后一个太监。"

我和鹰钩鼻鼻孔冒烟，恨不得立刻操了剪刀去找金小生做手术。义愤填膺的我，根本没料到金小生暗中给我备了一份大礼。半年后他被县法院判刑十年，面对满城唾沫横飞，我额头放光，以见习记者的身份在他当年的办公桌前端然而坐，悲欣莫名。不知该憎恶他的龌龊，还是感叹花季少女的牺牲。傍晚下班后默默到革命纪念碑下啃了一块小蛋糕。

还是小蛋糕甜啊。

鹰钩鼻充满酒意的脚踢到地上大包，叮叮当当一阵乱响。把我从甜中拉了出来。

我这才注意到他大包里塞满了电池、长绳、鱼线之类的东西，还有一把小三角锄头。

"想当摸金校尉？"

"不……'小蛋糕'，我说的奇闻，是在桃花寺小学曾经收到过一件礼物！这件礼物匪夷所思不说，关键是送礼物的更是闻所未闻。"

"鬼送礼？"

"十二间这幢楼，是当年朱元璋和陈友谅九江决战后，带兵逃到桃花寺这深山老林里修建的。传说是为了藏一批宝贝——"

"快别提了，世上最不缺寻宝故事。"

"为掩人耳目，朱元璋留下的士兵，全部剃度出家当了和尚。所以，桃花寺小学原来是一座寺庙。"

"你干脆把头发剃光得了。"

"我程小峰既不当和尚，也不干偷鸡摸狗的勾当。"

"难不成你这叮叮当当准备当采药师？桃花寺原生药材应该不少，双休日挖点，估计是个好副业。下回得你来请喝酒了。"

"县里分配大会后，我妈听说去桃花寺小学教书，当场哭了！我心想又不是什么龙潭虎穴。结果去的第一天吓一大跳，原来发生过一件千古难逢的命案！"

"说来听听。"

"现在说怕败了你胃口。你知道我鼻子特灵的，从小别人闻不到的，我一闻就闻出来——河里石板下的鱼腥味都闻得出来。"

"狗鼻子嘛！"

"十二间这幢楼，樟木香体味，整幢楼不要说一张蜘蛛网，半只蚊影都见不到，真是惹人喜欢。我第一个晚上睡下去，眨眼天就亮了。只是香归香，经常能闻到一股腐臭味。问别人，又全说没有。"

"老楼里有死老鼠正常。"

"受不了的是暗中总有人盯着你似的。而且,隔几天会发生点怪事。有个晚上发生的事,简直是——"

程小峰头贴向我耳朵。

"被一根女人小指从梦中戳醒?艳福不浅呀,小子!"我擂了他一拳。

"诚然——如果它不是大半夜从天花板孔洞里坠下来的话!"

V字形山口轻轻飘一朵白云。

八月末的阳光确乎有这魔力:能让云朵在舌尖泛出水蜜桃的美妙之味!这味道简直可以媲美身着白裙从梦而降的丁小艺乳头上的清甜。

程小峰舔舔嘴唇,三小时没沾水的唇极为干旱。耳边铺天盖地的蝉声尤其令人眩晕。程小峰恨不得从溪中扯下一段,像甘蔗一样咬在嘴里。被盘山公路绕得晕晕乎乎的他,刚在裤腿上拍了一把尘土,中巴车司机已经掉好车头,一脚油门溜走。

司机临行前的一眼,并没让年轻人留意。程小峰原本想问到桃花寺小学还有多少路,然而他自己把这问题忘记了,他的三魂七魄早被蓝空里那朵白云,和V字形的雄鹰形象牢牢吸引住了!

"啊——"

他心底猛地发出长叹。

蓝天白云和V字形山口,瞬间引发了青春热血的狂澜。那几乎祸害他一生的诗情,让他喉咙里迸出了一个无声的"啊"。而经这一声感叹漂洗,他在桃花寺的岁月,便从此有了一张以青春为底色的封面:高远的蓝天、孤独的白云、展翅的雄鹰、沉默的群山、独立于天地之间的自己……

路边茅秆叶上一片凌乱湿亮。程小峰觉得整个人离木乃伊又近了一步。他决定先灌一肚皮再说。涧沿实在是太高了。他又往前走寻了十多米,才在一座石拱桥边看到一个豁口。他放下行李,从豁口攀了下去。

涧边杂木遮住山溪。欢快的山泉能照清肠子。水映了山石、莓苔、菖蒲、阔叶林,嬉游着小鱼小虾,或湍急或悠缓,成潭成瀑成流。一只水蜘蛛从水面快速掠过。几片绿红相间的叶片,在漩里打着转,久久不肯离去。程小峰猛灌一气。在一团绿色荫凉中，捏起小拇指大一个青蛳。这青蛳水淋淋的，壳上布着青苔，是一枚隐居的水中道士。原本泡在山溪中无意出名，后来被央视记者追踪跟拍了几天，油里爆炒后，上了"舌尖上的中国2"。一时身价暴涨，速递到全国各地的舌头上去了。程小峰在暑假里最喜欢的，就是到河里捡青蛳。半为捡青蛳，半为看河中那些妙龄姑娘卷起裤脚的风景。青蛳捡上一盘，剪去屁股，佐以紫苏、蒜末、青椒，在黄昏的时光里配点小酒。吱溜一声，让程小峰看到那个劳碌命的父亲，原来是上天派到乡间的神仙。青蛳倏地把小嘴缩了进去，不理会这个汗臭味熏人的山外来客。显然，它离修炼到从螺蛳壳里钻出一个田螺姑娘的那天还早。程小峰将它扔回水里继续修炼，趴下去又喝了一气，肚皮里叮叮咚咚全是水。喉咙到胃，一时通透。最后那一口清亮的泉似乎还喝进了眼眶，眼睛都明亮起来。透过水波涟漪，他见到自己紧拧的眉毛上架着的眼镜显得夸张，两个镜片差不多遮掉半张脸。每次把眼镜拿下，他的鼻子毫无例外让人惊叹——

"挖人脑髓！"

一位女同学直白地嘲笑他的鼻子尖。和其他女同学相比，她胸前简直挺立着两座珠穆朗玛峰！她对于程小峰这个不讨女人欢心的毛刺，便很不放在眼里。程小峰则恨不得借根针，把她的傲气放掉。

鼻孔朝天，桀骜不驯——这是他们那年代中师生的通病：一个个来自偏僻山乡，成绩却是尖子中的尖子，学霸中的学霸。而命运的安排，让他们去小山村当孩子王。他们于是在自苦的时分，将自己比作拉磨的千里马！是啊，假若家庭经济允许，他们完全是可以在就读重点高中后冲刺重点大学甚至是清华北大的。命运的安排与自身禀赋之间的落差，时常从他们的眼镜片后透出刺人光芒来。

同一棵树上的叶子，命运是如此不同。比如学校篮球队的余伟，毕业分配会上就没人见到影子——人家领到毕业证书，就顶了父亲的职，去县城一家银行坐柜台啦——虾有虾道，蟹有蟹路，老鼠儿子打地洞。留在教育系统的，除了秦同学去省城杭州，还有极个别去了县城小学，小部分人去了乡镇初中，大部分人则如鸟兽散在山村的角角落落。好在不管去哪里，毕竟都有了工作，旱涝保收。生存，始终是第一位的。人间，谁不是携着填不满的肚皮混一口饭？

有一瞬间，水的清凉在脸上逗留，程小峰清醒过来，忍不住责问自己哪根神经搭错。明明可以选比桃花寺小学近许多，离家车程不过一个多小时的另一所乡村小学任教，偏偏鬼使神差选择这个坐了两个多小时车，还不知要走多少山路的学校……

究竟是什么促使自己做出了这个近于荒唐的决定呢？水面上似乎映出了县教育局人事安排会议厅里的人头攒动。一个个新毕业的师范生手心冒汗，在等待着命运的安排。命运的绳子已经穿过了鼻孔，下一步他们会一个个地被牵到不同的角落里去。

"各位新老师请安静，各位新老师请安静！机会难得，错过再等一年！刚刚请示过领导同意，有愿意改志愿去桃花寺小学的新老师，马上来领表格。"

桃花寺，多好的名字！

寺，桃花，桃花寺。

程小峰眼前，浮现一道坡，坡上是三月艳丽的桃花，穿过繁花耀眼的花枝，一座寺，飞檐黛瓦，隐在木鱼声和诵经声里。而身边人群的熙攘，不过是来来往往的游客和上门礼佛的香客……

"桃花寺小学，十二间宿舍两个人住！神仙居哪！"

正是这句！程小峰义无反顾地手一举，有些不要脸皮地向人群宣告："名花有主了，我的，不准抢哈！"和他的迫切相比，后面那位矮胖黑的校友大度从容极了，把双手一掬，朝他一礼："兄长不必急，您先请——"

十二间！

程小峰的魂魄越过崇山峻岭，已舒舒服服在十二间某个房间八字大开仰面朝天——十二真是惹人怜爱。一天十二个时辰，一年十二个月，人间十二生肖，十二就是圆满。

回头想来，兄弟仨挤一张床铺，你蹬我踢，常常醒来身上盖一层空气。后来大哥渐长，分了一张床铺，但仍共处一室，夜晚仍得遭受他打鼾磨牙之苦。那简直是一头啃骨头的猛兽！把人一寸寸、一厘厘、一遍遍地啃过去啃过来。一遍啃过，再来一遍，渣都不剩！弟弟也是奇葩，小时好端端的，眉清目秀，古灵精怪，到了初中不知哪根神经搭错，有时夜里水漫金山，弄得清晨醒来程小峰云里雾里，拎不清究竟是他尿了弟弟，还是弟弟尿了他。到了师范学校，八条壮汉铺成两层挤一个斗室，受够臭袜子之苦。

十二间。一定是上苍对他的垂怜！

他趴下去又一通猛灌。这一灌，蓝天的蓝，白云的轻，满山谷的绿，都被灌到肚皮里叮叮咚咚，毛孔里溢出凉爽。再看天，蓝得碧玉一般，似乎随便切割一块，都能打磨成人间极品饰件。便猛喝一声，把前方不远一块大石上，惊出黑乎乎脸盆大一只癞蛤蟆来！

十几米外一块大石，两米多高，孤零零矗在涧中。流水环绕它，涧边树荫遮蔽它。它形如溪中独立沉思的哲人。这大石，他俯下身子喝水之前，瞟过一眼。从高度来看，就算手脚并用，未必攀得上去。来之前，他稍稍了解过这片神秘的土地，知道这里山高林密，有原始森林，是珍稀动植物的基因库。可是那疙瘩两尺来长，眼睛一动不动盯着他，让他心里一阵发毛。

童话世界才有这么大的癞蛤蟆吧！

出门前父亲警告过他，深山老林里被拍肩膀，千万不可回头！有什么东西盯着你，也万不可对视。

你回头，会被利齿闪电般咬断喉咙；你若对视，就是人兽开战的前奏——

那就战斗吧！

他手从水里提起时，多了碗大的卵石。另一只手扶了眼镜，看到镜片对面，这脸盆大的癞蛤蟆一双眼睛异常黑亮，要命的是它的腿还向上耸了耸！

坚信再不出手，它就会一跃而起，一口含住他脑袋，用身上的剧毒让他一命呜呼时，卵石毫不犹豫地激射而出！（他从小最见不得的，就是癞蛤蟆身上那密密麻麻的颗粒。这颗粒使他的胃里长出巨手，要把里面的库存全部朝喉咙口推送出来。）

大石上火星溅起。

石头失了准头，砸上大石后扑通落入溪中。

"嗬……"癞蛤蟆忽然大吼一声，竖了起来。

哪是癞蛤蟆，一个七八岁的小孩在石头上张牙舞爪着！

天神！还好准头不行，不然脑浆子砸出来，就是人命关天的大事了！

自己初来乍到，功劳没半点，就拿石块砸人家脑袋，传出去怎么向桃花寺的家长交代？

小家伙显然恼怒异常。怒目圆睁，嘴里叽里咕噜吐着听不懂的土话，指手画脚，一蹦三尺高！他跳到石边，朝程小峰远远唾了一口。大概过于激动，他身体摇晃，差点从石头上跌下来。

程小峰眼前现出了手脚摔折头破血流的惨景，忙朝小孩子连连摆手，冲了过去——

"别动，喂，别动！"

他小看了长年荫伏的溪石。它们仿佛是那小猴儿一伙的，一块湿润的青苔石默不作声放倒了他。

"扑通——"

殷红从裤子里渗出，清澈的山泉水中开出血花……他顾不得疼，昂起脖子——

大石上，惊人一幕发生了：小疙瘩腾空而起，飞向空中！一飞之后，在竹海的波涛间，一个浪高一个浪地翻上去，最后一根竹一摇之后，转眼消失在莽莽的山那边去了！

程小峰目瞪口呆了许久。

等他从涧底爬上公路，站到石拱桥上，白云已不见踪影。再望向那片空空的竹林，风拂过，掀起一浪浪绿涛。这山里原来到处是竹林。师范三年，他对未来的教育教学生涯并无压力。可是刚才的一幕，分明是这片神奇山水给的下马威：班里坐一群齐天大圣的子孙，心情不爽就亮出红屁股，飞到竹子上去，他岂不是得有如来神掌的法力才能降服！

他忽然又想到：小小年纪如此了得，背后的师父更不用说了。能有幸结识深山老林里的世外高人，也是人生幸事。他的唇角浮起了两弯细线。

这是一九九三年八月下旬，离开学还剩一周。他们很快就可以见面——他忘不了那双眼睛里的黑色火焰——野小子，等着我！看我怎么收拾你。

咸腥的味道，冲淡了溪水的甘甜。程小峰吐舌，舌尖一小朵红花。原来刚才一磕，嘴唇翻皮见红。账当然要记到浑小子头上：站黑板头、罚抄课文、写书面检查、操场上跑圈圈：跑，跑，跑，让你跑个够！

他提桶走上石拱桥，双脚淹没在桥面的野草间，目送桥下白龙咆哮而去。

石拱桥早已忘了年岁，藤萝蔓布，飘拂桥洞上空犹如长发。藤叶间探着酒杯大的果子，当地人称"老乌屁"。"老乌屁"果瓤或粉或白，细如米粒。成熟了，切开，掏瓤配米饭研碎捣浆，在凉泉中浸成凉粉，入口清润甜美。那种独特的气息，只能在爱人的唇齿间领略。他本来叮叮咚咚晃着一肚皮水，见了涧底那雪花波，舌头上又泛起焦渴。涧底离桥高达十多米，十分险峻。尽管"老乌屁"多，当地人从未来采过，它也就悬在空中，果实累累一无所用。

桥边石碑，像一页站立的大书。程小峰透过苔痕，吃着顺手从路边摘来的山楂，目光从碑文上拂过。才读了几行，天空便忽然暗了八度。只见碑中刀光一闪，头颅落地……

好快一刀！

惊叫声仿佛是坠落的头颅溅起的。坠在空中的头颅嘴角，还挂着惊讶和没来得及表露的委屈。一蓬尘埃向上升腾，从浓化淡，未及消散，扑通一声，无头的尸身仆倒在地，又扬起了更多的尘埃。然后是一阵血雨，从头颅睁开的渐渐失去光泽的双眼盯着的上空纷纷扬扬地洒落下来。锋利的柴刀下，年轻人的脖子细嫩如藕，头颅滚落在地，淋漓的血从脖腔里喷向天空，划出一道美丽的血虹，又如雨一般洒落在无头尸身周围的土地上……那双弥留之际的眼睛里血雨是多么美丽！这是他一生之中见过的最美丽的景象，只是他已不能向任何人描述和诉说：他看到的不是血，而是燃烧的天空；从天空落下来的，不是血雨，是星星，钻石般璀璨的星星，每一颗背后拖着长长的炫目的光芒！白的光汇聚成海，无边的雪海，成一生中那些美丽场景的幕布。他年轻的妻子和年幼的孩子，他严厉的老父，在这幕布上一一闪过，做最后的放映。如同村庄一场露天电影，只是放映的速度如此之快，无数的影像一晃而过。幕落，散场，无边的黑暗……

数百年前。

一道封山禁令，在桃花寺村口的凉亭柱子上，哗啦哗啦风响。

出乎意料，禁令贴出的那天开始，无情的嘲讽之风便几乎要把它吹下柱子。乡间野狗般游荡的刁民，明里顾忌不敢乱来，暗里受利欲之心驱使，却将规定视如儿戏，乱砍滥伐依然盛行。

严厉的族长忧心如焚。他不断派出巡山队检查，但低头不见抬头见的巡山队员，睁一只眼闭一只眼的作风，反而意外地起了屏障的作用，山林呈现越来越多的伤疤。良善的村民为一筹莫展的族长着急，背地里从山中获得好处的刁民，则暗笑他搬起石头砸了自己的脚，徒失了颜面。贴在墙头树腰的禁令，在清者自清浊者自浊的状态里渐渐老旧。风雨侵蚀之下，终成碎片坠落尘埃。那一日，告密者走了之后，族长并未注意他嘴角饶有深意的笑，相反，肚内翻腾一股烈焰，几乎将他两鬓的白发烧起来。族长提了柴刀，唤上几个村民匆匆上山了……

程小峰下桥，望了一眼深山。山深得要命。这头进去，看不到那头的光。

他不由得有些后悔。这里的山和他老家见惯的山完全不一样。密的地方，大树撑起的巨伞让阳光都透不进去。而且，每棵树为了争夺阳光，看上去都显得极瘦极高。

早上父亲说陪他来学校，他撇了嘴拒绝了。多大了！又不是上小学一年级的小学生，他是要去教这些小学生的老师。再说，谁陪谁呢?！事实上，十二岁之后，进入小学五年级的第一个学期，他就开始看不惯父亲，觉得他简直窝囊透顶。正是这个窝囊透顶的男人，无声纵容了母亲，让家里角角落落都充塞歇斯底里的吼叫，弄得家中无时无刻不人人自危，战战兢兢。他和哥哥经常用目光撺着父亲，迫切希望父亲雄壮起来，哪怕像英雄一样击败母亲一次，让她低声下气，让她俯首称臣，他们就会以他为荣，重新在内心还回他高大的形象。回头想来，这个他们喊母亲的女人，让这个家没有一天是愉悦到天黑的。那些可以让房屋掀顶地球膨胀的骂声，尖锐持久，功力深厚，能从天灵盖直透脑髓心脏，使人求生不成欲死不能。一日日，当白天如期从山顶降临，她的脸却始终在黑夜里徘徊。那股怨气洗不掉也抹不掉，最后成为一层洗不掉的黑泊堆在她脸上的沟壑里。长年的恶怨，让她梦中都在磨牙、蹬腿，放恶毒的连环响屁，连屁声似乎都在高声诅咒生活对她的不公。父亲则日渐成为哑巴、废物，只会埋头劳作、吸烟、打嗝，像只陀螺。烟被母亲严格定量，每天五根。若当日被她评定为表现良好，则可多抽一根。当一支支劣质的没有烟嘴的纸烟变成一团团呛人的烟雾，他在咳心咳肺的咳中似乎才舒爽一下。只是脸越来越黑，腰越来越弯，眼越来越浊。但这一天他是愉悦的，烟头吧嗒吧嗒地响，人直了许多。前一天晚上他简直肆无忌惮，叉了腰站在堂前，呵斥那个让他平日大屁不敢放响的女人："木头，还不把腊猪脚挑下来炖，小峰明天上班咧。"上班两个字很响，有点像古装戏里小吏喊的"升堂"，把不远处猪栏里的猪耳朵都震得立了起来。母亲出奇听话，马上丢下正洗着的碗，用类似舞蹈的步子踮起脚尖，挑下了逢年过节才舍得吃的腊猪脚。用板刷细细地刷，一遍又一遍。那一刻，程小峰恍然天降奇光，一个英雄的父亲横空出世。

但是第二日吃了早饭，他把柴刀系在腰上，挂了根扁担，站到程小峰面前时，程小峰看到的依然是一个驼背的父亲。

"我帮你挑。"他烟熏的声音有些沙哑。

程小峰一愣。指指牛仔包、棉被和一个红塑料桶。"不用吧，这么点。"他说。三样东西加起来不足三十斤。为了证明自己有力，他把牛仔包往背上一甩，左手轻松一提塑料桶和棉被。右手则朝父亲一探，意思再来一份，也能承受。

"那，我砍柴去了！"父亲把扁担放了，从门后抽出柴冲。

父亲担在肩上的柴冲两头，一头是山，另一头也是山。山上面高高的天空，正巧飞过一只雄鹰。程小峰鼻子酸酸的，也许，父亲，或者天下的父亲原本都是雄鹰，为了生活，却一只只甘愿活成了檐下麻雀。

母亲破例喉咙歇火半天。帮他提了桶，一直送到山脚，把他的背影望没在山脊，回去继续切猪草，喂猪。对着栏里的猪，她忽然露出了笑容："咱小峰，要穿皮鞋喽！"

猪耷耷肥臀，响亮地放了个大屁回应。

族长说是族长，其实也是村长。管理着村里鸡毛蒜皮，疏通着家长里短。平日里打柴耕种样样自己来。他疾走在山道上时，柴刀一闪一闪发着雪亮的白光。割草伐木劈柴，柴刀锋上铁的色彩滋润着所有的季节。族长打小见过山的繁盛，他爱着这繁盛。他眼里跳跃着两道火焰。连石头都能烧化的目光突然转过来，盯住程小峰不放。程小峰本能地往后一闪。却发现嘴不能言脚不能动，手脚不知何时已经化为树枝——在穿越的古代，他是一棵歪脖子糖梨树！

糖梨树边，一个年轻后生，挑着两捆枯枝。枯枝！

族长眼里的火焰忽然就冻住了！汗水决堤而出。

告密者原是村里的二流子。曾经偷了村人一只鸡，被族长在祠堂里当众责罚。此刻族长方悟出，二流子的眼神里藏着多么阴险的一个陷阱……

这是族长一生最令人讶异的一次流汗。汗水从毛孔里出来之前，就是冰凉的，冒着飕飕的冷气，遍布全身。族长凝重的眼神从后生肩上的枯枝移向天边的一朵白云——悠闲自在的白云，没心没肺的白云——你怎么可以这么悠闲？

禁令明明白白，本村及外村人严禁在虎尾山上采伐包括枯枝在内的一切！否则一律严惩。严惩的举措——游村、罚款，杀上一头猪让全村人狂欢一顿！

年轻人顺着族长的目光回头，也看到了那朵洁白的云朵，它多么像他爱着的那位姑娘的白裙子！轻盈、洁白，白得像他眼前掠过的白光一闪！

——好快的刀！

族长眼前同时升起一道血的彩虹。这是这辈子他见过的最红的彩虹！在他头发迅速白光的无眠之夜，或者在酒醉的黄昏，他内心一次次升腾起强烈的诉说愿望，想告诉世界他亲眼见过这道最美丽的彩虹，哪怕是个乞丐或傻子，告诉他们曾经有那样瑰丽的景象出现在他的眼前，那绝不是人间普通的图景。这愿望像被压抑着的熔浆和搭在满弓上的箭，却永没有机会喷发和发射。他奇怪自己的身周似乎长了一大蓬无形透明的刺。所有的人从此见了他，目光里都多了恐惧和敬畏，远远地站在某个划定的距离之外。那道被风化的禁令被人从尘埃中捡起来贴到了心上。人们畏他如神。

弯弯的山道上，族长拎着鲜血淋漓的头颅一步步走下山来。

弯弯的山道上，傲岸的族长提着亲生儿子的头颅，一步步走下山来……

这片密不透风的原始次生林，是进桃花寺村的必经之处。山路只是它的一条细肠。高树撑住天空，覆满青苔的山石上，连阳光都站不住脚。人走进去，只觉暗影沉沉，异常清凉。

这片森林沿着山势缓缓上升，山路也就随着山势慢慢庄严起来。仿佛越往上走，越接近权力的巅峰。谁是王者？是山谷最高一棵松树，还是顶峰一丛矮草？

不用说，密密匝匝的草木间，最具王者相的是那位姓松的老兄。它卓尔不凡，枝干遒劲，以凌云之姿力压众树，其他的树木无不俯伏于它的脚下。

望不到尽头的林间山道，一个薄得像影子的人迎面走来。狭路相逢，避无可避。

程小峰向来不太喜欢关注身边来往的人，特别是那些从高处走来，需要他仰视的人。程小峰的视线与来人摆动的手齐正，他的眼睛被来人手上提的东西吸住了。

它像父母替子女拿着的篮球或足球，用网兜兜住。林荫还是太密了，没怎么能看清。它并不是很圆，下半部还有些尖。

他们越靠越近。程小峰坚持目光平视，只盯着那件晃荡的东西。他看清了：那晃荡着的，不是篮球足球，是一颗头颅！

交会一刻，双目紧闭的头颅，忽然睁大眼睛，对程小峰咧嘴一笑，嘴里滚落一颗咬了一半的黄山楂！

・・・・・・・・・・

一只白颈长尾雉，扑棱一声，用色彩斑斓的羽毛和长长的尾巴，把程小峰重新拉回了美好的午后。多美啊！天空划过一道亮丽的彩虹，又向绿里藏匿了它的身姿。在这一瞬间，一股强烈的酸热冲进鼻腔，他在群山的斑斓中复活。他脊梁挺直，脚步轻捷，血脉里回荡一个声音：不，这不是血淋淋的杀戮，这是一个男人和大地的爱情！他把在人间行走的一滴精血，用柴刀洒向了大山深处。借这一滴精血，他们共同孕育了眼前的满目青山茂林白瀑和美丽的白颈长尾雉！程小峰猛然间热泪盈眶。

一条黑蛇悄无声息从草丛里冒出头，从程小峰左脚上滑过去，冰凉地将他钉在路面上。

他从没见过这么奇怪的蛇。

它显然也吓一跳，嘴里一条小长舌忽进忽出，目光里惊惧不已。它没有与陌生人相遇的打算。仅是一瞬间的停顿，它仍然按着既定的路线，带着一点点惶急，滑了过去，滑进了这座幽深黑暗的宫殿深处。程小峰看着黑蛇划过好长一段时间，才被解了定身穴，往上托了托背包，长长舒出一口气。

他又转了两个山角。遮蔽在草木间的山路和直插云霄的高山，让他觉得会溺毙在这无穷无尽的绿浪里。脚步每往前拖一步，后悔就长一分。也许，该让父亲一起来！就算不挑东西，陪着说话就行！不说话也行。自小到大，他和父亲说过的话加起来没有二十句。他要是来，估计也是一前一后，沉默地行走。

沉默地行走也行啊！只要你在。此刻，父亲，只要你在。我懂你沉默时是伟岸的依靠，可是纵然头颅落地，父亲，我更愿意看到你暴怒时雷霆万钧的一击！

他梦游似的行走着。仿佛头颅已经被暴怒的父亲劈落在地。他只是一具没有头颅的行尸，但他的心是欣喜的！他以自己的倒下成就了父亲的崛起。他几乎已经看见母亲眼里的崇敬与畏惧——母亲在这崇敬与畏惧中重新做回女人！

一朵青烟出现在前方路侧。远远地，只是一眼，他的心就怦地一跳。太熟悉了！那个蹲着的身影。那高度，那侧颜，那抽烟的姿态。想象中被砍落在地的头颅嗖地又跃上他的脖颈，他几乎听到胸膛里迸出的颤音——"爸！"

沉默寡言的父亲竟能骗过他和母亲，先他乘了两个多小时客车，再翻山越岭来等他！

哦，父亲！你这开的什么玩笑，玩的什么魔术。避开了母亲的唠叨和少年的自尊，以砍柴的名义轻松闪过，又以如此泰然的坐姿等在路边。

程小峰脚步加快，内心澎湃。特别是和李子树在弄堂里看了《千王之王》后，他心上包了一层铁皮。流泪的滋味他许久没有尝过了。录像中江湖的险恶和人性的复杂，让他已然明白生活不相信眼泪，成功不相信懦弱。

他鼻腔热辣，头脑轰鸣，体内无边的潮水似乎要把他冲向无法掌控的所在。

父亲，你是来向我亮出柴刀的吗？（他早上确实在腰后别了柴刀）像族长向他的儿子那样！

从小到大，我犯下的错误够多了，而你一无所知：偷喝老酒后兑进清水，窃了村果园的橘子被人循着气息追踪到家，打破生产队仓库房上的瓦片让雨滴浇湿了稻谷，在清澈的溪流中排下小便惹恼了洗菜的村姑，折邻居家的玉米秆把刚灌浆的玉米棒子随手扔地里……每一件错误——他摸了摸脖子，颈椎第三节以上，麻麻的，痒痒的，凉凉的，有刀锋掠过的清凉——每一件错误都不比被族长砍了脑袋的捡枯枝的青年差劲，都够得上掉脑袋，可是你竟没发过一次脾气。

你只会憨厚地笑笑。

在母亲的暴跳如雷中，你默默抽烟，憨厚傻笑。父亲，你沉默乌云里的雷霆与闪电，究竟藏到了哪里？你骨头上的磷火与热血中的精钢，去了哪里？

多少次我宁愿你冲天一怒，把母亲的絮叨打倒在地。那浓云密布的生活，那雷声滚滚沉闷压抑的岁月，我们是多么渴望你用无可比拟的男人威严，让被贫穷笼罩的日子透进光亮。

亮出你比雪更白的柴刀之刃吧，父亲，让它与脖子亲密接触，共同在青山绿水间写下热血传奇!

程小峰听到了自己激动的呼喊声,类似于抽泣,眼眶里也涌满了泪水。这么多年来,他从未像此刻接近父亲,懂得父亲,感恩父亲。

十米、五米、三米,就像父亲哑了多年一样,程小峰的喉头堵上了同样的哑。哑长了,便不会说话。父亲!程小峰想象不出自己第一句话该说什么。以前有千般不是,今天能以这样一种出乎意料的方式坐等在路边,父亲,你在我心中已足称伟大。有这一等,什么都可以灰飞烟灭,什么都可以推倒重来。

冲上去拥抱?这是他僵硬的身体无法完成的,父亲估计也无法接受。他的生活只要有劣质烟、劣质酒,有米饭腌菜和母亲的责骂就成了。别的都是奢侈。

要是有另一个稍稍温柔的女人——哦,母亲,原谅我这么想,她应该能很快勾走父亲!

他想好好对父亲说些什么。想说自己并未长大,想说这么些年来自己心中的父亲,想说说自己对母亲的憎恨——说什么呢,父亲!或许什么都不用说,叫一句"父亲"就成了。在这之前,他几乎已经不再叫他,就算叫他,他的语气里也包含了不屑、冷漠,那早已不是尊称,而是一种代号。今天,他想毕恭毕敬地,跪在他面前叫一声:

"父亲!"

程小峰面前,闪现一朵冒烟的"香菇"。

竹烟筒并不鲜见,但是烟筒头上绕了根蛇不像蛇龙不像龙的动物,看得程小峰心里一惊。

尤其蛇头上一段鹿角状的叉,令程小峰觉得分外诡异。刚刚从原始次生林深处走出来的喜悦,又被另一层阴影所笼罩。那兽眼在阳光照耀下几乎活的一般,只要一阵云雾,它便能腾云驾雾而去。

"爸——大——叔!"

程小峰脸上火辣辣的。一不小心,他差点认一个陌生人为父了。

"香菇"摘下烟筒,昂头喷出带烟的一句,脸上却是别样的亲切。

"新老师!"

坐着的人并不是父亲。这是一个脸上皱纹深刻的桃花寺山农。他怎么知道自己是新老师?! 程小峰摸了摸脸，自己脸上并没有刻上或写着"老师"二字。

这是一片什么样的土地？碰到的三个人，幻觉中提着人头的族长，能在树上飞来飞去的小孩子，差点被自己认作父亲、见面就喊他老师的老农民！

和阴森森的族长相比，眼前的老农民至少是活的，活人。只要他是个活人就行了。

程小峰真怕眼前人随着青烟腾云驾雾到天上了。就算不是父亲，多个伴也好。

"第七个！你是我这几十年来，在这路上碰到的第七个新老师！这时节来咱桃花寺的，百分百是新老师嘛！乡干部哪是这气质！"

"这么说，走对了。嘿，前面那林子，野猪林一样，怪吓人的！"

"多走走，就熟了。"

老农轻描淡写。态度看似冷淡，程小峰心里却是受用。境由心造，自己所见的，都不过是想象力的产物。他揩了把汗，腿上加把劲，走到老农坐着的位置，眼前豁然开朗。

原来老农坐处，竟是一处绝佳观景台。底下村庄河流历历在目。尤其对面一山，看似一座，又像数山相连。中间五道白痕，极像男人高昂的脸被盛怒的怨妇狠抓一把，深深五道。再往边上一瞧，程小峰不由得称奇。原来紧靠这座五爪山的另一座山腹，像弥勒佛的肚皮，中间还有一个书法家题的榜书大"之"字。

"新老师看看，那石柱像什么？"

山农手指处，正是程小峰关注着的之字形的底部。一根百米高的石柱，凌空独立，石柱上部凸出一块长方形，长二十余米，乍一看，一阵风都能吹倒，极为险峻。

"好一把菜刀！"

程小峰叹道。

大自然鬼斧神工，不是亲眼所见，哪里能想象出这般神奇。这菜刀挥舞起来，别说切菜，斩龙伏虎都是小菜一碟。

"这冈可以取名菜刀冈！"

"老师真是高才！一说就中，它就叫菜刀冈！"

"香菇"连连点头，极为赞许。程小峰不好意思地笑笑，为自己的误打误撞成功，心中颇为得意。

一阵凉风拂过山冈。程小峰一身臭汗，经风一吹，倏然不见。山农身边原来摆着一个土褐色的五十斤酒坛。坛口用泥封好又扎了箬叶。按理说密封性好得不得了，可是稍一吸鼻，便能闻到陈年高粱酒香。程小峰虽然不喜欢喝酒，也忍不住鼻翼抽动：

"这酒真香！"

程小峰酒量不好，笑的时候，偏偏嘴边露个小酒窝，令人疑心酒量不可轻视。

"这么简单，晚上来一杯。"

"哎呀，闻闻。只有闻闻的份儿——鼻子有福，嘴没福。"

"你们小年轻，赶上了好时代。安心教书，存几年钱。造栋二层楼，娶个漂亮姑娘，生个聪明宝宝，平日里来二两小酒！就是山里的神仙啦！"

两层小楼，漂亮姑娘，聪明宝宝，二两小酒！这生活听上去多么安宁温馨，可这是自己想要的吗？

程小峰眼前又浮现 V 字形山口那只展翅雄鹰。

恰好一只山雀鹰从眼前的树枝跃向另一条高枝，叽叽喳喳，欣悦不已。程小峰望向直戳天空的高峰，那高峰之上的天空才是鹰的舞台吧！

眼前这山农挑酒回家，用酒提子舀几两出来，在黄昏小酌一番，就是神仙了。V 字形山口上方的雄鹰，谁知道它正准备往哪里去——山外人看它飞向山里，山里人看它飞向山外！

正出神，山谷下一声巨响。山鸣谷应，回声不绝。

"程老枪，过生日喽！"山农把担子嗨一声压上肩头，扁担两头玩起了颤悠：

"再不走，点火把赶路嘞！"

程小峰暗叫惭愧。山路七高八低，自己走得跌跌撞撞，山农百来斤挑着如履平地。程小峰当下跟在扁担后面，不时落下一截。

一路奇峰怪石，古树白瀑看不尽。

不觉星月升起。远远见几星灯火在山岙里闪烁，模糊中望见村庄的影子。程小峰暗自高兴，知道桃花寺终于要到了，疲乏的双脚顿感轻快。

"快到了！"

山农回头一句，半是打气半是告知。

程小峰腾手在大腿上敲了几下。要不是眼前的山农，以自己贪玩的性子，这儿遛遛那儿瞅瞅，不知道会在山里转到什么时候。两个人越走离村庄越近。看看就要进村，酒坛子方向一转，又往黑灯瞎火的地方去了。

"跟紧点！"

"大叔，别再送了。学校往哪里去，你指点一下就行！"

程小峰毕竟不好意思，赶上前和山农并肩道。

"不碍事，一路！"

看来这山农不住村里。

他们在起伏的山影里又走了一程。耳边听到一条河在响。在模糊的光影中，一座无比巨大的山在对面行走。人动，山动，水也在动。

河上出现一座石拱桥。黑夜里拱着它的驼背。他们在脊背上歇了一阵。程小峰见月光铺在水面上，流着一河的银鳞。被山撑高的夜空，群星闪烁。天地间似乎只剩了他和眼前的山农。

山农美美地在石桥上磕掉烟灰。烟筒一指："喏，桃花寺小学！"

月光下那龙蛇不像的怪兽目光越发冷峻神秘。蛇舌指处，一个馒头状的坡，坡上树影婆娑，被一带围墙围着。不用说，是一所小学校的气象。他明白十二间就在眼前了，竟生出见恋人的心跳来。

现在基本可以断定，山农住在学校边上。这样说来，他们就是邻居。以他的年龄，大致可以判定为一个学龄儿童的爷爷。那么，自己说不定就是他孙辈的老师！这么一想，轻松下来。来日方长。他清清喉咙，准备来几句客气话。却见眼前人从腰间掏出钥匙，从围墙角的一扇小门开了进去。

"你？"

"嘿嘿，同事。程德寿，叫我老程就行。"

门吱呀一声，黑暗里能感受到某种阔大的空间在眼前展开。程小峰跨进门内。一条蛛丝飞进眼里，勒得眼球痒痒的。他挥挥手，仿佛这么挥挥，就把黑暗中的脏东西挥走了。眼球越搓越痒。不搓时，一会儿倒不痒了。像父亲的老者走在前面，躲过蛛丝的侵袭。没有别的，只是因为他比程小峰矮。灰蒙中现出一片操场。月光铺上去，白色漫上脚背。程小峰心中惊喜不已！操场上四棵大树，棵棵披头散发，状若巨人。他走到树下，感受到它们的俯视。"我来了。"他轻轻地说了一句。朦胧的月光打在枝叶上，叶子似镀了银一般闪亮。程小峰正想着树的年龄，浓密的黑里一只夜枭突然大叫一声。

十二间霍地闪现眼前。

原来比操场高的一个平台上，横着一幢石木结构的二层楼房。从楼房北往南，共排了十二间。十二间背后，就是蜿蜒不绝的千里岗山脉的最后一座高峰。夜色之中，程小峰仍能看到峰尖如剑直插天际。耳边隐隐传来山谷的瀑声。

明月，孤楼，大树，怪鸟！

十二间留给程小峰的，是光影斑驳的初夜。这和他心理预设的书声琅琅的景象完全不搭边。但又有什么关系呢？就像桃花寺，寺，桃花，桃花寺。桃花不在，寺不在，只要桃花寺这个名字在，一切似乎也就在了。

"这儿。"

半空中传来老者的声音。二层楼横在山与夜空的帷幕前，有着凛然的气势。

十二间，我来了。程小峰心底又是轻轻一声欢呼。

同事！邻居！亲爱的邻居！亲爱的同事！程小峰心底涌上一股热流。

"老师——"

他冲上楼去，诚恳而亲热地叫了一声。老师停了下来。黑暗中闪了一线白光，那是老师笑的牙齿。

"谢谢老师！"

他讷讷地看着眼前人。要不是他陪着一路来，无法想象今晚是个什么情况，深山迷路，猛兽侵袭？露宿崖下，一脚踩空？都有可能。

他们抵达桃花寺小学是傍晚六点四十四分。

半个月前，那只泛着时尚之光的电子表，不用修表人的任何吆喝，就自动吸走程小峰攥在掌心的十二元。毕业季勒紧裤带节余下来的饭菜票退款，被表一榨，剩了三元。人生的起步，从掌控时间开始。幸好表是卖力的，小框内的冒号不知疲倦，并排跳动。只要电力足，它们将不停歇地玩着蹦出消失的游戏。

暮色如海浪翻涌。

程小峰在十二间的走廊上深深吸了一口气。

他为它而来。它为他而等。尘世的一切机遇就是这么偶然而奇怪。

二楼台阶尽头是平台，可放一张八仙桌。

从平台望出去，山坡飘浮在灰蒙之中。在背后大山无比高大的阴影里，学校、大树和庄稼都显得小巧玲珑。

桃花寺香火断绝之后，桃花寺村委会请示了乡里，那里乡还不叫乡，叫庙前公社。庙前公社的领导正愁学校没地方放，拍板决定就修葺成了学校。那些从这儿念过书又出去，文凭再没长高的，后来意见惊人一致，无不责怪学校选址不当。责怪的理由，便是学校前面的山形如翻船。这船底朝天的地方，怎能当学校？这种烂地方做学校，这学习的又怎么能扬帆起航？又怎么能乘风破浪？又怎么出国之栋梁？他们把问题都怪罪到了学校选址上，是选址不当使他们的人生受到牵连难以辉煌。至于自己爬树掏鸟上课睡觉下课打架半夜偷玉米黄瓜，全部忽略不计。偶尔，偶尔多了就成了经常——听到别的地方的人吹起牛皮，唾沫四射，蹦出北大清华之类，他们也会突然醒悟，露出学霸校友的自豪神情，挺起肚皮和胸膛："我们那地方，出过清华生的！"额头上放出光来。似乎他再抬脚向前迈一步也可以进清华大学。不是吗？那个后来清华毕业留校任教的家伙，不也在同一片操场上做过操，吃过同一个笼里蒸过的饭？没见他三条胳膊四条腿。村里的癫子云标对清华大学的家伙很是不屑："信不，砍柴，我一人挑他两个人！"

程小峰在平台上站了几秒。他看到云层里刚升起的月亮，比他在老家和城里看到的，小一号。

从平台向楼板迈出第一步。脚下传来压抑的呻吟，楼梯是木板的。他不敢再向前踏出一步，怕踏进黑色的空里掉下去。在家里，他和两个兄弟也住楼上，每天都要走咚咚的楼梯。有时，他们在楼板上走重了，便会传来母亲的叱骂，怪他们把楼板间的粉尘震进父亲的饭碗。父亲却从不说话，仿佛那些从楼板间纷纷而下的灰尘，是味精，是某种补益身体的营养。现在看去，很多时候，父亲的沉默有如神佛。他把所有的委屈、压力甚至绝望都装进了沉默。最令人惊奇的是，他把母亲那么多的唠叨藏到了哪个角落。

黑暗中吧嗒一声，白炽灯把一条旧的木走廊推到程小峰面前。

走廊里一共有三盏灯。

程德寿向程小峰招招手。他走过去，陈年楼板发出的声音让他迷醉不已。

"这是我的，九号。剩下的，你自己选。"

"随便选？"

"嗯，当然，又没人跟你争啰。"

灯影里老师慈祥地笑着。父亲的形象又半明半暗地从程小峰心间涌了出来。

仔细看，程德寿并不像父亲，可是远远地看，却又是那么像。

这真是豪阔之夜！

夜色在走廊外统治了江山。十五瓦白炽灯光犹如帝王就寝前的暧昧之光，威严洒在十一位妃子房前。她们面容模糊，身段却是个个叫他喜欢。他只须手轻轻一指，便有一个无比美好的夜晚等着他去怜爱与宠幸。

他有十一个机会。

他马上会是其中任一间的主人，行使主人的全部权力。哦，他多么渴望像条八爪鱼，极力伸展了身体中的疲累和淤堵，极致并均匀地分布到任何一间的空气与墙壁上去。

程德寿站在对面，一脸忠厚地看着他做着皇帝梦。他清醒过来，明白自己是新老师，拥有的是选择其中一间的权力。

"这间！"

他看似艰难却迅速地指了指程德寿右边的一间。

八号房间。

程德寿叮叮当当从一圈钥匙中找到一把，从铁丝圈的勾连处取出来，交到程小峰手上。

屋内锁着一团漆黑。

封闭的霉味让程小峰连打两个喷嚏。巨大的气浪连同鼻涕把他的鼻尖都冲红了。程德寿伸手在门框后摸了摸，吧嗒一声，一盏从布着张牙舞爪裂缝的天花板上垂下的灯泡释放出光芒，照亮了房间。房间顿显无比空旷，一张木板床、一张写字桌。程小峰放下行李，开了窗。窗外的黑暗如巨嘴吸走一切，挤进来的空气里全是负氧离子。程小峰稍稍打扫了一下，就被程德寿叫下了楼。厨房在楼后，一间木石结构的老房子。摆满蒸笼、柴火和瓶瓶罐罐。角落里堆一地南瓜冬瓜。水是用竹笕接过来的山泉水，在屋内的洗米槽上哗哗地流不尽。

"呀，真凉！"

这份清凉迅速抵消白日的燥热。

原来是墙外穿了一根竹笕进来，引山泉水流入一个池中。白花花的山泉水如顽童，从竹笕里悄然滑行，忽地尖叫一声，跃入池中。程小峰探手试图把它抓住，那晶莹透亮却从手上一闪即逝。

山泉水是几百根毛竹破成两半后挖空的笕，一路沿着山脚，从悠闲的田园风里走着"之"形而来，水的清亮里映着远山巍峨和近处野花的姿色。举着它们一路过来的是打成"X"形的木桩。这份古老的民间智慧，以极为简洁的构图和隆重的仪式感，在程小峰心间深深烙下印记。他深深惊叹于这调水的智慧，惊叹于这暗的老屋里，一道清流流成了时光古旧而永新的模样。有了水，老房子里所有的东西都可爱起来，连接在梁间捕获了时光的蛛网也让他倍觉清新可人。程小峰用桶提水擦了床板和桌子，把几桶墨汁似的脏水从平台的角落倾了下去。又扫了地，等床板上擦过的水痕干透，把被单行李往床上一扔，人便躺了下去。朦胧中总觉得有只眼睛在看着他。一抬头，原来床铺正上方的天花板上，一块松木板石灰脱落，刚好露出了松节处的一个疤，那疤间的松香不知怎么掉落了，刚好像只眼睛。程小峰也不以为意，翻身继续睡。不一会儿听到有人在楼下喊，竟是睡去了。开门出去，程德寿让他到楼下吃饭。程德寿在程小峰睡去的当儿，燃起土灶焖出一锅饭，菜是从院子里新拔来的萝卜炒成的萝卜片，加一碟腌辣椒。程小峰肚子空得慌，一碗饭只两片萝卜就下了肚。吃毕，只觉嘴里回荡着无上美味。他让程德寿一个人喝着酒，自己去操场上转了两圈。一轮秋月悬在夜空，清辉静静笼罩着远处的山峦和近处的几棵大树，凉风习习，秋虫阵阵。

早上，程德寿在楼下喊吃早饭。程小峰才记起母亲做的气糕还在塑料袋里闷着。忙拿了，程德寿放锅里煎出一厨房的焦黄喷香。程德寿连赞气糕发得好。程小峰想，母亲脾气暴是暴，在吃上从没亏待他们兄弟和父亲。七月半的气糕，端午的粽子，中秋的肉粉，年底的冻米糖、番薯干，都是色香味俱足，把父子的肚皮填得饱饱的。

程小峰端起粥碗："饭来张口，怎么好意思！照理说，我还应该服务您老！"

"你这小鬼，就是见外。我是烧饭给你一个人吃吗？我是烧给自己吃，加双筷子罢了。"

桌上热腾腾，除了粥和烤气糕，还有一碟腌萝卜条，一碟青椒炒老南瓜皮。青椒炒老南瓜皮程小峰第一次吃到，嚼在嘴里咯吱脆响，越嚼越有味。那皮是从老南瓜上刨下来的，清水洗了，再用青椒直接爆炒。之前在家，母亲哪会把这放在眼里，刨下的都喂了猪，还怪它会令手指皮发痒。这类似于从猪口夺来的小菜，嚼劲悠长，回味无穷，加上山里青椒的辣味，程小峰盛了三次粥，把粥锅的底刮得咯咯发响，最后才拍着肚皮对着程德寿不好意思地笑了。

吃饭的事就这么定了下来：学校的厨娘不在，程小峰就和程德寿搭伙。

吃完早饭，程小峰站在走廊上，见一操场的白雾腾腾，几乎要漫上二楼来。忙跑了下去，在雾气里钻来钻去，犹如仙人。朦朦胧胧中抬头，惊得往后一仰——

一只凶猛大虎，从半空直扑而下！

程小峰本能地一闪，凶猛无比的虎头轰然扎入地中，留下那凶猛霸气的后半身和一根斜插入云的虎尾直插天际——

什么猎物值得它这样舍命相扑？或者，它是在和什么搏斗，拼得头脑入地尾巴朝天？程小峰站在雾中，无限遐想。露在地上的半个虎头，成为方圆半里的馒头形山坡，坡顶宽平，刚好做了操场。平日一二百个小学生在上面蹦蹦跳跳，好不热闹。十二间其实是桃花寺的庙舍，坐东朝西，沿围墙三边添建了学生宿舍、教室、茅厕，高低错落，各依其位。十二间镇在这虎头的正顶，整个部分比操场高出两米多。正前方竖了十多米高一根杉木杆，挂了国旗，国旗下是领操台。台边种了桂树、月季。隔操场对面三间平房，是男女生宿舍；东北角的男女厕所，西南边的一带六间教室，都是平房。屋后厨房，也是当年僧人们吃饭的地方。这厨房前面，左边水池，用几十根竹笕从山里引了山泉水过来。水池边配有洗衣台，平时供住校老师洗漱洗衣。厨房右边的围墙上开了一道小门，开门出去是一大块菜地。夕阳西下，十二间后面的坡上，桃花寺村祖祖辈辈的安息地，排列着百十座坟墓。

程小峰在操场上也不知转了几圈，天光渐亮，雾气慢慢散去。听到程德寿在楼上喊校长。忙向门口看，见一位面庞漆黑的中年壮汉站在门口，背着竹篓，不像校长像村长。程小峰忙小跑过去，一番自我介绍。校长上下打量一番，面露喜色，朝楼上的程德寿喊："嘿，老程，领导英明，又给咱桃花寺派新女婿来了！我看老余头，保准得高兴坏。你瞧瞧，德寿，你瞧瞧，是不是？"

说得程小峰云里雾里，程德寿却在楼上连连点头说是。

校长边说边握住程小峰的手，又拍又摇，把程小峰疼得龇牙咧嘴。

当天上午，学校老师到齐。

八名老师，高矮胖瘦，像秋天丰收后的庭院——"土豆""冬瓜""茄子""南瓜""丝瓜""番薯"……不是藤上结出来的，就是黄土地里耙出来的，土虽土了点，朴实和真诚却写在每个人脸上，叫程小峰一见欢喜。他们身上的泥土味汗水味，都让他莫名亲切。他们是城里人眼里的土包子，却是乡下人眼里的香饽饽，走到哪里，都有人恭恭敬敬叫"老师"。

爷爷叫了，儿子叫；儿子叫了，孙子叫！一辈子教下来，祖孙都是学生的情况不少见。

每个老师来，都把程小峰上下左右打量一番。

"这么帅的小伙，老怪可别把他吓跑了！"

"小程老师，晚上睡觉耳朵塞牢点。"

"老家伙，当年吓得我每夜都开灯睡觉，得赔多少电费！"

"人家茅厕里裤子脱到一半，这鬼开始叫了，被他吓得抬腿就跑！屁股白白挨冻，还差点拉裤子里——死鬼，当初就该罚他洗裤子！"

"洗？太便宜了！用舌头舔！"

"哈哈，恶不恶心……"

差点吓屙的中年女老师，姓方，脸上早已洗尽少女时代的娇羞，两爿肥如成熟南瓜的大屁股。偏喜欢穿双高跟鞋，走起路来，两爿大屁股扭得杂技大师舞圆球一般，背后看去像是两只轮子驱着她往前滚。男人看了喜欢，女人看了却恨得牙痒痒，女人常凑在一头嚼舌头："猪窟臀（屁股）都没她大！"所以，男人和孩子叫她方老师，女人背后称她"猪窟臀"！

她说话时喜欢杯沿顶在下巴上。杯沿一顶上去，下巴马上叠起三个肉圈。让她每天顶发愁的，不是学生成绩，是这三个肉圈下体重秤上的数字。

"哎哟喂！"她肚皮拍得嘭嘭响：

"十个月了十个月了！"

她笑起来如此亲切，像尊弥勒，学生却怕得要命。她要命的功夫就在肥臀上。她常在把学生叫到跟前改正作业时，稍不如意，便将深藏臀肌里的马达发动，"呼"一下把人顶出老远。常有学生发蒙，不明白自己刚刚还好好地站在老师边上，突然之间便被震离数米之外，而老师仍在低头改批，什么事没发生一般。甚至有学生向校长告状，说方老师嘴里藏着两颗野猪獠牙，平时深藏不露，一发火就亮出来，能把人撕裂活吞。而一个毕业许久的女生，在多年沉默之后，终于怯怯地表示，她的魂被方老师吓掉在厕所里至今没有回来。她曾与"南瓜"同厕。当时两人并排在紧邻的蹲坑上，她紧张得肠子打结，大气不敢出。尿水只敢一滴滴地往下挤，好不容易挤出一个小屁，也是夹得蚊子一样飞出来。边上的"南瓜"则在嘤嘤嗡嗡呻吟许久后，在两座圆滚滚的肉山之间，"嗵"地放出一个澎湃大屁，屁流在蹲坑中激荡起的巨响，一辈子在小姑娘脑海里回荡……

"那一回……不说了不说了，丢死人！这短命的！我都想拿根棒子敲他脑壳！"发出尖叫又马上止住的是"香枹"。大香枹摆在她细脖颈上，上小下圆，颜色透着七成熟的黄。

"不说从严，坦白从宽。""丝瓜"手上比出一把手枪。他是当过兵的人，喜欢动不动亮枪，比在人的脸前或指着人的后脑勺。

"呸——""香枹"啐了一口。

那回，她忙着备课，忽然小腹刺痛。确认再不解决膀胱就要胀破时，才急忙起身。十二间的短处是内急要到茅厕里解决。当时"香枹"肚子里已十万火急！她趿了拖鞋，连门都来不及带，就冲了出去。人在走廊上，心心念念自己脚底板再长四个轮子出来。一时忘了天黑，只管往前冲。冲过程德寿门口时，突然黑暗中刺出一声长嚔！听声音就知道是程德寿这个短命鬼所发，但嚔得那么出奇，那么惊心动魄，却是始料不及，她整个人马上软在那里动弹不得。一股热流顺势滑了下来。她先还夹了两下，山峰哪里夹得住洪流，一时间排山倒海，下身湿暖，如泡温泉。身边的黑暗重重压迫着她又保护着她，她索性就开放了自己，整个人流成了热水管太平洋，要多痛快淋漓就多痛快淋漓，要多肆无忌惮就多肆无忌惮……"丝瓜"不知道"香枹"多恨他！第二天站在走廊上，他东嗅嗅西嗅嗅，边嗅边嚷："谁，谁，谁又偷排了？"她站在窗后，一脸通红在心里咒骂他是狗鼻子！

"先打住！下面传达上级会议精神。"

校长挥着手臂把上级精神传达了。简明扼要，气势非凡。从程小峰的角度看去，校长头一昂一昂发表演说的样子，简直有伟人风范。当他讲话时，边上喊喊喳喳的杂声消失了，只有蝉在四棵大树上极力配乐。传达完精神，校长三言两语部署了开学相关事项。无非是"丝瓜"安排村民挑学习资料，程德寿牵头开展大扫除，重点是将十二间后的阴沟好好疏通之类。布置完毕，校长先把他的大手在后脑勺挠出一片片雪花，然后用力

一挥:

"拣日不如撞日,今天把试考了吧!"

程小峰身周腾起一片欢呼。

程小峰不明白校长葫芦里卖什么药,也不知这些老师为什么听到考试个个喜颜悦色神情振奋。从小到大,他一路考来,没有怕考试的道理,但这么突然的考试,令他措手不及。他怕的是发挥不好,损害第一印象。

"考什么?"

他心虚地扯扯"丝瓜"的袖子。

"放心考,肯定考得好。"

校长部署完毕,先回村安排。程德寿去厨房角落的酒坛子里舀出十斤白酒,装在一个十斤的塑料壶里,用根麻绳拴了,提在手上。七个人走在山路上向村里进发。除了程小峰忐忑不安,其他人像扛战利品的游击队员,个个神情激昂。

塑料壶盖拧得紧,一条路还是被酒给香了。

"这么香的酒减肥不?"

程小峰走在"南瓜"后面,眼前晃动的大屁股,把一条山路扭得蛇一样,也把他的青春血液晃得十分躁动。

"南瓜"边走边嗅。

"丝瓜"说:"狗来了,喔啰喔啰——把你的大窟臀都减没了,减成一个白骨精!"

"那不成仙药啦!""南瓜"把两只肥胖的手在大屁股上打得啪啪响,也不管后面跟的是个只会躲被窝里打手铳的童男子。

"管它是不是仙药,老娘今晚放开肚皮陪帅哥喝一碗!"

"你这哪里是想喝一碗,你这是老黄牛想吃嫩草了。"

到了校长家里,几个老师扑到八仙桌上玩牌。程小峰是新兵,不好意思争位子,就在边上看。几个人打得大呼小叫,哪有半点考试气氛和老师的样子。常有人为一张牌出错争得面红耳赤。厨房里更是热闹非凡,除了校长夫人,有两个老师家属也来帮忙了,穿金戴银的,比村里人洋,比城里人土。程小峰注意到来来去去的人群中,有个美妙的身影特别惹眼,她时不时地来添下茶水，年龄和他不相上下的样子。一看到程小峰看她，便大胆地把目光放过来，眉目间十分清秀。尤其眼里那一潭，几乎要溢出来。皮肤却是很白，不像平常村里姑娘的肤色，看得出来是家里娇惯在手掌心的。她看得程小峰倒不好意思起来，心头扑腾扑腾的。经她一看，那热热闹闹的扑克，忽地索然无味。

过了一段时间，姑娘没进来，程小峰便端着茶杯站到门口看山。眼睛觑到姑娘在厨房边上蹲着择菜，背对着他。这一蹲，更是曲线全出，背部勾勒出美妙的弧度，臊得他连连喝茶，觉得山水也没什么趣味，就又进去看打牌，心里晃着的全是姑娘蹲在地上的样子。刚才热热闹闹的牌场，更无趣味，只是觉得噪耳。姑娘偏袅袅婷婷地又进来给大家添茶水，脚步间带着清风。见了程小峰，大大方方接过茶杯，往里续了水，递还程小峰。两个人手指尖碰到一处，马上着了火一般，迅速弹开。程小峰见了那缩回去的手，吃了一惊，心头蓦地涌现另两个美丽倩影。

为了祖国未来的小花朵，师范学校的课业安排里少不得又是歌又是舞。在临近毕业的那几个月，体育老师更破例给他们加料，排了几节课的集体游戏项目。他们到这时节，不再男女分开上，而是两个班一起上。其中一个游戏是男女同学手拉手，围成一个大圈，踢脚甩手，共庆民族大团结。

程小峰左手牵李同学，右手牵着秦同学。两个班班花牵在手中，真是甜上加甜。李同学小巧玲珑，牛仔裤显好身材，小手冰冰凉，是朵白莲花；秦同学丰满性感，手温而暖，是朵红牡丹。程小峰在一凉一暖间，心怦怦直跳。

但眼前这手既有凉的美，又有软的暖，令人怅然。

一桌菜把一百零八张牌赶出了领地。

程小峰疑惑地问理牌的"丝瓜"："饭后再考？"

"考什么？"

"丝瓜"反问。大家都哈哈大笑。

"不说考试吗？"

"哦，不急，马上开考！革命不是请客吃饭，吃饭是为了更好地革命！

考试就是吃饭，吃饭就是考试。好好考，考出一个好成绩！"

那晚恰似一香糯美人醉倒在舌尖！

腊猪脚香的大汤瓶被拱卫桌中，圆滚肚皮十分大气。它下面垫旧抹布，瓶壁上沾白炉灰，一看而知是用本地山上的油茶子壳慢炖的。一汪冒热泡的油水中，一节节腊猪脚以满含胶原蛋白的皮，包着红润诱人的瘦肉心。腊猪脚的香气早在程小峰走在村里来时的路上便已闻到。此刻一见，立刻唤起肚子里的咕噜声。汤瓶两边，一边一盘青椒爆炒鸡丁，一边一盆本地水库里养殖的清水鱼。鸡是自家养的土鸡，三小时前还在为隔壁那只大公鸡献给它一只虫子的爱情内心欢呼不已。鱼是养在门前的池子里的，乌漆麻黑，切成段在盆里，鱼汤白得牛奶一般。三盆主菜之外，围了一圈程小峰见所未见的粉蒸：粉蒸肉、粉蒸南瓜、粉蒸鸡、粉蒸豆腐、粉蒸萝卜丝，什么荤素，都用一层糯米粉裹了，佐以酱葱醋、椒盐蒜，三岁小儿，八十岁无牙老妪，都能大块朵颐。最奇的是一盘粉蒸带鱼！鱼骨鱼刺都杂在粉里，露着白花花的刺儿。而吃的人，舌上功夫了得，进去糯糯一团，出来刀枪剑戟。

考试就是考酒量。程小峰本来怕得要命，好在校长倒酒时就释下了他的忧虑："一两？一两就一两，我最烦逼人喝酒，不会喝酒逼人喝，等于谋财害命。程老师能喝多少喝多少！来日方长嘛。"说得程小峰心里暖暖的，感叹校长有大领导风度。

众人一一加酒毕。"南瓜"也在碗底滴了比十滴眼泪略多的一点儿酒，端着碗又嗅又咂，嗅咂之间，脸颊上已然旋出两枚酒窝，泛出桃花色来。要不是等校长宣布开席，程小峰怕她早端碗仰了脖子。仔细看去，"南瓜"眉目间赫然隐着酒窝美人，可惜被一身肥肉埋没了。

"老娘今晚放开肚皮陪陪小程老师。"

"别装得蚊子喝尿一样，待会儿我怕德寿这点酒还不够你一肚皮。"

"去，你当我酒坛子。不是小程老师，老娘滴酒不沾。新老师是贵客，能来咱们这鬼地方教书，不得好好欢迎的！"

"这么说，我们都得好好感谢小程老师，让我们有幸陪大美人喝酒。小程，你面子天大哩，那么多新老师来，方老师都没给面子。这回你来，她老和尚讨媳妇——破戒啦。"

校长把碗一举："来来来，今晚聚餐，一为小程老师接风，二为新学期战斗打响打打气。能喝多喝，不能喝多吃菜。"

程小峰喝了一口，辣味直冲喉咙，一时面红耳赤。

"丝瓜"坐边上："看来小程老师真是不太喝的！程德寿，你说酒是辣是甜？"

"我这酒呀，说辣就辣，说甜就甜！小程老师嘴里是辣的，你这老酒鬼嘴里估计是甜的！"

"胡说八道！我看你是没喝就在说醉话！酒，哪有辣的。来，小程，近水楼台先得月，我先敬你！"

白花花的碗举来举去。酒一点点地浅去。考试的氛围十分轻松。

程小峰夹了小小一团豆腐炊粉在嘴里，轻抿在舌尖。这是他第一次吃炊粉。舌头被纯粮的酒一辣，味蕾绽放开来。炊粉在绽放的味蕾上盘桓，酒的辣上通了一团电流，汗水不由自主地从四肢百骸往外窜。忙又夹了一团南瓜的，辣中带甜，刚好减了酒辣，他便不停地夹了吃。酒是关东豪客，粉是香辣美人，两相配合，十分美妙。程小峰庆幸这道初识美味暗中护持了他。

中间不断有人敬他，回敬。转眼，碗见了底。这时头虽然晕乎，心是清的。门外的夜色轻轻摇动起来。他明白自己有些喝多了。

初来乍到，可不能坏了第一印象。于是就把两手覆在碗上，牢牢扣住空碗，不肯让人替他加酒。坚持不能再喝了。他确是不能再喝了。

他是认真而倔强的，神情像炸碉堡的董存瑞、堵枪眼的黄继光。倒酒的也就无可奈何。就是已经倒进碗里的，也眼睁睁看他以不能再喝为由，倾给"丝瓜"和程德寿。有时倾歪了，左一下右一下，倾得桌上淋漓一片。

"你们这是加毒药吗？程老师是咱们的贵客，酒怎么可以这种加法！来，程老师，我就给你再加一点儿，你看够不——同志们，你们哪是加酒？是整人！人家程老师，一看是文人雅士，和我们这些粘了半截泥的粗人不一样。酒，要拿来品。品，懂不？品字三口，就是告诉我们一口酒要分成三口喝！你们那喝法，不是品，是牛喝水。"

校长怕多给程小峰一滴酒就吃大亏似的，手上酒瓶凝在程小峰碗上寂然不动。程小峰开始怕校长手倾得厉害，别人的面子可以不给，校长的面子，虽说他也瞧不上这粒小芝麻官帽，然而人家请吃饭，又是实在的顶头上司，总不好当面顶撞。一只手不自觉地抬了上去，只要校长手中的酒瓶角度略大，他便可以快速地推挡上去。正担心着，然而瓶里的酒冻住了一般，校长也似被人点了穴，动弹不得的样子。

大家的眼睛盯着那瓶，都恨不得冲过去把瓶底一托，让酒哗一下出来。

程小峰自己都有些忍不住，责怪自己为了点酒，扫了大家的兴。正好这时那双手端了一盘韭菜炒鸡蛋进来。菜摆好，人也站在边上看，那抿着嘴笑的样子真是好看。她也笑眯眯地看校长动不了的手。

只见酒瓶口终于吧嗒落了一滴酒，然后又似美人泪，落了十几滴在碗里。

校长看看程小峰："可以？"

怎么不可以！碗底才被浸湿，就算喝到嘴里，不过舌头辣一下，酒根本还没流到喉咙口。至此明白，校长决计是不肯让他喝多的。而因他这一手，便可充裕应对了酒的来来往往。尤其绝妙的是，碗中酒少，而捧了碗与人干杯的豪情，却是不减。好像一举碗，便成了梁山好汉似的。于是在对面含笑姑娘的默默注视下，程小峰越喝越豪，酒越喝越甜，胆气越喝越雄壮，即便喝得第二日头脑一片空白，那声穿云裂帛般的"喝"，仍能透过重重夜幕，向他耳际奔来……

"这酒有毒的？昨晚没喝多少，怎么醉成这烂泥？"

程小峰一觉睡到第二日十点，头脑昏沉地晃荡到厨房，想摸点吃的填填肚子。一见正在劈柴的程德寿，不由得嚷道。

"程老师酒量好！放倒一桌人，我都给你弄高了。不是我舍不得酒，昨晚你可真没少喝。我睡这边都听到你的呼噜，打雷一样。来，先喝杯黄金茶解解酒。"

"你也有这茶？"

"山里什么没有？你喝一杯，待会儿我给你用开水冲碗野葛粉，年轻人，胃要保养好。"

程小峰喝了茶，又吃了一碗葛粉。果然肚子里的燥热退了很多。对程德寿道："这茶我从小没少喝。野葛粉是第一次吃到。昨天炊粉也是第一次吃，真好吃！"

"那都好说，什么时候想吃就有的吃！程老师是实诚人，下回喝酒，可不要听那些人瞎咋呼，伤了身体。"

"是哩，昨晚，喝了有三四两了吧？"

"三四两？我估摸着，一斤！"

"一斤？"

程小峰吓一大跳！毕竟他知道自己底细，三两便多，四两是极限。

"第一次加了半碗酒，后来都是一滴滴地倒的，根本计算不出来。"

"一滴是泪水，百滴是杯，千滴是碗，万滴亿滴就是长江黄河！"

"我懂了，咱们校长是个大师！昨晚咱们是怎么回来的？你们抬回来的？"

"腾云驾雾回来的。我比他们有耳福，还听程老师唱了歌，背了整首《春江花月夜》——程老师真是有才！那么长的诗也背得下来。"

"为什么我没一点儿印象？我只记得在校长家门口和他们告别的。"

"对，余老师还怕你喝醉了路上不方便，千拉万扯要让你住他家。"

"这个我有印象——哪里好意思去的，要是吐他家一地，那就丢人了。他可真是热心。"

"他家二层小楼，宽敞。以前考试时，要是有老师醉了，就在他家住了。大家还要玩一下扑克牌。程老师昨晚吐了好几回，一路吐过来的。"

"有印象到石榴树下吐了一回。"

"估计石榴树都醉倒了。年轻人多喝点，没事，撑得住。酒这东西，酒量好的越喝越差，酒量差的越喝越好，怪得很。大家都说程老师是个实诚人。不过以后喝酒，还是不能太直！"

"眼泪水那么一点点地加，让人一点儿戒心也没有，看着少，其实到最后水库也得喝干。"

"这不，你都喝了整斤了。"

"打娘胎出来，好像都是一两的酒量，怎么喝得下一斤！这头，唉，我想想，我想想！"

"所以呀，程老师酒量不差，大家都说考来考去，考官被考生考倒了！"

"过关了没？"

"过了过了！酒品即人品。我给小程老师打一百分。"

到了晚饭时分，程小峰还是昏昏沉沉，脸色苍白如得大病，粥饭不思。程德寿从酒瓶里倒了半杯白酒出来："喝，喝了就没事了！"

程小峰肚子里一阵翻腾，心肝肺窜到一处，都往喉咙口挤："我现在闻到酒味就想吐！"

程德寿哈哈一笑："那更要喝！酒是最好的解酒药。"

以酒解酒，打娘胎出来，程小峰头一次听这奇谈怪论。要不是看在程德寿年龄比他大的分上，他简直忍不住要骂他神经病。

"每次头天醉，第二天必得再来一杯。这一杯下去，人就活过来了。不下去，就得瘟三五天，回不了魂。"

程小峰捏住鼻子。

"放心喝，我保证喝下去，走出厨房就生龙活虎！"

程小峰皱眉把酒杯捏在手上。酒气冲进鼻孔，胃里翻江倒海。他用另一只手捏了鼻子，往嘴里抿了蚊子尿那么一点儿。程德寿似笑非笑看着他，做了个倾盆而尽的动作。

程小峰一仰脖子，然后马上向厨房门外冲了出去……

"小程，你得补考！"

"一百分还补考？"

程小峰第一眼并不太喜欢"丝瓜"。"丝瓜"的脸形是瘦长的梭子形，眼睛细长，眯而有光，且眼珠子转得快，像只狡猾的老鼠。虽然鼻子和程小峰同是火辣辣的鹰钩鼻，可是这样一个细长的鹰钩鼻配在那么瘦长的，有几根稀疏山羊胡子的脸上，很难不令人联想到电影中老奸巨猾的坏人。

"丝瓜"早年当兵，退伍后还有军人情结，身上长年一身绿。逢年过节，他都喜气洋洋地把乡政府民政办慰问烈军属的年画贴到榜壁上去。别的战友分配到乡政府、供销社，他则贩卖一段时间的木头后，辗转当了代课老师，后又转为民办。到后来政策下来，民办老师全部转公办，也算是修成正果。程小峰记得第一个月发工资，"丝瓜"和他比工资条上的数字："丝瓜"一百一十元，他二百二十元！他的教龄却已经有十多年。程小峰怕他尴尬，丝瓜却说："你是正规军，我是杂牌军！"

那时距"丝瓜"转正规军还有一段时间。

"呸——""丝瓜"用力咳出一口浓痰，绿绿的，砸起地面一小团灰尘。他的解放鞋迅速踩上去，来回搓成一片湿痕。自从那年冬天他和战友一起跳进冰凉的河水推车，上岸后他的气管里就住进了一位娇贵的公主。一受冻，公主就跳出来撒娇撒痴，三伏天也要哼哈几声。

"一百分？肯定是老怪给的。他这老好人，你问问，之前来的新老师，他给哪个不是一百分。小程老师那日表现，大家打高分不奇怪，但据我私下考察，作弊还是有点严重。我那晚回家，你嫂子都骂我，人喝酒也就罢了，皮鞋也喝酒？一只鞋里倒出半碗酒来。"

"啊？"

"不是你请它喝的？"

"我？坐你边上的，除了我，还有程德寿老师嘛。"

"他？让他把酒倒掉，那等于要了他的命。这酒都是千辛万苦从山外挑进来的，怎么舍得倒掉。再说，坐我右边的是你，倒出酒的是右鞋，他哪来那么长的手来做这趟子事。当时我给你加酒，你倾到他碗里去，他什么时候拒绝过？他是宁可醉死不会赖死。"

"这下真是跳进黄河洗不清了。不过你想，我每次都碗里那么一点点酒，怎么可能倒进你鞋子半碗？"

"中间是有段一点点，但是到后来，小程老师还不是半碗半碗地和我们干！"

"半碗半碗干？"

"对呀，我就是被你最后那一下，大家一人半碗干翻的——至于你怎么把酒干进我鞋里,恕我老人家眼拙人笨,实在是没印象。"

"听你这么说,我也是糊涂了。当时大家乱糟糟一团,真没注意有人钻到桌子底下去。"

"还有一件奇怪的:我面前的茶杯,之前喝茶水,后来热闹起来,一时忘记了喝。等到口渴了,满满一杯,端了一口干下,你猜怎么着,全是酒——我当时就想,喝了就喝了,也是帮你小程老师喝,就没有作声。"

"哈哈哈,一下鞋里,一下杯里,套路深了。原来我是跟一桌赖皮鬼喝酒!"

"所以,我和校长说了,下次请你到我家补考——"

"别人作弊我补考?"

"大家一起补!集体作弊,自然集体补考。这回咱们眼睛亮点,把那个赖皮鬼揪出来。"

"上回,头脑考断片!再补,要给抬回来了!"

"嗐,小程,你还是太认真。说补考,不就是请你赏脸吃个便饭!"

"太麻烦了!又麻烦又破费。"

"哪里麻烦了?这就是你不对了,小程,这世上人哪个不吃饭的?你正规军看不起我杂牌军是不是?程老师将来前途无量,要当我们领导的人!以后还要在你手上领工资,到时你还得多关照!不要说吃饭,当你马前卒都成——"

"言重言重!大不了去白吃白喝一顿。"

"这才对了。年轻人就该这么爽快。对了,老怪物这两天没出来吓你?我说小程,你要害怕,不喜欢在这里住,我家里空房间多,你尽管来,又不会收你租金。"

"他?还好吧。都是早早就睡。这里我住着,还挺好。对了,那山里,有人家?"

程小峰指指虎尾山深处。昨夜耳边似乎隐隐从虎尾山方向传来婴儿的哭声!

"以前,当然有。后来,老一辈走光了,年轻人就不肯再住下去啦!"

"哦——"

没有人家，那么谁会在那么深的夜，抱着小孩到深山里去呢？

是附近村里的，还是住在窗外山坡上的？要说这深山里多猛兽，趁了夜色到村里把孩子叼走，也不是没有可能。只是要是和屋后坟墓关联起来，程小峰暂不想深谈，忙转移了话题：

"要说楼里的动静，有时确实有点大。"

"丝瓜"一下兴奋起来："有动静？"

"这里老鼠跑动起来，比小猪声音还响！"

第一次听到头顶沉重的脚步声，程小峰立刻就从床上跳了起来，闪到了床边，怕整块天花板塌下来，砸到身上。

"小的还好，有一只简直沉得要命，跑得虽然不快，可是楼板几乎都要踩塌，再不减肥的话，我真怕它直接砸下来，把人给砸扁了。"

"小猪那么大？老灰！一定是老灰！这么多年了，想不到它还在！"

"丝瓜"眼里闪过兴奋的光，用手比画了一下。他比的不是一只鼠，而是一头小猪的形状。

"这么庞大，都不好意思称它鼠辈了！"程小峰迟疑道，"这天花板，人可以上去？"

"程老师想和老灰见面？"

"呃，哪是这意思。我老程家祖传技艺，想看看能不能把老灰给您弄来下酒！"

"万万不能呀！"

程小峰屏住呼吸。

昏暗的木楼梯直通二楼。顶处有光从瓦片漏进。这给了他楼梯极高的错觉。楼梯的级数，他不止一次数过，二十五级。平常速度，他七八步就可以跨上顶处。现在，每步都似乎危机重重，如履薄冰。一步不慎，前功尽弃。他深吸一口气，抬起左脚，轻轻地覆在第二级楼梯上，加了一成力度。楼梯没有像往常那样发出吱叫。人温柔，楼梯回报同等的温柔。他放下半颗心，一成力度加到三成，脚下还是没有发出动静。他继续加到七成、九成，然后把整个人的力量压上去。楼梯板寂然不动。他舒了一口气。这是一个好的开端，二十分之一的路途。他轻抬右脚，搭上第三级楼梯。同样的三成力度，同样的四步走策略。尽管只走了两步，他感到手心冰凉，背上发汗。他在第四级歇了一分钟。第五级索性直接跨了过去。这是一次大胆而有益的尝试！路途瞬间缩为一半。他为自己的勇于探索大感欣喜。只是第六到第八级的时候，他整个人在空中一个趔趄，像电影《少林寺》中的觉远似的，金鸡独立，双手乱舞。这个失误，几乎使他滚落下去。好不容易稳当下来，楼梯板咚地响了一下。这一下，有如雷在耳边炸响。他在第八级足足凝了两分钟，耳朵竖在那里，有如半个时辰或更长的几分钟里，他没有接收到二层楼板上有任何异响。他摸了一把额头，甩出几滴汗珠，从两步跨变为一步跨。

他终于到了二楼的楼梯口。弯腰，猫一般沿二楼的楼板，把头探过去——

五六米外的谜底让他张大嘴巴，合不拢来！

父亲指导做的压鼠器，已呈战后状态。显然，这里刚刚经历过或者不久之前刚经历过一场惊心动魄的战斗！没有过多的闲言碎语你来我往，无情的武器和狡猾的敌人间展开的生死时速般的较量，在瞬间决定胜败并凝固下来，一只撤出了身子却没来得及撤出脑袋的大老鼠，在全身撤离即将大功告成的前一瞬，功亏一篑，小脑袋被压成了另一种扁的形状。

狡猾的大老鼠一定多次观察试探了压鼠器，并且最终在小心翼翼地享受美食时，仍不忘记滴溜溜转着它警惕的眼睛。那突然降临的危险阴影下，它做了极速的撤离。动作坚决。稍显遗憾的是，它低估了自身体形的庞大和程小峰对压鼠器做的一点儿改进！

为增强捕猎效果，程小峰在仔细听了父亲失败的诱捕经历后，果断改变了父亲只用茶籽饼做压板的设计，选了废弃的大锅盖做底板。大锅盖足足有两块茶饼大，这让打击面立即提升了一倍。且在原先的重量上，加了一块二十斤的大石块。这样一来，别说老鼠，就是铁鼠，承受那一声砰都够呛！

偶尔，一家人愉快地享用晚餐，平凡静谧的场景在黄昏的咀嚼中泛溢着温馨。楼上突然砰的一声巨响，有如地震。那伸出去的筷子顿时举在空中，上下咬合的牙齿停止磨动，在被震落的陈年老尘中，像电光一样发光的责怪眼神齐刷刷聚向程小峰，好像他做了什么见不得人的事似的。

程三峰哧溜一声就到了桌下。他的功课不好，老师告诉他躲避地震的招数却被他相当灵活地用到了实践当中。程大峰貌似处变不惊，黝黑的脸庞上已多了几颗油腻的珠子，他用极为嗔怪的眼神盯了程小峰一眼，仿佛面前并不是一个人，而是一坨狗屎牛粪。母亲则在看了一眼父亲后，用喋喋不休代替了咀嚼，罪过却全到了父亲身上。捕鼠器是他指导做的，技术也是他教的，吃粉尘却是大家的，不怪他怪谁！

父亲无事人一般吃着饭。既不对突然传来的声响表示惊讶，也不对那些因声响表现出过度情绪的分子表示过度的关注，那纷纷落下的灰尘，像味精一样，似乎让他碗中的饭菜更鲜美了！

程小峰脚底下装着的巨型弹簧，随着那一声巨响触发了开关，噌的一声，程三峰还没来得及钻进桌子底下，他已经到楼梯半空，再来一个凌空跳，检查了收成。

有时，一个空空。狡猾的老鼠吃了诱饵，抽身逃掉了。

有时，捕鼠器明显地压着什么，被顶了起来。

打胜仗的喜悦冲淡了眼前惨状引发的不适。

最惨烈一次，程小峰搬掉石板，拿走茶饼，移开锅盖，看到楼板上摊开一只小老鼠的鼠皮，小老鼠的脑髓和内脏则被从嘴里和肛门全压了出去，在鼠皮的前后，摊大饼似的摊了一大摊花花绿绿……

天花板上放压鼠器显然不现实，鼠没压到楼板可能先压塌了。用鼠药毒杀也不忍心。最好的方式是和平共处，彼此相安。相对于"丝瓜"们说的鬼怪，老鼠来去，反是活生生的陪伴，流动着生命鲜活的气息。它们创造的声响与阴森可怖的鬼气森森相比，是多么活泼可爱。再说，就算影响了睡眠，只须在楼板下吆喝一声，它们便能安静半天。要是它们不来，或者突然安静下来，反倒使人有了无尽的想象……

"它哪里是鼠，是山里的神哩！下回你到我家吃饭，我给你讲讲它的故事。《山海经》里都没有这种神奇。"

"还是现在就讲吧。不然我的祖传手艺虽然用不上，要是惹恼了，弄点鼠药捅上去,这山神就当不成啰!"

"别急,今晚我会会它!等会儿让德寿炒个青椒炒蛋,咱们仨小酌小酌。"

"丝瓜"果然留下来喝了两杯。三人就着青椒炒蛋、花生米、清炒冬瓜片、一盘豆腐乳和一碟烤豆腐,把一斤高粱酒喝了个底朝天。程小峰这回坚决守住,一两下肚便把杯子收了,拣了自己的饭盒,划拨了一半,给"丝瓜"留了一半,到边上狼吞虎咽。吃完饭,自个儿到操场上溜圈去了。

"丝瓜"和程德寿一直吃到八点半,才来操场上叫了程小峰。两个人到程小峰房间里坐了。程德寿顾自去忙活。"丝瓜"说:"别管他,就这样的人。"

"丝瓜"一屁股坐到程小峰写字台前:"陪老怪在这里不冷清?年轻人就该到热闹的地方去。程老师不嫌弃,到我家去,空的时候还可以玩玩牌。"

程小峰给"丝瓜"端上茶水。他只有一个茶杯,一种茶叶——黄金茶。丝瓜喝了,赞道:"我就不信这茶叶会被一直埋没下去!"

又道:"程老师今晚去我家都成,我们可以打牌,双扣。"

程小峰笑笑。他还不知道什么叫双扣。他来十二间,怕的就是被人扰,也怕自己扰了别人。

"小程老师真是好学之人哪!将来前途无量。""丝瓜"随意翻着桌上的《聊斋志异》,"不过在这里看这书,不会心里发瘆?"

窗外风吹过,一坡的黄茅草发响。

"咱们就说说老灰吧。那天晚上,大家都早早睡了。我躺在床上,年轻人,还有什么念想,还不是想着怎么把你嫂子骗上手呗。迷糊中正要睡去,外面突然响起了敲门声——嘭嘭嘭,那个急!"

"嫂子来找你了呗。"

"哪有那种好事。我摸一下她的手,都要被她打手背的人,晚上怎么会来。当然,我也不是没想过,要是她来,那么冷的天,我可得好好和她亲热亲热。开门往外瞅,哪里有人!我还想,见鬼了,这半夜三更的,鬼敲门了。正要关门,脚边'吱'一声,脚被攀住了。低头一看,好家伙,原来在这儿！一只大山鼠，一身灰毛，两只眼睛像八十岁的老账房滴溜溜地转。多大？猫你总见过，就猫那么大。估计猫见了也怕它。这大家伙见我，竟推开我腿，竖了上半身作起揖来。我一看，这小兽要不是通灵了，就是一妖孽。哪有这么不怕死的鼠辈，大半夜来敲门？我想事情没这么简单，反身从门后拿了扫帚倒提着，想一棍子结果了它。没想到它仍是苦苦作揖。出门用电筒往走廊左右一照，明白了！走廊上是真要命的！四五米长一条眼镜蛇，草鞋般大的蛇头，正竖着对我扑哧扑哧吐舌头。原来是大山鼠求救呀！不管怎么说，这不是上门求救来了？嘿，找对人了，咱当兵的人，爱的是锄强扶弱！它要找到程德寿那胆小鬼，完了！要被囫囵吞枣了。

我拿了棍子，跳到眼镜蛇对面。哟，这长虫灵得很，知道来了路见不平的，眼里那个凶光扎得人皮肤都疼。舌头咻咻的，像箭一样射出来又吞进去。看得出来，相当不满我这个半道杀出来的程咬金，把它要到嘴的美食截走了。一股怒气全冲向了我，恨不得把我一口吞了。

大山鼠也奇怪，见我帮它，不走了，放下两只前爪，嘴还朝着眼镜蛇嘟来嘟去。明摆着开始鼠仗人势了。

我手上一条棍，手心一把汗。你别说，那时是救鼠心切，跟大蛇你来我往地，过了差不多有十多招。这老蛇，相当狡猾，可把我累的。最后趁它被电筒光照定眼珠，棍子在它头上一敲，一挑，甩楼下去了。说不定现在在山里都成精了。

那大山鼠好像通人性，见我把蛇挑到楼下，离开前还回了头作揖。后来我门上好几次出现整根玉米棒子和山楂，你说，这不是大山鼠在向我报恩吗？可是这些老师都不信，硬说我是睁眼说瞎话——最后信了，干脆说你师母是山鼠成精来报恩，哈哈哈！"

"丝瓜"老婆下巴尖。

"田螺姑娘、白蛇仙子……传说里多少以身报恩的故事！有报恩的，就有报仇的。所以咱们这里，你可千万不要随便出门，特别是晚上。也许三脚山神就窜到校园里来了。"

"三脚山神？"

"就是三条腿的野猪。这种野猪因为被夹子夹到腿,自己咬断腿逃生的,所以攻击性特别强,心里的仇恨特别大,老虎见了它都要躲一边!"

"丝瓜"显然对今天的谈话非常满意。程小峰眼里好奇的光芒,对他来说就是莫大的收获。

"一会儿山神一会儿报恩,这山里的动物可真是有些趣味。"

"是啊,就说这山鼠,它当我也是老山鼠哩,经常送些烂玉米棒、山榛子过来孝敬我。搞得我经常要清理垃圾,但怎么说,这畜生的一份心意,比世上忘恩负义的人强多啦!"

"后来还见过它?"

"我都不在这里住十几年了,现在就不知道喽,当然,电影里你不是没见过,老山鼠是要成精的!你这是哪间?这边上是?"

"程德寿老师。"

"啊!那么多空房间不选,你住他边上?以前呀,他一叫,整栋楼全亮灯。一个个拿了扫帚、菜刀去敲门。敲开了,怕死鬼弯在门后揉胸口,嘟囔着鬼压他!这事整个桃花寺都知道。搞得后来有人给他做媒都成不了。后来真闹过鬼。很多人见过,我?不不不!咱当兵的人,什么死尸烂肠没见过,鬼怕我。不瞒你说,我有治它的手段。我是怕你这白面书生,被他给吓去了——咳,呸!当年我是,这个这个,瞧这记性,是五号。离他远,还有的睡一下。住他边上那两个怕死鬼,最先逃到村里去住——鬼没抓着她们,房东儿子把她们抓去啦!"

"丝瓜"说的是"南瓜"和"香桲"。

"鬼做媒?有趣。"

"你根本不知道他什么时候叫!最想睡的时候他叫了。能睡才怪!"

"我这几天,倒没听到。"

"放心,会叫的。咦,几点了?老灰还没来。"

程小峰心里说你这么喊声震天它敢来才怪。嘴上却说:"要知道恩人来了,虎尾山顶上它也要跑来见一面的。"

"就是。老灰是知恩图报的好鼠!它要不来,替我转告它,就说我老余来等过它了!"

"嗯。"

程小峰对"丝瓜"的幽默和童心，十分赞叹。一个四十岁的人，还活在童话中一样。

两人喝着茶，听窗外虫声风声，在安静中待了一会儿。

"咚咚咚——"

天花板上方突然传来一阵跑步声。

"丝瓜"的眼里射出了亮光。

"老灰吗？"

天花板上方一下安静下来。

"是老灰吗？""丝瓜"继续向天花板上方打招呼，仿佛上面真有一个老友。

"丝瓜"神色凝重起来："听，老灰听到了，它在靠近！"

程小峰把右手搭在耳后。什么也听不到。

"它过来了——嘿，老灰！"

"丝瓜"是那么认真，煞有介事，让程小峰觉得有一瞬间，孔洞那边真有亮点晃了一下。

上面传来嗒嗒两声轻微的敲击声。

"老灰！是老灰！"

"丝瓜"似乎也看到了那点白光。

"我没骗你吧！"

程小峰点点头。

"老灰，我，老余！老朋友来看你了！"

程小峰心里涌起暖流。老灰要是个人，一定会从天花板上跳下来，热烈拥抱"丝瓜"。

之后再无声响。

"丝瓜"心满意足。临走对着小孔洞煞有介事道别：

"老灰，烂玉米鸡骨头就别丢了，有什么好货孝敬小程老师一点儿！"

那个猝不及防的夜晚降临之前，一切井然有序。

清晨的桃花寺，无论晴雨，都着一件雾纱。那笼罩着虎尾山的雾气，以肌里的笔法，悄然涌动在操场上，把操场装饰得仙境一般。偶尔，雾里一暗，现出小小身影。程小峰眼里火苗一闪。有时，是一团，三五个聚集在一起。这时，程小峰便极力睁眼，去找寻目标。他们向着程小峰走近，发现有人在看着他们，都低了头，迅速蹿向各自班里。

程小峰在守候"癞蛤蟆"!

开学已经半个月，全校学生都已筛查过。到底哪个是露过绝技的小家伙，他还不能确定。从眼睛看，有三个小家伙像，黑而有神，黑葡萄一般。他们走路的样子，程小峰又犹疑了：哪有走路跌跌撞撞的高人？

有一回，他几乎确定一个小学生，可等走近，两团鼻涕浇灭了他的想象。

他无法忘却那一双眼睛里的漆亮！

难道他还没有到法定入学年龄？或者，他根本就是专注了练功而无意文化课学习？

或者，因为家庭原因失学？

他望着茫茫群山，"癞蛤蟆"此刻究竟趴在哪个角落，或在哪处竹林上飞？

桃花寺村作为一个行政村，有十个自然村。十个自然村星罗棋布，散布在千里岗山脉尾端的角角落落。一个村的面积，比普通乡镇还大，要在山里找到他不是一件容易的事。

等着吧，小子，我会找到你的！

——程小峰望向四周的高山。桃花寺的山，每一片绿海中都夹杂着连绵不尽的竹林。沿着那竹林的脉络，有一片还从虎尾山的半山腰连下来，一直连到十二间的屋后……绿浪翻滚间，似乎有个小点在不断地跃起，落下，跃起，落下，像一只不知疲倦的海豚！

程小峰思来想去，决定不参加补考。

酒是他老程家世代遗传上的弱项，至今家族没出过酒英雄可以为证。他甚至怀疑父亲如此懦弱，就是因为酒量不济。村里那些在老婆面前耀武扬威的男人，哪个不是酒量响当当？哪个不是喝了酒后才捋了袖子动手动脚豪言壮语？尤其使人痛心的，到了他们兄弟伝，遗传不仅没加强，反倒有弱化迹象。人家嘴角流下的酒滴，都能让他们醉倒。再说无功不受禄。自己一个新老师，随随便便接受吃请，这情难还。三来后遗症吃不消。他讨厌醉后的晕眩。站在陆地上，人像浪上飘。上回大醉，万幸用程德寿的奇招解了酒毒。可是那种生不如死的感觉，他不想再去体验。好在"丝瓜"每次来请，他推的理由多：比如回老家，比如去县城。"丝瓜"就拍大腿，"不巧！""哎，真不巧！"或者"县城有什么好玩，我一去头就晕，还臭得很"，一脸遗憾。

县城是够臭的。仿佛永远飘着臭豆腐的味道。可是臭县城也养出了秦同学啊。到了省城的秦同学，还会经常溜出学校跳舞吗……补考的事拖了又拖。饭不吃，话还是天天煲。程小峰祖宗十八代的老底差不多都交给了"丝瓜"。这天，"丝瓜"在学生做操时又凑上来："每晚你就陪着老怪，在操场上绕毛线圈圈？"

"他种菜，我转圈。"

"老家伙，当什么老师。我看他还是当菜农得了。别看鬼怕得要命，到菜园地里，还是个神仙。南瓜上百斤，冬瓜两米长，玉米棒子上还能种出字！"

"玉米棒上，字？"

程小峰来了兴趣。

"人家文章写在纸上，他的文章写在大地上、庄稼上。他那里不知还有没有，我家里还有一根的。你可不能跟他说，估计他自己都不知道。不然重新讨回去，我损失惨重啰。"

"明天带来看看？"

"哪有这规矩？上梁相亲都拣个良辰吉日，这宝贝哪有想见就见得着的？不仅你要来吃饭，你还要把老程请来，校长请来，才能见着宝贝！不然传出去，赖我窃了他的宝贝——我可是光明正大去他菜园地里掰来的！光明正大地掰，不能算偷——"

程小峰想，玉米上种出字，难不成深山里藏了个袁隆平第二？

程德寿一听到"丝瓜"家吃饭，头摇成拨浪鼓："不去不去。这个小气鬼，说请吃饭，只会招待人吃青菜豆腐。吃他一餐，还不抵人家半餐，菜吃不痛快，酒也喝不到位，白白给他请客的名声。"

程小峰："酒喝不到位？"

程德寿："不瞒你说，这村里其他老师家，哪家我没醉过，就这小气鬼家没——人家请客怕人不醉，他请客是怕人醉哩。又舍不得酒，每次拿出两斤酒，要是滴几滴在桌上，都要了他半条命一样。你想醉都醉不了。"

程德寿越骂，程小峰心下越清透。"丝瓜"舍不得酒，这饭倒可以一吃，不用担心多喝。"丝瓜"再来邀请，他一口应承下来。只是去赴宴的前一周，他抽空回了一趟家。

春雷牌香烟，十元一条；江山老米酒，二十元十斤。这是他第一次以自立者的身份回家。行走在弯曲的山道上，程小峰步子从未有过的阔绰。他一遍遍用汗手摸口袋里的一百八十元钱，有生以来劳动所得的第一笔巨款，让他不免手心出汗。他准备留八十，另一百给母亲。

母亲特意把烟和酒垒在桌上。

桌子从没承载过这种阔绰，一时蓬荜生辉。父亲歇了柴担踏上门槛，母亲就迎来嚷嚷："老头子，快去杀鸡——我肚皮里钻出来的儿子，拿了工资，给你买酒买烟吃！你这享的什么福！还羡慕人家生女儿的有酒喝有烟抽——我肚皮里出来的儿子会比人家女儿差？！"

程小峰脸一热，为自己没考虑母亲感到难堪。忙补了句："妈，下回给你买补脑汁！"母亲是常常头痛的。不骂人就头痛，一头痛就骂人，一骂人头就不痛。这大概是天下女人的通病。父亲被骂时，往往闷在角落里抽烟。吞云吐雾，一声不吭，仿佛烟雾是金钟罩，刀枪不入。这回被骂了，却眼神活络筋骨舒爽，嫌母亲骂得不够爽似的。程小峰听得屋后一群鸡逃命，其中一只被倒提回来。自知不妙的它，声嘶力竭格外悲惨。弄得几只老母鸡差点掉下泪来。父亲将鸡头倒转，鸡冠捏在手上，鸡下颌毛扯净，菜刀一抹，往地上一扔，随它扑腾。程小峰看那刀口，脖管都快割断了，头连着一点儿皮晃荡。暗暗惊讶这母亲面前的闷棍子，原来下手够狠。

"让你叫！"

父亲上去踢了一脚："壮了。"程小峰笑了，父亲眉眼间那种单纯的快乐，有着阳光般动人的光泽。父亲高兴于鸡的壮，他高兴于父亲的高兴。他现在明白了一点，父亲在母亲面前窝囊，根源不在他做得不好，而是宝贝儿子翅膀没硬。他用沉默，静等着小子们翅膀变硬哩！

乡间杀鸡，趁鸡没死让它多蹦跶几下，据说鸡会壮些。这种说法，代代相传。但往往有时鸡脖子割得不深，血没放够，一把扔出去，鸡跑了！

母亲嘴里喋喋不休，也走过去踢了一脚，脸上却是笑的："都不知选只大点的，你个老佛倪！买烟买酒，我欠了你还不够，连我儿子也是欠你的！平常怪我骂你，我看要多骂，骂骂还有烟酒吃。"

"妈，你不能少讲两句？"程小峰听不过去，嘀咕了一声。母亲依言闭嘴，转身烧水煺鸡毛去了。一根一根，拔得白白净净。这和以前显然已经不一样，之前只要开口，没有半个时辰停不下。喜悦从母亲眉梢溢出来，连烟囱冒出的烟都较往日浓烈。母亲来回小跑，锅铲叮当作响。父子俩在桌边，两个人说的话加起来没有母亲一个人多。程小峰破例接过烟抽了一根，喉咙发痒，马上咳了起来。父亲立时遭到母亲的斥责："自己咳死活该，莫带坏我的儿！"

父亲嘿嘿，轻声说了句："人家都当老师了，要得你管！"想必母亲是听不见的。

父亲看她端了最后一碗菜上桌，手在围裙上擦了，便给她倒了酒："来享儿子的福。"

母亲咕嘟一口。从酒量和豪爽来看，她更男人。父亲则娘儿们，一口一口抿，好像酒里藏着毒药。母亲扯起围裙角擦了嘴，把鸡腿按到程小峰碗里，鸡头夹给老头子："你的！"鸡屁股也夹过去："这个最补！"

"你爸就爱鸡屁股！"

程小峰看着父亲隐在沧桑中英俊不凡的脸庞，似乎有些明白，又似乎并不明白。

住了一个晚上，第二天到村口，母亲把行囊捧给程小峰："公家人都这样慌？就不能再住一晚！"

程小峰说:"领导要求嘛!"

母亲叹一口气:"领导怎么说,你就怎么做。公家的饭碗,手要端牢!你好好教书,家里莫用劳心。没事不用每个星期回来,费钱!"

钱,是弥漫母亲眉间的愁云。路费来去十六元,不便宜!关键是耗时间,来去两天,差不多白天都在路上。回家无非是见个面吃个晚饭再住一晚。昨天晚上,他把一百元钱递给母亲的时候,母亲没有去接,递了一封信给他。

程小峰瞟了一眼信封上的字,抓揣在裤袋里,捏成了纸核桃。

"丝瓜"家午餐那天,群山着白雾裙亮相。裙下绿肥,山涧白水花花。一年之中,桃花寺诸山穿白裙子的日子多。桃花寺人在山的白裙子里,忙里忙外,进进出出,播种耕耘。一路挑担荷锄的,见了程德寿和程小峰,无不"老师好"!

两人状态悠闲,有如巡视官员。反正不赶时间,一路指指点点。指了这丛韭菜长得旺,那丛卷心菜包得紧,那块稻谷种得疏。仿佛整个桃花寺都被他们辖着。程小峰扯根狗尾巴草衔在嘴里。

程德寿嘲他:"牛吃草!"

早上,程小峰替"丝瓜"去请程德寿。程德寿一口回绝:"几个酒杯碰来碰去,不如在家喝粥自在。"

"你肚皮是大,宝贝给人偷了还能在家清闲喝粥。"

"……"

"你菜地的宝贝压他箱子底多年了!"

"这个贼亲口承认?"

"他没来自首?"

程德寿把烟头往地上一掷:

"偷我宝贝,吃他餐饭,不亏。这饭算我请。还有,贼尾巴得揪出来——省得在讲台上人模狗样。天下就没偷一次的贼!我园里丢的,要算一半他头上。以后没饭吃,就到他家去,吃他一年半载,把我宝贝吃回来,看他敢不老实。"

从小到大，漫山遍野的玉米地是程小峰眼中的一道风景。他曾一次次穿行于玉米地，高高的玉米秆就是剑戟森严的士兵队列，让他每次都有阅兵的快感。长袖善舞的玉米叶，边上两排细细的锯牙，不小心便划伤人胳膊，这儿割一道，那儿割一道，等汗水滋上伤口，发出隐隐的刺痛，才会令人惊觉已然受伤。这刺痛似乎在警告着靠近玉米地的人们，玉米是凛然不可侵犯的。然而高的玉米秆，加上那浓密的叶片，又织成了大地的帐幔，让人听风声雨声还有种种大自然间美妙而不可言说的声响。玉米棒子就在不同声响里，悄悄地结出苞子长出粒子。程小峰见过玉米棒中间长黑粒紫粒的，种出字，至少他没想到过。这样的种子要是能弄它一两粒回家，让那老实巴交的父亲成就个玉米版的袁隆平，从此名利双收，扬眉吐气。这么一想，心中一把火烧起来，热腾腾地要烧到天上去了，这饭便非去吃不可。不仅要去吃，还担心着"丝瓜"违了约毁了诺，恨不得在"丝瓜"舌头上打个结，刻句话上去，免得赖皮。程德寿要是拉不去，他自己鞋跟朝前，也要去的。

不出意料，"南瓜""香枹"全来了。

还有香。

上回校长家吃饭时，有人"香""香"地叫，程小峰知道了姑娘叫"香"。

香，真是一个香香的名字。

香一会儿进来泡茶，一会儿捧着菜去洗。果然走过的地方，都留一股香。这香却不是香水的香，有点像兰花，有点像桂花，仔细想去却又说不出什么花。

辫子在村里并不难得，难得的是香的辫子编得好看，走起路来，在身后一晃一荡，鞭梢在背后轻轻地打着，她整个人就显得特别轻快。

香身材高、脸蛋好，在城里，这样的女孩要到剧团当演员的。

香最惹眼的是一对胸，挺。正是这对胸，让程小峰的视线无处安放。每回一对眼，他的焦点明明是在别处，可是绕来绕去，就是绕不过那一对傲娇的山峰。他别过头去，看到山峰在村庄外围耸着。

说是便饭，午餐异常丰盛：腊猪脚煮笋干、石斑鱼干、汤瓶土鸡、粉蒸肉、煎荷包蛋……后来闻名开化的十大土菜,在餐桌上一一亮相。程小峰奇怪的是餐桌上没能找到程德寿说的小气鬼。

相反,程德寿一上桌,就嚷:"请新女婿吃饭吗?这么丰盛的!"

香脸红到脖子根。

香为什么要脸红呢?

香脸红的时候真好看。

"丝瓜"则热情异常:"喝!今天不喝高不许出门,免得说我老余家酒都没的喝。杨梅酒、猕猴桃酒、桑葚酒、野参酒,会喝不会喝的,都喝,放开肚皮喝。"

"南瓜"拍拍肚皮:"我这坛把你的酒都装了,等下把你眼泪都心痛出来。"

"丝瓜"说:"放心,你脱了衣服洗澡都成。"

"南瓜"说:"莫吃老娘豆腐。老娘不上你的当。老娘多少岁的人了,脱了有啥看的?我要是有香这身材,啧啧,馋死你们!"

程小峰脸烧起来。一半因为酒,因为空气里莫名的香,一半因为心底忽地想到一事。几个月前,一节体育课后,程小峰站在一棵香枹树的阴影里听蝉鸣。那位即将被保送去浙师大美术学院的同学,鬼鬼祟祟走过来,一脸兴奋,问程小峰:"睡过女人没?我昨晚,刚睡过一块,真暖呀!"

程小峰尴尬地摇了摇头。

"喂,你长这么大都干吗去了?"

未来的美院教授简直有些气愤。昨晚,他约一位心仪已久的女同学到小饭店吃饭。在烛光美酒助力下,他们到江边散步,借着江边的夜幕和女孩子心底涌动的涟漪,成功地把她的初吻和初夜夺了。初尝云雨的美妙滋味使他情不自禁,恨不得天下人都知道他是个男人了!

"你小时候就没到村里看过露天电影?"

"呃,当然。"

没看过露天电影的,还敢承认是村里人?

露天电影是乡村的视觉盛宴,常能吸引邻近乡村的人来赶热闹。前面一排排坐着看的是本村人,外村的就挤在后面,男男女女,肥肥瘦瘦。人堆里常有女人发出尖叫，被人从后面袭了奶子或捏了屁股。

"你就装纯洁！又不长眼睛，就没想摸一把过过瘾？"

程小峰吃惊地看着眼前这个同学。他的眼睛里燃烧着一种他程小峰不太明白的火焰。在看露天电影的年代，那时他的心里还没有潮水。

"电影会掩护你！往人多的地方挤。蹭到肥软的，准是个女的，你尽管去推一把，挤嘛。她敢叫？放心。你以为就你喜欢摸呀，她们可喜欢着被摸呢！"

程小峰傻了。心想这是什么同学，还保送。他原以为天下鱼龙混杂，他身边这些未来为人师表的小雏儿心思应该纯净，不料这只是他自以为是。眼前唾沫横飞的人，那只常握画笔的手，画荷画莲画清风，原来搁了画笔是常去摸女人。

"百闻不如一见，百见不如一摸，百摸不如一干！你老实告诉我，干过没？"

他左手比了圈，右手中指从圈中穿进去，进进出出，然后左手的圈把右手中指紧紧咬住。

"哥们儿，作为男人，难道你还等娘儿们爬过来夹你不成？男人就得主动！像豹子像老虎，进攻、进攻、进攻！冲刺、冲刺、冲刺！啧啧，暖！兄弟，女人那里面真暖！"

程小峰没尝过暖，不懂暖的美妙。

一杯酒从喉咙里淌下去时，程小峰忽觉眼前这个手指长得白葱般全身冒香气的女子，她丰满的身体一定藏着很多暖！像夏日晴空的白云朵，像冬日炉火边的棉花被，像冰雪中的温泉池……

最后都不知是谁敬谁。杯一次次倒上，放空；放空，倒上。酒从辣的，渐渐变成甜的。程小峰心中的豪情越来越盛，感觉越来越温暖。眼前晃动的人一个个全成了亲人、兄弟、姐妹——他庆幸于自己在踏入社会的第一站，能碰上这么好的领导与同事。一个多么温暖的大家庭！之前听来的，关于社会上单位人与人之间尔虞我诈相互隔膜的阴霾一扫而光。

"小程，你说咱桃花寺好不好？"

"好！"

程小峰是真心觉得好。

"那以后，你就当这儿是自己家，什么时候想来，什么时候就来家吃饭。衣服也可以让嫂子帮你洗。"

"我说小程啊，咱们当老师的，其实说得没错，就是挖地的园丁。三尺讲台就是地，一辈子的地，既然是耕地，到哪里耕还不一样？天下哪里的地不养人？以后呀，我看你就在咱桃花寺这块土地上耕到退休！"

一辈子像树在一个岗位上直到退休，是多么坚韧而顽固的美好！就像一棵老松，长着长着，就长成了奇崛的风景。自己虽然刚刚走上工作岗位，可是下一步会到哪里，一切还是未知数。既然未来尚未可知，那何妨先珍惜眼前？！程小峰一仰脖子喝掉校长敬过来的酒，豪气满满地回道："好！"

……

清寒的夜晚，"丝瓜"家热气腾腾的晚宴令人倍觉回味。弥漫的烟酒气、扑鼻的山里土菜香，都透着极远处那一盏盏灯火里尘世的温暖。而觥筹交错的声响里，那个端着菜来去的女子一遍遍地浮上心头。他清晰地记得"好"字进出嘴时，她投过来那一道温润的关切。

敬酒间隙，视线偶尔交接，有小小的火花闪现。那火花是山泉水从崖间的一跃，是蜜蜂在山间百合的香气里的迷踪。当他被逼着要喝下一大口酒而窘迫时，当他举着酒杯踉跄时，当他在浓烈的烟雾中咳呛时，她的目光总能恰到好处地送来清香、勇气与力量，使他瞬间清醒、欣慰或强大。他在这无端的美好里渐渐发狂，眼前气氛越来越热烈，劝酒的声浪越来越高，哗然倾入他嘴里胃里的酒越来越多——他直觉女孩子的目光里藏着一座高浓度的氧气制造厂，打到哪里，他身上就燃烧到哪里，烈焰腾腾。

月光溢满操场，泛着淡银色波光。此刻走下去，寒流一定会漫上膝盖。月色里四棵大树披头散发，状如女妖。一只鸟不知在哪棵树上呱地叫了一声。叫声瞬间装满操场，迅即消散，操场愈加空旷。

程德寿不胜酒力，上了楼，顾自开门上床睡了。程小峰原本已摇到房门口，看着程德寿进去，也掏出钥匙，准备进房。忽然又舍不得那一操场月光，转身从里往外走。边走边晃荡手中的钥匙，当一声敲到墙上去了！

"当当当——"

程小峰边走边敲。

走廊上一盏灯叭地灭了!程小峰心说这灯泡的钨丝质量真是不怎的。"当当当——"继续往前敲。没敲几步,第二盏灯叭地又灭了……

酒桌上,程小峰正斟酌着什么时间让"丝瓜"取出从程德寿菜园地里窃来的宝贝来看,那边程德寿像镜子似的洞明了他心意,隔了酒碗对"丝瓜"喊话:

"快把偷来的宝贝拿出来助酒兴!"

"老东西别乱叫,什么偷来的宝贝,快把你的鸟嘴用酒洗洗!"

"那你得先表态,拿还是不拿出来?一个宝贝请大家吃几餐?偷我宝贝,喝你几口酒也是应该。你这态度可不成,可不能到了你手上就是你的。"

"咦,老怪,我是偷了你的什么,除了这两件随身带,你还真有什么宝贝不成?"

众人哈哈大笑。程德寿大概被调侃惯了,毫不在意。稳稳端了酒碗去碰校长的酒碗,叮当两声,两人各喝一口。拿目光扫了桌子一圈,撑丝瓜:"窃不算偷,你要是窃书也就算了,不算你偷。可你窃的是我种的玉米棒子!窃书不算小偷,窃玉米棒子是大贼。"

"南瓜"噗的一声,嘴里的茶喷向地面。一时笑声叫骂声不断。

"死德寿,说你是哑巴,原来还是说相声的。"

"喝去,别乱尿。""丝瓜"斥道,一边回头对着程小峰和众人,"这老家伙,人家从他菜园地里掰根玉米,他就当偷了他的宝贝——我不说,大家都以为真偷了他的宝贝!其实就是一根玉米。一根玉米呀,还真当宝贝了。喏,等下吃好了,这房梁下自己挑一挂拎回去,算我赔你的。"

"不行不行。你窃了也就窃了,你可不能再骗!是个男人不?"

"唉,老怪!你个老怪,算我服了你。今天喝了酒,把话说明白来。前些年,我到老怪菜园地里,想看看他的菜种得怎样。看到两根玉米秆子,两米来高,棒子有一尺来长。我掰开一根一看,不说了不说了——

阿珠！"

"哎，来了——"

厨房里应一声，声音又细又高，像小铁锤敲在银铃上。不一会儿，一个身材高挑、面目精明的中年女人边撩起围裙擦手，边热情向桌上招呼："没有菜，大家随便吃点。"正是"丝瓜"的老婆阿珠。"丝瓜"和阿珠是初中同学。初二开始眉来眼去，到初中毕业那年暑假，两人各自到自家地里干活。"丝瓜"一把就把阿珠扯到玉米地里。裤子扯脱了，也不说话，身上一柄枪就朝阿珠两腿间捅了进去。捅完了也不说一句话。这一捅，被阿珠骂了几十年流氓。后来"丝瓜"出去当了几年兵，退伍回来，两人又钻了几回玉米地。有一回捅完后，阿珠的肚皮鼓了起来，两人就结了婚。阿珠接过"丝瓜"抛过来的眼色，去提了酒瓶：

"我给大家加点酒！"

大家都道女主人辛苦。只有程小峰喉咙里蹦出一只虚弱的蚊子："不加了，不能再加了！"可惜这只蚊子飞来飞去，只飞进香的耳朵，飞不进主人的耳朵。

程德寿拦住阿珠："酒先别加，宝贝先去拿来。"

"宝贝？什么宝贝？"女人一脸茫然，转向"丝瓜"，"你还藏个狐狸精在外面？这些年，你除了每月几块死工资，还到什么地方偷过抢过，还有什么金银财宝没交到我这里？你要是酒喝多了喝不下我替你喝，这宝贝什么的，还是劳驾你自己去拿来，我可变不来魔术！要么箱子底下压着的穷鬼我给你捉个出来。"

程德寿在一旁煽风点火："老芋头，这是你不对，窃了就窃了，不该窃了还不拿回来，孝敬外面的狐狸精！"

阿珠说："今天校长和各位老师在这里，大家替我做主！我这么多年做牛做马也认了，他要是真有什么宝贝放在外头给别的女人享用，这餐饭后我要不跟他一刀两断，那也是要用菜刀砍断了腿脚，让他躺在床上，我宁愿一辈子服侍他的！"

"南瓜"："啧啧，这么好的老婆，敢对不住阿珠，不用你动手，我先拿根棍子把他屁股打烂。就怕打他，心痛的是你！"

阿珠："你打，狠狠打，把他三条腿都打折，看他怎么找狐狸精！"说得自己都笑了。

"丝瓜"："哎呀，你们这是，盲人摸象——净是瞎说。阿珠，我对你的心，天地可鉴。你瞧着，心在酒里，一滴不漏！""丝瓜"把碗中酒一饮而尽，倒过碗来，果然滴酒不漏。

阿珠骂道："你这傻子，我又没叫你喝酒的。搞得像我平日不叫你喝酒似的。不叫客人喝酒，顾着自己喝了。快说，宝贝放哪儿了，省得大家都等着看。"

"丝瓜"说："你先酒加了，再去拿，它反正又不长脚的。"

程德寿说："先看宝贝再加。"

"丝瓜"一拎手："讨打？我这面子薄就算了，阿珠的话敢不听。"

"听，听，这气管炎！"

阿珠加了一圈酒。到程小峰，两眼滚圆盯住瓶口，仿佛瓶里随时跳出一只吃人老虎。阿珠笑道："小程老师放心，这酒，我们还舍不得给你多喝，要留给我们家的窃宝英雄喝！"

大家轰的又是一声。

阿珠果然只滴了数滴。酒添好了，阿珠另拿了一个碗，倒了半碗酒："来，我敬大家！"

"丝瓜"说："不携我吗？"

阿珠说："水只能绕着山跑，我女人怎么携得动你男人，自然是你携我。"说着一饮而尽。程小峰直吐舌头。

"酒喝了，该看宝贝了，我没见过，也想看看。"

阿珠发话了。

"丝瓜"挠挠头："这个，想必你也见过，用个布片包着，在你娘家陪过来的箱子底。"

阿珠笑道："你的宝贝我怎么见过。"

"嗜，嗜！""丝瓜"伸手去扯阿珠的衣角。衣角没扯到，手滑到阿珠的身上，用力拍了两下。阿珠嫌恶地瞪了他一眼。

"丝瓜"使劲递眼色："快去！"

阿珠去了楼上。乒乒乓乓，翻箱倒柜，果然拿下一个红布包。"丝瓜"接过，正要打开，那边程德寿挥手拦住："等等，今天我不在就罢了，既然我在，还是得我来开。"

"你来就你来。"

"丝瓜"爽快地把红布包递到程德寿手上。

十几双眼睛盯住红布包，生怕移开视线，宝贝就飞走了。

程德寿接过红布包，却不打开，往腋下一夹，起身要走。"丝瓜"急了，一把扯住程德寿，正要去抢回，程德寿把面前的酒碗一举："宝贝是我种，宝贝是你窃，可是要来看宝贝的由头，却是小程老师。咱们的脸面是菜盆，新老师的面皮是面盆，咱们菜盆还是要先感谢一下面盆。"

"对对对，菜盆敬面盆。"

菜盆面盆又干了一次。一个个眼睛又直勾勾地转到程德寿腋下。

程德寿说："这贼，我自己都不知道种出了什么宝贝，反被他抢了先！来，宝贝，爹来看你了⋯⋯"

从腋下取出红布包，却放到了桌下，手在下面窸窸窣窣。"南瓜"忍不住了，两步走到程德寿身后，一拍他的肩膀："一个个都是贼样，出不得世！再不现出来，老娘就来抢了！"

程德寿说："莫慌莫慌，都有份儿——"移了身子，故意给"南瓜"留出一个空子，刚好可以看到他手上的动作。

程小峰拿醉眼觑去，见程德寿抖出一根尺长白玉米，颗粒饱满，是难得一见的好品相。那边程德寿把玉米从桌底下往上一举："大家看看，偷了这么好的宝贝，该不该判刑——"

桌上人，一个个眼睛掉出半只。程小峰正要伸长脖子，"南瓜"攀住程德寿的手，一把扳过来。程小峰眼前一亮，原来白玉米另一边，小孩拳头大小的一个"心"字！

"咱桃花寺不仅藏龙卧虎，还出专家了！来，一起敬！"

校长端起酒碗，大家一起敬了程德寿。

"你个贼，你老实坦白，什么时候知道玉米上有字的？"

"我就问你，你菜园门上锁了吗？你菜园地门口有告示说你种的玉米不准大家掰大家吃了吗？我问你，程隆平同志，你种出的菜平时是不是都给咱们学校的师生和猪吃了？你种的水果是不是也给咱们学校的师生吃了？你既然种出来的东西都是给咱们学校的师生吃，我吃你一根拿你一根玉米是符合规矩的。"

"趁人不在拿东西就是偷。"

"在桃花寺，除了阿珠，其他的东西，我的就是你的，你的就是我的！我这里有什么看中的，你尽管拿去。老怪，我那天到菜地找你，其实也就是到我们的菜地里找你——不知你野到哪里了，鬼影都见不到。估计跟女鬼鬼混去了！人不在拉倒，我就参观参观咱们的菜园。通过参观，程隆平同志，我深刻地觉得，你是一个被埋没在讲台上的种菜高手！特别是那几棵玉米。我当时就想老家伙弄了什么好品种，不能便宜他吃独食。就找了根最长的棒子准备掰下来。亏得我做事小心，没直接掰，不然这宝贝就糟蹋了。我拉开这棒子皮，本来是想看看颗粒长得如何，没承想拉得急，拉到半条了，见上面有一个字！我心说，老怪一天到晚鬼鬼祟祟，原来是在这里搞农业科研——好，你搞你的，我等我的，谁先得成果就是谁的！我掐准了日子，先下手为强，把它整根从地上拔了，又从边上移了带草的土填在位置上，就像那位置从没长过这棵玉米——哈哈，老怪，估计你自己都没发现少了一棵玉米棒子吧！"

"瞧，偷了就偷了，还好意思说出来。现在的贼真是越来越不要脸了。"

"怎么不好意思！我拿来，它还是个宝贝，还用红布包了，压在箱子底下。要是野猪吃了，早就是一泡屎！"

"去去去，吃饭呢！"

"你就掰了一根？"

"怎么着，难道还有很多根的？老怪，你说是不是！"

"玉米又没长脚，你自己掰了一根，不会一根根都掰开看看？倒过来问我了。"

"你们不说，我倒真没注意。老怪，我问你，你种的有字玉米，就这一根？"

"这个你要问猪博士去，它们看懂没看懂，是不是有字的要好吃点，我都没问，反正都吃到肚子里去了。不给猪吃，放着让贼偷啊？"程德寿故意把猪字说得响。

说得众人都笑。

"南瓜"说："不管猪吃了贼偷了，都打住。就说今晚的事，大家说是不是见者有份？"

"丝瓜"手摇成拨浪鼓："少来这套。我不拿出来，你们见得着？凡事要有规矩。喝下半碗酒的，我老人家给一粒还说得过去，喝不到位的，只能看，摸都不能摸。"

"你们瞧瞧，这不要脸的，开始发号施令了。成者为王，败者为寇，开始是贼，得手了，他就是皇帝老爷，掌握生杀大权，写道德文章立起规矩来了！"程德寿两手一摊。

为了这粒神奇的玉米种子，气氛一时热烈起来。大家都有拿他一粒种子的念头。盘古开天辟地以来，只见过仓颉造字，哪见过农民在庄稼上写字的？以后农民写字，就写在大地上。在大地上给爱人写情书，那是多么浪漫！为了那极其宝贝的一粒玉米种子，每个人酒量大增。恨不得马上把"丝瓜"灌迷糊了，自动交出种子。连夜就拿了去种下地，生根发芽，子生孙，孙生子，子子孙孙无穷尽下去。

这一阵你来我往人声鼎沸，比之前又热闹了几分。程小峰也是心动不已，心想喝点老酒，要是能给父亲弄粒种子去，来年长出一根玉米棒子做种子，后年就是一大片。再拿这一大片做种子，不要几年，这有字的玉米就可以做种推广全国了！到那时，就不是掰玉米，而是读玉米。可以成立玉米地大学，人人在玉米地里就可以成才。他老程家说不定就此发达富甲一方。这么一想，不觉那酒越喝越甜。

最后一滴酒滴到程小峰碗里后，校长说："今天到此为止，明天还上课呢。我提议，一起干了！"

"丝瓜"说："慢着，酒先干者先得一粒宝贝。保证色黑质优。"

"校长先干！"

校长说："你们这些马后炮，冲锋陷阵都让我带头，享乐享福留给自己！我恭敬不如从命。不过丑话在先，我拿了这粒宝贝，你们却不能告我受贿！不然这种了收收了种，一粒玉米算上成百上亿的。我苞萝饼没吃上一个，牢底先坐穿。"

"校长，你这粒玉米我们当给鸡吃了！"

校长说："狗嘴里吐不出象牙——骂我是鸡？我怎么着也得是一只鸭子！"

校长先得了一粒。放进贴胸口袋，拍了两下："校长可以不当，宝贝不能丢。以后退休种玉米。"

"南瓜"第二个干了。一只手先按在饭桌半空，意思很明白：别抢，我先来。另一只手提着碗还没放下，这悬着的手已伸在"丝瓜"面前。"丝瓜"从"心"字上小心抠下一粒，小心翼翼交到"南瓜"手上。"南瓜"紧紧握住了，手再不肯松开。喜滋滋地道："老怪，托你的福，明年让我老公种一根玉米棒子出来。后年再种一片，发大财了！"

"丝瓜"说："种之前可千万手洗干净。"

"南瓜"不明就里地看着"丝瓜"。

"丝瓜"说："千万摸不得屁股。"

"南瓜"说："这要死的，我屁股上有毒吗？"

"祖传秘诀，懂吗？上回有人种萝卜，还是甜萝卜种子。到了冬天拔萝卜，个个辣得要命。和他一样种边上的，都水灵甜润。问他怎么下种的，原来刚好屁股痒，抓得火辣辣的，撒一把种子抓一把屁股，硬把甜萝卜给种成了辣萝卜！"

众人哈哈大笑。

"天地间讲究个礼字。种庄稼也得讲礼，这叫尊重庄稼。比如，插番薯秧时，要在番薯秧上面用手指比画比画，这么这么，到时候挖出来的，就这么大啦！"

"丝瓜"比了个脸盆的形状。

"好，下回种黄瓜，我比根竹竿！"

轮到程德寿，死活要先拿玉米粒再喝酒。

"我自己的东西，还要喝酒才能要回一粒？天地良心，老天爷在头上看着的。我不喝,你也得给。"

"丝瓜"说:"守点规矩好不好?校长都带头这样做,你爬到校长头上拉屎拉尿坏规矩?又不是上战场冲锋陷阵。"

"我宁愿去冲锋陷阵,也不能这么窝囊呀!不是不喝,是先给才喝!"

校长说:"节约时间,节约时间。小余啊,反正要给,那就先给他一粒,给了就喝。他要不喝,把他灌下去!"

"喏,老怪,校长命令,不是我破规矩。先给你,喝。"

程德寿说:"我的儿,你可回来了!"

碗中酒一干而尽……

程小峰敲墙的手凝在半空,愣愣看着走廊上一盏孤灯,不知该不该把第三盏索性敲灭。

廊外一线月光射入。他的目光攀着月光移出走廊,早就一地月光。月光真好!程小峰靠向走廊,探出双手,朝栏杆外掬起一捧!

月光使他情不自禁。他想打个响鼻,像匹小马驹扯开四蹄去月下撒欢,让蹄子下的白浪溅出花朵,冒出山间野百合的香气。这清澈的月光多像一个人的眼睛!他想化身为月光,去看看这眼睛的主人,溜进她香甜的梦乡。他愿把自己全部交出去。然而月光就在楼外,就在走廊的边沿,他不能再往栏杆外多迈出一步。月光却斜斜地照进了走廊!走廊里就有了一条银色的小溪。他是这小溪中的一条黑鱼。

"叭——"

灯没灭。

好,你不灭。我灭。

他摇过去,索性叭一声拉灭了最后一盏灯,整条走廊立刻清朗起来。走回房间,一觉睡到天亮。

第二天早上,站在走廊里,他突然想起头天晚上的事。便对程德寿道:"昨晚有鬼事。"

程德寿脖子一缩:"什么鬼事?"

程小峰把敲墙灯灭了两盏的事一说,程德寿脸绿了:"鬼吹灯?"

猥猥琐琐走过去一拉开关,嗒地亮了。再拉一根开关线,又亮了。一连亮了三盏。程小峰吐吐舌头:"这……这……"

程德寿说:"按说村里经常是要停电的。可是没道理嘛,停电怎么只停两盏的电?"他的脸一下更绿了,"小程老师,你晚上还是别敲墙了,可能把什么脏东西敲出来了。"

程小峰下楼把这事和"丝瓜"一说,"丝瓜"的绿脸马上红了:"有鬼!小程老师,这绝对是有鬼。快点搬离这里。再这样下去,不知道还闹出什么鬼事。干脆今晚就到我家去。"

程小峰说:"这个——"

"丝瓜"说:"这什么呀,这种事还是早早考虑,当断就断。"

程小峰:"这鬼要真来收了我,我死在岗位上还是个烈士。逃出校园,就是逃兵。再说,我家兄弟三个,不愁无后。"

"丝瓜"说:"小心驶得万年船。小程老师到这里来当老师,是过日子来的,可别为了这鬼事受惊了。"

一连几天,程小峰再没把钥匙敲到墙上去。

但那晚之后,每次从走廊上走过,他的鼻端突然多了一丝若有若无的腐臭味。是一直就有呢,还是最近才出现的?他的头有些痛。两次大醉,让他的头都晕晕的。等他像狗一样仔细去闻时,闻到的是虎尾山尖下来的饱含负氧离子的清新空气。

他每天拎着钥匙走来走去。有一天,"丁",钥匙凑巧轻轻在墙上碰了一下。他的手又痒了起来。谁能看得清呢,就像眼睛里燃着火的程小峰,并不知晓多年前陆续逃离十二间的年轻老师,都曾陷入钥匙敲墙的游戏无法自拔。

这是二十世纪八十年代流行的铜锁芯的钥匙。整整齐齐的十二把铜弹子锁,每把两副钥匙,套在一个锈迹斑斑的铁丝圈上,看上去一模一样,使人眼花缭乱。为了便于分辨,程德寿给每把钥匙的腰上都贴了止痛膏,写了编号。摸来摸去,白的摸成黑的,黑的摸成油亮的。

"丁丁!"

三盏灯亮着。

"丁丁丁！"

三盏灯还亮着。

程小峰悬着的心慢慢放了下去。

心一放下，他看到"丁"发着亮光从墙里跑出来，从眼前一直跑到走廊尽头，消逝于茫茫的夜，最后一跃变成一颗钉子，钉到夜空上，亮成了星星。

桃花寺的夜空，星星又多又亮。

"丁丁丁！"

"丁丁丁！"

天上的星星越亮越多……

"丁，丁丁——"

"丁丁丁，丁——"

"丁丁"——这是群山深处一个年轻人内心的孤独在寂寞回响……

"丁丁"——这是虎尾山夜幕下惊魂游戏的前奏！

丁——

程小峰被钉住。

这一声丁，和往日大不相同！不偏不倚，这一声，钥匙甩在了门锁上。铜对砖，笃实；铜对铜，锐利。

十二间的锁，同一型号。十二间的钥匙，自然也是同一型号。

程小峰忽地冒出一个邪恶念头。他血液加速，全身沸腾。

今夜，锁是空着的寂寞女人；今夜，他是持着武器的寂寞男人！

他把钥匙对准了锁孔……他进入了一个叫锁的女人。

身边十间房白白空着，他常有怪异的痛感。

当他躺在房间的床上，他的思绪就会像云朵般飘进这十间空着的房中去，成为蜘蛛、蚊子、蟑螂，打横、蜷曲甚至翻滚，一个人在同一个夜晚拥有十一间房是多么畅美。

想住哪间住哪间！多么阔气和美妙。

"老程，这些房间白白……"

一天，他旁敲侧击，想向程德寿讨钥匙。程德寿一眼看清他肠子：

"想换房间？哪间不都一样。"

天下男人，一样；天下女人，一样！

不一样的是人肚子里的肠子！

"丁！"

"丁丁！"

他一路敲着，感受一间间房从身边飘过。

一样？不一样。这些空旷的房间，那些寂寞的女人，怎么会一样？他能感受它们的呼吸，它们的期待，它们的温度和寂寞，甚至，它们的哀怨和起伏！

现在，钥匙是他野蛮的武器。现在，武器已经推到了罪恶的底部。

严丝合缝。

很显然，在形体和结构上它们是适合的。

都说一把锁配一把钥匙，可是这明明是另一把锁的钥匙！

他哑然失笑。

都进去了，再动一下又有什么关系？

他把钥匙柄从左往右转了半圈，咔的一声——

锁开了……

他变成一条章鱼潜进去。

空气中浓浓的霉味，是女人寂寞久了的味道。

等他准备紧急刹车时，一切都已经迟了，他跨进了第二间的门——

一痕月光照在墙上。微光中，程小峰极度惊讶地发现自己差点与房间里蹲伏着的一只巨兽撞个满怀！

再前进五厘米，自己脑袋就要主动塞到巨兽的嘴巴里去了！

猛兽的骚臊直扑气管，令他的胃一阵翻涌。

黑熊、山魈？看不真切。体形是极为庞大的，程小峰目测至少有五个他捆绑在一起的腰围。

窗户原封不动。兽究竟怎么进入房间，他没有时间去想，也没时间仔细分析。眼前的困局，扑上去搏斗显然是自寻死路。兽大概一脚就能把自己踩扁了！自己细嫩得白菜茎一样的脖子经不起兽的一口。

他后悔自己当初只想到桃花寺三个字的浪漫诗意，却没有考虑周详，桃花寺这片深山老林里还潜藏着兽的危险！

或者"丝瓜"是对的，应该早听他的话，第二天就住到村里去。这样喝了酒，还可以玩玩牌，看看脸蛋红扑扑辫子垂到屁股上的姑娘。

他长出一口气，闻到了浓浓的酒精味。今晚，程德寿捧出他珍藏了两年的高粱酒，他喝了二两，那酒醇香极了，也烈极了。

有火柴，他自信可以把嘴里呼出的酒精气点燃！他可以借此火玩一把喷火的杂技，把火焰喷到怪兽的脸上去，让它逃得远远的。小时候，为了验证一瓶酒的度数，他不止一次拿火柴点酒。酒是藏在液体里的火。他把酒倒在桌面上，一个瓶盖那么多，划一根火柴，酒上立刻跃动蓝色的火焰。那真是跳舞的蓝精灵！一直舞到最后，桌上剩下指甲盖大的一方，那才是水。火柴让酒精从水中抽身而去！

他摸摸裤袋——

不抽烟的人，怎么会随身带火柴?！

他蓦地一声长啸，表达对眼前境况的无能为力和全盘接受——如果有余生，就算不抽烟，口袋里也要带个打火机或一盒火柴。

按后来的分析，正是这烈如火焰的一声长啸救了他！这声长啸为他赢得逃命时机——时机来得如此突然——在猛兽扑向他前，他用一声长啸让它怔住，然后，房间里突地一暗！窗外月光被云挡住。

那一瞬，程小峰脚底四轮驱动，整个人极速倒了出去。

门外一团漆黑。月亮似乎不忍心看人间惨剧的发生，已悄然躲进云后。程小峰也忘记了自己进房间前走廊里三盏灯是亮着的。

他伸手快速在墙上来回抓，想抓住灯的开关线。一抓一个空，再抓，还是空！

程小峰急得要抽自己耳光：平时不管事,现在连根开关线都摸不着！

求救?

身边只有怕死鬼程德寿。

照巨兽模样，不要说一个，十个百个程德寿都于事无补，叫出来不过是多个垫背的。

他的酒变成冷汗从毛孔中冒出来。看来今晚是个生死劫！真是人生如梦，前半夜热闹喧腾，转眼却是悬崖绝境，欲唤无人。

他忽然想到了香。

香香的，暖暖的香。被窝里做着香香甜甜美梦的香！在死之前，要是能和香一起在床上跳支舞多好！

那次席散时，香在门口送。

程德寿过门槛，脚抬不高，门槛上绊一下，人往前趄趔，差点摔倒在地。香敏捷地一把捞住："老爷子，慢点。"程德寿手一摆："老骨头，摔不坏，照顾好后面人哩。"

程小峰就在后面。见香拿目光扶自己，目光里晶晶地闪亮着什么。他笑笑，香的手左手搭右手，香的手不知往哪儿放。"我没醉。"摇过香身边的时候他说。香点点头。干吗要说没醉？明明脚步已经是腾云驾雾，明明已经是醉了的，干吗不肯承认？

他希望自己也来一个趄趔，在刚好经过香的身边时。

现在，他希望自己摔毙在香面前，也比被怪兽生吞或撕裂好。

经书上说一人被狮子追到穷途末路，攀在一根悬在悬崖上的绳上努力攀爬。狮子不肯离开，就在底下候着，只等他手上力尽把持不住，落入它的血盆大口。他正松口气，庆幸自己手劲大爬得高且足以支撑，抬头时，却看到上方一只老鼠正啃着绳子，咯吱咯吱，很快就将啃断。绝望再次降临，然而脱身无计，只得自怨命运不济。低头时，看见眼前的崖上，一颗野草莓在绿叶中红艳欲滴。一时忘却身在险境，腾出手去摘下野草莓放入口中，那一份甘甜，使他瞬间忘却险境忘却生死……

黑夜是悬崖，香的唇，是多么红艳的野草莓！他多想摘下含进嘴里，毕竟，他还没尝过女人滋味……

月光哗然涌进走廊！

光明圣洁的月光！仁慈伟大的月光！是你使黑暗退避，是你将恐惧中绝望的孩子从黑暗中剥离。

月光从没像今晚这样让他感觉可爱。宁静的山峦和村庄，都笼在一个轻纱的梦中。轻纱的梦，人间的梦。他真想跳进这月光，狠狠扑腾一阵。这么好的月光，死在月光里也是值的。要是怪兽再追出来，程小峰决定直接从楼上跳下去，跳进月光。

死在月光里是幸福的。

程小峰透了口气。借着月光发现开关线原来就悬在离手半尺远的地方。命运总是安排得恰好，你绝望时，那一点仿佛永远够不着；你坚持了，它离你只是一点点！他嘿然一笑，牢牢捏住，把昏黄的光从灯里拽了出来！

灯光与月光，为人间绝望的人带来光明和希望！

稍稍平静下来的程小峰，在目光扫到走廊尽头的平台上时，心又揪了起来。

平台的尽头站着一个人！

特别高特别瘦。

一看就知道不是程德寿。

谁？！

程小峰大喝一声。

这声撕云裂帛夹杂劫后余生无限喜悦的喊声，显然把对方震慑住了。那人怔在原地。

程小峰借这当儿，看见一个两米多高的人，身着古代长衫，披散着长头发，站在平台上一言不发。

这个不速之客是背对着十二间的。程小峰借着月光再仔细一瞧，简直魂飞魄散——这个人竟然并不是站在平台上，他在平台外。

鬼！

程小峰不信鬼，可眼前的景象怎么解释？难道是藏身于十二间修炼成仙的不死道人？一袭道袍飘飘，一头披肩长发，都使人想到是从古代穿越来的。

今晚怎么了，又是怪兽，又是鬼魂！

谁？程小峰又叫了一声。

听到程小峰的第二声，黑影缓缓转过了身。

他转得很慢很慢。慢得程小峰眼睛都不敢眨一下。程小峰做好了心理准备：转过来的可能是牛头，也可能是马面，甚至，是一个吐出血红长舌头的女鬼！在它完成转身之后，要以最快的速度逃跑。

它完全转过身了，对着程小峰。

程小峰顾不上惊讶，一遍遍问自己：它刚才转身了？

一个声音斩钉截铁：是的，它转了。

这个背对着他转过身的人，既不是牛头，也不是马面，更不是一个吐出血红长舌头的女鬼，却比鬼更让程小峰心惊肉跳——它转过来的仍是背面！

无面人。

"谁——"

程小峰又喊了一声。

他忽然从心底呵呵呵地傻笑了起来！连面都没有的东西，你能替它喊出一张嘴来回答？

他忽然好奇极了。他现在决定去撩起无面人的披面长发，看看长发下是不是有脸。你不是没脸吗？你不是没脸见人吧？我偏要看看。

他向无面人冲了过去。走廊里的灯突然灭了。

月亮钻进了云层。

程小峰冲了几步，凝在平台上进退不得。等月亮再出云层，平台尽头已经空空如也……

他借着月光拉亮了走廊灯，失魂落魄地回了房间。平时难得一用的扫帚被用力顶在门后。顶好了，他还用手按了按扫帚柄，显然，它有些细。他又进里间搬了座椅出来，倒撑在门后。在四十五度倾斜的椅子腿后又垫了个脸盆。忙完防御工事，他才拍拍手，进入里间。

他第一次认真地思考了"丝瓜"的建议。思考到一半的时候，忍不住把写字台上之前捡来的一小块有头鹿形状的小石头，拿出去塞在门缝下。才虚脱般歪了身子倒在床上，鞋也不脱，灯也不灭。

死不可怕。可怕的是人生中许多美好的事物还没开始享受就去死，未免不值。比如，和一个可爱的女孩子在床上跳跳舞。想到跳舞，他忽然又有些恨起秦同学来。这是多么不公平！同样一双腿脚，他差不多腿骨走断才走到桃花寺，秦同学只是两腿高高翘起，在床上陪人跳个舞，就跳到省城去了。

原来人生是可以提前谋划的，为什么自己这么蠢笨呢？要选个人家不要、不敢来的桃花寺小学。

他在黑暗中呵呵笑了起来。等他再躺下去，他马上又浮了起来，四肢奇异地开始变长，变软，向着房间的角落探去。很快，他的肢爪布满了整个房间，无数的触角牢牢地吸附在墙壁和天花板上。他明白自己醉了！

他在床上辗转了一夜。

这一夜他不知羞耻地喊着两个名字！一会儿是香，一会儿是秦同学。他想抱抱香，却想和秦同学在床上跳舞。

一只巨大的兽爪悄悄捂了上来，将他死死地按在床上。

他眼不能睁，嘴不能发声，眼看三魂七魄就要从皮囊中被按出来。忽听得窗外嚓嚓两声，飞进两支利箭，一支直透怪兽脑门从眉间穿出，一支从怪兽后背穿透前心来了个透心凉，刚刚嗷呜作响的巨兽轰然倒在程小峰身上。程小峰强忍鼻端的腥臊之味，憋足最后一口气，使劲地将死去的巨兽推到床下。所幸那山一样的巨兽并不是很重，尤其让程小峰惊奇的是那怪兽跌落地上，竟然发出了嚓嚓的金属撞击声。他探头去看，不料巨兽虽然没有再压在身上，他整个人还像粽子般被巨兽的毛发捆扎在床上。他越是挣扎越是收紧，眼看要勒到脖子上透不过气，生死一线之际，他大吼一声："呀——"只见床下的巨兽在这声如雷的吼叫中忽然化成一道金光从窗口飞逝而去——程小峰睁眼一看，原来自己歪睡在床上，不知什么时候扯了被子，整个头脸被被子蒙住，刚才一声大叫中，头鼻嘴从被中挣脱出来。窗外已是一片晨光。

"嚓嚓——"

"嚓嚓嚓——"

窗外，程德寿用锄头在菜园地奏响了新一天的乐章。

"种菜喽!"

有几个黄昏,程小峰去操场上转圈之前,会跟程德寿去菜园看他种菜。

菜园中的程德寿俨然是个大导演,以锄头为指挥棒,指挥着一茬茬的菜或庄稼在他的队列和四季里上场:绿的上海青,红的朝天椒,再往东是一排挺拔的甜玉米,玉米下套种的缠绵多情的番薯把藤条在大地上铺开,写下了一句句情诗……那块呈扇子形的菜园,三十多平方米,被排得密密麻麻,千军万马,绿意逼人。虽没有灯光打着字幕衬着,演员们一棵棵一丛丛,都听话而卖力,以它们青翠的叶、妖娆的藤、娇艳的花、肥硕的果,把个菜园烘托得热热闹闹有滋有味犹如大片。菜地规划到了寸:南瓜、玉米、辣椒、番薯、青菜、萝卜——东南角还有三指来宽一角,五丛韭菜生机勃勃地驻守边疆。西南角较阴,三根大杉木和三十七根杉木条搭了井字形的南瓜架支撑起另一方天空。春天,南瓜秧从架子下往上爬,一起努力往上爬的还有畦间的豇豆、四季豆。藤很快就爬到了顶,一步踏空,袅娜地往空里去了。有时,那藤缠乱了,程德寿会小心翼翼地牵它的小手,嘴里嘟囔着:"别乱跑别乱跑,可得守规矩!"小心地给那不听话的藤,重新规划了攀爬的路径。他却小看了这些顽皮的小精灵,它们至多只听话一个晚上,第二天早上起来,它们早迈出一大步,往他所不知的角度绕出去了。于是他又得去把它抓住,训它一回,牵它回他指正的路上去,仿佛它们是不听话的学生。有时,这畦的藤和另一畦的藤就缠在了一起,拉着手,拥抱着,眨眼就分不出彼此。你的藤上开着我的花,我的藤上挂着你的果,袅娜出一派繁茂景象!那么自然明媚而生机勃勃。把他的皱纹衬得密密的,眼角的阴影映得深深的。那绿到后来密不透风、插不下脚去。于是到了后来,程小峰能够理解程德寿当初的那一声惊呼:"你这脚步,看,咳,菜呀!"连对一片菜叶,他都是那么慈爱。

但第一次走进去,程小峰却着实吃了一惊。两人跨过后门,眼前一阔,展开一片菜园。

要说这菜园有什么好,肯定是好的,甚至比母亲的菜园还好上几分。但他还没来得及深究,汗毛就竖了起来。

那真是一种说不出的怪异。

秋老虎描在密密麻麻的茅草上的黄，一根根、一叶叶，连成一片。风来，满坡的茅草起伏成黄色的波涛。一起一伏间，埋伏在草间高矮不一的土丘沉下或浮起，宛若在波涛中航动——程小峰坚信，正是这些漂浮在时光之上的航船，连绵不绝地载给他冷意和战栗。

那是桃花寺先祖的亡魂之舟——

乍一看，这坟岭有些像太师椅，东西合抱的姿势，把本地那些不再回来的人事和最好的风水都拢在了它怀里。程小峰不是没看过这些坟墓，站在二楼和站在这坡下，感受是如此不同。从上往下看，它们不过是大小不一的一方方土丘，可是从底下仰望上去，它们忽然被放大。似乎那黄茅草间藏着的只是另一片比人间略矮的家园，不定什么时候吱扭一声，会开出一扇门，飘出牛头马面的鬼魂。

死亡如此公平而又齐整有序地安置了那些曾经鲜活在山村的面容，死亡是他们和村庄玩的最后一次消失游戏。或者，他们还有一些未曾来得及诉说的话语，要借黄茅草抒写在天空。可是这风中的语言，还有谁能够破译？

程小峰手臂上的汗毛竖起，和秋风中的黄茅草一起轻摇。

菜园就在坟坡下面。

"哪里种菜不好，选这儿——！"程小峰瞥了一眼满坡的坟，喉咙里强行咽下了"鬼地方"三个字！

对菜园，程小峰有着天然的亲切。程德寿这片菜园和母亲的菜园太像了。

母亲的菜园是藏着魔法的。当童话里的妖魔化为大黄蜂飞来时，灯盏似的南瓜花开得正旺。这拇指大的家伙得意得皇帝似的，一朵南瓜花是它的一处行宫，南瓜棚上排列着它的三宫六院。它循着香气，这个洞里钻钻，那个洞里爬爬，爬得满腿满胯的花粉和蜜水。它连最嫩的那朵也不放过，使劲地用它长着毛刺的腿掰开，头先扎进去，整个身子随之探入，庞大的身躯压得花朵乱颤。程小峰见不得它嘤嘤嗡嗡地张牙舞爪，常趁它钻进南瓜花洞快活时，悄悄地移过去，五指收拢，一把捏住了南瓜花花瓣，将它封在里面。它被抓了现行，立时惊慌起来，放弃了拈花行径，竭力地扇动着翅膀，乱窜乱叫，要从花牢中逃脱出来。

程小峰拧断了花托，把花盏放到耳边。

花朵中传出惶恐不安的爪子在花壁上扑腾的沙沙声，翅膀在狭小的空间里极速振动的嗡嗡声，还有他自己的心脏在花盏里扑腾扑腾的回音。大黄蜂肥大的屁股后，一根时进时出的蜂刺，那根紫色的、针尖上还挂着透明毒液的尾针，他不是没有见过。这毒针和蜜蜂尾巴上的刺不一样。小蜜蜂把它的刺扎入目标后，肠子也会连带被扯出来，攻击机会只有一次。大黄蜂的毒针吞吞吐吐，可以无限进攻，这才是最可怕的。被蜂螫成大猪头甚至送了小命的故事，经常在乡村之间流传。程小峰可不想成为人们嘴上津津乐道的那个倒霉蛋。他的手指攥得更紧了。就是那一瞬间，大黄蜂咬破了花壁，把一个蛮横的头钻了出来。程小峰惊得脚往后一退。和小巧的蜜蜂相比，大黄蜂这彪悍的样子令人惶恐。最为惊心的时刻，是一根细细尖尖的紫刺从南瓜花壁中腾地刺出来，刺尖迅即滋出一小颗透明的毒液！他呀的一声，将花盏掷于地上，一脚踩上去——那蜂却在他的脚踩上之前，以一个极度圆润的飞旋姿态，嗡的一声飞远了。空中扑簌簌扬下黄色的花粉——程小峰经常想，这是魔鬼逃窜时放的臭屁。

来不及逃的蜂，会被踩扁在花盏中。黑色的身影和着地上被踩烂了的花瓣，南瓜花中间有根雄蕊，上面浓浓的粉被印到地上。这蜂也算是南瓜花中死，做鬼也风流了。

这样的游戏经常地上演。可是不管是加上角落里窝着的五步蛇，还是地头挖出的两头蛇，都不如母亲说的故事惊心动魄。

母亲说，皑皑白雪之日，父亲会在她的菜园布下布谷吊。那是用一根细竹和一根细绳加几粒玉米制成的陷阱。父亲曾经当面演示过。父亲演示的时候没有雪，没有布谷鸟，也不在菜园。

陷于农活中的父亲很少有这种闲暇。他仅有的闲情逸致都夹在右手的食指和中指中间，随青烟飘走了，留下焦黄的痕迹和一嘴黑色的烟牙。除了吃饭、打嗝、吸烟，他的嘴总是抿着。程小峰考上中师的那个暑假的一个雨天，当父子坐在阴暗的屋子里，隔着雨帘谈到往事里的一些细节，父亲突然站起身,目光炯炯地从屋里走了出去。不一会儿,抱来一堆东西。他们面前的地上多了竹枝、筷子、麻线、玉米粒、柴刀……父亲关节粗大的手一番劈削刮,眼前成型的弶秀雅而纤细,不像捕杀器具,更像女孩子玩游戏的工具或做女红的针线。他们来到门前,当那一尺来长的竹条弯成弓,半尺长的麻线巧妙地在玉米粒的外围布成小圈,无形的杀气就弥漫出来。玉米粒下装着开关,啄任何一粒玉米都能触发。竹条因本身的弹性回弹,麻线极速上拉,布在外围的圈子迅速收紧,套住布谷鸟的脖子,除了扑棱,连叫声也发不出来……

"喏,这样吊起来!"父亲的手指去啄玉米粒,开关一动,食指迅速被绳子吊了上去,程小峰耳膜上传来翅膀扑棱的声音,父亲的手指就是一只被吊起的布谷鸟。那个只会打柴挖地的父亲,突然之间,因会制作捕鼠闸和演示这个小小的动作变得高大可爱。

"早上去,一只只挂在那里,地里全是白,就那几只黑吊死鬼,吓人!"

这在母亲嘴里吓人的被吊死的布谷鸟,令程小峰无限神往,天天祈盼着下雪。然而大雪始终不曾在一个合适的日子来到,他也就未能在母亲的菜园吊到布谷鸟。曾经有一年,稀薄的雪盖在大地之上,大地披了一层白色的薄纱。程小峰雀跃不已,照着父亲的指导做了两个布谷吊,装在菜园里。但吊在白雪地里的黑,只在他的梦里出现。天刚亮,他就站到菜园里,他布的两个吊还卖力地守候在原地。他把左手食指套进去,"叭",吊了起来;又套了一只进去,"叭",又吊了起来!

"布谷、布谷……"

布谷鸟的叫声,仿佛不断提示着母亲菜园中永远未曾捕获的遗憾。

程德寿菜园中间,唯一碍眼的,是一方小坟墓。它长在菜园的正中间,像美人脸庞上的一粒黑痣。

"这是?"

"古(故)人墓!"

程德寿的声音有些含糊,程小峰听成古人墓,哦了一声。

和坡上黄茅草间的坟墓不同,这古人墓上杂草不见一根。看得出来,有人在精心侍候着它。对于这种事,程小峰向来是忌讳去问的。人家要说,他不拒绝听；人家不说，他也不强求。既然在程德寿的菜园里，他总觉得应该有些关联。然而有一回，虽然不便问本人，他还是有些忍不住地向丝瓜提起程德寿的个人问题："哟嘀嘀，莫提他，这个老光棍，没结过婚哩！"

不论程德寿的身影出现在菜地哪个角落，程小峰的视线最后都会落在菜园中那堆坟墓上。小坟的后面，竖着一架葡萄棚，棚上牵了两棵葡萄藤。看上去就像小坟的屏风。

每次看到这座坟，程小峰都渴望一场雪。

渴望一场厚厚的大雪，纷扬了世界，覆盖了菜园，也覆盖了这座坟墓。当白雪绘就白茫茫一片，这样，他就可以用上父亲装裱的技术。和父亲不一样，他会把裱装在坟上。他希望当他清晨推开窗子的时候，会看到白雪皑皑之中，孤坟之上，安静地吊着一只黑色的布谷鸟……

有阵子，程小峰决定在程德寿的菜园地旁开辟一小块地种黄瓜。

程德寿指指菜园边被黄茅草、茅秆和石块占领的一小块：

"先给一块试验田。要是行，咱们黄茅草丛里再拨拉拨拉，扩点面积。"

程小峰连连摆手："我就玩玩，给多了浪费。现在挖两锄，可能等会儿就逃走了。"

他把锄头抡成半圆形，兴冲冲地一锄就狠狠地挖了下去。按他的设想，这小块地，他用十锄头就给翻一遍，播种施肥，两天就整一片菜地出来。他将在他的菜地里种下黄瓜。

母亲的菜园中，最吸引程小峰的是黄瓜。

黄瓜成熟季，是兄弟仨最欢乐的时光。缠绕在苦竹架上的黄瓜藤，似乎有摘不完的黄瓜。开始时，它们开着一朵朵的小黄花，上面爬着瓢虫。程小峰花了很长时间才搞明白，花与花之间是不一样的。有的雄，有的雌。雄花是单纯的花，开了，谢了，什么也没留下。雌花拖着一根带刺的小黄瓜。小黄瓜的形状，让程小峰想到裤裆里的小家伙。小黄瓜们浑身带刺，一副受不得欺负的样子。他的小家伙可没有刺，还缩在一截小皮里。他就掏出他的小家伙给小黄瓜施肥。仿佛是一夜之间，小黄瓜粗了长了，一根根笔直地垂在巴掌似的叶子间，白的青的黄瓜皮上退去青涩，一副鲜嫩的模样。三兄弟等不及，拧下来，两手捏住，对旋一把，算是净瓜，就往嘴里送，咔嚓咔嚓。乡间可以当零嘴的，还有刚从地上拔起的萝卜，刚出土的番薯，以及果树上来不及成熟就被摘下的果子。相对于三个消化力惊人的胃，黄瓜的生长速度还是慢了半拍。原本一齐去菜园的兄弟，就错开了节奏，不愿再同行。有时，后去的难免会对某个刚被摘了的瓜蒂发呆。黄瓜架边上，往往种有番薯娘。在薯种窖里安静地待了一冬的番薯娘，被用大量的猪栏粪壅培在畦中。它既受了这优待，春雨一浇，便极为蓬勃地展示它的感恩与努力。将黄瓜架下的地面都收拢到了它的枝叶下。这一日，黄瓜架上只剩了一些还没有小拇指头大的细黄瓜。程小峰明白自己比他那脚步迅速的哥去得迟了。很显然，学习上近视的大哥在搜寻黄瓜上目力惊人，没给程小峰留下施展的空间。程小峰把每架上的黄瓜藤枝枝节节扫描了个遍，内心一片迟到的悲鸣。

他的目光从黄瓜藤跃到番薯藤。番薯藤茂密极了，像给薯垄盖了一层厚厚的绿被子。这么浓密的番薯藤，仿佛老母鸡展开翅膀，翅膀下孵着一窝的番薯仔。程小峰几乎透视到它们挤在藤根下胖乎乎的模样。母亲偶尔会挖上一丛，把拇指大的番薯仔放在饭甑下炊熟，看三个饿鬼抢得欢。其实没有被霜打过的番薯并不是很甜。一年中最先长出的一拨番薯藤，早被当作种苗扦插到了地里，到土地上用藤蔓写情书去了。这之后发出来的藤叶都被当作猪饲料，一茬接一茬地长，一茬接一茬地割。耙开泥层，总有一个硕大无朋的番薯娘盘在那里。有许多番薯娘还会把自己拱出地面，有的会烂在地里，没有烂的也因极度膨胀开裂模样丑陋。

他的目光咬住绿棉被中一片黄瓜叶。不仔细看，这根斜逸出去的黄瓜藤显得相当低调，藤条细小，叶片也不张扬肥大。两片，三片……它巧妙地把自己混进了番薯藤。嘿，这小家伙，想伪装出逃！程小峰弯腰，轻轻把它从番薯藤的纠缠中扯出来，准备绕到黄瓜架上去。

当他把它完整地提在手上，他是多么讶异：一根粗藤上才能见到的大黄瓜，孤零零地晃动在藤上，仿佛还在竭力要挣脱程小峰的手，重新钻回番薯叶间去。

这是程小峰吃到滋味最深的一根黄瓜——那些貌不惊人深藏不露的，都可能在暗中偷偷孕育着大瓜……

"丁——"

锄尖冒出火花，锄柄弹了上来。

"呀！"

他虎口一阵发麻。

"嗐，别心急。石头先捡再翻泥——这锄头我用了二十年哩！"程德寿说，走过来，满眼心疼，弯腰，从草中甩出几块石头。

泥土下密密麻麻地盘着草根，程小峰扯了一条茅根，剥了外面的皮，显出白白嫩嫩细藕似的一段，放进嘴里嚼。

"甜！"他说。他嘴里咬着甜茎，锄头又高高举起，挖下。

再举起时，他看到自己高举的锄头齿上，挂着一块黄黄的骷髅头盖骨！

钥匙插进去，门吱呀一声。

程小峰念声阿弥陀佛，紧捏门把，也紧捏住手心里的汗，整个人的力量都悬在门把上。他做着随时要拉紧门开溜的准备。死于梦中的巨兽说不定还在门后生龙活虎，等他自投罗网。

操场上学生三三两两走过。没人注意他。他把门推开了一条缝，觑了一眼。第一间，空空荡荡！

他舒了口气。把门推进半尺，人闪了进去。想了想，又回头把门全部打开。空气中隐隐有一丝腥臊气。他的目光投向中间门，心怦地一跳——门是关的！

昨晚逃出来时关门了？

也许，是风关上了门。

他没有印象。生死攸关，除了命，已经顾不上其他。最后两步，他灵机一动，是倒走进去的。边倒边回头往后看。这样，一有情况，可以拔腿就跑。

浓烈的腐烂气息涌进鼻腔，让他的胃里阵阵翻涌。这是死的、腐烂的生物才会发出的气息。难道昨晚碰到的是死兽？

房间里果然蹲伏着一只巨大的"怪兽"。

程小峰的视线一接触到"怪兽",脚底就起了旋风。人已经在走廊上。

他拉紧房门,平静下来。鼻腔里塞满的腐臭味鼓动着他又轻轻推开了门。

腐臭味似乎在宣告,就算是怪兽,也是一只死去的烂怪兽。

房间内一张空木床,一个写字桌,桌子上空一盏悬在电线上的白炽灯。

诡异的是房间中间,床与桌子之间矗着一座塔。

那个让他误以为是怪兽,散发着浓浓腥腐味道的"怪兽",其实是一座比人高的"金字塔"!

再仔细一瞧,这是一座散发出浓烈腐臭气息的塔!由无数的死昆虫、花生壳、稻谷粒、榛子、鸡骨头、死青蛙、蚯蚓、蝗虫、干花、麻雀爪子和头骨堆成。

他明白了,一直以来闻到的那股若有若无若隐若现的腐臭味,就是从这五号房间的"金字塔"里飘散出来的。只不过因为平时中间门关着,飘出的气味不会过于浓烈罢了。

什么人会在这空房间里摆造出一座"金字塔"?是整蛊还是巫术?

程小峰有一种强烈的不祥预感——这十二间,除了他和程德寿,一定还有另外一个人!这个人利用十二间的空房子,在进行某种神秘的巫蛊术。

他抬头望向天花板时,突然扑哧一声笑了。那金字塔的尖顶上方,有一个和他床铺上方一样的松疤眼!

他决定去找"丝瓜"。

"丝瓜"高架着右脚,嘴里哎哟哎哟。他的耳朵正被阿珠扯长了训话:"做鬼做鬼,这下好了吧?把自己的脚搭进去了。"

"轻点,隔墙有耳。"

"怕什么?我就是要让人知道,好好的老师不做去做鬼。还有,你这个当叔叔的,心甘情愿扮鬼给侄女做媒。做成了,那些侄女给了多少蹄膀吃?"

"这是于村于家有利的事,你就不能小点声。"

"我小声得还不够吗?一天到晚正经的事不做,要去做鬼吓人。做就做了,还把脚崴了。你不能少喝点酒再去?逞能!"

"哎哟,轻点。我还不是想趁他酒喝多,眼睛看不清时糊弄一下。"

"你就算得这么准?"

"前几个,那是一算一个准。这个酒喝多的人,要么找水喝,要么起床吐,这几个动作是逃不了的。"

"好,算你准。那把自己搞成这副德性,我问你,猪栏粪谁挑?山上的番薯谁挖?茶籽谁摘?你倒是会挑日子,人家农忙,你享清福了。我看你是故意逃避劳动。"

"咦,我是这下作的人?"

"你不下作,那我问你,你这时节不下地干活,扮鬼把脚崴了,这些活我一个人做不下来,咋办?"

"夫人,人是活的。那些庄稼在地里,它们自个儿不会跑路,早两天收迟两天收,都没大问题。最多雇个人帮你一下,就全收回来了。我地上的活干不了,不下地的活可不受影响。""丝瓜"朝阿珠挤眉弄眼。

"雇人?你以为你是公办老师?不撒泡尿照照自己每个月发多少。我那天问了小程老师,到底是年轻人厉害。刚毕业,每月二百二十元,是你双倍哩。你还雇人!自己不硬,责任田还雇别人耕。"

"可不是,我做鬼白做嘛,看中的正是这一点!咱们桃花寺天高皇帝远,只有这公办老师是旱涝保收,所以嘛,我想把香也……"

"没见你这种当叔叔的。你的侄女就那么愁嫁?人家叔叔都坐在堂前等着喝老酒。你就不能正经请个媒人撮合,要这样不三不四扮鬼帮忙?"

"这个就是你女人家的短见识了。你看看我那些嫁出去的侄女,现在哪个不是穿金戴银。两个还当了校长夫人,人见了都尊敬得不行。问起是桃花寺的,都夸她们命好。命好,还得设计路线,往好的线路上去命才好。"

"哟,设计师,求你帮我设计一个公办老公出来。"

"你呀,不是我夸自己会看相。你这相,一看就是公办老师夫人的命!

我老余头找当家的,那可是精挑细选,千里挑一的。你到镜子里照照,就凭你这脸庞,福气满满,顶呱呱的一个旺夫相。你不旺我,我怎么能成了代课老师?你看乡里原先定的是塘石村村书记的儿子吧,他来代课,他有那命?没来报到就得病死了,这位置就给咱留下来了。后来代课转民办,名额也是有限制的,不是你逼着我看书,我还考不及格。比最后一名就多了零点一分,你看看,要不是你严格要求,我能放了扑克牌去看书?这就是旺夫呀!"

"算你有良心!你要转了公办,敢在村里那些骚娘儿们面前卖弄,看我不把这祸害切了!"

"夫人说到哪儿去了。我这一身,从头到脚,从皮到骨,都绝对是忠于夫人的。要有异心,就该扮陈世美,哪有把自己弄成鬼去招惹娘儿们的?"

"狐狸精爱的就是鬼。"

"男人嘛,哪个不爱东钻钻西钻钻。就拿这小程来说,昨晚我就在想,这家伙不要从别的房间钻出来吧——嘿,他真从别的房间钻出来了。钻出来也就罢了,我说,别向我这边跑。他偏就向我这边跑来了。我说跑来就跑来,这走廊里的灯给我全灭了吧,它就全灭了。我心说别崴了脚,唉,你瞧,就这么灵验!"

"你就瞎编去。我看是被人家老公发现了,跳窗子摔的。"

"敢那样,天打雷劈。"

"天打雷劈都不行。"

"丝瓜"愣了,不知道女人葫芦里卖的什么药。女人却给了他头上一个爆栗和脖子上一劈:

"要打也是我自己打,要劈也是我自己劈,干吗要便宜人家——老天爷也不行!懂了吗,民办老师,你死也要死在我的手上!"

"不!""丝瓜"一把将女人扳倒在腿上,"死手上有什么味道,要死你肚皮上!"

两个人用比平时慢两拍的速度,在床上厮杀了一阵。中途是"丝瓜"哎哟哎哟叫唤得多,女人叫唤得少。最后男人全身一颤,凝在女人肚皮上汗流浃背地死了一回。

女人等男人活转过来，用手拧他的胳膊："死东西，脚崴了，劲道挺得更足了——你在捅猪呀！"

"丝瓜"说："谁让你嘴巴老的。"

女人说："不骂你，还真不知天高地厚了。我问你，你做鬼做得脚都崴了，你的兄弟知道不知道？"

"丝瓜"说："这个不关他事！"

女人说："不关他事？崴脚当然不关他事。请你喝酒吃肉关他的事，让他来帮忙下地干活关他的事。"

"丝瓜"说："到时叫他来帮忙就是。"

女人说："我不叫，要叫你去叫。"

"丝瓜"说："我叫我叫。啧啧，这头野驹子要驯服了，我看是大收成。"

女人说："人家家里有金山还是银山？"

"丝瓜"说："就凭这小子眼里有火焰！你想，别人见了鬼都逃得远远的，他还冲过来。什么胆识？做大事的胆识！我看香要跟了他，不愁没好日子。"

"就你瞎操心。他来了一个月，你扮鬼半个月，好不容易遇上一回，脚崴了。不看看这身老骨子，经得起几回闪失。"

"丝瓜"说："看来得出大招！"

女人说："有什么大招先留着，还是先看看我们妇道人家的手段！"

"丝瓜"说："可别赔了夫人又折兵。"手在阿珠肚皮一撑，人又骑了上去……

香来了。

拎着篮子。篮子上覆着一块碎花蓝布。

香从"丝瓜"家一出来，背后就跟了两条狗，一黄一白，左蹿右跳。狗嘴时不时蹭到篮筐上。

香笑着骂："不给你们吃！老师才有资格吃！你们又不是老师。"

她把篮子拎得高高的。老师两个字说得重重的。

路上有村里人问:"香,送饭啊!"

香点点头。

香心里美着,也有些慌。她不知怎的,就加快了脚步。

她走了两里多路,站到白莲桥上,才用手背抹了一把额头上的细汗。这天她精心梳洗过头发,选了最漂亮的衣服鞋子。她一跨出家门,奶奶就笑眯眯地对邻居说:"我家香香,可真是好看!"

"好看,好看呢!"

端着碗吃饭的邻居,看着香连连点头,碗斜到一边,碗里的粥溢出来都不知道。

一路上,都有人喊"香!""香!"

有人是喊香的名字,有人是嗅着鼻子,说香提着的篮子里的东西香。

香篮子里装着包子。她和"丝瓜"老婆包的包子。

香站白莲桥上望桃花寺小学,赫然一座江南小布达拉宫:层层梯田顺坡直上,一直铺陈到围墙边,围墙之上,四棵大树风姿绰约的树冠亭亭如盖。树冠之上是十二间的二层走廊及黛瓦,层次分明,越发显得坡顶的十二间巍峨庄严;望向村庄那边,隐隐白云生处有人家,最近的一户也在二里地之外。那边的人间烟火丝毫影响不到这边的书声琅琅,真是读书的好地方。

香就是在桃花寺小学读的小学。不知怎的,以前看到桃花寺小学,香是平静的,今天的学校让香胸口胀胀的。

围墙外面,桃花寺人用锄头画出层层梯田。四季里,稻麦油菜轮番填色,瓜果四季飘香。蚯蚓般的山间小径蜿蜒而下一直到脚下的桥边。五月的艳阳里,学生走在路上,探手就可以摘下红艳欲滴的覆盆子或紫色的桑葚塞进嘴里去。有时随手扯下路边蔓下的蚕豆荚,剥出清甜的嫩蚕豆。桥横涧而跨,涧深水急。远处望桥,溪上半圆,溪中半圆,一轮圆月间满是垂下的藤萝,加上桥面几株狗尾巴草摇曳得甚是挺拔,显得既清冷又有诗意。香不知道自己就站在一轮圆月上。她不明白这样好的一座寺庙,怎么会突然没了和尚;又觉得造了学校是多么好,自己在这里学了习,现在村里的子孙后代都可以在这里学习。以后，她的子孙也可以到这里学习。想到这儿，她吐吐舌头，脸红了。她听到深涧中流水声声，向下望去怪石嶙峋，高低每处都深达数十米，猿猴难攀。人在桥上，时间一长寒气逼人。而藤萝长挂的白莲桥上若设一关卡，双向防守，外面攻不进，里面也休想逃得出去……

她吐吐舌头，又顽皮地笑了。她想到了在这桥上设一道门，加道锁，把老师都关在虎尾山那头。她就可以天天给他们送饭。

到了学校，香喊"丝瓜"到操场上。"丝瓜"狗一样高跷着一条腿，毫不客气地吃了两个大包子。吃完，瘸着脚一个班一个班地带着香给老师送包子。香大大方方的。到了程小峰面前，却忽地有点忸怩。扯着篮子上的布角不说话。"丝瓜"对程小峰说了句吃包子，顾自到边上去了。

香把篮子上的蓝布揭开，提起。原来她之前一直不曾揭开的地方，还巧妙地卧着三个她自己包的大包子。这三个大包子，连"丝瓜"她都没舍得给吃。

"好大的包子！"

"婶婶说，自己包的包子，给你——给老师们尝个鲜。"

"我尝一个。哟，这包子真好吃！"

程小峰一口气吃了三个。他是饿了呢。

"这三个，是我包的！"

香低声说。

"那可以到城里开包子铺了。"

"真的？"

"真的。比城里包子铺的包子还好吃。"

香低头看着鞋，抿嘴笑了。程小峰忽然想到了李子树在革命纪念碑下啃蛋糕的情形。那蛋糕，一定是和香嘴角的笑一样甜的吧。

程小峰望着香走出校门的身影，忽然觉得"丝瓜"们的生活其实挺不错，与世无争，自得其乐。这么一想，便恍惚间成了"丝瓜"，而远去的香，便成了阿珠。这么一替换，他的魂便贴到了香的身体上去跳起舞来。

他又想起了程德寿的话。

要是他们有个孩子，将来一定会在这个学校读书，在操场上跑来跑去，大喊大叫。

程小峰被这个念头吓了一大跳。那么，他还真需要一幢两层楼来装下他们娘儿俩。

晚上，"丝瓜"搂着阿珠说："包子策略是对的。接下去气糕、冻米糖、豆腐干、麻糍果都可以上阵。先把胃拿下，再慢慢拿他的心。这次我看那小子看着香，眼里出糖了！"

阿珠拿手指头一弹"丝瓜"的前额："所以嘛，我都不知道你脑子里装的是什么念头，人不做要去做鬼？"

"丝瓜"说："之前不是成功了五个了嘛。夫人英明，咱以后不用那下三滥手段了！现在的年轻人，就该自己主动些。"

阿珠说："我看香就比你那几个大侄女灵活聪明，她包的包子，一上手就比人家包得好看。"

"丝瓜"说："就是，我老余家的人，什么时候差过别人家了。"

阿珠说："去去去。你听外面人家怎么说你？"

"丝瓜"说："怎么说？"

阿珠说："说你是请鬼做媒。"

"丝瓜"说："呸，他们有本事也做鬼去！"

白炽灯光在信纸上流淌成一条河，里面游动着一群米粒大的小蝌蚪。这是继母亲交给他信之后，程小峰接到的程大峰的又一封信。

"峰弟——"

和程小峰刚劲有力的字体不同，程大锋的字和他的人一样矮胖，笔画与笔画之间粘连不断，不知这和他后来选学英语专业是否有不可分割的联系？

"真为你高兴！这是可喜可贺的大事！这大概也是我们程家祖宗十八代最值得烧高香庆祝的大事！我们程家祖祖辈辈，终于有了脱下草鞋穿上皮鞋的人！而你是第一个！为了纪念这个伟大的事件，我专门到学校的操场上跑了三圈，流下了酣畅淋漓的汗水。不是矫情，兄弟，这汗水中有我的眼泪。知悉你毕业走上社会的消息，愚兄真是又高兴又惭愧！我虽然年长两岁，可每每想到现在还要家里来负担，就心里常常不安。但是现在，你用毕业证书拨开了堆积在咱家天空的阴云，把阳光带到了爸妈和全家的脸上。你是我们程家的功臣。和你相比，我是多么惭愧啊！不像你今后有了自己的工作和生活，可以自己养活自己，不再是家里负担，也高兴咱们的父母又少了一分负担。唉，每次回家看到他们脸上新添的皱纹和新长的白发，我都会心痛不已。不知道你可有同感？相信你一定是有的。可是有什么法子，我作为老大，不能为家里出力，还要家里供着读书，也只有咬着牙关苦了二老了。能够让他们早点从重负下解脱，早点安享晚年，是我到了大学校园后每天都在思考的问题。有时想得多了，整晚整晚地睡不着觉。但是正像诗人所说的，冬天已经来了，春天还会远吗？今年暑假我没有回家的原因，已经在上封信里说过，我要靠勤工俭学来为自己赚下学期的杂费。这也是想为他们减轻点负担吧。可是这样一来，咱们兄弟就不能在暑假里见面了。我是多么想和你一起到门前的小溪里捉鱼摸青蛳呀。请你到了新的学校，一定要在第一时间把地址给我，我好联系得上你。

"我猜想，你会被分配到一所窗明几净的学校。我祝愿你最好是分配到一所城里的学校，这样，你可就成了城里人啦。以后，你的孩子也就成了城里人，咱们程家的子孙，也开始有了城里人的血统……"

城里人！

这三个字令他忽地无比气闷，整个人透不过气：光宗耀祖的虚荣心作怪也好，城市散发的令年轻人无法摆脱的魅力也好，现实是他向往的城市在展示了她的香艳之后，留给他的是无情的背影。他曾经如此接近城市，如今又离城市如此之远。尤其不堪的是，这地方看上去比他自己的乡下老家还要闭塞！

他将窗子哗地打开，希望虎尾山清凉的山风让自己发涨的头脑冷静一下——

一坡坟墓在月光下呼地扑到了眼前！

黄茅草拂动间，密密麻麻，矗立或隐现的，全是桃花寺人的新坟旧墓。那些行走并盛开在桃花寺山水间曾经无比鲜活的面孔，现在静静躺在坡上，整齐划一。一座座坟墓，默默列成肃穆无声的阵势，对阵着一墙之隔的学校。这是多么奇妙的对峙：生与死，明与暗，死寂与喧闹，鲜活与腐朽，黑夜与白天！

一边生机勃勃，阳光灿烂，茁壮成长；一边悄无声息，阴风阵阵，静寂无声！

它们静静地对峙着！满坡的黄茅草在风中呼啦呼啦作响。良久，他拉灭电灯，静静躺到床上……

轰隆隆！头顶忽然滚过一阵雷声。

"老灰！"

他欣喜地叫出声来。

从高空俯瞰，横贯浙皖赣三省的千里岗山脉犹如巨龙蜿蜒。到浙西这一段，缩小到地图上，便会发现这截龙脊刚好穿过神秘的北纬30度。百慕大三角、埃及金字塔为这个神秘纬度贡献了飞机神秘失踪、木乃伊返魂的传说，为世人瞩目。这千里岗地带山花烂漫人事代谢，都被一片白茫茫云雾罩住了，外人无从得知，里面也传不出去。时光如落叶，年年只是再新添一层。在重重叠叠的万山图中，海拔一千四百五十三米的虎尾山以浙江开化县海拔第三的卓然之姿压阵在千里岗山脉尾部，与相隔不远面对面的莲花峰，把桃花寺村紧紧拥围在怀中。在1999年7月，新华社一条不足二百字的通讯震撼全世界之前，桃花寺这块坠在千里岗这条长链上的绿翡翠一直含蓄静默与世无争，以致似乎偶尔要在菜市场和餐桌上才会被人提上一句："高重噶？（哪里的？）""都花社噶（桃花寺的）！"说的人和食的人，于是都肃然起来。卖家因这一句，身价倍增；买家因这一句，便不再还价，占了大便宜似的丢钱捧物就走，怕落手迟了后悔不及。

以莲花峰和虎尾山为首的一座座山，穿着雨纱雾衣，仿佛一只只饱满丰美的乳房，毫无保留地哺育了一代又一代的桃花寺人。桃花寺人喝着让牙齿洁白的山泉，吃着从田地里收获的一茬茬散发着浓郁香味的土种庄稼，吸着常能醉人的负氧离子含量高得惊人的空气，听着鸟雀日日免费的演唱会，啜着自采自炒的老茶泡出的浓汤，品着自家种出的糯米酿出的土酒,抽着用烟筒装着的烟叶,嘴里喷出长长而惬意的一声"啊",变成了房屋门前的那一朵朵白云。"手捧苞萝粿,脚烤白炭火,除了皇帝就是我!"他们既从不曾向外界展露过他们任何的不幸,也不曾向外界展示过他们的大幸。日日年年,桃花寺以"晴天一身雾,微雨满山云"的日常装束把自己遮掩得严严实实,似乎更愿意遗忘了世界,又最好被世界所遗忘。

白日的疲累开始从程小峰骨缝深处发出喵喵的叫唤。

那是一只丰满的黑猫。程小峰每次舒展筋骨,从脊椎、腰椎、颈椎、膝盖揪出它的半块耳朵两片睫毛,便架不住它轻风般柔软的叫唤,一次次被抛入云端,眼睛再睁不开。很多次程小峰醒在枕巾的大片湿痕上,嘴角拖长长一条。他明白身体住进了疲惫的河流。

山里孩子的基础之差,远远超过小峰的想象。程小峰感觉自己教的不是五年级的毕业班,而是一个一年级知识都没掌握好的烂污班。明明应该讲新课,他却不得不从一年级的拼音重新讲起。一年级、二年级、三年级、四年级,再到现在的层级!一遍又一遍,他听见喉咙在嗞嗞冒烟。大量的山泉水浇灭不了他心头的焦虑。这焦虑像烙红的铁块一样炙烤着他的身心,迅速地消耗着他的精力。

黑猫乘虚而入。

这之前,刀切般整齐平滑的睡眠显然使校长和同事惊诧不已,纷纷过来探问。

"老怪没来吓你?"

这几乎已经是"丝瓜"每次见到程小峰的出口腔。自从脚崴之后,他更瘦了。风一吹似乎就可以把他刮倒。偶尔的聚会喝酒释放了劳累与压力,更多的却是朝九晚五的平淡与平凡。

程小峰关心了"丝瓜"的脚。

"你脚?"

"唉,老了,不中用了。你嫂子让我去搬根木头,就搞成这样了。就是一根圆木坏事,人站着还好,再加根木头的重量,手一提,它滚动起来,把脚给崴了。"

"要有无面人那功夫就好了。"程小峰感叹,"整个人就悬在那空中,脚就不会崴了。"

"鬼嘛,人怎么能和鬼比!痛快点,一句话,要不要到村里去?"

"我偏就不信这个邪!下回见到了我得把他的长头发揪下来,看看里面到底是个葫芦是个瓢!"

"你个天煞星,在古代是要当将军的——反正一句话,我老余家的门随时为你开着!"

不止一次,程小峰站在平台上看着黄昏从虎尾山上降临,姿势怪异!仿佛一只羽翼覆天的怪鸟,突然从天而降直落面前,把桃花寺紧紧地裹在它的羽毛之下。

程小峰站在操场中间仰望虎尾山庞大的身影,特别是那根高高的虎尾直刺夜空,也许他应该找个日子征服它!平凡的日子既然征服不了世界,那就征服眼前最高的山吧!

这应该是一只天虎!它本应在天庭里雄风凛凛,逡巡天宇,威震天下,受凡间膜拜,却不知为了什么猎物,一头扎进大地再不能翻身。

它是追可爱苗条的母老虎,还是膘肥体壮的野山羊?还是为了与另一只公虎搏斗,不惜舍命一战?

程小峰眼前闪过秦同学的倩影。

世间人都是老虎吧,王侯将相追龙椅,普通百姓追名利。秦同学何尝不是一只奋不顾身的猛虎,只不过她献出的不是虎头,是白花花的大腿罢了。

天下值得不要命争取的东西,究竟有多少?

程小峰收回目光,直视脚下。猛虎最后是捕获了心爱的猎物,还是白白牺牲了气力与勇猛,只留下雄壮的身躯和尖尖的尾巴直刺苍穹?

这么一想,虎尾刺向天空,又犹如一个问号——自己为十二间而来,算不算不要命的一扑?如果算,这不要命的一扑,真的就只是为那一张床一间屋?

他不由得想起了双手叉腰的李子树。李子树想十年内让小县城人知道他的名字,诚然有些井底之蛙的可笑,然而毕竟他是有着理想与目标的,他程小峰呢？

晚风中吹来山林的寂寞。山寂寞地站着，树寂寞地立着，草寂寞地摇着，虫鸟寂寞地唱着。

月光寂寞地照着。

他程小峰寂寞地站着，想着。

鼻端饱含负氧离子气息的空气，混杂了这钱塘江源头深山老林里一千多种植物的美妙呼吸，深深沁入程小峰的肺腑。或许，在深山里安静地做一棵树，安静地吞吐芳华岁月，也是一种美好的追寻吧！

平台上，另一个孤独的抽着烟的身影静立不动。

烟头红光一闪一闪。

这天，程小峰蹲在菜园地边上看着程德寿深一脚浅一脚在菜园地里走动，忽然脸上露出了欣喜之色，借口上茅厕，匆匆离开了菜园。

他在二楼的平台上站了很久，不时向栏杆下探望一番。突然，他发现了什么似的，从平台上几个箭步跳了下去。两棵秋天的石榴树顶着稀疏的叶子，好奇地看着这个瘦高的年轻人纵来蹦去，在草地上低头弯腰，不知道在寻找着什么宝贝。花朵是要明年才开的，青春么，在他自个儿身上带着，他在寻找爱情吗？要是程小峰可以读懂它们在风中的语言，它们是在说："爱情啊，它暂时不会来这个无人的角落！"

有一阵，程小峰脸上乌云散尽，一副豁然开朗的样子，仿佛他已经知晓了某个秘密的答案。但当他重新走上二楼从栏杆尽头探头往下看时，疑云又重重地布上了额头。

蓦地，他的眼里发出了亮光。似乎他在草丛中找到了自己想要找的。他对自己的聪明满意极了，频频点头，脸上露出了会心的微笑。

在天空横飞的蝙蝠，看到一个瘦高的身影跃出花坛时，右臂猛地向空中一挥。极其自信有力的一挥！

几天后的一个夜晚，一个手持三节手电筒在桃花寺小学坡下连夜割番薯藤的村人，在他割好了番薯藤，童心大发地把电筒光从虎尾山尖上方的夜空一路降下来，降到十二间走廊高度的时候，看到手电筒形成的光圈里，一个明显高于常人的鬼影，从光圈的右边快速地飘了过去。这个早就听惯了十二间有鬼传闻的村人，顾不得他的番薯藤挑子，连滚带爬地逃回了家。十二间走廊上有鬼的传闻，在天没大亮时就传遍了桃花寺全村。

"是一个长发遮面，转过头来还是背面的鬼？"程小峰好奇地问一大早就来谈鬼故事的"丝瓜"。

"不知道。反正速度很快，一闪就过去了！"

"丝瓜"手指从十二间的右边向左边一划："比这还快！"

程小峰一惊，以"丝瓜"手指滑动的速度，自己的双脚绝对是跑不过的。

"究竟谁是鬼呢？"

"你，就是你——"

短促的吼声把站在做操学生队伍最后的程小峰和"丝瓜"的对话打断了。只见台上训话的校长突然一跃而下，携着滚圆大肚皮，粗短的食指朝程小峰鼻尖方向直戳过来。

"你，你，就是你——"

茫然间，程小峰一时竟不知所措。眼睁睁地看着所有的学生都转过了头看着他。他像被剥了皮捉了现行一样难堪。这难堪沉重地压着他，使他动弹不得。

"难道——"他艰难地吞了口唾沫，"鬼附身了？"他低头看了看自己的衣服，并没有变成鬼服，摸了摸脸，也没有被长发遮住。那么校长身上一定有面照妖镜，能照出常人看不到的鬼影。

手指已汹汹而来！

他甚至清晰地看到了酸菜屑粘在奔跑着的校长右边第三颗牙齿上，一股酸酸热热的气息在想象中直扑鼻端。

"就是你——"

要是此刻有一个能让人瞬间消失的地洞，或者自己真的变成一个飘来飘去的鬼多好。但地洞没有如期出现，他也没能变成老鼠。

他只有眼睁睁地看着！

他两只睁得牛眼一般大的眼珠,盯着那根就要点到鼻尖的手指,在距离鼻梁新冒出的汗珠二寸的距离拂过,然后继续冲前戳去!

"你,你,就是你——"

身后学生队伍波浪似的漾开,在校长从道间弯腰疾行过后又迅速合拢,恢复原来的宽度。原本松垮的链节上,歪的直了,散的紧了,队伍变齐、变肃穆!

校长直戳到队伍的最后,绕个弯,又从另一排戳回来:

"你,你,就是你——"

队伍被这根手指切过去、割过来,一阵骚乱后,变得异常齐整安静。校长跳上台去,双手叉腰,俨然是一个大元帅,训得唾沫横飞。

学生进了课堂,程小峰问校长:"这么你你你,就不累?我开始还以为你指我嘞。"

"一指定乾坤!这些贼皮,你单独点名,没点到他的懒得听你。就得这样对付他们,让他们摸不着头脑。要是让他们摸着了,还不爬你头顶拉屎拉尿!"

"你,就是你——"校长边喊边追击过去。一个错过上课铃慢吞吞在操场上走着的学生,舌头一伸,极力向班里奔去!

比风还快。

风的后面,程德寿从操场上走向教室,背影瘦而微驼。

晚上,在程德寿进房间后,村人电筒照到过的鬼影静静地出现在了程小峰的房间门口。它在程小峰房间门口站了很长时间,忽地朝走廊上飘了过去。一只和它并排的萤火虫,一路追着飞,并没有看到这飘动的鬼影下面有脚。

鬼影飘到五号房间门口,停了一下,飘了进去。萤火虫跟得太紧了,被一起吸了进去。它先是在外面空荡荡的房间飞了两圈,很快发现那个带着它进来的影子不见了。它飞进了里间,连打了三个喷嚏。对了,这是一只患过敏性鼻炎的萤火虫。它的鼻子天生对腐烂的花生壳过敏。现在,它的鼻腔冲进了浓浓的烂花生壳味道,鼻炎马上发作了。

好在它的喷嚏声是这么轻,惊不动那个静静立在"金字塔"边的鬼影。

它想走人,可这静静悬着的家伙激起了它的好奇心。它索性停到它头顶上,舒舒服服打了十三个喷嚏。

后来,它就睡着了。醒来的时候,发现鬼萎在地上,只不过是一件长袍……

时光被小铁锤在尺长的一段铁轨上敲成了各种形状:三角形、四边形、梯形、菱形、椭圆形……老师和学生在这些时光的形状里进进出出,一会儿轻,一会儿重,一会儿快,一会儿慢。不同的是年少的在长大,年长的在老去。

三角形的时光是学生的作业整理课。这三十分钟每每让程小峰想到一块小蛋糕。他常在这块小蛋糕一样甜美的时光里发发呆,想想秦同学和李子树,背背唐诗宋词元曲,有时他会忍不住轻轻笑出声来。想到自己和李子树都不是什么好人物,因为看小说时,他们都只对那些"此处删除某某字"的章节特别感兴趣,找到一处就折角标记,以便一遍遍温习。最后一数,竟有十六处之多。便装作正人君子的样子,怒骂作者真不是好瓜……

课间,师生比课上更步调一致,一同穿过操场走向茅厕。女师生待遇要优厚一些,办事都在房子里,还有门板遮羞。男老师和男学生则大小事区分。解决大问题一溜蹲坑,小问题尿槽边一字排开。

"小萝卜条!"

"丝瓜"每次解完,朝小便池啐一口痰,顺便对边上的小男生吐槽一句。每回都把边上的小泥鳅吓得哧溜一声缩回裤子。

程小峰第一次拉完小便,看边上两名小学生以极为惊吓的眼神盯着他手中的那段紫皮甘蔗,便一跺脚,轰走了两只少见多怪的苍蝇。

这一日,"丝瓜"和程小峰凑巧一起在尿槽边。"丝瓜"偶然一瞥,见了程小峰的,霍地吓了一跳:"你这是吃了神药还是练了神功的?"

程小峰排完,手持着抖了两抖,塞回裆中,朝"丝瓜"挤挤眼睛,对"丝瓜"说:"现在好了,大家都三条腿,独你是四条。"

"四条屁用,不如三条,晚上奶头山都爬不上去。"说完,他眨巴着眼睛,"村里有人瞧见走廊上鬼飘来飘去?"

"丝瓜"边提裤子边朝十二间努努嘴。

"鬼是不怕,上回一个无面鬼见到我还是它逃走。奇怪的是昨晚睡到半夜,又听到山里有小孩子在哭!呜呜呜的。"

"无面鬼?你和老怪物说过?"

程小峰就说了一遍:"不说。怕德寿老师吓着。"

"我就说是有鬼的。只是这无面鬼之前倒没听人说过。你刚才说什么有孩子哭声,男孩女孩?"

"开始时听着是男孩,后来又像个女孩。这山里你不是说没人住?"

"小孩子的哭声,我们以前也听到过,这就奇怪了——"

"当——当——当!"校长一把小铁锤在铁轨上挥了三下,把"丝瓜"双手握着来不及抖的紫皮甘蔗敲回裤裆,也把"丝瓜"没说出的话敲回了肚皮。

程小峰的镇定自若令"丝瓜"们不解意,同时忽地都表现出了异样的大度,承诺要是程小峰心理上顶不住,大家可以考虑某夜杀回学校,陪程小峰打打牌喝喝酒吹吹牛——当然,程小峰得出点酒和花生米。

一说到吃,这些站在操场上的喉结上下蹿动,嘴里喷喷发出吞咽的声音。仿佛已经坐在夜晚的桌边,铜茶壶里咕嘟嘟煮着黄酒,几小碟油炸花生米、农家豆腐乳、小炒豆腐干、腊肉笋干煲。再来一大盆蒜末嫩南瓜丝面,加点腊肉片下去。喷喷。

他们甚至谋划猎条狗。一黄二灰三黑四白,黄狗的肉质最佳。剁了,放进五十斤的酒坛子,姜蒜桂皮酱,露天里用稻草灰煨一天,倒出来,梁山好汉一样在十二间二楼大平台上摆桌子大碗喝酒大块吃肉。

或者,到十二间后的坟岗弄只野兔。

坟岗野兔,那个肥、美、嫩。

美个屁!程德寿和程小峰在黄昏的餐桌上,一股酒气从嘴里呸出老远:"这群怕死鬼,你去陪他们还差不多!别看一个个像模像样在讲台上,鬼还没来就比谁都跑得快!我怕鬼自个儿承认,他们嘴上说世上没鬼,却都逃到村里去了——我看也不是怕鬼,个个裤裆里藏着大鬼哩!"

程小峰哈哈大笑。他不好酒,可是黄昏对饮,却每每使他不能拒绝。青菜萝卜上桌,他就忍不住端起程德寿替他斟的小碗,碗碰一下,叮当一声,然后一口口细品。晶黄的老酒,使岁月晃荡出别样的香醇和豪情。

"不过,"程德寿深深地看了程小峰一眼,"晚上还是少出门,鬼可怕,人更可怕!"

"我可没出过这桃花岛!"程小峰调皮地一笑,为自己临时想出桃花岛这个称呼得意不已,"我看这里应该全部种上桃树!这样桃花一开,咱们就是一个桃花岛。"

"嗯,以前就是这样。"

"全是桃花?"

"当然,不然怎么叫桃花寺?你们年轻人火旺,鬼不敢近。我老头子身上火力不足,怕鬼,晚上不出去。我喝酒,就是为了增强火力。还有一个,这酒是安眠药,不喝点,晚上睡不好。对了,上回你说走廊上的灯经常灭掉,应该是这里经常停电。这个你兴许用得着。"程德寿从角落里摸出鱼兜模样的一柄东西,原来是松明灯:一柄长木棍的前头,用铁丝编了网球大的兜,可以放劈好的松明。

"老古董!"程小峰惊奇地叫起来,眼前亮起一条蜿蜒火龙。

开化县没有实施生态立县战略之前,河道不禁渔。河里的鱼就是家家户户养在水中的菜,随时可去捞上一碗,或煎或炸或烘干。有些下手狠的,没有耐心钓、用铁锤砸也嫌速度慢,就索性往河里倾一竹篓一竹篓的茶籽饼毒鱼,这里刚倒下去,家家户户就闻风而动,点了松明灯去河里抢捞。松明火力足,红火焰能照亮面前很大一团地方。一河的火把,缀成一条火龙,在夜里煞是好看。美中不足的是烟大,浓烟滚滚,常能熏得人眼泪鼻涕一起来。后来有了电筒,戴在额头上。再后来随着县里生态立县战略实施,禁止电鱼毒鱼,森林防火也异常严密,这松明灯就退出了舞台。

"都拿去。"程德寿踢着一堆腊猪腿心般红艳的松明,在黑夜里散发着奇香。程小峰毫不客气地把它们全扔到房间的角落里——提着松明灯独自穿过虎尾山脚,这么浪漫的事情只要写过诗的人都会心动!

糅和着虫声风声泉声的黑夜，既无从分析究竟潜藏着什么样的阴谋，那些气质上更接近于农民的老师话语里的玄机也无从破译，怕鬼的传闻为程德寿蒙上了一件近似猥琐的可爱外衣。但是唯其猥琐，却更像父亲！此时的世界，在程小峰青春勃发的眼里还没有太多的雨水与乌云。未来正像星光一般光芒灿烂！毕业班班主任的重担，把他像驴一样固定在教室里，他必须手脚并用才能维持某种平衡。这种平衡让岁月单纯明净，就像挂在白莲桥上的藤萝，随风摇曳着自然清新。白天夜晚，上课下课，这个被群山重重包围几乎与外界完全隔绝的场所，是他程小峰的一块需要勤加劳作的地，和父亲用锄头耕作的那块本质上相同，都需要汗水与心血做肥料。通过劳动养活自己，这使他沉重而骄傲。鬼活在别人嘴皮子上，成为生活的作料。

他吃东西的动作和如厕的步伐开始有如和人争抢。话与话之间的间隙尽量缩小。讲台既是战场也是舞台，作为新老师，教室外和教室内，看得见和看不见的眼睛都在盯着。最重要的是，他无法轻易甩脱师范三年，那些用谆谆教导使他成为优秀农村小学老师的老师箍在他头上的金箍。他恨不得一日之间，就把面前那些流着鼻涕的面孔培训成整齐划一的机器人，用针筒把知识从他们血管里注射进去，以省去声嘶力竭的喊叫。很明显，他的工作需要他们的成绩来评价。在他一杯一杯地往肚皮里灌水试图浇灭焦躁，一遍遍地朝着孩子声嘶力竭力使他们智慧时，操场上的大树不动声色地把时光悄悄编进年轮。风从虎尾山的深处吹来，秋蝉在树上敬献这个夏天最后的挽歌。

蛰伏的冬虫，用一声嘹亮的啼叫撕开了夜的宁静——
对程小峰来说，程德寿这只大冬虫的叫声，已经等待够久。从"丝瓜"们第一天在耳边狂轰滥炸起，他专门为九号房间支起一根耳朵天线。
程德寿的一声"啊"刚发出来，他的耳朵就捕捉到了，从里间冲到外间门后拿了扫帚，倒提着冲了出去——
无面人！
他掩住自己的心跳。外面程德寿的尖叫又在他的耳膜和心尖上刺了两下。

走廊上漆黑一片。淡淡的月光下果然看到程德寿的房门口立着一个异常高大的鬼影。

那极长的鬼影，令程小峰心里咯噔一下。程小峰一惊，要是自己在八号房间，说不定会在冲出去时刚好和鬼撞个满怀。

他是从五号房间冲出去的。

已经好几个夜了，他在八号房间批改了作业，看了会儿书，在老灰带着小老鼠操练之前，静静站在"金字塔"边，站在那个松疤节掉落的孔洞下。

豁然开朗的一刻，他为"金字塔"的出现找到了自己分析出来的理由：是老灰，一定是老灰干的！它不知道"丝瓜"早已搬走，还在不停地向恩人进贡。

这是一只多好的山鼠！他忍不住眼含热泪。

当然，他并不排除十二间除了他和程德寿，还住着另一个隐形人。这个隐形人借了"丝瓜"住过的五号房间做道场，做着某些不可跟外人道的勾当。

这个隐形人绝不是"丝瓜"。程小峰亲耳听"丝瓜"说过，"丝瓜"患有螨虫过敏，对那些角角落落的脏东西充满了恐惧，避之唯恐不及。房间里的被子差不多每个星期都要洗一次。

第一个夜晚，老灰们呼啸而来，呼啸而去，没有停留。他暗笑自己白白闻了两个小时的骚臭味。

第二个夜晚，那只小猪般的脚步忽然停在头顶上方。他立刻停止呼吸和念想，只是仰头看着孔洞的位置。实际上他看不到孔洞。他感受到了孔洞上方的呼吸和心跳。他听到自己内心有个声音在对着上面说："别怕，我们是朋友！"他伸出想象中的鼠爪和上面的老灰握了握。他能感受到一只眼睛向下面看了又看。在浓浓的看不见的夜色中，他和一只山鼠的心连上了线。

第三晚他们去"南瓜"家喝了一晚的酒。"南瓜"家有一坛放了十年的土酒，色泽金黄，酒香诱人，只可惜喝了头痛。

第四晚程小峰仍然头痛欲裂，就早早睡了。

第五晚，程小峰一进五号房间，就有强烈预感。他感觉"金字塔"已然发生了变化。这种变化极其细微，肉眼都无法看出来。可能是多了一片花生壳，一枚野山楂，一根鸡骨头。反正，程小峰想，肯定多了一点儿什么。他有些后悔自己前两晚没有坚持。要是亲眼看到或者亲耳听到老灰把一样东西从孔洞里扔下来，那是一件多么奇妙的事！他痛恨自己把一个奇妙的童话里才有的夜晚错过了。

他在懊悔中静静站了半小时。听到老灰们从八号房间咚咚咚地向这边杀奔而来，忙振作了精神，刚好接收到了程德寿的那一声"啊"！

鬼张牙舞爪地对着程德寿的房间，舞动一柄月牙似的黑镰刀，"哇呜哇呜——"，似乎要攻进程德寿房间里去。

"啊——啊——"房间里传出程德寿恐怖的喊叫。

五号房间到八号房间，中间隔三四米。程小峰是从房间里冲出来后直奔程德寿房门口去的。让他鼓足勇气的，先是他压根儿不信这世上真的有鬼；后来则是程德寿绝望的叫喊。

一段时间相处，他们之间已然建立起微妙的，不是亲人胜似亲人的情感。每次程小峰坐在餐桌边狼吞虎咽的时候，程德寿看着他的眼神，都会令他恍若看到父亲；而每次看着程德寿背着锄头去菜园或从菜园里出来的样子，程小峰内心都会发出无限的感慨，仿佛自己并不是在桃花寺小学而是在自己的老家。恍惚间，持着竹扫帚冲杀的程小峰仿佛置身于战场。他要解救的正是自己身处险境的父亲，忠厚诚实善良本分沉默寡言还有在丝瓜们调笑中表现出的懦弱，浑身泥土气息和劣质烟草味的父亲。

老程，我来了——哦，不，父亲，我来了！

程小峰心里喊着。把老实懦弱又可亲可爱的程德寿在鬼爪下救出来的念头，令他平添无限勇气。此刻，他是怀着救父亲的急迫与勇气去救程德寿的。

决战的时刻到了！我要把你从受欺负几十年的鬼爪下解放出来。

父亲，我也来救你了，我要把你从老实懦弱的生活中救出来。

估计他冲过去的速度实在太过奇怪，连刚转过身的鬼都惊讶了。

程小峰也愣了一下。他冲过去才看清，原来虽然是程德寿在房间里发出惊叫，鬼所在的位置却是在他程小峰的门口！也就是说，在某种意义上，他程小峰是冲过来救自己。

眼前的鬼长得实在是太高大了：以程小峰一米七五的身高，不过才到它的腋下。乍见之下，程小峰差点没吓晕过去，它的两只乒乓球大的眼球是血红的，映着红光，两只牛角状的角从耳朵两旁冲天而上。它的脸色极度青白，两只更白的獠牙从嘴角弯向耳边。一条红色的长舌头直挂到胸前。两只挥舞的手上，一只手持着哭丧棒，另一只手上是一把大镰刀。

再往下看，这个高个子鬼连脚都没有，它是悬空的。

和鬼的哭丧棒勾魂刀相比，程小峰手中的武器不免简陋了些。一个是要去人间收割生命，一个却像是环卫工人去打扫垃圾。

现在，让我们把镜头拉得远一些，到走廊对面一排教学矮房子的屋顶上去。那里，此刻静静地站着一只猫头鹰。

它极为锐利的眼神，刺破昏蒙的夜霭，瞳仁里清晰映出的，不是风一般冲击而来的桃花寺青年男教师程小峰，而是一个披头散发的无面人，在慢慢飘向一个身材异常高大的无常。

"鬼呀！"

极为短暂的停顿僵持和一声惊叫之后，形势立转，程小峰对面的鬼突然举刀向无面人砍来。

手持扫帚柄的无面人顺势往上一挡，然后不失时机地发动了迅捷无比的攻势，手中的扫帚柄力道十足地攻向鬼的上中下三路。

扫帚柄击打出叭叭声。那是棒子击打肉体才会有的声响。无面人越打越有感觉，越打越痛快，第八棒挥出去时，他几乎不相信自己的眼睛和耳朵：只见那高大的无常鬼被他蓦地打为两截，那断下的一截，砸在楼板上发出咚的一声大响，头上的角和嘴里的舌头稀里哗啦掉落一地。更奇妙的是分为两截的鬼不再发出呜呜声，而是各自抱了身子逃窜，发出"鬼呀鬼呀"的叫声。

程德寿的房间门"吱呀"开了。程德寿的头探出来。见了程小峰，"哟"的一声"鬼呀"缩了回去。

"程老师，别怕，是我！"

程小峰喊道。

程德寿头再次伸出来，又极速缩了回去，屋里传出战战兢兢的声音："程老师，你莫不是被鬼吃了，在鬼肚子里说话？"

程小峰一听，恍然大悟。忙两把扯下头上用棕榈毛编的披头散发，脱了身上用黑布画了白骷髅的衣服，把在边上目瞪口呆的两截鬼晾在一边，迈步走向房间门口："你出来瞧瞧，我从鬼肚子里跳出来啦！"

程德寿说："你这鬼，莫要骗我，变成程老师的模样，骗我出去好害我——你到窗口给我看看。"

程小峰忍住笑，走到窗边，把镶了玻璃的窗格子打开，脸贴在钢筋格子上。只见程德寿在里面一手捏着道教的驱鬼诀，一只手里举着一把木剑，那剑上穿着一张道符，朝程小峰的脸直刺过来。

程小峰一动不动地看他搞鬼。程德寿连刺三下，也没把程小峰从窗上刺下去，知道这法术对程小峰不灵，道：

"你真是程老师？"

门"将信将疑"开出一半，程德寿另一手仍紧紧在门后拉着门把，木剑先从门里探了出来。程小峰看出那是一张驱鬼道符，上面画着一些弯弯曲曲的他认不出的符号。

边上的两截鬼见程小峰褪了鬼装，他们也窸窸窣窣扯掉了牛角，摘下长舌头，那下面的鬼从脚上除了高跷，原来是两个初中生模样的男孩子。

程德寿骂道："原来是你们这两个鬼！老实坦白，来吓过程老师几次了？不说？拿来，我再打几棒！"程德寿从程小峰手中抢过扫帚，冲到两个男孩屁股后各打了几下，两个男孩被打得哭爹叫娘，一直逃到十二间最里面一间，再无处可逃。

"老师，别打了，别打了，腿要断了！"

"快莫叫我老师，我不是你们老师！我是人，哪里教得出鬼学生——天下哪有学生扮了鬼来吓老师的？"

原来两个男孩是程德寿几年前教过的学生，一个叫彭颜山，一个叫李重水。当年不读书被程德寿狠骂过，也并没怎么放在心上。随着年龄增大，到外面打了几年工，胆儿渐肥。这次回乡碰在一起，深感无聊，交流了做坏事的经验。一时心痒，决定找个人捉弄捉弄，竟不约而同想到程德寿。他不是怕鬼吗，索性就弄个鬼吓吓他。谁让他白天人模狗样怪凶的。这念头一起，便觉得不把程德寿吓个半死，难以平复当年所受的羞耻。两人背了人悄悄准备了十多天。想一举打个复仇战。没想到半路杀出个程咬金，程德寿没吓死，两人自己差点被程小峰吓出尿来。那扫帚棒更是棍棍见肉，正是半夜吓鬼不成反被鬼吓，还白白挨了两顿打。两人见情况不对，各自在那里哎哟哎哟叫得可怜。叫了半天还在那里嘀咕："现在的老师，怎么扮起鬼来，水平比教学上还高？"

"痛？我看打得还不够重，要把腿打折了，看能不能再来。"

程德寿手中扫帚棒作势往两个鬼腿上要打。他守在那里，两个鬼还不敢逃。他一走过去，两个鬼突然一齐发动，兵分二路，等程德寿发觉，只来得及在其中一个身上敲出哟的一声，显然下手不轻。没被打着的，"啊"的一声庆幸，倒仿佛程德寿和他玩游戏一般。两鬼一个摸着屁股，一个摸着大腿，身形奇特如两只鸭子，嘎嘎嘎地逃走了……

程小峰和程德寿看得哈哈大笑。等他们逃远，程德寿脸色忽地一变，指着程小峰的行头："小程老师这是想用来吓我老人家的？"

程小峰把那晚见到无面人的事说了一遍。

"唉。"程小峰叹了一口气，"你们一天到晚鬼鬼鬼，我就想这里真要有鬼的话，我扮个鬼和它正好称兄道弟一下。它要不是鬼，我正好用这装束吓吓他，这就叫'以其人之道还治其人之身'！没想到今天就派上了用场。"

程德寿对程小峰竖起了拇指："有你这鬼在，我可以安心睡大觉了。"

两人又是一阵大笑。

程德寿说："只是你我得弄个暗号，不然你半夜在这走廊上飘来飘去，我不是要给你吓个半死？"

两人约下了暗号。要是半夜遇见，程德寿先说："柴门闻犬吠。"程小峰接："风雪夜归人。"

约好了，程小峰骂程德寿："你这不是在骂我是狗嘛。"

一连几日，桃花寺小学全体老师都在谈论"无面鬼大战两截鬼"。说得兴起，少不得簇拥着程小峰一起吃喝了两回。学生见了程小峰，也都指指点点，有的还嘀嘀咕咕地赞他是"打鬼英雄"。

这日，程小峰去茅厕拉尿，一年级小学生正准备尿尿。见到程小峰，就哇地一声哭了。程小峰大为不解，忙找来"南瓜"，让她问小孩子哭的原因。"南瓜"仔细问了半天，过来和程小峰一说，程小峰哭笑不得。原来小学生说："这个程老师是鬼变的！原来那个程老师被鬼吃掉，鬼就变成程老师的样子再来吃人！"

程小峰笑得前仰后合。

一传十，十传百，到后来，连程小峰班里的学生见了程小峰都不敢正眼看他。搞得程小峰找到"丝瓜"大倒苦水："现在学生都说我是鬼变的，搞得我都要去开张证明来证明自己不是鬼，是人哩。"

"丝瓜"说："简单！你弄块牌，上写'本人是人不是鬼'就成。"

程小峰说："那不是此地无银三百两吗？"

"丝瓜"说："开证明得有原始凭证。你是人当然好证明，你不是鬼却是难证。"

程小峰说："这个当然，要去把阎王爷的生死簿拿来，上面程小峰的名字没勾掉，自然还是人；程小峰的名字上一个大红钩，必然是鬼了！"

"丝瓜"说："我看你晚上还是跟我到村里打打牌，自然就没人说你是鬼了。毕竟人会打牌，可从没听过鬼会打牌的。"

程小峰说："此言差矣！鬼中确实没有会打牌的人，人中却多会打牌的鬼——赌鬼！"

"丝瓜"："哈哈哈……"

这一年开化县全县小学毕业班期中联考。全县一百多所完小的毕业班涌到擂台上打擂。一番恶战后，校长去县里开了毕业班教学质量推进会，回来脸上堆了两大团阴云。开会时，校长却挤了笑脸说："都怪这联考！比来比去，有什么好比的。村里能跟乡里比，乡里能跟城里比？要比，咱们的小程老师单打独斗和他们的新老师比教学基本功去，我就不信比不过他们。当然了，从现在算起，加一把劲，期末比不过那城里镇里，乡里村里的，咱们还是能挤到上游去，小程你说是不是？"

程小峰明白自己班考砸了，脸臊得比喝白酒还红。

晚上，他双手枕脑后，对着天花板上那个孔洞发呆。老灰们不识趣，跑来跑去，被他一句"再跑剥皮下酒"吓得再不敢吱声。他愣了半天，明白自己对学生太软。学生就像海绵，你捏他他就服软，你不捏他他就膨胀。

他的不服输劲儿一上来，决定好好管教管教。早上五点就站到班门口，一双眼睛瞪得狼一样，看得那些从操场上走过来时还兴冲冲的学生一下小了好几号，从他身前泥鳅般溜进去，装模作样拿出课本大声朗读起来——

"我们的共产党和共产党所领导的八路军、新四军，是革命的队伍。我们这个队伍完全是为着解放人民的，是彻底地为人民的利益工作的。张思德同志就是我们这个队伍中的一个同志。"

没读两分钟，声音渐渐地低了下去。有学生偷偷从课本上方露出侦查的眼睛。

"声音呢？把声音给我放出来！"

"为人民利益而死，就比泰山还重；替法西斯卖力，替剥削人民和压迫人民的人去死，就比鸿毛还轻。张思德同志是为人民利益而死的，他的死是比泰山还要重的。"

声音又高亢了两分钟，然后弱下去。最后简直像一群秋天的蚊子，只剩一片模糊的嗡嗡声，再分不出清晰的字词来。

程小峰决定一个个来收拾。班里二十多个人，有好几根老油条，差不多每天交作业都是拖拖拉拉，正确率又不高。他想一拳难敌四手，这里山高路远，不好多留。一个一个留，还怕他娘的，大不了送他们回去。第一天，他留的是绰号叫山狗的家伙，字写得鬼画符一样。程小峰盯着他把十个词每个抄了二十遍，看他老实了，放回去。第二天是个五年级还不会跳绳的女孩子。

程小峰说："一斤红枣赚了多少钱？"

女孩子说:"三……"

程小峰说:"大声点。"

女孩子说:"三百——"

程小峰说:"再大声点!"

女孩子说:"三百元!"

程小峰说:"不是五百元吗?我明天改行去卖红枣,也不要你三百元,你每斤给我三十元,我就叫你姑奶奶。不过我到你这里买回来,只能给三元一斤!"

女孩子的脸红了。

第三天留的是个看上去很乖很帅的男孩。他听得懂课,答得了题,跑起步来比谁都快,做起题来比谁都慢。他不是不会,他就是慢。比蜗牛还慢。考试时人家考完查两遍,他才做到半张试卷。班里人都叫他慢三拍。慢三拍有个脾性,要么不做,只要做了,都是对的。程小峰留他,是替他急。替他一急,就决定留他下来,帮帮他,激激他。

慢三拍的父亲开学报名时,程小峰见过一面。当时笑眯眯地再三请程小峰晚上不要留慢三拍,一放学就得走。一者路远,二者慢三拍这个小家伙从小胆小。程小峰一直记得。可是程德寿叫他去吃晚饭。程德寿把酒往程小峰碗里一倒,程小峰就把慢三拍给忘记了……

他们情同父子地喝了半小时的酒。程德寿第三次为程小峰碗里倒了眼泪水那么多的酒,说了句:"点到为止!等会儿再来碗蛋炒饭。"程小峰好字没说出口,外面砰的一声巨响,老厨房的屋椽上纷纷扬扬落了一阵灰尘,把两个举起正要碰杯的酒碗震回桌上!

程德寿眉头一皱:"这魔头,又杀上门了!"

程小峰心头一震,不知发生了什么事。只是放了碗筷紧跟在程德寿后面跨出厨房。一踏进操场,一条狗凶猛地朝他们冲过来,极为凶狠地吠着。

"是老枪吗?"

程德寿朝教室喊了一声。一个小巧的身影正从程小峰班里走了出来,叫了一声老师。

程德寿听出声音:"小花,是你!这么迟还来学校?老枪呢?"

女人朝教室里努努嘴。

程小峰一看教室里的灯光,暗叫不好。明白自己喝酒误事,把慢三拍老兄忘掉了。看架势,肯定是孩子父母不见孩子回家,找到学校来了。程德寿说魔头,看来刚才这声巨响,肯定是跟魔头有关。他早听说桃花寺民风彪悍,天不怕地不怕,半句不合就打架!他一个新老师,把人家的孩子留住并忘记在教室里,这事传出去,以后还有什么脸面面对桃花寺的父老乡亲……这么一想,顿时冷汗湿背,连狗再次恶狠狠地向他扑咬过来都没在意。眼看那在月光下眼珠子发着绿光的狗,龇着牙要啃上他大腿,教室外的小巧身影一声断喝:"赛虎回来——"

程小峰一看那娇小可爱的身影,心头松了一口气,暗道侥幸,原来是个长相娇美的女魔头。

狗一个急刹车,朝程小峰呜呜两声,露出一嘴狗牙,看得程小峰心里直发怵。要是边上没人,程小峰会当它是只狼。狗听到女人的喊声,转身朝女人奔去。到女人身边,乖巧地摇摇尾巴,头一转过来,又立即朝程小峰和程德寿狂吠不止。程小峰从没见过这么凶悍又听话的狗,不敢靠近,心底却是很喜欢它。

女人拍拍狗头,骂道:"狗眼子不看人乱叫,是老师!"又朝程德寿叫了声:"程老师!"

女人的声音脆甜,怎么也和魔头挂不上钩。但越是这样,程小峰心越虚。《千王之王》里最狠的角色,表面上看去却亲切随和。再说,留学生是老师的权力,把学生留得忘了放走,却不是一个负责任老师所为。

看得出,程德寿和女人很熟。一辈子扎根在桃花寺,祖孙三代都是学生的现象很普遍。看来,要破今晚这个尴尬的局面,还非程德寿出马不可了。

程小峰赶紧把程德寿叫到一边,如此如此地担忧了一番。程德寿拍拍程小峰的肩:"没事,包我身上。阿花和老枪都是我学生!当年我这般留他们也没见他们翻天。老师留学生天经地义,该留就得留!走,我们去看看。等会儿先给小的弄点饭吃。"他们这里说着,教室里传来吵吵嚷嚷的声音，两人忙赶过去。

到教室门口，程小峰吃了一惊，眼前女子和他差不多高度，眉目如画，身材丰满，像块磁铁一样地吸男人的目光，一点儿看不出实际年龄。穿着上毫不土气，就是到城里去，也不会被人比下来，分明是个被男人捧在手心供养的女人。由女人，他想到香，看来好山好水出好女子。

"这孩子不知怎么回事，今天迟了没回家，我和他爸问了同学，说是留在学校里了！也不知道犯了什么事。你知道的，他老子——"女人蹙着眉头。

"刚才，老枪又放枪了？"程德寿。

女人点头。

程德寿说："唉，手痒的人是不能拿枪的。"

女人说："他呀，我都不知说他什么好。一个大男人，要不是为了儿子，这学校他死活不肯进来。一进来，听到这猫头鹰在树上叫，不知怎么的，就把枪往上抬，一抬枪就响了！"

程小峰明白了刚才的巨响原来是枪声。心下更惊，接儿子还要带枪，看来不是善茬！

"毛头没犯什么事吧？"女人担心地问，看了一眼程小峰。

"没犯事，就是补一下作业。你们平时得监督他，他的动作太慢了！"

"唉，督，怎么不督。一笔一画都让他老老实实地来，慢慢来。跟他说动作慢，他就说慢慢来，会好的。现在五年级要读初中了，他还说慢慢来，会好的。估计到胡子白了，也说慢慢来，会好的。"

"大点肯定会好一些。我和小程老师正想着送他回家呢。别担心，留一下也好的。你想想你们小时候怎么过来的。小孩子，父母的话都不太听，就得老师来管教！"

"你知道的，这孩子从小胆就——"

"男子汉嘛，就得多放手历练历练，你宠着他，永远长不大。"程德寿安慰着女人，"这血？"

程小峰大惊，看到自己班门口一大片血迹，在灯光映照下成了紫黑色，说不出的诡异。

"刚才那一枪，这么巧的，它就掉下来了。老枪也没瞄它的。"

程小峰心头涌上不祥之感，不知道打下了什么。

"是它！"

女人从地上拎起灰扑扑的一团。竟是只四五斤重的猫头鹰！狗扑过去，一口咬住。

"贪嘴！"女人叱道。狗又将猫头鹰乖乖拱到了女人脚下。程德寿过去拎起来，看到子弹从猫头鹰右下腹射入，击碎内脏，再从后背透出，看得出来是瞬时毙命。那凌厉的眼神、灵动的翅膀、令人脊背发凉的夜号和对鼠类精确抓捕时的英姿，被一颗子弹打得倏然不见。瘫软的身子上两处弹孔处血还在汩汩流出。两只猫一般的眼睛，一只睁，一只闭。睁开的那只又圆又凸，估计是死不瞑目。程小峰虽然常听它在夜里发出恶叫，可是突然阴阳两隔，心里不免还是有些伤感空落。相对于死亡，那点叫声实在算不了什么。他真愿意它此刻魔幻般地复活，重新飞回枝头大叫三声。

它的叫声和黑夜多么般配！它把黑夜叫得多么旷远深邃。

程德寿说："自然界的生灵，都有灵性，它们是我们人类的朋友，也是这大山的主人，可不能随便打！"

女人点点头："这些年，他都没打。今晚可能没见着儿子，心急了。再说，他对这学校……唉，程老师你知道的，前面还是我拖他进来的！好巧不巧的，刚好走过树下，这鸟叫了一声，估计是吓到他了，也没见他瞄准，就是抬手一枪，凑巧打着了。"程小峰暗暗吃惊，想不到深山里还有这枪法高超的神枪手。

"功夫练到家，还不是指哪儿打哪儿，哪用得着瞄准。猫头鹰给我吧，小孩子看了不好。"

女人点点头。程德寿去角落把猫头鹰藏了。狗似乎很不愿意程德寿把猫头鹰拿走，嘴里呜呜呜地发着警告声。女人过去在它头上摸了摸。程德寿过来时，教室里喧闹声更激烈了，程小峰和女人正往教室跨进去。原来教室里父子两个起了硝烟。一个瓮声瓮气的大嗓门耐心地在劝："小爷爷，算我求你。老师不来，难道你就在这里写一个晚上？老师不来，大不了咱们一起去和老师说一声再走，你这么赖在这里，老师说不定早把你给忘了，你还傻乎乎地不走。"

程小峰脸上火辣辣的。

"老师没说走就不能走。"

"老师不是皇帝！皇帝金口玉言说不能走才不能走。"

"老师说，他没说走，皇帝来了也不能走。"

"咦，哪个山林钻出来的老师？霸王老师。皇帝还有老子呢，天王老子天王老子，皇帝和天王都有老子，所以老子最大。皇帝都得听他老子的。现在你老师不在，听你老子的。"

"不听。老师没说走就不能走。"

"老子说走就走。"

"老师没说走就不能走。"

"你不走，我抱你走。明天见了老师，就说你不走，你爸抱你走的。"

"我不走——"

"你这么听老师话，那我问你，老师留你，他要在这里陪着你，我也不管了。他既然不管你，我这当老子的，当然得来管。老师自己在那里吃香的喝辣的，留你在这里喝西北风。我不同意。程小牛同学，你要再不走，回头我去找你老师评评理，问问他有这种留法吗。哪有这种留法的，难道还要留人过夜，在教室里睡一觉？那不人人都读清华北大不成！"

"不走！放下我，快放下我，妈——"

父子两个扯成一团。

嘴巴不能解决的，程老枪之前交给枪，现在交给手。只不过这回他粗壮的手臂遇上一头小倔牛。慢三拍双脚挺在地上，脸憋得通红，整个人即将被程老枪全部提起。但这头小倔牛使着倔劲，脚尖鞋尖钩地，坚持着不让程老枪连根拔起。程老枪两个嘴角往下挂，不断往手臂上加力，眼珠暴出，嘴里嘀嘀咕咕。他是有劲使不出来。天下父亲对儿子，都是这般情况。但是程小峰和程德寿进门时，他的视线刚好和程小峰交接，他又恢复了神气，狠狠地瞪了程小峰一眼。

程小牛眼看要被提起，门口忽然来了救星！女人只用了一个眼神，就解放了慢三拍，她蹿过去搂住慢三拍，对程老枪低声吼道："老师来了！

这么大的人,下手不知道轻重。你要弄伤了我儿子,看我饶得了你。"

程老枪一下矮了三分。程小峰看得出,他的这份矮决不归功于自己和程德寿,而是他对面那个美丽的女人。这个女人身上有一种沉静的力量,它恰到好处地克制了程老枪身上的戾气和火气。也许这才是最美好的爱情。它正如一朵小小的春花,能让凛冽的寒风退避,一粒小小的萤火,就可以点亮夏夜。这个看上去弱小的女人使他刮目相看。女人身上成熟少妇特有的曲线,似乎随时随地散发着花香果香,也让桃花寺小学在这个夜晚异样温情起来。

程老枪走到程德寿面前,恭敬地叫了声:"老师!"斜过身子,也叫了程小峰一声:"老师!"程小峰感觉叫他这一声和叫程德寿那声意味大不相同,叫程德寿的那声里,声音毕恭毕敬,有着真诚的尊重;叫他的这一声,声音虚浮,冒着烟火气,明白他对自己有意见。老师留学生在教室补作业他没有负疚感,可是自己不该把人家孩子给忘在班里。这么一想,也就不去计较程老枪的态度,反而隐隐有些担忧,怕他揪了这根小尾巴不放。毕竟之前听说过一些难缠的家长,一言不合告到县里市里省里,最后总是当老师的放下身段求了平安和谐,然而影响都不是短时间所能够消除的。

自己初来乍到,留了学生,就被人带枪杀上门来,传出去是万万不行的。自己当然不会主动去说,关键是事件的当事人一个都不能往外说。他求助似的望着程德寿。程德寿却轻松地和程老枪夫妇说着话。程小峰急于把这事和平地解决了,当儿子孙子,也是要当的。他正胡思乱想着,那边程老枪喊道:"我这辈子就服老师!你看,在家里我们说一千句一万句,求爷爷告奶奶,你们当老师的,教出这么听话的好学生,还说皇帝老子来了都没用哩,就听老师的!"

几个人都笑起来。一笑,教室里云淡风轻,慢三拍眼睛里充满了平时难得一见的灵气。程小峰走过去摸摸他的头,对程老枪和阿花说:"小程呀,作业质量全班第一,速度全班倒数第一,两个中和一下,必定不会差到哪里去的!你说是不是!"

"你看,都是你从小一笔一画要求严格,擦掉重写,擦掉重写,现在好了，速度跟不上了！"

"把字写好不好吗？作业做整齐不好吗？还怪我了！做作业这种事，你当妈的不管，还要让爹来掺和。以后我不管了，我当爹的，只管他吃饱穿暖。"

"唉，莫争莫急，掌心掌背，都是望子成龙！小孩子啊，关键还是习惯加方法。这些都急不来，家里学校配合好，才能教育得更好。慢三拍，你这做作业，我有一比——"程德寿，"牵着蜗牛散步！以后啊，你可不能让蜗牛牵着散步，至少得牵只螃蟹！"

"他可不能牵螃蟹，横行霸道的。要丢掉蜗牛，换上快马，还要快马加鞭！"

程德寿见气氛缓了，忙咳了几声，对程老枪夫妇道："你们两个，对儿子倒是严得很！要想想自己当年是怎么过来的。还不是常被留在学校，我当年送你们送了多少次？当了父母，就变了个人，我看还是带得太仔细了。咱们桃花寺小学，哪一回留学生迟了，不是老师亲自送回家的？你们在家里等着就是。这不，我刚给小牛烧饭菜，让他吃饱了，我们就送他回家。"

"哪能麻烦老师！带着饭呢。"刚才在路上，程老枪还一肚子火星信誓旦旦向阿花拍胸脯，老师把程小牛留迟了一定得给说法，不然，他的枪可是不长眼睛的。现在，不长眼睛的枪和长了眼睛的他，在老师面前都哑了火。他拿眼睛瞟了阿花，希望她尽快把自己和孩子从这压抑的氛围里救出去。

慢三拍刚打了一场胜仗，把一双怯怯的大眼睛盯着程小峰，目光里有乞求、无奈、坚定、渴望，还有一丝丝的得意，似乎在说：老师，我没被拉走！老师，我决不投降！

站上讲台第一天，铁腕治班就是程小峰的座右铭。没有纪律的部队就是没有凝聚力的散沙，怎么战斗？没有纪律的班级就是没有推动力的火车，怎么学习？在部队里，冲锋撤退听总司令的，在班里，听我的！我——程小峰，总司令！在学习的战场上，我的指挥棒指向哪里，你们就冲向哪里，插上红旗吹响号角——没有经我点头，皇帝来了也不能更改！

都是班级上忽悠不懂事孩子的话！没想到程小牛当成了金科玉律来执行，还执行得这样牛劲这样坚决这样彻底！

程小峰微笑着点点头，赞许的目光为程小牛颁出一张奖状。

程小牛去课桌上拿了作业本，跑到程小峰面前："老师，我作业全做好了！"程小峰摸摸程小牛的头，表扬了几句。程德寿道："小牛，饿了吧。走，到厨房里填填肚皮。"

"不麻烦了，程老师！我们带着饭。你看你，就知道和儿子争——"女人嗔怪地去程老枪背上解下饭袋，顺便在肩膀上擂了一拳，"瞧你这当爹的，也不晓得把饭解下来给儿子吃！你想饿坏我儿？"

这一拳头是母亲替儿子出气。程老枪憨厚地抓抓头发。男人再霸气，碰上给他生儿子的女人，总是没办法。要是有办法，他的头发就不会越抓越少。程小峰惊奇地发现，外表上看这对夫妻体形相差悬殊，内在的精神主见上，却似乎刚好相反，女的比男的强多了。

趁程小牛埋头扑在饭盒上风卷残云，程德寿拉着程老枪到外面抽烟。程小峰检查了慢三拍的作业，已经全部做好，便表扬了几句。抽烟回来时，程老枪和女人一个劲对程小峰道谢："这么负责的老师，还是头一回见哩！"

把一家三口送出校门，程小峰看着夜色中那粒白光走远了，转身向程德寿："今晚多亏解围！唉，我这脑子！"

程德寿说："莫事莫事（没事）。这也有我的责任，光顾让你喝酒了。走，酒还没喝好，咱兄弟再去喝两口。"

两人返回厨房。程德寿去碗橱里抓出几枚鸡蛋，用大蒜苗炒了，香气扑鼻。程小峰主动往碗里加了酒，敬了程德寿。

"程老枪和阿花当年都是我学生，你别看程老枪这两年人模狗样，当年读书时，还不如慢三拍。一天到晚哪里要读书，不是上树掏鸟就是下河摸鱼。看不惯的人一言不合就开打。我的话还听一两句，别人的话半句听不得。也是一物降一物，好在阿花能驯服住他。"

"老程看着凶相。"

"不怕他凶,怕理。那边我都说好了,放心。村里人比不得城里人爱撒娇,不用那么小心侍候!"

"我寻思,明天还得去家访一趟。不然传出去——"

"去一趟也好,就当家访一次。程老枪这人,你得了他的心,他拿你当菩萨供,为你下火海上刀山都干。你要和他对了干,他让你上刀山下火海。你放心去,说不定还留你吃他家的宝贝!我菜园地里还有事干,就不陪你了。"

"饭可不敢吃,他不见怪就谢天谢地了。"

"打了这么多年猎,屋梁上的宝贝,你总得替他消灭一点儿!"

第二天临出校门,程德寿遥指一处如此如此指导了路线,程小峰就上路了!程德寿反身背了锄头去菜园,找个角落把猫头鹰埋了,鞠了三躬!

原来桃花寺村是一个椭圆形大盆,盛了田地河流森林在里面。这盆头部分出两条岔路,像蚱蚂头上探出两根触角。西触角是桃花寺出山通道。东触角直指虎尾山白云生处,不知深浅。一路上竹林连山连冈,一竿竿竹子竿粗叶翠,出产的笋干更是味厚。对爱笋的程小峰来说,真是入了福地,不断有村民相遇打招呼,热情邀请到家里坐坐,喝茶吃饭。听说去程老枪家家访,两个学生争着要带路,程小峰问了作业情况,回答都做好了,就让两个一起同行。一个叫兴标,一个叫金龙,课堂上结结巴巴,走在山路上却活蹦乱跳,倒也热闹有趣。他们一直把程小峰送到程老枪家所在的山脚,才反身回去。

越往里走,程小峰心里越后悔自己不该留慢三拍。山里孩子不像城里的小朋友,上下学大人都在校门口接送。桃花寺最近的学生到学校一趟要走二里山路,最远的差不多要走十多里。为了不迟到,他们每天天没亮就得起床,在迷迷糊糊中穿越不平的山道,到学校天才麻麻亮。撇开成绩不说,光是风雨无阻按时到校的精神就可以大力表扬。这么想一阵,感慨一阵,想到自己何尝不是一样从山路上走出去的。上级教育行政部门和校长对教育质量的要求,和路途遥远的学生上学的艰辛在他的内心打着鼓的两面:留?不留!不留?留!

左脚留，右脚不留，程小峰跨进程老枪院门时，刚好迈出的是：留！

沿山势错落而上的一排排泥墙屋上方，一幢漂亮二层楼房屋檐漂亮地翘向天空。要是在傍晚挂一颗星，那就是漂亮的耳坠子。这是二十世纪八十年代万元户的标配住房，矗立在泥房上端，显得那么桀骜不驯孤芳自赏。程小峰对夫妻两个晚上赶到学校接儿子的举动增了一分理解。在农村，往往越是经济相对宽裕的家庭越重视教育。像这种造得起二层楼的万元户家庭，自己创业艰辛也就算了，都不愿儿女受苦，一个个养得骄纵。

远远看到二层楼前晒场上，一个身影俯首写着什么。趴在男孩脚边懒洋洋睡觉的狗，耳朵忽然竖起，嘴里呜呜发出警告。慢三拍察觉异样，向外看了一眼，刚好石坑挡了视线，没见到程小峰。狗突然一跃而起，对晒场边刚露头的程小峰狂吠不已。

"小牛，小牛！是我，程老师。"程小峰昨天被狗一阵扑咬，心里发虚，赶忙向慢三拍求助。

慢三拍跳起身来一看，转身骂狗："赛虎，赛虎，是老师！莫鬼叫。"又向屋里喊："程老师来了！老师来了！"冲进屋里去了。

程小峰看着眼前这个在晒场上又蹦又跳，满眼灵气的男孩子，一时不能把他和课堂上的慢三拍联系起来。教育家说过："把神鼻子穿起来拴在柱子上，它也不过是一头牛！"看来孩子的笨有一半是叫死板的教育害的。至于慢三拍，到他手上就是五年级，必定是叫他前四年的老师害的。毕竟，有昨晚的举动可以作证——慢三拍在他程小峰面前是多么听话啊！他简直想立刻给他发上一张大奖状——他程小峰教的学生，没有他开口，皇帝都不能叫回家呢！简直令他骄傲得要死。他就此知道自己在学生心目中的分量，就此知道慢三拍绝不是一个简单的孩子！一个如此听老师话的孩子，怎能不令老师加倍喜欢？程小峰决定不管程老枪夫妇态度如何，坚决特赦慢三拍，就算他比蜗牛还慢，也不再留他！一个尊敬老师的好孩子，再差也差不到哪里去！

"哎呀呀，程老师！来，阿花，快泡茶。"

程小峰的手被那双握惯猎枪的手用力握住，摇了又摇。程老枪热情的态度顿让他原先的担忧去了一半。

他原意是来一趟，谈上半个小时，探探程老枪的虚实。要是夫妇认定自己顾着吃喝把学生忘记在教室中，那么必得好好费一番口舌，化开程老枪的心结，封好夫妇的嘴，勉励勉励慢三拍，这事过去也就罢了。若是他们并不纠缠于是有意留还是忘记在教室，那么此行就当一次平常家访。

　　然而教训一定是深刻且要牢记的！从此他会谨慎留学生，一者学生上下学已经够辛苦；二者他可不想再有背锄头提菜刀柴刀的家长杀上校门来。从职业道德来说，他当然愿意自己教的学生个个成龙成凤，山鸡变凤凰；但是从现实的情况来看，要飞出眼前的大山是多么艰难！山是多深的井，要多大的努力才能蹦出去！要让更多的山里娃出去见识外面的世界，还是得再好好加把劲。晚上不能留，中午的活动时间还可以利用，好好辅导一下。他觉得肩上的责任重了。

　　晒场上一坐，喝着不断续上的暖水，晒着农历十一月末的暖阳，望着眼前连绵的群山，他的心不知怎么的像山半腰的雾般化开了。有那么一刻，当暖暖的阳光（哦，八月末刚到桃花寺时它可是威力十足）晒在身上，程小峰恍惚间成了猎户，厨房里美貌的妇人在操持着家务，快乐的旋律缭绕在她的心间，像山间泉水哗哗流淌。乖巧听话的儿子（嗯，就是做作业的动作有点慢，昨晚第一次像只小老虎顶撞父亲）在身边做着作业，尽管分数暂时不高，但他有着苹果一样的红脸蛋和蜂蜜一样甜的未来。村里人羡慕的二层楼房还很新。在这里，幸福被实实在在地装进油盐酱醋茶罐里，装进饭碗菜盆里，为四季增添不同的滋味。在这里，连空气都是甜的。

　　程小峰蓦地想到初次见程德寿的那天，程德寿一口烟惬意地从嘴里喷出来，笑眯眯地看着眼前的年轻人："工作几年，盖二层楼房，讨个漂亮媳妇，生个大胖小子，生活就美满啦！"

　　那时，V字形山口的巨鹰形象刚刚刻进程小峰脑海，他对于程德寿嘴角冒出的那团青烟有着本能的轻视，他的心飘在高高的蓝天，他的心是那朵高远自在的白云！

　　现在，坐在程老枪的院子里，晒着初冬暖和的太阳，听着厨房里锅碗瓢盆和谐的奏鸣曲，那个深藏胸间的远在天边云霄之上的志向，忽然显得那么缥缈而不可捉摸！相反，这人间温馨的家庭生活场景却深深地打动了他的心！多少人用一生的努力，还不是为了奔赴眼前的幸福生活?!

他转头向慢三拍："小牛将来想成为什么样的人？"

慢三拍正被一道题憋得满面通红，见程小峰问他，便停住思考，咬了一下笔头的橡皮，歪着头认真地说："老师！"

程小峰来了兴趣："很多同学想当科学家的！"

慢三拍说："老师比科学家厉害，可以不做作业！"

"你瞧你！在老师面前还敢这么说！你问问程老师，哪有自己作业都不做，能当得成老师的，懒虫！"

程小峰被慢三拍实诚的念头逗笑，半是认真半是玩笑地说："好，那你就先努力着，将来当了老师，可就不用这样做作业啦！咱们小学阶段，做作业当然是要既好又快，你作业质量高，全班没人比得过你，现在要的就是加快速度。你问问你爸，子弹再厉害，追不上猎物又有什么用？还是得快！不然我这关都不好过——说不定明天又得让你爸妈晚上去学校接你，或者——"程小峰转向程老枪，"你们不去接也可以，晚上就让慢三拍和我住一起！"

这句话刚说完，程小峰看到程老枪阳光灿烂的脸上笑容就凝住了，一团乌云从程老枪的眼底冲出来，迅速地弥漫到脸上眉间，苦成了一张苦瓜脸。程老枪对慢三拍说了句："去帮你妈烧火。"

慢三拍高兴地从凳子上蹦去了。

程老枪看慢三拍进了厨房，用压在舌底的声音对程小峰说："程老师，咱们桃花寺的学校晚上不能留学生啊！小牛就是考零分，你以后也不要再留他了！"看程小峰疑惑不解的样子，程老枪又加了一句："留不得呀！"

程老枪面色凝重，不像开玩笑。

程小峰心里叹了一口气。家庭和学校要是不配合，单靠老师怎么能够教好学生呢！从现在看来，程老枪昨晚对猫头鹰放的一枪绝非无缘无故。要是他的意见很大，在这山里传来传去，那自己就不好待啦。毕竟家长持枪上学校向老师要人，和赤手空拳来大不一样。这不传还好，一传就是大新闻！自己就成了新闻人物，那更了不得，没有在教学质量上成名，反而在这留学生忘记了放的歪道上成名，是他程小峰绝不愿看到的。

自己还好来得快一步，不然，一个老师留学生，留得把他给忘记在教室里——这该是多大的失误呀！尤其是桃花寺这种山高林密路险的地方。他不由得甚为感激程德寿，姜毕竟是老的辣——

解铃还得系铃人！程德寿用老面子替自己解了围，但毕竟是自己和程老枪面对，这一档还没解开，不当面来说清楚，能保证程老枪和阿花不说出去？

为什么程老枪说到学校时会那么害怕的样子？难道"丝瓜"他们之前说的那些传说是真？

猎人自然不会怕鬼，但猎人的儿子未必不怕鬼。这么一想，他就释然了。可怜天下父母心，都想着自己的子女能够成龙成凤，又想着不能让他们遭受一丁点儿的打击。这其中未必没有不足为外人道的隐情。自己本来就是来家访的新老师，一时也摸不透对方的心思，不知该不该继续深入地了解下去。

"昨晚我只是——"

"我和他妈都知道你们老师留学生是为学生好，你是为小牛好，让他完成作业，多掌握点知识。可以后，你就不要再留慢三拍了！他要考一百分我们做父母的高兴，他就是考零分，我们也不会怪他，不会怪你们老师！"

城里和山村，对教育的认识程度相差是多么巨大呀！程小峰心里一阵透心凉。

他不知道答什么好。作为一个从山村里走出来的老师，他能够理解程老枪！可是大山之外，或者将来的人会理解吗？从国家层面来说，普及义务教育，一般人读到初中毕业，这已经是惠及万民的恩惠了。那些山里的孩子因为家庭原因、个人天资原因和乡村师资原因，百分之九十只能读到初中毕业，从此散入人间底层，一生始终如一地劳作过活，这种现状到什么时候才能改变？国家的义务教育什么时候才能从九年提升到十二年？

眼前是层层的大山，大山深处那些和慢三拍一样的孩子，和慢三拍父母一样的父母，他们的心情和想法都是差不多的吧！那么，自己在这里耕耘的意义又是什么呢？那些曾经努力过的前辈的心血又结出了什么样的果实？大山还是原来的大山，河流还是原来的河流，生活还是原来的生活，究竟改变了什么，什么又是亘古不变的？一种深深的无力感袭上心头。山脚下，一条小溪像白色的银链子蜿蜒而去。山泉尚且一天天向往山外的世界，世代生活在山里的山民呢？为了一口稻粱来到这深山中奉献心血汗水的自己呢？在这远离外界的大山深处，自己也不过是大山脚下河水中小小的一滴，随着时光之波每天不停地流逝着生命中有限的时光，人活在世上，真的就是为了肉体的生存而努力吗？人的一生，就该困于大山困于肉体困于世俗的生活？

山啊，你能告诉我，人活着究竟是为了什么吗？你似乎是知道答案的，可你永不说出自己的答案。

温暖的阳光下，几只母鸡悠闲地在院子里的葡萄架下觅食。几只麻雀叽叽喳喳，快速地落到离母鸡不远的空地上，啄食着母鸡们从食盆中嘴尖带出来的米饭粒。鸡们过来时，麻雀飞上枝头，等它们离开，又落向庭院。估计它们是常客，赛虎和鸡都懒得理它们。这真是温馨和谐的一幕。

天际，一只鹰展翅高飞！

"确实，山里读个书太不容易！山路远，夜黑不安全！"

"不是这意思，程老师，不是这意思！山里人哪有怕走山路的理。山路天天走，夜夜走，你听过哪个桃花寺人走山路走出事的？我程老枪打十多年猎，跑了十多年山路，不在这活蹦乱跳？这山水间，哪块石头长毛，哪只兔子放什么颜色的屁，那都是瞄上一眼就八九不离十，不光是我，大家心里都明白着，尽管走。程老师，可怕的是你住的地方哩！不是我瞧不起学校，要不是你昨天留了程小枪，我这辈子都不会再去！这鬼学校，不能留人，也不能住人呀！"

程小峰盯着程老枪，这个号称打了十几年猎的猎人，和那个爱种菜的程德寿让他陷入了迷茫：一个说怕鬼，却天天在与鬼为邻的十二间；一个是猎人，走了几十年山路不怕，却也说不能留学生也不能住人要远离十二间！这桃花寺小学背后究竟藏有什么不可告人的秘密？

按理说，在深山里谁要有一杆像程老枪持有的那么漂亮的双筒猎枪，谁就是这山林之王！可为什么这个满脸胡须，演钟馗不用化装的男人，一提到桃花寺小学就面露恐惧？

"小牛除了做作业速度慢，其他的方面，比如劳动，他比谁都积极。"

"他是人来疯。人越多越高兴。可是人少了，比如在家里，要是有三分钟没见到我和他妈，他就会急——你知道程小牛还有一个小名吗？"

"慢三拍，我们大家都叫他慢三拍！"

"那是你们取的。我和阿花，叫他无胆生！"

"吴党生！好名字。"

程老枪说："嘻，不是的老师，是胆子的胆，肚子里的胆。"

"吴胆生？"

"对，无胆生！"

"妈姓吴？"

"姓李。"

"那这吴怎么写？"

"不是口天吴，是有无的无。"

"无胆生——他的胆呢？"

"吓没了！不是他没胆，是生他的人没胆——生他的人，不是他妈啊，都没胆，他还有胆？"

"谁有这本事，能把猎人胆吓没了？"

忽地，程小峰眼前一亮："你稍等，在这山里，你这神枪手无疑是最厉害的，别人没见过的，你肯定见过。既然你说到这份上，不瞒你说，前几天我在学校碰上一件怪事——你给看看究竟是个什么怪！"

程小峰把到"丝瓜"家吃晚饭那个夜晚看到巨兽之事说了一遍。

"你这是碰魇了！"程老枪失声道，"我就说学校不能住人，亏你还敢待下去！"

"魇？"

程小峰被程老枪惊吓的模样猛地推回那个生死攸关的夜晚。刚才还暖暖的阳光，忽然失了热度，脊背上一阵阵发凉。自然地，他现在早已知道那巨兽不过是一堆乱七八糟的腐臭物。他唯一想破解的不过是那些东西究竟是不是老灰扔下来的。如果是老灰扔的，那究竟是不是为"丝瓜"扔的？

他也并不仅是想附和程老枪。

魔是山里人最毛骨悚然的噩梦。来无影，去无踪。没人能描述它的真面目。

魔经常出现于阴冷的雨雾天或夜间。

那些趁早出门或晚归的农人，独自行走在山路上，忽然一阵阴风吹过，人就此消失不见。这消失的人，少则消失数日，重则死不见尸！侥幸逃回的，也多半衣不蔽体神志昏乱，从此就是一个傻人，不能回归正常生活。程小峰老家隔壁的霞川村，一位黄花大姑娘，大清早上山采猪草，晚上不见回家。家里人找了几天几夜不见踪影。后来在一个崖壁下被发现时挺着两只大奶，身上不着半寸衣物，嘻嘻傻笑，嘴角还钻出半条活蚯蚓！还有位村民上山砍柴不见踪影，家里人都以为被山中野兽所害。忽然一天回家，问起情况却云里雾里，一点儿都记不清，只记得当时一阵妖风，然后不知行踪。换衣物时却从腰间解下一条两米长大蛇。

"学校之前不是寺庙吗？寺庙里也会碰魔？"

"什么寺庙，和尚不是早逃光了嘛！"

和尚都不敢待的地方，自然不无原因。

被魔魇住，断送生命或从此人间蒸发还不是最可怕的，可怕的是魔住后还赤条条傻兮兮地出现在学生面前，嘴里吐出半截蚯蚓，那还真不如死了好！

只是恐怕到时想死都不能了。

"不知程老师用了什么好法子逃脱的？"程小峰看着程老枪失惊后又笑眯眯的样子，知道他必知魔的可怕，又必有应付魔的法子。

"这个我也是百思不解——魔怕酒气？"

程小峰确切记得，自己一个猛冲，嘴里浓烈的酒气喷吐在巨兽，不，魔的鼻头上的一瞬，灯光忽地灭了，自己趁这空当逃脱出门。

"这就对了。我说程老师怎么能脱身出来，原来是有酒力。老实说，我碰到时，也要喂它'老酒'！"

"老酒？"

"我这老酒，不怕程老师笑话，你有我有大家有。别说魔，妖魔鬼怪见了它都愁三分。"

程老枪把方法教了一遍。原来这方法果然简单，连穿了开裆裤的三岁小孩都会。

"这真的能灵？"不雅归不雅，关键是灵验。

"怎么不灵，我之前打猎，大夜晚的，什么都碰上过。你出门，走上一段山路，离村庄远了，身边静下来了。魔来了，在身后跟着，'沙沙沙''沙沙沙'，你回头时什么都看不到。这家伙讨厌着，你往东回头，它在西；你往南回头，它在北，总之，它就在身后。狗皮膏药一样贴着。惹得我心里火蹿出来，好，你来，你不是喜欢跟着吗，爷索性不走了！"

黑夜里有东西飘在身后真是可怕。

"我就停住，掏出管子在身边拉一泡，尿一大圈，人打坐在圈里抽烟。这时不管看到的是什么你都不能妄动。女人、老虎、毒蛇，都有。你能看到它在圈外绕圈子，云雾一样，就是进不了你的圈子。这圈我有一比，就相当于孙悟空给唐僧画了一个圈，你以为是水？在魔怪眼里就是火哩！一圈火，它哪里进得来。耗上半小时，它就走了。"

"希望没机会用这绝招！"

"世事难料！你说我十几年前就碰魔，都是在路上。现在好了，十几年后它跟着脚印去了你学校。人进步，这魔也在进步。程老师，所以说你不能再住学校！最好今晚就不要回去住，说不定魔就窝在你们学校，你们楼上那么多房间……"

再不打住，自己本来是来家访，劝他们留迟点不必害怕的，现在倒好，反被他劝得差点连学校都不敢回了。

程小峰忙用手止住程老枪："哪有这邪！"

"你不是已经见了嘛。赶紧搬出来，要是不嫌弃，就来我家。我家楼上还有两个房间空着，尽管来就是。这样，你就有时间辅导这个学生了。你看昨晚，小牛一个人在教室里，要是被魔走……"

"哈哈哈！"程小峰一阵大笑后，心中豁然开朗。一段时间接触，桃花寺人纯朴真诚热情而又不失幽默的性格渐渐深入程小峰的心，程老枪绕了半天，现在终于露出他的小尾巴，所谓魇，不过是个线头，不让他程小峰留他家宝贝是真！

这是一个深爱儿子的父亲给他下的套！温暖又温馨的套。让他自愿踏进去，并为此释然：一个深爱儿子的父亲，必定是不会为难儿子老师的！

他一摆手："放心，我晚上不会再留程小牛！要留中午留。"虽说留学生是老师权力，可把学生忘在教室，毕竟心存愧疚，需要弥补。他决定中午找时间给程小牛多补补。

"谢谢谢谢！书，孩子自己尽量读，我们也不图别的，不想给老师添太大麻烦，就希望他平平安安成长！"

"学校里你就放心，我会盯着他。我担心的还是这上下学路上，深山老林里的，来去的安全，要是碰上什么……"

"放心放心，程小牛上下学这么多年，路上不要说小兔子，大野猪见了他都得绕道逃！小牛，你过来——"

小牛跑过来，忸忸怩怩地站在程小峰面前，一副洗耳恭听的样子。他自己觉得程小峰来家访，必是在父亲面前告诉他的状，专门喊他来领受教训的。程小峰看程小牛的样子，平时在人群中还不见怎样出色，现在单独看去，原来程小牛白白净净的，眼睛又大，睫毛又长，气质上竟不输城里孩子。

程老枪替他整整领口，刮了一个鼻子："脸都没洗干净！"被程小牛送了两颗白眼球。

程老枪从程小牛胸前掏出一个挂件，赫然是一只长约三寸的獠牙！一看就知道是从什么猛兽嘴里拔来的。

"这是？"

"赛虎，过来！"

赛虎跑过来，亲昵地用头蹭着程老枪膝盖，说不出的亲热。程老枪一手摸它的头，一手下移獠牙在赛虎面前闪了一下，只见那刚刚还沉浸在人兽和谐中的赛虎突然汪的一声，像被一股无形的巨手推出了十几米远，夹了尾巴冲程老枪的手狂吠不止。

手持虎牙的程老枪在赛虎眼里变成了老虎。

"果然是山大王！一只虎牙就有这等威风，小牛戴了它，猛兽都躲得远远的！"

虎牙泛着动人的黄色光泽。这随身携带百兽之王的武器，大自然打磨出来的杰作，带着它不可抗拒的威严和暴烈气息，深深地打动了程小峰。程小峰咂咂舌头，想不到程小牛身上还藏着这宝物。既然有这宝物，那么就算是留到天黑一些，只要能看得清路，又有什么可怕的！

"有这护身符，我放心了！"程小峰笑着说，"看来留迟点没事——你们不用去接，护身符会护着小牛。"

程老枪说："嘻，留不得！这物吓唬四条腿的小兽管用，对真正吓人的没屁用。"

"这桃花寺山里吓人的不就是黑熊、野猪、鬣狗这些？难道还有老虎豹子？"

"一般人眼里，老虎豹子要吃人，自然可怕。可是在猎人眼里，怕的不是这些。在桃花寺，枪法不是我吹牛，你们文化高的说什么百步穿杨呀，我没这么文，这么说吧，你看那根竹子上的竹叶，你指哪片我就打哪片，八九不离十的。你说，就凭这个，这山里跑的天上飞的，我会怕吗？"

"它们怕你还来不及。"

"所以，我担忧小牛的不是这个。我之前还不知道魇都上门找你了——当然，它还不是最可怕的！"

后半句程小峰一时分神，没有注意。他目测了程老枪说的那根竹子，在百步开外，在他眼中只是一片竹叶婆婆的绿光，哪里分得清枝枝叶叶。

"好枪法！要是在山外，要当射击冠军的！"

"冠军不冠军，那是国家培养的。咱们乡下人打枪，讲究一个玩字。说玩，心里也想着能够玩得神些——武术里是摘叶飞花，我们玩枪的，讲究人枪合一，像电影里的英雄拔枪就打。当然，最好的枪，也不是靠快，有时越慢反而打得越好。我打得最慢的一枪，就是那个那个，你们住的那幢楼后面的坟地里吧，一枪打了半个月哩！"

"半个月？"

就算是只蜗牛，半个月都要跑出半里路了。

程老枪凝然举枪。当然，他只是比划了举枪的动作，手中并没有枪。然而程小峰看到了他的手中有一把枪，只是不知道枪口那端的冤魂，究竟属于十二间坟场里的哪种动物。在程小峰印象中，坟场里最肥美的当数野兔！

"打野兔？"

"野兔哪里用得着跑那么远瞄那么久！我现在到屋后，十分钟就可以给你提只出来！"

"那么，应该是虎豹那么凶猛的大兽了。"

"有些事，别说现在讲给你听你不信，就是自己现在回头想想，都还回不过神！你说我们一个大男人，脑袋掉了碗大的疤，生死不过是蚂蚁大的事。我还是一个猎人，有什么能够让我把胆吓破的？可偏偏我那一枪打出之后……"

程小峰"呀"一声，站了起来。只见对面山上竹林里，忽然起了一阵风。这怪风从另一道岗的边沿，仿佛一股急流冲向竹林，硬生生将那片碧玉似的竹林中间劈出一条小沟。奇怪的是这沟中的急流不是往山下去，却是往山上直冲而上。更奇怪的是程小峰顺着这逆流，看清这沟中腾跃的小身影，看上去像逆流而上的泳者，以极快速度在翻山过冈。这个无比灵活的小身影，让他心里顿时起了狂涛！仿佛沟里奔腾的急流正是从自己的内心深处迸发出去的。踏破铁鞋无觅处，得来全不费工夫。从他来报到第一天就在他心里留下极深印象的小孩，终于在这一天，一个偶然的时机里出现了！

程小峰的目光紧紧抓住那股逆行在山间的急流不放。随着程小峰和程老枪扭动的脖子，逆流竟出奇地从山的那一边，转向程老枪的屋后，最后在院子旁边的一根竹子上停住，一只小猴儿唰唰两下从竹上纵下来，几步蹦到程老枪院子的门外，对着程老枪不断招手。程老枪似乎早已见惯，骂了句"狗东西，又来骗酒"，对程小峰说了句："老师先等等。"脚步却是兴奋地跳过去，两个人在院门边嘀嘀咕咕。

程小峰心里狂跳不止，他心里急，但又不便过去听两人说些什么，只好把耳朵竖着。

　　使他不解的是程老枪他们在说的时候，两个人都有意无意向他这边看了两眼。程小峰敏感地接收到了程老枪眼神中的异样。看来这孩子必定认出了自己，向程老枪恶人先告状来了。

　　一会儿是见面就拿石头砸小孩子，一会儿是把孩子忘在班里不管不顾，程小峰觉得自己在程老枪眼里一定是个离奇古怪的新老师。他恨不得此刻肩上生出一对翅膀，朝天空纵上去遁形不见。却听到程老枪对他招手："程老师！"

　　程小峰走过去。

　　"猴子，叫老师！"

　　小孩抬起头，程小峰大吃一惊！哪里是孩子，分明是个身高只有六十厘米，眉目却十分清秀的侏儒！这侏儒站在程老枪面前，不过比程老枪膝盖高一点点。程小峰确定眼前这个眼睛又黑又亮的侏儒，正是那天趴在石块上的"蛤蟆"！

　　"蛤蟆"早认出程小峰是拿石块砸他的人，鼻子里哼了一声，头歪向一侧，算是招呼。他不高兴了！他不高兴时的神态，看上去就是一个七八岁孩子。程小峰吃他一哼，大为尴尬，站在原地搓手，庆幸那天扔出的石块失了准头，不然要是砸在这家伙身上，把他砸出一个坑或砸扁了，罪过就大了。

　　程老枪眼毒："你们见过面？"

　　程小峰把报到那天在小溪里发生的事说了一遍，连道误会。程老枪哈哈一笑："怪不得摆臭脸，原来是老师送的见面礼太硬了！王小二，谁让你一声不吭蹲在石块上装蛤蟆吓人的。要碰上我，看你还能蹦到竹子上去！一枪叫你变死蛤蟆，看你怎么蹦。好了，看在我面上，到此为止，以后别再摆什么臭嘴脸——快叫老师！"

　　"老师！"

　　"蛤蟆"换上一副恭敬神色，对程小峰又是点头又是作揖。他这声老师，就像一团软糯米粉里拌了甜豆沙，让人听了说不出地舒服。程小峰顿生好感，连道没事。

"好了，你说的事我记下了。程老师在这里，谅你也骗不过去。今天我招待程老师，却没你的份，你酒先欠着，不要再在这里丢人现眼！"

程老枪朝侏儒一使眼色，侏儒心领神会，朝程小峰点点头，一个转身快速跑向最近的一根竹子，噌噌噌地蹿上去。那股原先来的急流，又从眼前开始翻涌，眨眼翻山越岭，绝迹而去，竟好像是乘云驾雾一样。程小峰站在竹子下才看清，原来侏儒先是快速爬上一根竹子的顶部，趁竹梢不堪体重压迫往下弯之际，巧妙地调整身体的角度，使竹子弯向最近的另一根竹子，整个人迅速腾挪到另一根竹子的顶部，又快捷地弯向另一根竹子，如此往复，人就犹如在竹林里飘飞一般了！

"奇人呀！"

"什么奇人，贼人！家有女人的，都得防着这贼呢！村庄都差点给他拱遍了。"

程老枪不屑地朝院子的矮墙外唾了一口。

一个侏儒拱遍村庄，究竟是靠了什么秘术？这令程小峰十分不解。在他心目中，女人不是外貌协会的就是银行家协会的，她们的裤带为什么肯让一个四肢不健全的侏儒扒开呢？程小峰不由得又想起侏儒刚才说话的声音，那声音似乎有种魔力，竟如黏在耳膜上一般。

"你我哪有这矮子鬼懂女人。我之前打猎，经常看到这贼半夜里从人家家里钻进钻出，开始以为偷东西，没想是偷人！别看你程老师长得这么俊，女人见了你，反而不利索。这贼呀，邪门。他往那里一钻，女人自动把奶子往他嘴里塞，搂在怀里当宝贝。女人碰上他一点儿辙都没有，都要中他的招。我是时刻防备着的，给他画了线，这道门就是三八线，他这辈子都休想跨过来。跨过一步，我就用枪打掉他腿间的牙签！"

看来外表雄武的程老枪对这侏儒也不是完全自信，篱笆门扎得紧紧的。

也难怪，谁叫阿花长得那么美呢。

厨房里晃动着阿花忙进忙出的身影。她可真是长得好看！程小峰看她时，阿花正弯腰从水缸中舀水。那饱满圆润的曲线，让程小峰突然一阵焦渴，感觉这冬日寒冷的山里涌动的清新里窜进了一股莫名的躁动气息！他不禁对程老枪的生活心生羡慕，对程德寿那句"造幢二层小楼，娶个漂亮老婆，生个大胖小子"感觉又多了一份亲切和认同……也许，程老枪现在的生活状态，就是他一生追求而不一定能够实现的境地。

他的视线沿着被山围得铁桶似的桃花寺绕了一圈，最后定在天边的一个黑点上。

一只鹰在虎尾山尖撑起的天空下，展翅高翔。

屋檐下，一只雄鸡骄傲地踱着方步，身后跟着三四只低眉顺眼的母鸡。一只脸蛋潮红屁股婀娜的母鸡，正为刚下的蛋兴奋不已，"咯咯嗒、咯咯嗒"炫耀不停。

绿色的逆流仍在远处竹林里翻腾不已。程小峰望着王小二身影没处的山冈，心尖痒痒的。就算王小二有贪图女色的淫行，就这身竹上飞的功夫，算得民间奇人。自己在桃花寺教学，要在县里教坛上出人头地难上加难，撇开这一节，能得高人指点，不枉来此一趟。再不济，练出这蛤蟆功的一半，以后家访累了，竹子上飞来飞去就行。这荒山老林里，至少猛兽不用怕了。

"吊毛竹磨鸡鸡算什么鸟功夫，山里人人都会，他不过是仗着人轻。小南瓜那么大粒的人，我栏里的那头小猪崽都比他重三斤。说起来，这小矮子厉害的还是篾匠手艺，一片毛竹能片出十六个薄片，这在县里还找不到第二个。我家的火熜篾席竹篓都是他打的，你看那手工，比姑娘绣的花还精致！"

"他这功夫跟哪位高人学的？"

"高人？桃花寺二百七十四户人家七百五十六个人口，后来并了村，七百六十四户二千一百三十二个人口，老老小小，都是一天到晚脸朝黄土背朝天的农民，没听说有什么高人奇人。再说，都在土地山林里讨生活，看天吃饭，这竹子上吊来吊去的玩意儿，又当不得饭吃，哪个高人会练这下三滥功夫。这半拉子废人，估计是自己见不得人，一天到晚在毛竹上吊来吊去，就吊出来了。"

"真人不露相！"

"二十年前他敢这样？我一枪崩了他！我以前打枪，哪是现在这脾性。

那时刚随父亲学了枪，这一枪那一枪，就爱打这些不协调的，不好好叫的鸟，不好好跑的兔，不好好游的鱼，不好好长的枝——见了都给一枪！他之前要在竹子上这样耍，我把当他牲口打，人哪有这样不好好走路的！"

"他从小就在竹子上飞来飞去？"

"哪有这能耐。三十岁前，他还不是横着胯走路，斤两摆在这里，还能显摆到哪里去？这人有真功夫没真功夫，一眼都可以看出来。你看山这么高，一眼看着就是高的；水这么清，一眼就是清的；他王小二，这么多年就是王小二，就是我的一条——哦，对了，程老师，你文化人见得多，人有没有一下子噌的一声，就长功夫的，跟猪长肉一样？"

"书里是说，人要吃了仙丹可以成仙人。咱们肉体凡胎，自然还是要勤学苦练才能得道。在勤学苦练的基础上，受了什么刺激，一下子迸发出能量，比如母亲救儿子，力量突然提几个档次，把千儿八百斤的东西掀掉也是有的。从智慧层面，一团乌云中突然一道闪电，从此开悟提升到另一个境界里去，也是有的。中国古代有个王阳明，他的心学就是活着时躺在棺材里悟出来的。"

"这么说来，我倒是想起来了，有一人可算王小二半个老师！"

"也会在竹子上飞？"

"竹子上飞没见过，几十年前闹出的动静不小！你看那儿，看到了吗，那块癞痢头！"

程老枪指的正是程小峰初到学校时，和程德寿在岭背上坐着时看到的那片触目惊心的塌方。

"徐老秃之前就住在那癞痢头下面，单门独户的。当然，后来在那块癞痢头上也住了二十年。这块癞痢头没塌方之前，那叫一个有风水，村里都说他老徐家后人是要出大人物。只是现在，你看，他自己头上没毛，把住的地方毛也住没了。"

程小峰看着那坡，从地理位置来说，离程老枪住的地方在一望之间，要是用王小二的竹上飞，估摸也就一袋烟工夫，自己走过去，怕是要把晚炊烟从山岙里走出来。

"王小二当年就是和他见了一面，才出了这身功夫的！"

"那是名师了，教学水平高！见一见，说不定他也传授我几招。"

"他就站在那里，也没说话，王小二和他面对面了十几分钟，这功夫就出来了——这王八蛋，我当时在他身后，他可一点儿没管顾过我，把我抛下哩！"

"这么快？"

"逃命能不快？那徐老秃刚从躺了二十多年的坟里蹦出来！"

"啊——"

"当时我和王小二就站在离徐老秃最近的地方，徐老秃一扑向他，他当时反应那个快，你还真没见过。嗖的一声，就从我眼前消失了。几秒钟从竹子上逃到山顶去了。那是我第一次看到他在竹子上飞！那真的是在竹子上飞！这妈拉个巴子的，人家跌断腿跌断腰，他倒是这么出功了。当时黑压压那么一大群人，转眼之间，都一哄而散没了影儿，跌折腿的跌折腿，跌断腰的跌断腰，抬下山的有十多个。现场剩我和徐老秃面对面干瞪眼啦，我的枪口顶在徐老秃的额头，不敢退后半步！说实话我不怪他们，谁见了谁逃——程老师，你不信？我知道你不信，你们有知识的人都不会信。说实话，我没亲眼见过我也不信。这么多年，这事想了这么多年我还是没想通。这人啊，也不是一下变胆小的！我当年不说铜肝铁胆，胆子至少也有碗这么大。经了这件事和你们学校那件，胆就没了！"

"世上真有尸变？"

"尸变？他哪里是尸变，他根本就是复活了！"

"有这奇事？桃花寺外怎么从来没听说过——"

"这事惊动过上级，派了大科学家来，要把徐老秃运走，还要求大家不能外传的。咱桃花寺两个故事，一个已经刻在石碑上，一个就是这儿。程老师要是有兴趣，我可以讲给你听。这事现在想想，还是不可思议。程老师以后碰到大科学家，可以请他们来研究研究。这事我曾亲眼所见，半点不虚，说起来，又令人难以相信！这大山里，还真的有一些谜！先说我自己的，还是先说徐老秃？"

"徐老秃吧！"

"好，就先说徐老秃！"程老枪清清喉咙，"那一年——"

"开饭啰！"

厨房里飘出阿花脆脆的一声，把程老枪的"那一年"截在半空，砍掉了后文。程老枪对程小峰说了一句："故事装在肚皮里逃不掉，饭不吃肚皮却受不了。"说罢去厨房里端菜，一手一盘，两手一罐，来来回回端了好一阵，把张八仙桌摆到了边。过来对程小峰说："山里没什么好菜，程老师将就吃点！"说完，用力地搓着双手，似乎马上要迎接一场大战。

程小峰趁程老枪端菜，踱过去帮咬着笔头愁眉苦脸的程小牛理清一道题目思路，才一起走进堂前。程老枪一定要请他坐主位，程小峰自然坚决不从。推让了一番，各自坐了。四个人一张八仙桌，程老枪坐主位，程小峰坐在他右手的南边，程小牛坐程小峰对面，阿花在下首坐了。这一桌菜肴，着实把程小峰吓了一大跳，原来除了山中石耳、地衣、香菇、笋干，还有腊熊掌、腊猪脚、石斑鱼干、腊兔肉，都是农家特色，香气扑鼻。尤其那熊掌，程小峰一生也就吃了这一次，滋味虽和腊猪脚有些相似，实则一进嘴就粘牙粘舌粘嘴皮，令人难忘。一块熊掌下肚，程老枪已替程小峰面前的杯中满上了酒。那土酒如一道黄金液，一注而下，极为香醇。

"我不会喝。"程小峰连连摆手，"这酒闻闻就醉了。"

"你鼻子懂酒哩。这酒是小牛出生那年的，十多年了。你喝一口就知道。"

"我喝一口行不？"

"程老师真逗，我还有很多酒给你喝的？你走遍桃花寺看看，哪个客人不喝醉能放出门的？今天在我这儿，你就随意。不过说实话，你不陪我喝点，我这故事倒不出来。"

"那倒一半出来，我喝不掉这么一大杯，好酒浪费了可惜。"

"就这些！你要加我还舍不得，能喝多少喝多少，喝不了的给我——讲到哪儿了？"

"枪顶徐老秃额头上了！"

"对，我把枪顶徐老秃头上！那可不是人也不是鬼。那惊天动地的事我都做得出，你喝口酒又怎么了，喝！好，够爽快！"

程老枪自己喝了一大口：

"当时呀，我一看，咦，刚才周围还密密麻麻的人，一下全都逃光了！我想此时不动手更待何时，叭的就是一枪！"

程小峰眼前出现一个大西瓜被子弹击碎，红色瓜瓤四溅飞散。

"后来，国家的科学家说，徐老秃当时不能算是死人！他的指甲他的头发皮肤都是活人的状态！"

"就是说，一个死人复活了，又被你干成死人了？这个法律上还真没法判定是杀人罪。"

"干掉？谁说我把他干掉了？我叭的一声，是自己臆想。当时我一扣扳机，我的枪根本就打不响！你说怪不怪，我前半辈子打猎，放了多少枪，就那一枪是不响的！咔嗒一声，哑火。我没骗你，我扣了扳机后，徐老秃的眼睛睁开了，眼球和外国佬一样，绿的。"

"是不是火药湿了？"

"我也是奇怪，跑到远处拉开枪栓检查，火药干干的，没湿。对着天空又放了一枪，砰，响了！"

"神了！后来怎么抓住这让枪打不响的神，神人？"

程小峰牙齿有些咯咯发抖。这样的事他以前只在电视和书本里看过，现在竟听着一个亲身经历的人亲口在谈，不由得他不惊讶万分。

"他没动，就立在当地。村里的方瞎子说，徐老秃这是出来早了！要迟那么几天几月几年，他就是桃花寺的大劫难！我们村要遭受灭顶之灾了。"

"难道会把村里人一个个吃掉？"

"哪个从坟里蹦出来的不吃人不害人？村里的老人不都这么说？书本上也这么说。这事真是稀奇，村里的干部报告给镇里后，镇里就往上报了，并且马上派人守住了现场，不准人进去。我也被抽去现场守了两天徐老秃。徐老秃被用黑布罩起来了。我们十个民兵在边上围了一圈。那两天大家都不敢合眼，生怕眼一闭，徐老秃就从黑布里扑出来吃人。

"还有一件事不可思议——

"当时，我带着赛虎的妈黑虎去的。那两天它特别安静。开始我怀疑是黑虎病了，它陪着我整整两天一声不吭，眼睛一眨不眨地盯着那个黑包

131

裹！后来带它走下那个坡，它就欢叫起来，好像喉咙被人捏住两天，要好好撒欢一下。"

"有什么东西让它不敢叫！"

"按理说，这狗啊，不管碰上什么，斗得过斗不过的，叫总是会叫几声。它那两天愣是不叫，眼睛里还充满了恐惧！眼睛一接触到黑包就低下头去。"

"后来徐老秃被国家运走了？"

"国家当然想把徐老秃整个运走研究。只是他儿子没同意！就剪了点他的指甲头发，弄了片皮肤抽了点血——那血听说是绿的，其他的就火化了。火化那天还出现了一件极为奇异的事！不过这都是后半段的事啦。程老师，你知识多，你说说看，这世界上究竟有没有能让人死而复活或者长生不老的？"

"要有的话，小牛现在坐在教室里，还用秦始皇的竹简上课！"

"也对。但如果我告诉你，秦始皇要知道世界上还有个桃花寺村，说不定他还能实现自己的梦想，你信不信？当然，这讲求个缘分。缘分不到，万事都是个空字。缘分到了，说不定你等一下回去的路上就碰到了。徐老秃就是碰上了才这样的。"

"碰到什么？"

"青衣皇后！"

"青衣皇后？"

"它头上的凤冠不是金银珠宝打造的，是长出来的！谁能想到世上有这么稀奇古怪的事！那天早上，我还在梦乡中，王小二来喊我了！我说过了，我有两条猎狗，一条随我上山打猎；一条叫王小二，专门负责打探方圆十里八乡的人事！这两条狗都忠心耿耿，一有风吹草动，一条汪汪汪，一条跑上门！唉，我说不来故事，咱们就想到哪儿说到哪儿。"

"老枪啊，你这么啰里八唆，还让不让程老师吃饭啊？"

"哦，对对，吃饭、吃饭！先吃饭，故事在我肚皮里装着，跑不掉！菜要冷掉了。"

……

那年四月，阴雨不绝。

徐老秃日日站在天井旁观雨。隔着雨帘，独眼瞳仁里爬满对面墙壁上肆意疯长的青苔。他抬手搔头，半月未洗的头发一抓指甲缝里就塞满脂油，他用拇指一个个地弹拨出去。雨停了，就该请村里瘸腿的剃头匠给剃掉啦。但雨什么时候能停，他把头搔成一蓬茅草都预判不出来。他至少预言过五次天晴了。老天爷根本就没想过停。

"拉痢天。"

他莫名烦躁。往常这正是赏屋后那株千年老杜鹃的好时节。这树杜鹃有着他永远爱不够的淡紫色，一树独举，时有纷扬。有时，他索性站在树底下，让纷飞的花瓣雨将他围在中间。现在只有雨，他根本没有看花的心情。在这样的雨天开放，是让花遭罪呢！

裤裆里又是一阵发痒。这痒从雨下的第十天起就没消停过。徐老秃探手入腹，往下延伸半尺，搓弄半晌，指间一团泥巴弹了出去。

堂前梁挂的腊肉早被霉斑封锁，空气中霉味浓烈。

"再不天晴，人要长毛哩。"

"嗯。"身后传来有气无力的一句。

徐老秃转身，独眼瞳仁映出了儿子隐在暗中胖得和馒头一样的脸："你胖哩。"

儿子从暗处移过来。徐老秃的独眼在儿子脸上盯了一阵，蓦地发现百年老屋板壁上的霉斑不知何时长到了儿子的脸上，心里咯噔一下，右眼皮随之两跳。不祥的预感袭上心头。果然，不上半月，儿子便躺倒在床，哼哼不停。先是全身无力，吃不下饭。后来肚皮如泡在水里的面包，一日比一日鼓出来。两只眼球日见焦黄，脸色却如百年老屋发霉的灰墙越来越黯淡，整日里只是恶心泛酸全身乏力肚腹刺痛。徐老秃见雨不停，忙去村里唤了数条壮汉抬了儿子送去乡卫生院，结果马上又转去县里，一番折腾，回家等死。

几乎是变魔术般地，徐老秃的妻子谷花，立时就成了一个自学成才的神医。村里村外十里八乡头疼脑热的偏方秘方都被她搜罗过来。她一天到晚走村串户钻山过林煎汤磨粉，杂七杂八地喂下去，猪脑牛蹄、蕨菜葛根、灵芝人参，连蟑螂都捉了整百只，扯了头，在油灯上烤了吃下去，坐等奇迹发生。谁知越吃越不济，儿子生命之灯渐渐黯淡，风雨飘摇中眼看就要熄灭。

这一夜病者在剧痛中哀号不已，老妇心里一把忧伤之火被哀号声越吹越烈，她把被一掀又去翻箱倒柜。那个百宝箱般的樟木箱中，她的确曾翻出过虎鞭、麝香、旧银元，这回全倒出来了，不知怎的，捏到了一个不被注意的旧布包。一层层解开，掉出一小段暗红物，状若羊角，闻去不香不臭。不由得大喜，冥冥中得了感应似的，也不管是毒是药，倒了水在碗中就开磨。这碗底被徐老秃用小钢钎，把碗垫在玉米粒上，轻轻敲出"大顺"二字。刚好这字的凹点，可以磨出羊角物的红，边磨边把她母亲的泪滴进碗中。看看磨得浓了，喂儿子喝了下去。半个时辰之后，儿子两个眼珠子凸出，嘴里只有出的气没有进的气，奄奄待毙。再一会儿，腹内风云滚动电闪雷鸣，一阵狂呕急泻，排出无数污浊之物，抬上床后声息全无。

徐老秃几个月来，额上发际又往后退了半寸，头发白了无数，一股浊火郁在五脏六腑之中窜来窜去只是无处发泄，口苦心苦，烦忧欲死。她不动儿子还好，大不了自生自灭。这么动来动去，最后还是免不了声息全无，他一时暴怒，把老妇骂得天昏地暗。老妇人本来绝望已极，自思救儿不成反害了儿子。儿子眼看活不成，她也断不想再活。徐老秃一阵狂风暴雨之后，屋子里突然静极。天地间只剩了雨声。老妇揩了眼睛到床前替儿子盖好被，也不说什么话，到屋后找根绳子，把自己往窗格子上一挂了之。

这边徐老秃见相伴一生的老妇寻了短见，床上的儿子眼见着是不行了的，他没妇人决绝，绳子套不到脖子上去，菜刀也抹不到脖子上去。只抖抖索索倒了半碗水，把羊角磨了一阵，比给儿子喝的还浓，一口喝了下去……不料他这里喝到半碗，那边床上儿子大叫一声，唬得他手一抖，手中的汤水倾泻在地。只见徐小汉大叫之后，吐出一大摊又黑又臭的污物后，活转过来。

第二日儿子开口嚷饿，徐老秃才发现自己躺在床上并未死去。忙去灶下煮了米汤给儿子灌下去，又把屋后的老妇从绳子上放下来，请人在屋旁的竹林里埋了。发了誓言："儿子若能好起来，迟点相见；若是有一点儿不好，马上阴间相会！"

儿子仿佛舍不得老子马上去到阴间和母亲相会，从此一天好过一天，最后不要说癌，连胃里的病，脚上的关节炎全都无影无踪，脱胎换骨一样。父子两个在老妇坟前长跪不起，一个感激涕零，一个愧疚之极。

村里人不知其中详细，都说徐小汉命大。只是徐老秃不知怎么的，老妇人上吊之后，他的头发就开始大把脱落，没等徐小汉康复，他就从一个头发茂盛者成了一个秃子！而且随着时日往后，脑门愈见铿亮宽大。且每日不爱在晒场上望着虎尾山尖发呆，而是喜欢一个人沿着涧水到山里转来转去。有时接连数日不回。

最后发现他的是山里一位抓石鸡的山农。在那个流淌着清泉的涧底，徐老秃全身柔软，面色红润，却已死在百丈摩崖下多时。只剩独眼睁得那么圆，怎么看都像藏着一个巨大的秘密。没人知道他究竟什么时候死去，死前究竟遭逢过什么。也没人对此感兴趣。就好比在秋天，有些叶子是自然落的，有些叶子是风吹落的，落到地上，都是一样风景。徐小汉遵从遗愿，果然不把两人合葬，把他独自葬在向阳坡上。

向阳坡的墓地是徐老秃生前亲自选定的，他爱向阳坡那太师椅般的气势。

十年前的黄昏，徐老秃坐在屋前的晒场中纳凉。满天的火烧云为他变出牛马羊的形状。他擦擦眼睛，那段时间，他迷上看云。山不来去云来去，云的世界真是奇妙。云是有心情的。云高兴的时候，多姿多彩；云不高兴时，黑一张脸，打雷闪电下雨。每天，他就搬条椅子在屋前看云表演。他感谢着这云哩！他这辈子从没踏出过这山里，可是有这么多的云来看他。再后来，一想到他的老伴先他而去，一团团的乌云就拥进他的胸口，堵着闹腾，他伸出手抓着，最后化成眼泪从他粘着眼屎的老眼中落到地上去。这天天色暝暗，他看到对面向阳坡的沟里，突地腾起一道白烟。这白烟起初只是一团白色，越往山的顶部，就越清晰地呈现出形状。这形状令徐老秃恐惧。他并不怕死。自从老伴用一条绳子了结了自己，生命对他来说突然就虚无缥缈起来。这朵云成了他人生中至关重要的大事件。关于神仙鬼怪的故事他听多了，它们都离不开云，都是腾云驾雾的。他屏住呼吸，看这团白汽最后会变成什么，一个青面獠牙的怪物，或者，一个山神鬼怪。最后，在白汽跃出山顶之前，徐老秃看清楚了，那是一只漂亮的白凤凰。这漂亮的白凤凰，一升上天空，就色彩斑斓，然后很快消失于山后。凤凰在徐老秃的独眼里燃烧了许久，深深地刻印在心头。他一辈子也就罢了，没甚出息，便思谋着死后要占一块宝地，利于子孙后代。看来看去，还是向阳坡这块风水宝地好。他这是给子孙后代占太师宝座哩。他唯一的遗愿，就是让儿子在他死后，把他埋在向阳坡。向阳坡看看近在眼前，走走却是十多里山路。徐小汉硬是满足了徐老秃的这个心愿。

徐小汉每年清明冬至除夕祭拜三回，其余时间，留他与清风、明月、山峦相伴……人上山砍柴打猎，见了那安安稳稳一座坟，都会骂一句："这老秃子，一只眼比别人两只眼还亮，好风水被他占了！"

这一占，就是二十年。

"我那天睡得正香，矮子鬼跑来说，向阳坡出大事了。这矮子鬼就是喜欢大惊小怪大呼小叫。问了他半天，才说是徐老秃被水从坟墓里冲出来了！棺材板冲得七零八落，人却好好的没烂掉，还在泥巴里站着呢。

"这风水可不得了！村里只要能走路的，都想去看个稀奇。谁不想自己死后肉身不朽？徐老秃这是给桃花寺人挑中了一块风水宝地。那些上了年纪的，更是想去亲眼看一看，到时好让子孙后代把自己也埋上去。"

一九八五年七月二十三日上午十时许。

浙皖赣交界后来被人们广为熟知的莲花峰山道上，络绎不绝的村民急切地从四面八方赶来。他们的脸上挂着兴奋的神色向同一个地方涌去。这兴奋中夹杂了一丝丝的惶恐、惊讶、好奇、恐惧……更多的是一睹为快的急迫。

向阳坡菜刀冈下，早已经静静簇拥了一群人。和往常不一样的是，现场的空气似冻住一般，笼罩着一种不祥的安静和寒意。空气中有一股深山老林中特有的味道和山洪过后的泥腥味。一道道山泉从石崖壁上直挂而下，最后都汇入莲花溪，发出隆隆的吼叫。换了平时，这眼前的美景一定可以换得眼前这些人一句"哟嗬嗬"的赞美，但今天，风景被一股巨大的泥石流劈了一刀，这一刀，就像江湖中人一刀劈在脸上一样，只不过人脸上流出的是血，向阳坡哗哗流出的是泥水。所有人的目光都被那道劈痕惊住了！不断向前涌动的人群，最后都静静地汇向菜刀岩下的一个小土堆上。人人都想靠得近一些，看得清一些，以至于你推我搡，人堆总是东倒西歪摇摆不定。

"挤你娘，都有的看！"最前排的人骂道，脚跟立定在那里，上身却被人往前推。看看撑不住了，又往前进一步。

"别推别推，让给你还不行吗？"那胆小的，看过一眼后索性让出了位置，往人后去了。

从坟墓里跃出来的徐老秃，静静倚靠在小泥堆上……

引发山洪的是一场连绵不绝的怪雨。

这场雨和多年前那个四月连绵的阴雨走势十分相似。雨只管着从天空哗哗往下倒。桃花寺的每一寸泥土和每一棵草木都吸足了水分。然而万物皆有准则，从开始时它们甘之如饴，后来它们就开始吐了，吐出了一条条的河流在山沟里乱窜。七月二十三日凌晨四时二十五分，一阵突发的山洪从距离徐老秃坟墓五十六米处的地方引发了泥石流，这泥石流先是推着徐老秃的坟墓往前淌了一百多米，又左拐直下。装载着徐老秃的棺材弹簧般被泥石流巨大的冲力从地下弹起，在洪水的湍急中发射出去。在撞上菜刀岩后四分五裂，徐老秃以一个极帅的姿势从棺材里跃出，立在菜刀岩下一个新拱起的泥堆上！

村民潮水般涌来，又怯怯无声地退潮到他们自认安全的距离。每个人的目光里满满的好奇，在和徐老秃一触之后迅即转为冰凉的讶异。这寒意紧紧揪住了心脏的动脉，让在场的每一个人胸闷，呼吸不畅。

这是徐老秃吗？

站在队伍前面的徐小汉，和村长一起看了半天，被对面这个满头浓密黑发和一身不腐肌肉的徐老秃，慢慢地推向恐惧深渊的边沿！

特别是徐老秃莫测高深的姿势，更是令人不寒而栗。他左手上探，似乎在完成一招仙人摘桃，右手往前抓出一半，似乎对面的每个人都是他随时出击要捕获的对象!

柏木棺材板就散落在它的周围,也就是说,蹦出棺材的就是泥堆里的这个怪物无疑。可是徐老秃高大魁梧的身材去了哪里?他那个下葬之前仍然锃光发亮的秃脑门去了哪里?

是怪物钻进棺材吃掉了徐老秃的骸骨,然后再被山洪冲了出来,毙命于自然的伟力?

远远地,有人见徐小汉对着村长点了点头。毫无疑问,徐小汉确认了眼前的怪物就是二十年前下葬的徐老秃。徐小汉年年扫墓,并没有见到坟墓上有什么洞,那散落一地的棺材板,牢固不烂,上面三寸钉的钉痕,不见任何其他孔洞。

很快,围观的人群中传出了比风更快的传言:徐老秃从坟里蹦出来,绝非自然界洪水的杰作,而是彻头彻尾的尸变!甚至有人说,在无月之夜,他已经出来吸过九十个人的血,再凑上十个就能还阳人世了!

剩下的十个将会是谁呢?人们面面相觑。

"让让,让让!"

扛枪的王小二,像骄傲的狐狸,耀武扬威地走在前面替程老枪开路。枪托碰到谁,那里就哗哗让开一条道。程老枪那时虽然也青涩着,可是他少年老成的步履,他的刀锋般的浓眉,他的坚定锐利的眼神,他的高大挺拔的身躯,似乎像擎天柱一样撑起了那片阴沉发暗的天空。见到了程老枪和他的枪,人们舒了一口气,在狭窄的山道上,硬生生让出了过道。

得意扬扬的王小二,一直走到距徐老秃一米远的地方,才把枪交还给程老枪。自己像只猴子似的穿过村长和徐小汉,跳到了徐老秃面前。

程老枪接过枪后,打开了枪栓,跨了一大步,在徐小汉和村长之前半尺,紧紧跟在王小二身后。黑虎舌头冒着白汽,贴在程老枪右腿边,双耳高竖,只等程老枪一声令下,便会扑咬向猎物!

王小二抬起了头。

王小二曾经领教过徐老秃生前秃头的威力。那一回,王小二替一户人家编火熜打背篓,和主人一起去徐老秃家屋后的竹林选竹子。当他无意间往徐老秃屋旁的山涧张望时,惊讶地发现太阳坠落在了山涧里。再仔细一看，那轮火红的夕阳哪里是太阳，分明是独眼的徐老秃抬头朝上和他对望时圆溜鲜红的头颅。

在视线离徐老秃最近的时刻，王小二发现徐老秃的独眼分外明亮。别人的眼睛是五十瓦灯泡，他的一百瓦。王小二很怕他的一百瓦，能把人的心肝肺都照得透亮似的。什么阴暗的想法，一照就照出来，一条条一缕缕的。相对一百瓦，他更怕的是那只不发光的零瓦的瞎眼。它看着是一个肉坑，却深不见底。这个肉坑看看深不过半寸，仔细一看，却像个无底洞。这无底洞的洞口把守着一团眼屎。要是擦去眼屎，把那两片永远闭合着的眼皮撑开，就可以窥见徐老秃黑茫茫的内心世界。

王小二和他对视时，被徐老秃那个圆滚滚的大脑壳惊住了。在徐老秃漫长而平静的一生中，只有他的大秃头留在王小二的记忆中。那么大那么圆那么红润的一个脑壳，就像潜伏在山涧里的一轮夕阳！

现场几百双眼睛照定在王小二身上。

在王小二站定位置开始和徐老秃静静对峙那一刻，所有人心底不约而同轻轻地发出了一声"哦"。

这个在尘世间让他们所看不起的小个子男人，当他代表着他们去面对坡上和他差不多高度的徐老秃，看上去是多么般配和势均力敌！

徐老秃在上，王小二在下，王小二须仰视徐老秃，他们间隔了两个王小二的高度。从旁人的角度，他们就是两个决斗的高手，一个在阴，一个在阳，只等那电光石火的一刻分出胜负！

无疑，现场的每一个人都不自觉地寻回了一些自信与尊严，之前被压抑着的心情与气氛得到了很大的缓解，人们不自觉地变换了站姿，交流的语气间也开始透露出轻松。王小二当他们的先锋是相宜的。至少，王小二的出场，让他们在战略上对徐老秃有了藐视。

当然，定海神针般让他们感觉安定与舒适的，是王小二身后铁塔般的程老枪！

王小二就是这样的人，只要程老枪站在他身后，他就狗胆包天，什么都不怕。哪怕此刻的徐老秃是在坟墓里躺了二十年，刚从棺材里被洪水冲出来竖在泥巴里的！

徐老秃呈给王小二的第一印象，是一条刚从泥田里蹦出来的泥鳅。他全身粘着几片褴褛的布片，莲花尖特有的乌灰色泥浆，成为他的新衣裳。王小二被徐老秃粘在额前的浓密的头发惊住了！他印象中那轮火红的夕阳现在变成了只有小碗大小的泥球，一缕缕浸透泥浆水的长头发挂在额前，其中一缕刚好遮住了瞎眼，另一只眼睛则微微闭着，可以看清婴儿般长长的睫毛。王小二的眼睛一花，这泥浆中的徐老秃又成了一只刚从树上跃下的猴子。这猴子动作奇特，似乎受了菩提祖师的指示，一只爪子指天，一只爪子指地。那动作有如冥冥中的暗语，无人能够破译。

这是现场的人，包括王小二身后的程老枪都没有注意的细节：王小二一站定，空气中就传来嗡的一声，一只绿头苍蝇从徐老秃鼻尖急速升起，它刚刚把它的细嘴探进徐老秃的鼻孔吮吸了一阵，搓搓细脚，嘤的一声，向王小二飞了过来，站上了王小二的鼻尖。

绿头苍蝇脚上的味让王小二立时穿越了时光，看到对面站着的，正是多年后的自己，那是已经死去多年，又从地下重见天日的自己——内部蛆虫滚滚，外部尸臭浓烈。

王小二胃里翻滚，一团浊气上升，重重打了一个响嗝。早饭吃的两碗稀饭已经消化吸收得差不多，可是他老婆差不多日日不变端在桌上的豆腐乳味，从两个鼻孔中蹿了出来，这股气流将鼻尖的绿头苍蝇又冲回了徐老秃的鼻尖！

王小二吐出一口气，感觉满嘴腐臭味。他觉得自己快要死了，内脏溃烂血液发臭，要不，嘴里怎么会有这种恶臭？

绿头苍蝇又转头杀来！王小二手一挥，将它在半空中挥了回去！

要命的，这苍蝇去徐老秃的嘴唇上站了片刻，又吸又踩，然后一飞冲天不见踪影。原来它是绕到王小二身后，又猛地杀回头，叮到了王小二的唇间。王小二唇上一阵发痒，瞬时明白这是徐老秃借一只绿头苍蝇在和自己过招。

现场其他人看到的，是王小二一动不动，极为专注地盯着徐老秃，偶尔挥一下手。

绿头苍蝇被王小二用手掌再次击向徐老秃。王小二的两只眼睛拧成了斗鸡眼，用恶狠狠的眼光将绿头苍蝇紧紧按在徐老秃湿漉漉的额发上。徐老秃在地底长出的头发又粗又壮，比他王小二的黑多了。一颗水珠顺着一绺头发滑下垂在发尖，在阳光的照耀下，显得晶莹透亮。可恶的绿头苍蝇就站在这颗水珠的上方，边扇动翅膀边悠闲地搓动细脚，准备着下一轮攻击。

忽然，王小二看到什么动了一下。绿头苍蝇并没有动！

风吹来，边上的树枝和竹叶都在沙沙响动。王小二瞪直了眼睛，风并没能吹动徐老秃湿成一绺的头发。

水珠坠了下去。绿头苍蝇腾空而起。王小二这回看清了，动的是徐老秃的眼睛！在王小二眩晕的目光中，徐老秃原本老僧入定般的眼皮突然抬起，从里面射出一道绿光，与此同时，他紧闭的嘴唇突然大张，露出两颗大獠牙！

现场所有人都听见了王小二从肚皮深处发出的天崩地裂的一声：
"他还活着！"

徐老秃朝王小二扑了下来……

平地暴起一阵狂风。风把人群落叶般扫了出去。程老枪听见面前的王小二大叫一声后，那段矮小的身影瞬间不见踪影。几秒后，王小二的头才在五米外的一根竹子梢尖露了一下，趁竹梢弯向另一根竹梢时他整个人跃了过去。一到另一根竹子上，王小二依样葫芦，爬上，弯过去，移人，上爬。他是这么心急，又是这么大喜望外，完全忘记了自己是一个人，而不是一只猴子，可是他的动作却比猴子还利索。三根竹子过后，王小二稍稍定下心来，至少，别人都是往山下逃，独独他是往山上的。别人都还在地面上，他已经在半空中。他把跳在喉咙口的心按回了肚子，看到菜刀岩下只剩了程老枪一个人孤独地面对着徐老秃。程老枪铁塔般的身影让王小二心又安了点。忽然，他的脸色突变，因为他的眼角瞥见了程老枪猛一转身，向后大退三步。王小二判断情况比他想象的还要糟糕，只有离得越快越远越好，就火速跃向另一根竹子。只是这一次他没扣准距离，整个人从竹枝边直坠了下去……

程老枪是孤独的。

王小二逃跑也就罢了，令他完全没想到的是，旁边的村长尽管体形笨重，行动力却是惊人，在徐小汉抬腿跑时，他已经跑在徐小汉前面。至于身后的像雪崩般倒塌的人群，和他们哭爹喊娘的哭号，他已经没有心力去注意了！徐老秃扑下来之后，就直直地立在他面前。

　　这是二十年后，他在人间再见徐老秃！他的心情比天上的云朵更阴。

　　徐老秃下垂的头发把整个额头都覆盖住了，这使他看上去异样地阴森。黑虎一如既往地忠诚，勇敢地冲了上去，张大嘴巴对着徐老秃吠叫。

　　莫非是王小二的一声吼把自己的耳膜吼坏了？程老枪看着黑虎张大的嘴巴，奇怪地发现黑虎往常见了动物的凶悍和震人耳膜的吼声寂然不见。

　　打从父亲手上接过猎枪那一刻起，程老枪就渴望着做一个父亲一样的英雄！父亲是扛得动高山容得下大海的英雄，从小的记忆里，只要父亲在哪里，哪里就会有一种奇异的气场，像长坂坡的赵子龙，像堵枪眼的黄继光，像挺炸药包的董存瑞。很多时候，父亲并不说话。他在就好了，他的沉默使人无比踏实安心。他在，无论是猛虎还是恶犬，他都能让它们服服帖帖的。他在，无论多大的困难都可以克服。

　　尽管父亲因病去世了，可是母亲和众乡亲的嘴里，他经常听到的还是那句"你父亲——"

　　程老枪感到深深的孤独。

　　现在，面对的不是猛虎也不是恶犬，而是人鬼不分的徐老秃。

　　程老枪知道村里人把全部重担都压到了自己身上。自己多坚持一秒，就能为逃跑的人多争取一秒逃跑的时间！

　　上山打猎时，他当然不止一次见过徐老秃，活得安详的徐老秃，和去世后安安静静的徐老秃的坟。甚至，他和大多数见过徐老秃坟墓的桃花寺人一样，见了窝在向阳坡的徐老秃坟墓都会赞叹一句，那真是一座占了风水的好坟！为了子孙后代，徐老秃的独眼可是看得比别人远比别人深哩。羡慕忌妒恨涌上心头，都会善意地唾一句："这鬼人！"

　　浮现在生前最后时光里的徐老秃，令见过他的老一辈桃花寺人惊讶不已。他就像一截干面包浸了水，体态庞大雍容且面如满月，皮肤下隐隐透出红光。这红光几乎可以见出光毫。

程老枪一次从他门前经过，徐老秃歪在一把竹椅上看云。见了程老枪，起身热情地打了招呼。眼睛瞟过程老枪用木棍挑着的野兔黄麂。程老枪吃惊于那独眼里射出的光芒，甚至因了这光芒的映照，他怀疑另一只眼里也有光亮透出。而实际上另一只眼只是个摆设，只见一个肉洞坑。

"拿只去！"程老枪大方地解下一只野兔，丢到徐老秃脚前。徐老秃十分高兴，起身蹒跚地提了兔子回屋，出来时捧出一大碗黄金热茶。那大碗的边沿犹有菜汤未洗尽的痕迹，程老枪如若未见，接过一口灌下，嘴角流下几滴畅快的清香。黄金野茶茶汤金黄，茶味清香。有个头疼脑热，一杯热茶下去，遍体舒泰。黄金茶的茶香差不多在山道上走了五里路才从程老枪的齿颊间消失。此后，每回路过徐老秃屋前，程老枪都会扔给徐老秃一只兔子一只山鸡或别的什么，徐老秃则每次都会给程老枪端一杯黄金茶。

程老枪嘴里泛出黄金茶的味道。

这就是那个给自己端出黄金茶的徐老秃？程老枪忽然很想喝一碗黄金茶。

徐老秃捧出的最后一碗黄金茶，中间已然隔了二十多年的时光。茶香宛在，眼前人真的是徐老秃？

枪顶在徐老秃额头已经整整一分钟！像所有铸就英雄的那些时光一样，这一分钟漫长而难熬。

程老枪等着徐老秃的进一步动作。父亲教过他，所谓先发制人先下手为强并不是先动手，而是在敌未动时我不动敌若动时我先动！他牢牢地记住这个法则并始终践行。枪是最凶猛的兽，扳机扣下时，一切都将再无机会回头。程老枪坚信自己可以更快一步。

在僵持对峙的中间，他忽然想到了瞬间消逝的王小二。

王小二，哼哼！程老枪在心里用两声哼哼判了他们友谊的死刑！

逃，可以！

得逃爷身后——

从高处扑下的徐老秃一跃之后，凝然不动。

据后来的分析，他只是顺着脚下的泥水往下滑落了两尺，看上去就像他朝王小二扑了下来。

胆小鬼！程老枪并不反感王小二拔腿就逃。上一回，一头受伤的野猪从铁夹子下自己咬断伤脚，凶神恶煞般地向程老枪和王小二扑来！野猪猛虎般的狂怒姿态吓傻了王小二。王小二"啊"的一声，陀螺般地旋到程老枪身后，紧紧地抱住了程老枪的大腿，把脑袋探在程老枪的裆下，亲眼看着程老枪不慌不忙举起枪，对着野猪的脑门补了一枪。訇然倒下却刹不住车的野猪一直冲到程老枪脚前，冒着血沫的猪嘴差点亲上了王小二的嘴唇。

在两分钟的寂然不动之后，王小二冲出去骑在野猪头上一顿拳打脚踢，活脱脱上演了一幕"小二打猪"，程老枪差点笑出了眼泪。

现在，他的心里只有恼怒，有被抛弃的羞辱感。当然，这羞辱感也只是稍纵即逝，一只绿头苍蝇嗡地从徐老秃发间蹿出。

逆着这绿头苍蝇来的方向，程老枪敏锐地捕捉到徐老秃的眼睛开合了一下，一缕绿光比苍蝇更快直射过来，便不再犹豫，食指一扣扳机……

重新爬上竹梢的王小二，远远听到砰的一声！

程老枪出手了。

别人怕枪响，这枪声却使王小二心神稳定，毛孔舒爽。多年跟随，让他懂得也坚信程老枪的枪声意味着什么。那就是枪对面干净利落的死亡和我方完全的胜利！

他抿抿嘴，仿佛从枪声中咂巴出了庆祝的酒味。

再一望，徐老秃身前没有程老枪！

程老枪会在枪响之后，美美地在猎物面前抽根烟。

这发现不啻一枚重磅炸弹！连程老枪都逃了，可见事态已非同一般。王小二毛发再竖，泄下的劲迅速向两腿间集结。按刚刚逃命来的经验，只见他头部往山顶方向重重一倾，竹梢随着这一倾迅速弯向山顶方向的另一根竹子。王小二攀过去，往上爬了几格，又重复同样的动作。他的手脚越来越娴熟，他的人离徐老秃为中心的扇形的鬼哭狼嚎声越来越远。他终于到了山顶，又以同样的方式，到了山另一边的山脚。他嘘了一口气，又听到了一声枪响。这声枪响从山那边传过来，传进他耳朵，已经弱得像一声鞭炮声！或者说，这声枪响就像王小二脱离危险后，程老枪用枪为他放的鞭炮，庆贺他的及时逃离。

扳机咔嗒一声，程老枪对着徐老秃开过枪之后傻在当场：枪没响！

他的头嗡地一声，仿佛绿毛苍蝇飞进了脑子。真是白日撞鬼了。先是黑虎不叫，现在是枪不响。明摆着面前的徐老秃是只妖蛾子。好汉不吃眼前亏，三十六计走为上！程老枪迎着村长和徐小汉惊讶的目光，退到了他们的身边。

"村长！"程老枪听到自己的声音有些颤抖，"你说徐老秃究竟是死是活？"

村长是三十多年党龄的老共产党员，虽然被王小二一声吼吼出十多米远，一身凛然正气犹在。村长望望徐老秃的方向，又看看程老枪，坚定地说："他是从棺材里出来的，就是个死人！"

"可是，黑虎不叫，现在枪不响，你说不是作怪！"

程老枪摸摸狗头。狗摇头摆尾，突然冲着徐老秃的方向汪汪两声，叫得十分响亮。

"这畜生又不哑了！"程老枪怪道，问徐小汉，"他真是你爸？"

"他是从我爸棺材里跳出来的，可我现在叫他爸，他又不能应我，我怎么知道是不是我爸。不过他脚上那根鞋带子，确实是我当年给他买的解放鞋的带子！"

"哦。谁能想到在坟里还能长头发！还有，他瞎的究竟是右眼还是左眼？这么多年，我都搞不清了。"

"右眼。"

"刚才，我见他右眼发出绿光！"

"他根本没右眼！"

"小程，你要看确切了说。"村长道。

"村长，你站一百米外，鼻尖上的一粒虱子我都看得清楚，何况这么近的！"

"小汉，你爸还有什么特征，别人不知道的？"

村长问徐小汉。

"这个?"

"有就说,没有就没有。"

"村长,现在都人鬼不分了,也没什么不好说的了。其实我爸一生下来,后面还带了条小尾巴的!刚生还只有一点点,后来有三寸。我姑姑背着他,一天到晚手在底下用拇指指甲掐它,硬是把它切去了一截。但还留了一寸的。所以他老人家在的时候,人家都笑他屁股不沾凳的。"

"好!这个赖不走。待会儿去看看,有尾巴就是你爸,没尾巴就不是!走,看看去——"

"村长——"程老枪对着村长。

"什么事?"

"刚才,我看他的右眼绿了一下,就朝他头上开了一枪!"

"没响嘛!子弹受潮了!"

"我的子弹都是放在老茶叶盒子里放在灶头上烤的,怎么会受潮!"

"要么,你没有拉开枪栓就打了。"

程老枪再次拉开枪栓,对着天空一扣扳机——

砰!

村长、小汉和程老枪,都被这突然的响震蒙了!

隔了一座山,王小二恍然从阴间重返人世。

山那边人鬼大战和这边似乎全然没有关系。王小二眼前一派山清水秀,小桥流水人家。村里屋舍连绵,鸡犬之声相闻。人世间那些破事,换个角度看看,真都没什么大不了。

竹子上一阵急蹿,王小二差不多耗尽娘胎里带来的力气。劲一松,整个人软泥一般,索性往竹枝上一趴,在清风中晃悠着,好不自在。这竹子刚好在一条溪边,溪水潺潺清澈见底,王小二人在竹子上,那水中流动的小鱼和石子上的青蜥都看得一清二楚。他看得有趣,一时把山那边所受的惊吓忘了。歇了一响,正想下竹到溪里喝口溪水,那边坡上院门吱的一声打开,走出一个手捧脸盆下溪洗衣的明艳少妇来。原来是村里木匠王玉良的老婆李春梅。这王小二人没长高，裤裆里的家伙没忘记长。有一回，村长和程老枪一伙人在村里看人杀猪。村里的烂污汉李小元看见不远一条公狗趴在母狗身上，跑过去用木棒在公狗身上一阵乱打。王小二在边上看得乐呵呵地傻笑。李小元拿那根打狗棒在他面前晃晃："小屁孩看得懂？"又朝王小二裤裆间一瞧，"哟"一声，原来王小二裤裆间隆起一大坨！这李小元顺手就把王小二提了起来，不管又抓又咬的，提到众人面前。大家都惊讶地看着王小二的裤裆间，都为自己多年来光顾着注意王小二的身高，忘了关心他裤裆里的小弟弟暗叫惭愧。

这李小元看大家的注意力被他吸引过来，得意扬扬地伸手就去扯王小二的裤子。王小二哪里肯让他得逞，极力挣扎，边挣扎边喊村长："村长，村长，他脱人家裤子你也不管管！"

村长还没开口，人群中有来砍肉的妇人，见不得李小元欺负人，骂道：

"死小元，剥人裤子，缺德！"

眼角却盯在王小二裤裆处不挪开。

村长嗯哼一声，清清喉咙，对着李小元道："莫开玩笑了！"

李小元正得意着，哪管村长不村长。他边扯王小二裤子，边转向程老枪："老枪，你说你枪法好，我保证你三米内打不着这根牙签！大家猜猜，这小家伙的有多大！我猜是一寸半！"

哧溜一声，就将王小二裤子扯到了膝盖上。

人堆中的妇人"哎哟""哎哟"背过身去，嘴里"这要死的""这丢人的"，脸红得关公一样。村长、程老枪，在场的所有人，在李小元将王小二裤子扯下的一瞬，都被王小二两腿间的物件吓住了！

这分明是王小二长在裤裆间的第三条腿！

李小元看了从王小二裤子间蹦出来的一根象鼻子，一时之间傻在那里："怪不得不长高，营养都被这家伙躲在裤裆里偷吃了！"

看程老枪举枪过来，李小元笑道："老枪，别说你，这么大的靶子，我都射得中！"

程老枪把枪管探进李小元两腿间，对着李小元两腿间的空地砰的就是一枪,把王小二从李小元手上震了下来:"以后谁再这么欺负王小二,一枪打断他鸡巴!"

李小元吓得连退出五六步,拿发傻的眼神看着程老枪。程老枪不理他,对王小二说:"以后谁欺负你,你就来找我。"

王小二就是从这刻开始决定跟程老枪的。当天晚上,他还以前所未有的勇气去了村长家,想找村长理论理论该如何在村民遇急时挺身而出,该如何在挺身而出时采取有效的行动,该如何及时救出如他这类的弱势群体可怜的尊严。村长恰不在家,他老婆咬牙切齿地坐在堂前咬番薯干。王小二看着咬的是番薯干,实际上咬的是肉。村长刚和她吵了架,一气之下去了姘头王翠花家,此刻正压在翠花身上。他老婆知道他去找王翠花,他老婆也没办法,谁叫人家是村长。村长老婆气鼓鼓地坐在堂前灯下,手里拿着番薯干咬。咬了一块又一块,好像咬进嘴里的是村长压在身下的那个婆娘的肉。真是越咬越舒坦。咬到第七块的时候,王小二来了!

村长老婆拿着番薯干,看着眼前这个矮子鬼,鼓鼓的,像只癞蛤蟆,不知道他肚皮里装些什么,竟很有些可爱。王小二本来生得一脸俊秀,灯光下一照,更是人模狗样,像个三年级小学生。这村长老婆嫁过来十多年,肚皮没开苞。见了王小二,心里像看着个儿子一样。心里想,要是有个儿子,也该这么长了。王小二是一心找村长的,见这村长老婆拿眼睛看他,他便也拿眼睛看她。她看他时是个儿子,他看她时是条给村长干的母狗。王小二看了这母狗,眼里尽是怨意,便明白村里人传的事是真。村里人都说村长老婆是村长的,村里很多人的老婆也是村长的,村长白天忙晚上忙,忙不过来,把自己的女人闲下了。王小二被这女人眼里有钩似的钩来钩去,也不明白她什么意思,只是小心翼翼问:

"村长在家?"

"村长死了!"女人锐声道。

"白天好好的,怎么就死了!"王小二吃了一吓,呸呸呸地吐了几口唾沫。他是来出气的,可不是来看死人的,晦气。

想到自家男人在其他女人身上撒野,女人恨不得把他命根剁了喂狗。

"死了好,反正活着也不替村民做主!"

王小二这句把村长老婆的眼睛说圆了。村长老婆本来气着村长，现在有人说她老公，不乐意了："什么东西——村长死活是你说得的？你是男人吗？"

　　王小二不知道天下女人最是口是心非的，自己可以白的说成黑的，却不允许别人把黑的说成白的。王小二白了她一眼，把下身一挺。

　　女人一看乐了，对王小二把手一招："你过来！"

　　王小二不知女人怎么又笑了，笑得妖怪一样。一个娘儿们，老公死了还能笑出来，不是妖怪是什么，还咧那么大的嘴。妖怪就妖怪，能把我吃了不成？就走过去。离女人半米，身子已然腾空而起。王小二大惊，没想到女人柔柔弱弱，实际上是只老虎！被她擒住，半分动弹不得，慌乱中他顾不得死活只是乱抓。

　　女人将王小二横置于膝上。王小二觉得女人手上是有鬼的，让他根本无力挣扎，力气根本使不出来，只有任她摆布。

　　"老娘倒要看看你到底是不是男人！"

　　王小二气愤得要命。他娘的，她的狗男人想看他是不是男人，也就罢了，连女人都要看看他是不是男人，这世道到底怎么了。他第一次捏到成年女人的大奶子，两只手被磁铁吸住一样，表面上气愤，心里是无限喜欢的。他把气愤全用在了两只手上，只当是在报仇雪恨。

　　女人抓不住自己男人，现在手上捉住一个，好歹也是个男人，一时之间，把那个在外面风流快乐的男人给忘了。母系氏族遗留在血脉间的记忆全然苏醒，毫不犹豫地解了裤子纽扣，把王小二裤子往下一扯。

　　女人本来是气自己男人不宠自己，拿王小二戏耍出气。王小二分明就是个乔装打扮的贵客，是上天派来专门补偿她的。他有他的王翠花，我有我的王小二。当下就不客气地把王小二擒到卧室里……那一场畅快。

　　王小二双脚发软地走在回家路上，刚好碰上从王翠花家出来的村长。村长见了王小二，骂道："没家的野狗，还不快窝里趴着去，大半夜的还出来丢人现眼！"

　　王小二回头啐了一口："操你家母狗！"

　　那晚，王小二至少在村长老婆身上丢了三回。女人披头散发在他身上

149

疯狂吞吐的模样把他吓住了，事毕，不停抚他亲他夸他是真男人。他豁然开窍：是不是男人，女人说了算！

晃悠在竹子上的王小二趴着看李春梅洗衣。一时之间，口不渴身不乏，眼里只是那个婀娜有致的少妇身影。李春梅蹲在溪边，一会儿用水荡盆，一会儿把衣裤在水中浸下捞起，两个腿间用力，哪里想到不远处的竹子上还趴着个小贼在窥她。平时在村里，王小二偶尔和李春梅相遇，女人哪里会拿正眼瞅他。他从底下向她仰望时，她就像白月光一样令他头晕目眩。

但这样居高临下地偷窥，王小二俨然是帝王，压力全无。恨不得变成一只蝴蝶飞过去停在她的头发上，闻她发上的清香；又想变成一条小鱼儿，游到她身边，趁她下水荡衣服时亲一下她的手；更想变成一个白面书生，彬彬有礼地走到她的面前讨一口水喝。这念头一起来，他全身发烫。不觉身子已经腾空而起，扇动着翅膀直朝李春梅飞去！

那边，李春梅正全神贯注洗衣服，忽听扑通一声，不远处小水潭中一个小学生落入水中。看那手脚乱用地扑腾，恰和她儿子差不多的身高和年纪。这当母亲的，一下就起了联想，只当扑腾着的是自己心肝宝贝，忘了儿子早上背了书包去上学，现在人还在学校。只见她嗖的一声跃起，全身这颤那颤地冲过去，把一团小东西给提了起来。原来王小二癞蛤蟆想吃天鹅肉，想得痴了，在竹子上胡思乱想一个没趴牢，坠到了竹下的小水潭里。这对他差不多是没顶之灾的小水潭，对李春梅不过是刚深及大腿。李春梅人站在水中，大腿根处凉咪咪的。

李春梅提着小东西到岸边，看清惊惶惶的原来是王小二。她早知王小二是个侏儒，身材虽小年纪则不小，现在看自己这么急救的是个男人，心里不由得一阵呃逆。呸了一声，骂道：“这么个大的人，也不小心点！”

王小二一个跟头，摔得云里雾里。他手脚短小，从小怕水，也不会游泳。在水中扑腾时，以为自己要死在水中。没想到不仅没死成，救自己的还是春梅。他从小没少被人骂，这被美人骂还是头一回，骨头都给她骂酥了，巴不得她多骂几句。他人矮，看到李春梅整条裤子都湿了，身上勾勒出美妙曲线。一时不知是进是退,只是看着李春梅傻笑。李春梅看着他那傻样,觉得这小矮人可惜矮了点,模样生得是俊的,尤其眼神之清,竟是和溪水一样,不由得脸一红,啐了一口,顾自回身,向坡边上面的屋里换衣裤去了。这边王小二看着李春梅的裤脚一路滴水,一直滴到一个坡上,向一个拱形院门进去。院门一关,门两边各有一丛高大月季,几朵大红月季红艳在绿叶中。这坡道两边搭了架子,上面牵了野猕猴桃藤,枝条缭绕。架子尽头做了院门,院门上方,刻了"向阳人家"四个字。沿院门绕屋子,砌了两米多高的院墙,院墙下是一带悬崖,不知是她当泥水匠的老公放心不下,还是山脚怕有毒虫猛兽,反正一座屋子围得小碉堡一样。王小二想,要他是李春梅老公,砌了围墙不算,上面还要加个盖哩。

王小二看李春梅开了院门,进院,反身关了院门。恨不得自己是一滴水,沾在李春梅身上,跟着进去。看她的身影消失在围墙后,心里只是叹息,怪自己投错了胎,这辈子没有成为泥水匠。

李春梅的屋子,离村数百米,单门独户。这小碉堡的后面,是一片竹林。一根根竹子,美得披头散发。王小二看看那竹子,若有所思地点点头,良久转身向村中走去!

从那日起,时常有人在漫山遍野的竹林里看到王小二蹿上跳下!谁也不知道他葫芦里卖的什么药,直到有一夜他从二层高的窗户上被人一把扔了出来……

"程老师,今天不醉不归!"

"醉了怎么归?不能再喝了,真要醉了!"

"嗐,不才一杯嘛,刚润了喉咙,胃里还没喝到酒。怕我没酒?放心,这里虽然是深山老林,比不得外面,但酒管够。前些年,我到山那边请了江西的吊酒师傅,两千斤大米玉米高粱糯米小麦,酿了几百斤在那里,嘿嘿,也是五粮液嘛。屋后的鱼池边都埋了好几坛,哪里喝得完。再说,你不陪我喝,我这故事怎么说得下去——别忙着喝,来一块!今天匆忙,煮得不烂,不然吃起来那个粘嘴巴。你咬咬,看咬得动不!"

这是程小峰这生唯一一次吃熊掌。黑乎乎一盘,有地方毛都没有剃干净。然而一看就是好的,满满的胶原蛋白堆在盘中。一口下去,味道和他母亲常煮的腊猪脚有些像。毕竟不是人人吃得到的奇货,程小峰心里的受用比嘴上的受用更要高上几分。大赞:"这怎么好意思的!"嘴巴皮都被那嘟嘟的胶原蛋白粘住了。他吃了熊掌,心里不免扬扬得意,心想那些人虽然分配比他好,熊掌却不是人人都能吃到。鱼与熊掌不可兼得,别人分配吃上了鱼,谁能想到他在这山里吃了真熊掌呢!

"我爸当年打下的。挂了几十年了,只有我们桃花寺最尊贵的客人,才能享这口福。也是怪事,之前老师来家访,也吃过饭,就是没想过要煮它。你程老师一来,我第一念头就想到梁下还挂着这货。你说怪不怪?看来都是你程老师的口福!"

"你这一说,我不好意思了。昨晚,唉,不该把小牛留迟了!"

"喝酒!那是为小牛好,小牛交给你我们放心。"

程小峰看着酒花从杯底上升到杯口,聚集在那里,宛若堆了一堆白珍珠。透过这堆白珍珠,对面的程老枪一点儿都不像一枪打下猫头鹰的猎人,而是一位纯朴的山里人,一个爱儿子爱到骨子里的父亲。

"程老师,你是科学人,你说说,这世上究竟有没有长生不老药?"

"长生不老?我不是说了嘛,要有,咱们现在还活在秦朝,被一个叫秦始皇的人统治着!"

"可是为什么桃花寺会出这种怪事?"

"你是说徐老秃?"

"就是嘛。村里人都说,要不是有那一场洪水,等他自己从坟墓里蹦出来,桃花寺就遭殃啰!"

"那天你在现场,王小二逃跑后——徐老秃真的活了?"

"这王八蛋!一提他就来气。我这辈子碰上他,好事没轮上,怪事不离身。后面还有更气人的。拿这一回来说吧,我当时就站他身后,他第一时间发现危险,脚底抹油逃得比谁都快!世上哪有这样的狗?你看我的赛虎,它什么时候把我抛下过?哪次碰上危险不是先冲上去?这畜生,还不如一条狗哩!所以他一转身,我就把他给开除了,后来十年都没睬他。这十年里不管他怎么嬉皮笑脸,怎么求我,我都没理过他。后来,要不是他来告诉我那事，我还懒得理他。"

"大限来时各自飞。逃起命来，哪顾得了这么多。徐老秃要真活了，扑下来，不要说王小二，我程小峰也是抬腿就跑！"

"逃，当然可以逃，没说不可以逃！但也得逃在我身后呀！"

程小峰扑哧笑出一口酒。

"也是，你有枪！"

"不是枪不枪！义气问题！不讲义气的人是不可原谅的。"

程小峰敬了程老枪。

"人活着还就得讲个诚信义气，没这四个字的人，不如找块豆腐撞死算了。"

程小峰肃然起敬。

"不如狗！"程老枪越说越激动。阿花骂他："你就不能轻点？相骂一样，好像人家欠了你多少钱。都多少年的事了，还这么耿耿于怀！"

程老枪嘿嘿一笑。等阿花转身去厨房，却啐道："妇道人家，懂个屁！"

"徐老秃扑下来后，追人了？"程小峰忙引回话题。

"哪里是扑下来，是他脚底下的泥软塌下来，他就从上面掉下来了——"

"那是吓人的！一时之间，哪里分辨得出他是扑下来还是掉下来。"

"这事连起来看，确实有不可思议的地方：泥石流本该往下走的，可是向阳坡这一段，不往下却往上。往上走了一段，又呈倒之字形斜下来，把徐老秃的棺材倒了出来。会有那么巧，棺材撞碎后，徐老秃是竖在泥里！后来往下一陷，他还是站着，更让人分辨不出死活。

"当时我站在徐老秃面前，那种感觉非常奇妙！和现在面对程老师一样。感觉当时面对的似乎并不是一具在坟墓中二十多年的死尸，而是一个随时要从睡梦中醒来的人。尽管没有呼吸没有心跳和体温，你能感受到他在和你交流与呼应。你就觉得吧，一定是有某种东西藏在他身上，等待着某个时机挣脱出来。所以当我一见到他头发后面的眼睛冒出一抹绿光，就果断扣了一枪！我那时天不怕地不怕的，手中有枪，就觉自己是天王老子。管他是神是鬼，一枪！天晓得，枪没响。没响就没响，后来到村长和徐小汉身边，偏偏又响了，你说怪不怪！"

"身上长毛发，瞎眼也睁开了？"

"我当时见到他眼里的绿光，暗叫不好，这鬼把瞎眼都睁开了！长点毛不算厉害，瞎眼重新睁开还发出亮光了，那才是真厉害！呵呵，这狗急了跳墙，人怕了眼花。其实哪里是瞎眼变亮。我们几个，后来见徐老秃半天没动，大了胆子过去，腿都是抖的，心是好奇的，想看又不敢看，不敢看偏更想看。徐小汉毕竟是儿子，打头阵，爹啊爷的说了半天好话，烧了香纸拜了又拜，拿木棍挑开他的头发查看。我说绿光哪里来的，原来他从棺材里出来后，凑巧有片叶子粘在了他的那只瞎眼上！光一照，发绿光了。"

"这个真巧了！"

"这么一闹，加上那天受伤的人多，后来外面都说是徐老秃把我们追打成那样的。有些胆小鬼为了护自己的老脸皮，喝了酒之后，还吹牛自己和徐老秃怎么拳来腿往地大战。什么'九阴白骨爪''降龙十八掌'都出来了。"

"当时，徐老秃虽然没动，可是看清后，他的皮肤把我吓住了，那真不是死人皮肤，和活人一样，就是没温度罢了。这么一闹，我们也不敢动他了。村长派人报告了乡里，乡里报告给县里。最后省里派了专家过来，要把徐老秃运去研究，给徐小汉一万元钱补偿。徐小汉鬼门关走过一遭的人，还是条汉子，硬没同意！说爹能卖吗？不能卖。"

"这话分两头，有人死后无偿捐献遗体，或供医学研究，或捐出器官救治他人。于国于家于人有利，对于捐赠者个人和家庭，也是荣光的事。他这是拿去科学研究，理应支持。"

"当然支持！国家自有国家大胸怀，向领导汇报后，尊重家属意愿。后来只剪了徐老秃头发，抽了血，弄了点里里外外的。我那些天从头到尾都在，守了两天两夜！"

"后来有没有什么异常？"

"你别说，它还真有截小尾巴。一寸来长。其他的也没什么，就是虽然离徐老秃几米远,总觉有股寒气。还有就是黑虎,那几天病了一样,一声不叫。一离开那个范围,又活蹦乱跳起来,真是怪事!"

"万物相生相克,有些现象不是亲眼所见亲耳所闻,说给谁听都不会相信。徐老秃边上肯定有一种场。有功夫的人,身上就有一种气场。后来有没有检验结果?"

"有。你说奇怪不奇怪,徐老秃身上的血啊头发呀细胞呀什么的,检验的结果是,所有专家都确认,这些组织应该是刚从死去几小时的尸体上取下来的。嚯,这才是够吓人的。可惜啊,等他们回头时,徐老秃早就一把火烧了!"

"烧了?"

"用干柴浇上柴油烧了!既然国家想整个运走做科学研究徐小汉死活不同意,当时村里村民的意见,也是不能再重新埋回去,要烧掉才放心。毕竟,徐老秃要真是来个僵尸复活出来吃人,大家可不敢冒这个险!"

"依你所见,徐老秃这种情况,是向阳坡风水好?"

"怎么说呢,我觉得一定是有什么东西潜入了他的身体,因为烧的那天,还烧出了一样东西!"

"舍利子?"

"不,青衣皇后!"

……

一九八五年九月二十三日下午三时二十三分五十八秒,有"浙江西藏"之称的开化县齐溪镇境内密林深处,一股浓烟腾空而起。

随着高度上升,万里晴空慢慢洇出一朵黑蘑菇。浓烟起处的山冈,几百村民被荷枪实弹的公安民警和民兵挡在警戒线外,围成一个肃穆的半圈,人人脸上疑惧交加,眼睛却片刻不敢离开火堆上的一具小棺材。

小棺材前方,一个年轻人趴在柴火堆外对着小棺材使劲叩头,嘴里不停拜祷:"儿子不孝,送你从火里上路,也是为你不去受刀子的苦呀。你在天有灵,多多担待。这人间有什么好,又受苦又受累,还是早点去和母亲相会,不要再来吓唬乡里乡亲了!"

烈焰不断向上舔舐,小棺材被火苗咬住,发出噼里啪啦的声音。很快,棺材的柏木板被火焰烧穿,烧向棺材内部。原来还窃窃私语几句的村民,一个个伸长脖子,眼球极力向火堆方向接近,生怕错过什么!现场两名狙击手子弹上膛,眼睛锁定火焰中心。

"徐老秃,化成灰看你还能七十二变!"

人群中一位老者愤愤道。使他如此愤慨的原因,是他儿子在前两天围观徐老秃时,在空中一个腾跃,把腰摔折了。好好的壮劳力整天在床上哼哼唧唧,他这本可以享清福的人又如牛上轭,重新担起了重任,怎使他不愤郁在胸,要到现场来骂上几句解气。当时,到现场看徐老秃的村民共有十四人受伤,其中断脚断腿五人,断腰一人,重伤昏迷一人。这些伤者的家属,无不是怒睛注视,恨不得徐老秃的棺材秒变成灰。

"不能瞎说,鬼有耳朵!"

"你娘才生这鬼!埋了二十多年从坟里钻出来,他徐老秃想做人做鬼?他要不属鸡,不碰上菜刀,你缩脖子当孬种也没用,一口吞了你!"

"你才孬!不孬儿子会摔断腰?"

"你——"

火焰中心,猴子大小的徐老秃不时现出黑影。它保持着从坟里跃出来时的骇人姿势,一手上举一手下探。火焰时长时短,这使它看上去在火中张牙舞爪一般。

"别吵,没公安,看你们两个还嘴硬!别吃饱了撑着!敢的话跳进去对徐老秃放。他还没变成灰哩!"

手持猎枪的程老枪凶了两人一句。

"马上就是一蓬烟了,还能作怪!"

"就是!"两个刚才还吵的人,忽然枪口一致对准了程老枪,"谁死了不是一撮灰?不过是早变灰晚变灰。我说呀,怕人归怕人,这么烧了,怪可惜!国家都说整个拿去研究,就是徐小汉不同意。"

"换了你老子,你同意?"

"当然不同意。咱们桃花寺,毕竟和外面不一样。外面的事科学讲得通,咱这里的事,科学不一定讲得通!我早就怀疑……"

"你爹你有权决定,他爹他当然有权决定。国家是讲科学也讲人情的。

你看徐小汉坚持要火化，国家就同意了！只剪了点头发指甲，抽了点血——血听说是绿的！"

"想喝一口长生不老？想的话，抓紧进去抢块烤肉还来得及！"

"呸，吃你娘！你个狗嘴，上辈子没的吃的货，亏你说得出来。咱一辈子做牛做马，还不够苦？皇帝才想长生不老！再说，他徐老秃是唐僧肉吗？"

"是不是唐僧肉，吃了才知道，你想吃还没的吃呢，这么多公安守着。不过这事真是稀奇！我昨晚仔细想来，总觉得之前大家猜的不一定对。会不会是只猴子挖了地洞钻进坟里，把徐老秃的骨头啃光了，刚好一场洪水冲下来……"

"咱这里有猴子吗？他就是徐老秃！说不定它耳朵竖着，你讲什么它听了一肚皮，晚上再来找你算账——"

"去你的，让他找你老婆去！"

"要感谢这把菜刀救了咱们村呀！徐老秃那天从坟里出来要是越过这把菜刀，他就不是猴子，是妖精妖怪，村里就有大灾啰！"说话的指着边上一根凌空独立高百米状若菜刀的巨石。那场山洪中，泥石流一路左冲右撞，直到巨石下才止住。

"徐老秃这是运势未到，鸡碰上刀——还好他属鸡！"

"我看该为这石头修座庙，就叫菜刀庙！"

"难听，要修庙也取个好听的名字，不然被人说咱村没文化！"

"刀神庙！"

"这名字有气势——"

"嘘，快看！"

现场的脖子忽然都拔高半尺，像一群看热闹的鸭子。只见渐渐矮下去的火焰往下一陷又往上一扬，然后有股拉力把火焰向中心的徐老秃身上拉。确切地说，是徐老秃身上一股吸力，把火焰往内里吸去。在场的每个人都感受到了这种吸抽之力。每个人都感觉到自己身上的能量往火堆中心逸去，人人脸上变色又莫名其妙。火光越来越弱，这时可以清晰地看到火焰中心的猴子坐了起来，它以肉眼可见的速度，正在不断变小。众人啧啧称奇。当它缩成篮球大小时，突然，一道白光自内而外劈开了黑球，紧接着一个和黑球同样大小的红色火团从黑球中冲天而上！这红光到半空之后，忽地再次迸裂开来，一时之间空中赤橙黄绿灿若烟火。烟火之中，一条长约两米状若壁虎头上长着凤冠的怪兽摇头摆尾，转眼消失在高高的山头之后……

"青衣皇后！"

人群中有人发出惊呼！现场有人跪了下去，双手合十念阿弥陀佛……

"青衣皇后？"

"想不到吧，深山老林有皇后！不过这皇后不是皇宫里流落民间的美女皇后哟。"程老枪顿了顿，"它是一种兽！有人说它像龙，有人说它像蛇，还有人说它根本就是一条蜥蜴，但不管是龙是蛇是蜥蜴，有一点是肯定的，那就是在传说中它头上长着皇冠一样的角！身子却是青色的。"

"像《白蛇传》中的青蛇小青？"

"人生一世蛇长千年，说它是蛇也行。徐老秃家的那根羊角状的东西，大家后来猜测就是青衣皇后的角！当年徐小汉得怪病快死的时候，喝了一碗那角磨出来的汤就好了。"

"徐小汉究竟得的什么病？"

"我估摸着是癌！就算不是癌，肯定是人间医生治不好的恶病。"

"这起死回生汤要是徐小汉母亲从绳子上解下来也喝一碗——"

"唉，当时情形，这汤还不知是毒药补药。老大妈就是觉得自己害了儿子才上吊的。徐老秃当时喝下一碗，也不是为治病强身，而是想一了百了。"

"徐老秃本来一家人生活得好好的，没想到突遭横祸，自然情志忧伤，那头发落个一干二净。这羊角汤有病治病，无病强身，必定是包含了大量能够更新换代的干细胞在里面。按科学解释，咱们人体是七年更换一遍全身细胞，说不定这青衣皇后的细胞是二十年一轮换，它与人体细胞结合后——"

"你这么一说，我又有些懂了。"

"这么说，徐老秃当时不是老死的，他可能是意外致死，可是体内的青衣皇后的干细胞，却有再生的能力……"

"我明白了，程老师，你这是科学！可是当时，我们整个桃花寺都觉得徐老秃这是尸变，成功了，他是要出来吃人的！特别是枪打不响之后，我的胆一下变小了！谁说得清夜晚走路碰上一个人，他不是刚从坟墓里钻出来的！枪对他又没用。"

"再生人！我倒是希望回去的路上能碰上一个！"

"呸呸呸，不能说不能说，程老师，不能说呀！老天有眼有耳，要是听见了，等会真的——这深山里，要有什么事，一下也喊不到人照应。"

"哈哈哈，我现在总算懂了，你这么一个背枪的猎人，儿子被留一下就这么紧张，原来是怕徐老秃之流从坟里爬出来！"

"不不不！徐老秃只是一部分原因。不敢让小牛留得太迟是别的——而且，就在你们学校里！"

"之前老师们都说学校里闹鬼，我是不信的——难道你是怕留得迟了，有鬼？"

"老师，你相信世上有鬼吗？"

"不信！"

"我原先也不信。可经过徐老秃这件事，心里就有了结。人心里有了结，很多原先明白或一眼明白的事就会看不开。之前我手里有枪就什么都不怕，你强你狠你快，你还比得过我的子弹头？大晚上出去，最多遇上魔。可是魔你只要不理它，它拿你没办法。嘿，不瞒你说，之前我在山路上走，有时碰上个人，心里还会很高兴，喊他一声兄弟，敬他根烟。这事出了，我就怕在晚上遇上人，你搞得清楚？他说不定像徐老秃一样，是在坟里待了几十年几百年刚钻出来的，还是个老祖宗，打又打不得，逃又逃不掉！"

"嘿嘿，当然打不得哩。子弹再厉害，总不能打到太公头上去！桃花寺这地方，现在越来越让我刮目相看了！但是要说到鬼，老实说我在桃花寺小学，不仅见过，还打过！"

"打鬼？失敬了！"程老枪脸色一变，换了十分崇敬的眼神，"不知道程老师打的是个什么鬼?"

"两截鬼!"

"世上千奇百怪的鬼多得很,两截鬼第一次听说。"

"咱们的德寿老师不是怕鬼吗?学校老师课间经常讲些鬼故事吓他。他自己也承认怕鬼。鬼这东西,越怕越有,越不怕越没有。"

"程老师,你既然说了,我也就坦白了。我为什么怕你留小牛,就是因为学校里有鬼呀!"

"怕什么,不是被我打跑了嘛!以后到学校,管他白天黑夜不用怕。"

"不知程老师用什么法器打的?"

"这个家家都有——喏,那里就有一把!"程小峰伸手指指门边的一把毛竹扫帚。

"村里死了人,家家户户在门前倒竖一柄竹扫帚,咱们桃花寺村不是这样?它正常放是扫帚,它一倒竖起来就是关公的大刀,鬼见了怕它,不敢进门。"

"村里死了人,大家就在门口倒放扫帚。来,敬你一杯,想不到程老师还是个钟馗——这鬼啊,当年我用枪打了都没打死!"

程小峰没有在意程老枪这句话,或者说被酒精推动的血液的洪流发出的轰鸣掩盖了程老枪的这句话。酒精重新点燃了他打鬼时的豪迈气概,程老枪洗耳恭听的模样,更是激发了他讲故事的愿望。当时的遭遇越惊险越刺激,说出来时也就越豪情满怀!一切有惊无险的故事成就了英雄,值得一说再说并流传于世!程小峰把那天打鬼的情节细细说了一遍,只是不提自己是从五号房间里冲出去的。阿花的眼睛睁得大大的,她怎么也想不到眼前的文弱书生有这等勇气。小牛则歪了饭碗,一块咬了一半的熊掌咬在嘴上,最后因程小峰嘴里那迅猛无伦的一击而坠落在桌上。这个连鬼都敢打的老师,一时在他心中高大到虎尾山顶去了。

"打鬼,你不能把自己当成人,要把自己当成鬼去打,这样鬼才怕你。"

"鬼怕鬼?"

"人怕人,鬼当然也会怕鬼。不仅怕,还怕得哇哇叫!"

"哈哈哈，原来是这两个鬼——幸亏没碰上我，我一枪就把他们大腿间的茶壶嘴没收了。"

程老枪比了一枪。

"我也打过鬼哩，程老师，那可是真鬼！你说的这个不过是两个小孩子和大人闹着玩，算不得鬼。"

"鬼都是假的，世上哪有什么真鬼。"

"不不不，程老师，我那碰到的可是真鬼。我平白无故的干吗怕你留小牛，学校里有鬼嘛！"

"人死为鬼，鬼死为聻！那么，那鬼被你打成聻了？不就没鬼了！"

"地上人从众，地下鬼成团。鬼哪里打得完。何况打是打了，但惭愧，说来惭愧——程老师，喝！"

"喝不下了。"

"喝！喝了才有真鬼故事听！"

"不用说，我掰着脚指头想想都知道——你是在学校后面的菜园地里打的鬼？"

"对。"

"那这酒就不用喝了。"

"程德寿老师讲过这事？"

"程德寿老师，认识现在几个月了，只听人谈他，哪里听过他谈人。"

"哦，那么程老师的意思，是程老师已经见过那鬼了？"

"非也，我的意思是说，你说的那鬼也无非是人装的——世界上哪有真鬼！"

"不，程老师，我碰到的这鬼和你碰到的鬼不一样呀！我子弹把它都打穿了，它还能飞还能叫还会追人，你说它不是鬼是什么！"

"愿闻其详。"

"说来话长。你知道前面王小二来说什么事？"

程小峰摇摇头。

"你们学校后面又出异端啦！"

"异端？"

"阿花，你去厨房再烧个素菜！"程老枪等阿花走出大门拐进厨房才继续往下说，"当年，我就是为这个去的。喏，在坟场最上部，不知程老师注意过没有，有两座差不多高的坟。两座坟中间，刚好可以趴下一个人。那可是冬天，我的脸都裂成萝卜丝一样，这样整整趴了半个月，就为了等它出来。还真亏了我爸留给我的那件熊皮袄。趴在坟中间什么感觉？嘘，轻点，小牛妈到现在都不知道——她只知道我去狩猎，不知道我怎么个狩法。要知道了，不肯让我上她床啦，哈哈！"

友谊结冰的日子，无论王小二摆出怎样卑躬屈膝的姿态，程老枪绝不肯拿正眼多瞧他一眼。就连一次王小二专门赶了三十多里山路，去本乡种烟草第一把好手的烟草王家，替程老枪弄来两斤烟叶，双手递到程老枪面前，程老枪冷冷地觑一眼，嘴里发出刀片般的一声"滚"！却对阿花说："娘的，那小矮子弄了两斤烟叶想糊弄我！那软沓性格，有一半烟叶的火性还会这般让人瞧不起？当初逃人，现在小命保住，他来讨好人了！他再递十次我还扔十次，娘的！你别说烟叶倒是好烟叶。"

阿花啐他："想抽就接过来呗，这不显得咱想当婊子又要立牌坊了？"

程老枪说："当婊子也不抽他的。"

于是，王小二青烟般从程老枪身边消失了多年。在他消失的那些日子，桃花寺村人只看到黑虎依然保持着一条狗最大的忠诚与热情，鞍前马后地在程老枪身边蹦蹦跳跳，那个趾高气扬的王小二则不再露面。

枪重新背回程老枪肩上。这期间程老枪也没闲着，他娶了阿花。过上了英雄美女的幸福生活。英雄满山满野地纵横驰骋，美女负责在家中洗衣烧饭。

然而正因为娶了阿花，才让程老枪在自以为王小二已经彻底脱离他的时候，却被王小二以一条令他欲罢不能的消息，重新缝合了他们断裂多年积满灰尘的友谊……

王小二送来的信息，令程老枪大喜过望，当即一笑泯恩仇。还破例倒了半碗酒，端出门去，看着王小二一口干下，发出畅快的一声"哎"！

至于这条信息背后深藏着的一个无比香艳的秘密，程老枪则是在偶然的一次酒后才得知的。当时，王小二以为他们伟大的友谊已经重回亲密无间状态，一滴不洒地以两大杯白酒向程老枪表了忠心。酒精作用下，嘴巴城门大开，内心的沟沟壑壑让程老枪一览无余。让程老枪几乎嘴巴合不拢的是，促成王小二魂不守舍并在无意中蹿到桃花寺小学后面发现那个秘密的力量，来自让所有桃花寺男人都神魂颠倒的一个女人。当那个女人的名字从王小二的嘴里迸出来，他简直有些受不了王小二的嘚瑟，抬起手中的筷子朝王小二癞蛤蟆似的头上着实就是一下："叫你吹牛！"

那个女人叫李春梅！

被程老枪无情拒于身外的日子，是李春梅那无处不在眼前闪烁的美丽倩影，一次次将王小二从孤独与失落的河流中捞起，给予他寂寞的心灵以无边的慰藉与温暖。李春梅身上那种光芒四射的魅力，同样让他目眩神驰俯首称臣肝脑涂地在所不惜。

王小二一次次在脑海中重回他被李春梅从溪间救起的竹子上，整日趴在那里，一遍遍回放落水后的每一个细节。在千次万次的回放中，他越来越坚信，自己当时从竹子上滑落下去，并不是因为手脚酸软，而是另有一种看不见的力量。而这种力量就来自李春梅。是李春梅身上巨大的一股磁力把自己从竹子上吸落到溪流中去的！

于是，他像一部大片的摄像师，果断转换了机位。不，是专为李春梅设置了一台全息摄像机。这台摄像机从李春梅走出家门走出院子的那一刻，就以极高的清晰度和极全的功能，摄下了李春梅的所有信息。他在一遍遍回放中，体味到了李春梅的体温、气息乃至于她行走时扭动于胯间的韵律，和那一天阳光中紫外线的强度。

"妈也！"他听到自己内心一声惨叫。和李春梅相比，那些他在她们怀里拱过的女人，简直个个上不了台面，给李春梅提鞋都不配。呸。他开始鄙视自己的过去了。那都是些什么日子啊！

他想象自己站在李春梅跟前，一个古代进京赶考的白面书生模样，穿着长长的戏服般的衣裳，也只有这种衣裳，才配走到李春梅面前去。李春梅站立过的地方都是香的、甜的，李春梅身边的事物，都是会闪光的。他，王小二，一个书生，被这香甜和光亮映衬得丰神俊秀满目含春。

"姑娘，小生这厢有礼了！"

他看到李春梅羞涩地低下头去。他见了她这模样，趋向前去。她这模样令他加倍焦渴，他原就想向她讨杯水喝。每每这时，却总是听到扑通一声，他掉了下去——

穿过坠落溪中溅起的白色水花，王小二最先听到的是一声惊叫。就算是惊叫，李春梅也叫得那么婉转动听。她原本蹲着的丰满身子抬了起来，关切地朝这边望。这时，她的眼中映着一个在水花中扑腾的小小身影，王小二真愿意一辈子在她的眼中扑腾下去。他并不是不会游泳，只是他坠下后，一种在美女面前丢脸的羞耻以比溪水更强烈十倍的强度淹没了他。李春梅要是知道他在竹子上贼一样偷窥她，他在她眼中无疑就成了一个贼。他不想在女神心中做贼。在她面前，他连欲望都低微到尘埃里去。每回在村里碰上，除非站在程老枪身前，他都会闪到一边，默默地看她。在她面前，他在其他人面前没有过的自卑才真正地泛上来，他才真正深刻地体会到上天对他的不公。他只有远远地看她一眼，觉得她不应该属于人间，他也不该属于人间。她不应该属于人间是应该在天上，他不该在人间，是他根本不该来人间。他觉得父母那么早死，是被自己气死的。有一回，他站在路边，装着用棍子在拨身边的一丛野花，她走过去了。他抬起头，蓦地发现她也在看他。他臊了个脸红，他从没看过这么好看的眼睛，水水的、灵灵的，里面好像游着许多鱼儿，他也在里面游着。她只是看了他一眼，他顿觉自己高了半尺。

王小二后来想，李春梅的惊叫，就是不发生在王小二身上，换作其他人身上，她也是这么叫的。所以，他模糊中看到踏着水花而来的，并不是李春梅，而是观世音菩萨。观世音菩萨化成了李春梅来救他，李春梅就是观世音菩萨。

他被提出水面，提到他从未敢奢望的近距离。

就算她后来看清是他王小二后发出的那一声类似于嫌恶的"呀"，王小二也坚信她的菩萨心肠冰雪一般洁白莹澈。

后来的无数个夜晚，他无比惊恐地发现，她只是把他从溪水里拎了出来，而他的心却被淹没在更深的波澜里去了。在那些比溪水深得多的夜晚，他反复问了自己：如果李春梅事先知道落在水中的是他王小二，她会飞奔而来救他吗？他摇了摇头，他一遍遍地摇头，最后是无比坚定地摇头。李春梅怎么会救他王小二呢？李春梅救的是一个孩子。他王小二不过是披了一件孩子的外衣，才有幸被李春梅救了起来。李春梅要知道是他王小二落在水中，她怎么会去救？换了自己是李春梅也不会去救。

他扯了头发捶了胸膛捏了大腿踢了被子，猪一样哀号起来。他恨父母。不止一夜，他从懂事那天起就恨了，恨父母把自己生成这副武大郎的模样，恨得他自己在镜里照着都不喜欢。他爱跟程老枪跑，是因为他心中住着一个和程老枪一般高大英俊勇猛无比的英雄的自己啊！他的恨像天上的星星一样多，他的恨像门口的溪水一样长，父母一定是被他恨得早死的！

但是，他又恍然惊醒过来，明白自己确实是被李春梅救过的。

在落水的一瞬间，其实他是羞涩的，绝没有想过要李春梅来救他。在自己暗自倾慕的人面前出丑，那真不如死掉的好。他借着伏在水底的机会，掩藏了一会儿窘迫。很快，他明白自己并不是一条鱼，而是只山里的旱鸭子。等明白这一点，他已经扑腾着喝了几大口水。从这点上来说，李春梅是他的救命恩人。哪怕是自己心甘情愿被溺毙。

作为救命恩人，在礼数上他应该要感谢一下的。何以为报呢？这又使他苦恼不已了。要是他还跟着程老枪混，他一定会请程老枪送他一只黄麂。他会把这和他人一样高的黄麂亲自背到李春梅家里去。他一次次热脸贴着程老枪的冷屁股，就是为了一只黄麂，就是为了李春梅。他不明白程老枪何以变了脸，他没有问，程老枪也没有说。程老枪最后送给他的，是一声"滚"，他想这家伙的脑子一定是被徐老秃给吓坏吓傻了。失去程老枪的友谊，让他不免有些伤感。可是这友谊和李春梅救他的情谊相比，又不免有些小了。程老枪，你不理我，我还不稀罕呢，船到桥头自然直，我王小二到了绝境还有李春梅救我。呸，你不就是有把枪吗？他得意扬扬的！

他很快又失落了。有时，他看着家徒四壁，望着瓦背上漏下来的星光，真心希望自己能够摘下几颗星星送给李春梅。要是可以，他甚至愿意把月亮和太阳摘下来捧给李春梅。他简直被自己感动到了，觉得这一份情谊惊天动地泣鬼神。可是好不容易在村里的路上,他再次遇见李春梅,边上并没有人,他想说两句,可是头脑里竟是一片空白,等想到几句时,却见她看都不看他一眼就过去了。留他在原地抽自己的嘴巴子。

李春梅越不在意,王小二越觉她光芒万丈。李春梅越光芒万丈,王小二越觉自己卑劣矮小。长时间夜不成寐,他渐渐神思迷乱起来。这一迷乱,他的心又清了。判定自己那天翻山越岭地逃命到李春梅面前,绝非无缘无故的。

是专门去给李春梅救的。

自古英雄救美人,她李春梅美人救"英雄"!王小二想到自己小鸡似的被李春梅从水里湿淋淋地提起来,哪里有半分英雄气概,便气馁不已。他渐渐不太吃得下饭,对什么都提不起精神。有一天,他无意中向村里作"巫"的说起他从竹子上掉了下来。那"巫"叫道:"你这是魂掉了!魂不能从高处往下落,你从那么高的地方掉下去,魂不吓逃掉?要去叫魂,把魂叫回来。"

他哪里知道,王小二的魂,丢在李春梅身上。

李春梅从溪水中拎起王小二。王小二的魂在他的小眼睛被举到李春梅丰满的胯部一般高时,嗖地钻进了李春梅的身体。

王小二听"巫"的话,决定去叫魂。趁无人注意,他悄悄爬上那棵让他幸福无比的竹子,趴下去,等李春梅。每次都等得树獭一样昏昏欲睡。李春梅出现时,整根竹子都会一抖。他果然看到自己的魂附在李春梅身上。和他的肉身不一样,他的魂长得高高大大,比程老枪还威风。李春梅转身背对着他,他看到魂儿趴在她背上。她正面对他,蹲在河边洗衣,他的魂儿在背后揽着她的腰,蹿上跳下,还朝树上的王小二吐舌头。王小二看到自己的魂长着一条树精的舌头,又长又绿,可以绕李春梅整个人三圈。

他听"巫"的指导,向魂招手。本来他该喊:"小二,回家!""小二,回家!"可是他不能喊,他不能惊到李春梅。魂似乎在朝他这边望。他看到了魂眼里的厌恶。他知道魂不喜欢自己的肉身。连自己的魂都不喜欢的肉身，李春梅怎么会喜欢？

哪怕李春梅已经活寡了很多年，也不会喜欢。桃花寺村的人都说，李春梅的老公是到上海做泥水匠，被上海的一个富婆把魂勾去了，另外有了家，有了孩子。

其实，李春梅的老公在外出打工的那个清晨，走进桃花寺村那片原始次生林，就再没有走出来……

村里不安好心的到处散布谣言，说春梅老公早就从脚手架上摔下来，摔进水泥浆里被浇进桥墩了。对这些，春梅懒得听，不想听，也不敢听，她把心思放在了带孩子上。娘家和婆家都还有老人要照顾，她想死都不成。她救王小二时，以为掉进水里的是儿子阿狗，她急坏了，恨不得飞过去。后来提起来的是个王小二，才想到自己孩子在学校里读书，忍不住啐了一口。天下哪个母亲不是这样，白天夜里都担心着自己的孩子，生怕有什么闪失。哪怕自己粉身碎骨了，还怕照顾不好。

这王小二打她嫁进村里，她就见过，暗暗称奇。她从没当他是个男人。和她英俊挺拔的老公相比，王小二给他提鞋都不配。她奇怪这贼也会拿贼一般的眼光看她。除了老公父亲和儿子，男人真没一个安好心的。

好在男人走前用他娴熟的泥水手艺，给她铸了一座城堡。那高高的围墙依托山后的峭壁，到了夜晚把门一关，村里那些流着涎水的公狗，只能在墙外汪汪叫。她害了百日咳的公公为了教训这些狗，经常从窗上把尿壶里的尿和杯中的开水泼出去。时间长了，尝不到腥的狗也就散了。作为一个活力四射的女人，在无边孤独之夜，李春梅会对着窗外连绵的群山咬牙恨那个一去无消息的负心汉。每当春潮泛起，她会搂着自己儿子，紧紧地搂住……

王小二叫了几天，魂没叫回来，实际上他根本就没叫过。桃花寺人白天晚上只是看到王小二在李春梅家附近转悠，都笑他犯了花癫。这花癫自从被李春梅拎过，对村里其他的女人没了趣味。哪怕像只癞蛤蟆一样蹲在路边的石头旁，借着夜色仰头呆呆看李春梅屋里的一角灯光，都比陪那些粗蠢娘儿们有乐趣。这股癫劲渐浓，有时他独自傻傻地沿着李春梅家院前的小路走上去，走到门前停下，傻在那里。吃闭门羹他也觉得很有乐趣，心跳不已。觉得李春梅就藏在门那边，顽皮地不给自己开门。有时听到门里边传出李春梅和儿子笑闹的声音，他在外边也乐呵呵的。这一日，他绕到李春梅屋后的竹林里，看着那些披头散发美得妖精似的竹子，尤其最边上一根，竹梢弯到李春梅卧室的窗边……

桃花寺村人有一阵子上山干活，都传言竹林里出了一只山猴子，上蹦下跳，没个尽头。

程老枪对众人放话："三天内请大家吃猴脑！"

听到风声，当天晚上王小二就找程老枪。程老枪冷冷地不说话。

王小二说："我——"

程老枪说："我什么，想吃猴脑？门儿都没有。到时猴子屁股给你尝一块。"

王小二说："不是那个，是你要的东西我给你。"

程老枪奇怪："我要什么你给我？"

王小二说："你不是要猴子脑吗？我给你端过来了。"

程老枪更奇怪了："端你娘啊！你两手空空的，拿什么给我端来？"

王小二拍拍脑袋："我把你要的猴子脑端来了。"

程老枪盯着眼前这个形容憔悴、衣裤破裂的小矮子，明白了：这小子是来求饶的，他就是山上那只猴子。他要是不来说清楚，自己一颗子弹过去，世间就多了一个冤魂野鬼！

村里人知道了竹林里的那只猴子叫王小二。至于为什么在竹林里蹿来蹿去，按程老枪的说法，徐老秃那一跳把他吓疯了……

王小二基因不矮。按遗传公式，他父亲王其蛋一米七二，母亲方玉兰一米六一，他至少海拔一米七五。父母人高马大，弄出个儿子这副模样，王小二经常用狐疑的目光看着他的老子和老娘，揣摩着自己是不是别人生了抱养过来的，他甚至想向他的母亲问个明白，自己这副模样，究竟是不是哪个夜里出了严重的道德问题。真实原因，发生在王小二小学毕业那年。那时他身心风平浪静，尚未启动发育程序。王其蛋爱儿心切，把自己同期身高在心里一比划，大惊失色。赶忙出村，转了两趟车（那时县城到桃花寺还没有直达班车）去城里药店磨了一斤田七粉，每天两大勺让王小二吞。把王小二一张脸苦成了核桃。药还在喉咙管里,王其蛋就拉着王小二到门边比划。比一次,拇指甲平抵王小二头顶上划一痕。划来划去,门上同一个地方划进去半寸,高度一直停止在一百三十五厘米。王父反过来安慰小二:药效比如弹簧,先要压一压,到时候弹出去就高就长!想当年你爸我能长这么高,也是田七粉的功劳。后来倒查过去,追悔莫及。原来王小二父亲不知受了何种启发,拍脑门改了配方,每天用老母鸡汤吞药,他自己当年用的是刚发骚的小公鸡。这一改,方向改错,生长的力道不是往竖里去,而是横着推。到了十八岁,躺下和站着高度相差不了多少,人见了王小二都"大郎大郎"地叫。人家这么叫他,王小二开始严重不服。不管身高劣势,闻言即动手动脚,往往赢得鼻青眼肿。后来学乖,心中虽然猫抓肠子,就算人家再如何撩他,他自岿然不动。他是有文化的,看过《水浒传》,知道《水浒传》里有个武大郎,虽然卖炊饼,却睡潘金莲。世上睡过潘金莲且名垂野史的,就他武大郎和西门庆。这么一想,不恨身矮,却恨老婆不是潘金莲了。王小二小学毕业,王父安排他去十里坞的篾匠乌皮家学艺。学成,提个篾箱方圆数十里奔转。稀奇的是女人见了他,头顶摸摸,脸蛋捏捏,动手动脚,都说这孩子长得怪英俊的。他老婆还不是他老婆时,也把他当七八岁的小男孩。没有人时和他嬉来闹去,这里捏一下,那里掏一把,被他揩些小油也不以为意,还逗他:"这么小的人,会讨老婆吗?"直到王小二猴子似的跳到她身上,亲得她面红耳赤瘫软如泥,着了他的道。三十岁前,王小二还不是贼,是篾匠王小二。篾匠王小二老老实实当村里最矮的男人,实实在在做篾器。直到李小元竟当众嘲笑他的小鸡鸡不会粗过一条春蚕,且当了众人脱了他的裤子检查。他的怒火是在这一脱后爆发的,发誓除了他爸,全村比他高的男人都得戴绿帽子。这样实施的结果,是他简直得到了上天赐予的秘密福利:他在男人们面前受到的全部嘲谑,又在他们娇喘吁吁的女人身上得到了甜美的回报!

女人啊,到底是什么材料造成的?贼的视线穿过妖娆舞动的篾片,一次次停留在女人的丰乳肥臀上感叹。在贼眼里,天下便只有攻不下的城堡,没有攻不破的女人。

唯一的例外是李春梅。

从王小二变成贼,全是因为李春梅!李春梅一嫁入桃花寺村,整个村都亮了。村里村外男人的眼睛都像探照灯,把向阳坡那片绵延数十里的竹海都照亮了。王小二远远地在人后蹦跳着。这样的女人,得了机会是要当明星的,就算卖到妓院也会是头牌。得了这样的女人,就等于是当了国王,做了寨主,成了地主老爷。贼在年老后电视上看到范冰冰,舌头一下子缩不回去,悄然就看到了年轻时饱满多汁的李春梅。这使贼异常高兴,口水挂了半尺长,晶亮着的全是年轻时的风光和无耻。但年轻时惹王小二发急的,是李春梅看都不看他一眼。李春梅的海拔高,李春梅的目光更高。李春梅只关注那些高海拔的亮光,比如程老枪。程老枪爱在山林里钻来钻去,在好色上却一尘不染。李春梅的媚眼也就白白打了水漂。王小二失落的是李春梅看不到他王小二的亮光。毕竟他王小二的亮光,只有她裤裆那么高。李春梅却不知道,王小二眼里的李春梅不是李春梅,是潘金莲。既然是潘金莲,就是他前世的缘。要是没有缘分,她李春梅怎会嫁入这个村,怎么会救了他王小二……

后来那场被证明近乎完美的袭击,王小二筹备了足足三年。三年哪,谁要能为一个女人奉献三年的时光无怨无悔,他就该得到这个女人的一切。王小二这么认为。第一年,村里不断有人发现竹林里的竹莫名其妙或倒或歪地死去。他们不知道是贼在竹林里折腾。他是篾匠,竹是他的衣食父母兄弟姐妹合作伙伴,和竹亲近一些,本来也没什么。嫩的、老的、粗的、细的、高的、矮的、平地上的、坡崖上的竹子,都是他的目标。爬上去滑上来,爬上去滑下来,两腿紧紧夹着一根毛竹。有人就笑他:"王小二老婆不肯和他睡觉,害他大白天在竹林里磨鸡鸡!"他不答话,继续爬,继续滑。又传言贼是练铁裆功,天天去毛竹上磨。这话传到贼婆娘耳朵里,就骂他:"好好的磨刀石不用,要去找竹子?"一脚把贼踹下了床。一百天后,他老婆嘴里只剩出的气没有进的气,哼哼唧唧舒服得要命。他才死命一挺,责问:"你的磨刀石厉害,还是老爷的金箍棒厉害?"弄得他老婆连连求饶。

燕雀安知鸿鹄之志!

自此,贼在毛竹上嘴角上翘,衣角飞扬着侠客的风度。他既忍下了人们对他的嘲笑,更忍下了毛竹对他的折磨。凭的全是地下爱情赐予的一股力量。他的手上两腿内侧包括鸡鸡上胸脯上手肘上都留下了茧皮,更凶的是裤子和鞋子。为了省鞋,贼干脆赤脚。后来的绝技是,他一进竹林就不见踪影。他的手一沾到竹子,就有如神鬼附身,双脚不着地,能从一根竹子到另一根竹子,飞檐走壁似的,从竹林这头,脚不着地地从竹林那头穿出来。他不知从哪里听来的,鸡鸡上他也用功。不过不是用功于竹林,而是用功于夜间。到了晚上,他就平躺在床上。先是五百次吸腹收腹,然后是一千次提肛,最后来三百次揉搓。最后是实战。实战的对象是村里那些常把他抱到膝盖上去玩弄的女人。趴在她们身上,弄个半天,心里想着李春梅,坚持不泄。开始时,他一想到李春梅,底下就一阵奇痒,彻底交货。渐渐地,他的功夫日渐长进,时间持久,耐力持久。他欲圆则圆,欲方则方,欲速则速,欲迟则迟。那些女人被他磨得哼哼唧唧的,舒畅无比,却不知道他心里想的是李春梅。王小二并不知道那些女人其实也不吃亏,每次王小二爬到她们身上乱弄,她们心里想着的也都不是他王小二,而是村里最帅的那些男人,村书记、程老枪,还有学校的老师,他王小二只是一个工具。王小二练到裤裆里的神器伸缩自如,要长就长,要短就短,神勇无比,才借着夜色的掩护,攀上了李春梅屋边那棵竹子!

向阳坡的竹子,一根根美得妖精似的。

靠近李春梅屋后悬崖上的那根,骨格尤其清奇。一到夜晚,倾斜的腰身在月光下弄出清影,披头散发的影子投到李春梅的房子里去。有了外面围墙和后面悬崖峭壁的保护,李春梅除了在窗户上蒙了张防蚊纱,平时并不关玻璃窗。饱含负氧离子的空气为屋里增添无穷清新,日夜滋养她水润的肌肤。为空气进出的窗,也给贼留出了缝隙。

谁承想,虎豹见了无计可施的悬崖,这夜,一只猴子蹿上竹子,三两下爬上竹子顶端,扯住竹梢往悬崖下就是一跳。那竹梢吃不住猴子的重量,往下直坠下去。眼见得猴子要跌落悬崖粉身碎骨,却在坠到一个尺长的窗口附近时,猴腿一搭,脚尖钩住窗沿,人从竹上移了过去。竹子复弹原位。明月似乎不忍看这猴子失手的惨状,扯过云朵遮住了眼睛。窗户吓得轻轻吱了一声。任猴子在窗纱布上用小刀一划,划出一张小嘴,钻了进去。

　　猴子从窗台上倒攀而下，声息全无。原来是脚爪上包着厚厚一层棉花。陪它一同跳进去的还有一柱月色。这月光打在李春梅床脚，横斜构成一幅印象派构图。床上的李春梅在返光映照下，身材曼妙如远山横陈。这猴子喜不自禁，抓耳挠腮，恨不得立刻就变成一只蚊子，叮进李春梅体内去。但它又似乎被这幅睡美人吓住了，手舞足蹈，却仍是呆立原地不动。它看着她，目光中发出和月光一样柔和的光芒，就像看着自己的爱人，仿佛它愿意看着她，守着她直到海枯石烂。月光镀亮了李春梅香甜的睡梦，镀亮了被窝中的山峦起伏，镀亮了那美妙的姿势和曲线，也镀亮了猴儿旺盛的蓬勃。月光打在枕边，映出她红唇下的青春潮涌。猴儿看见她身边躺着她刚读了小学一年级的儿子。她的手臂环着小人儿的头，露在被外。沿着那一段白藕，一片雪白的胸脯若隐若现地展示在那里。

　　窗外呼呼风声和屋下哗哗流水让贼心安。这自然之声是贼的音乐，是他攻击前的号角。楼下偶尔传来的慢性支气管炎的咳嗽又使他心惊肉跳惶恐不安。这老不死的他恨不得他一口痰堵在嘴里就此闭气。他在黑暗中长长吸了一口气，悄悄脱光了自己，掀开被子一角，钻了进去。

　　被窝真暖。一股如酒酝酿坛中许久的浓烈的女人体香让他差点当场死去！是的，这正是他朝思暮想寝食难安都想要的味道。他打开了全身的毛孔，贪婪地呼吸着。然后又极度自惭形秽地缩紧了身子。他雄心勃勃地跃入窗子的那一瞬，成心是要当个杀人越货不从便杀的强盗。现在在这软玉温香的被子里，他感觉自己更像个乞丐，要向被窝中日思夜想的女王求取一夜的欢娱。然而暖香之中，他像落入被窝的冰块，一时半会儿哪里暖得起来。他动了一下手指头，只听得上下牙齿咯咯咯地打战。他甚至想翻身立时抱住被窝里这温暖的妙人。紧紧抱住，向她倾泻他内心滚烫的爱意。

　　贸然惊动美人梦是有罪的。何况他此刻就在犯罪现场。想象中无所不能的伟力，在他蜷缩一团时消失殆尽。他突觉包围着他的不是黑暗，而是无边的恐惧。他想迅速逃离这恐惧，一秒都不耽搁。原路返回显然已不可能！竹子弯下来把它送到窗台上后，马上又弹了回去。他哑然而笑。欲望之光打向哪里，哪里都是坦途；理智的显微镜下，平路上也布满了坎坷与危险。三年来的苦练,他只练成了如何入门,却没有考虑过如何脱身。

这是多么该死的漏洞。

啊,他曾经在内心描摹过无数遍的风光旖旎的场面,事到临头,却不料是如此尴尬。他以为自己从那个窗台外以天降神灵之姿跃进去,就会成为无所不能藐视天下的君王,就会成为李春梅衷心爱戴俯首称臣主动献媚的主人,现在看来只是一厢情愿痴心妄想。他心里默默念了几遍自创的咒语,希望从眼前的窘境中立刻消失。

念到第七遍的时候,他睁开眼睛,月光仍在床前,只是悄悄转了角度。他仍在床上。他决定先下床再说。能花三年苦练,到美人被窝中躺一躺,他心满意足。

他移了移腿,准备把自己移出被窝。

被子那头的李春梅忽地一个翻身,一条白花花的大腿露出被子外。要命的是,刚好压在了他身上。他听到李春梅嘴里发出快乐的一声:

"宝宝,好大好大的红苹果呀!"

他头壳差点炸裂开来,以为美人醒了。大祸临头的恐惧让他不敢再动弹分毫,也动不了,美人腿牢牢地压住了他,使他几乎透不过气来。但他心甘情愿。就算它像如来佛压孙悟空的五行山一样压他五百年,他也愿意!

可是美人的话,把他拖回了现实:她醒了!他得准备逃命了。被子一掀,自己就会如一条浮在水面上的鱼,赤条条出现在她面前。

这究竟是一个成功还是失败的夜晚?若说成功,他已经钻进了李春梅的被窝;若说失败,除了被她一条腿压着,他什么也没做成。他深深地吸了一口气,把自己鼓成一只癞蛤蟆的形状。

他准备在美人把灯拉亮的瞬间,从被窝里蹿出去。美人高大的身材和强大的臂力他是领教过的。要是被她一把抓在手里,估计也只有赤条条地踢着腿,像一只悬在空中的癞蛤蟆了。

让他虚惊一场的红苹果,没有砸下来砸到他头上。

美人翻了个身,移开了她的大腿,继续她深沉的甜梦。贼身上一阵轻松,暗叫惭愧,只觉小腹胀胀的,差点没把尿吓出来。他本来对怎么成功脱逃无计可施，死到临头反而坦然：美人腿下死，做鬼也风流。既然逃不出去，也做不了什么更出格的事，那就不如索性安心睡一觉。孙猴子被如来佛的五行山压了五百年成齐天大圣，自己被美人腿压个晚上，想必运气不会差到哪里去。耳边传来一句："宝宝快来，妈妈给你吃奶奶！"贼迷迷糊糊间，还当李春梅是在喊他，一时大喜，忙运气把腿间的气血一收，手臂蛇一样钻进被子底下，爬了过去。

蛇开始在被底下穿行。他摸到了一只小手和一个小小的身子。这是一只小小的温暖的八岁儿童的手。他握了一会儿。这是李春梅的儿子。一想到这是李春梅和另外男人生的孩子，他就恨得牙痒痒的。孩子皮肤上阳光般的喷香让他的欲望缩回了爪子。他轻轻缩在他身边。但是他的爪子在无意间越过了孩子身体的堡垒，轻触到了一团柔柔的、软软的物体上，有如火柴在漆皮上猛烈地一擦，擦出了剧烈的火花和沸腾的热血。他整个人绷成了一张弓。孩子成了阻在他和女神之间的小恶魔。他恨不得一把抓了从窗口甩出去。这个念头一闪，他一寸寸挪出了被窝。探手进去，把小孩儿掏了出来。他抱着孩子猫到床铺另一头，掀开被子，塞进去。又跑向另一头，钻了进去。

许是刚才掀动被子惊动了母亲的手。王小二钻进被子时，母亲的手往他身上摸了摸，顺势替他掖好了被子。王小二大气不敢出。他的上牙和下牙不争气地打了好一阵仗，咯咯咯地响。他静静地等它们停止颤抖，安静下来。被窝里浓烈的兰麝之气让他几乎死去。那是李春梅的气息，令他不安令他发狂的气息。不安分的血液流向指尖、小腹。他的手探了出去。今晚，啊，他深深地吸了口气。三年来在被窝外无比清晰的目标，在被窝中忽然失了准头，不知从哪里下手。他甚至想，这已经够美好了。到达了，却什么也没发生。乘兴而来，无功而返，这是多么美好的状态。最重要的是，他借着毛竹的弹力跃进窗子的那积累了三年的盛气，在钻进被窝那一刻突然消失了。黑暗庄严地捉住了他的手脚，美好控制了他的欲望。令他只想躺在她身边，什么都不做。什么也做不了。

他在黑暗中睁大眼睛。黑暗从眼睛上方沉沉压下来，让他动弹不得。他忽然想抽身而退，逃离这黑暗，这压抑的、沉重的、令人恐惧的黑暗。

这时候他发现今夜他做了一件多么荒唐的事：乘兴而来，却只剩了恐惧和茫然不知所措。

趁一切都还没有太坏，悄悄地抽身而退也不坏。全身而退比什么都重要，哪怕什么都没有发生。他忘了自己在被窝里，他日思夜想了三年的被窝，李春梅的被窝。他在茫然中伸出了手，他的手穿过长长的梦一般的峡谷，触到了李春梅的腰肢。那柔软的水做的腰肢，那如火的在夜里酝着佳酿的腰肢。腰肢水蛇似的扭了一下，这时他听见李春梅嘤了一声，骂了句："讨厌！"

这一声"讨厌"成了战斗的号角！

他内心熊熊的欲火腾地烧了起来。他的手探上了李春梅胸前饱满的奶子。他的手是铁，奶子是磁。一接近就吧嗒一声吸住。

那边梦里，李春梅正撩开衣襟，露出鼓鼓一对大奶，候着她阳光般灿烂青草般喷香的小宝宝扑上去，用他的小嘴尽情吮吸……贼哪管那么多，去腰间把李春梅的亵衣往上一撩，捧着一只白奶子猛吸起来。李春梅浑身一颤，她身子就随之涌成巨浪起伏。奶子是她身体的开关。这是她的不传之秘。每个春潮泛滥成灾的夜晚，她借着她不懂事的六岁小儿的吮吸，让自己安然渡过那片难以撑持的欲海。尽管事后她会唾弃自己，骂自己是个淫荡的女人，然而人前谁看得出来呢？连她的公婆都不知道，只是觉得她不断奶，孩子六岁还在吃奶，有些过迟。"再吃奶，吃傻了呢！"不争气的儿子一去无踪不知死活，这媳妇儿容易吗？对小孩子宠溺一些，他们睁一只眼闭一只眼，好在李春梅虽然自苦，但遵守妇道，并未在村中惹出闲话。平日也是早早关门，不问是非。

这孩子，倾注了李春梅多少心血，得了她全部的宠溺。她愿意为他摘星星摘月亮，愿意为他上刀山下火海。而且，母子连心，只要他嘴一张，李春梅就知道他要吸哪边的奶。

贼嘴里只顾哑哑哑小鸭子似的猛吸，李春梅喉头发出了一声嘤嘤。是的，她在嘤嘤。她整个人都要被这小嘴吸化掉了。这两只大奶平日本来是那远走高飞的冤家享用的。那冤家被他母亲宠着，到了八岁上小学，一回家还要找他妈："妈，奶一下！"到娶了媳妇，白天黑夜，只要得闲，就撩媳妇的奶吃。李春梅被他吸得春潮泛滥,不止一次问他:"你这么吸,有奶水吗?"他答:"又不是为了吸奶水。"所以后来她儿子吸不出奶水,她也让他吸,知道这是男人的乐趣,不管大男人小男人。现在大男人野在外面不肯回来,她便发狠以后再不肯给他吃奶,他不来,她便只给他儿子吃。这大眼睛的小子多像他爹呀!每次他在她怀里猛吸,都会让她恍然觉得是他爸在她怀里。难道她的这一对宝物还不够好,他还要到外面找吃的不肯回来?男人,就是贪心。

她又嘤了起来——这小子,今天吮得这么带劲,简直要把她吸上天的节奏。

她嘤嘤!嘤嘤!嘤嘤!

睡梦中的李春梅并未察觉被人侵犯,相反,她在梦中快乐地当着喂乳的母亲,正撩了衣裳给孩子喂奶。在梦中,那个才半米长的宝宝多可爱呀,浑身散发着迷人的香味。她在阳光下看着自己洁白的乳房饱满,里面汩汩流出的是她全部的爱。他吸得有力,吸得贪婪,似乎要把她全部的爱,她的魂魄都吸走似的,都用他的小嘴给吸走。哦,贪心的小宝贝,为什么要这么急呢,妈妈的一切都是你的,你慢慢享用,慢慢享用吧!她真是欢喜极了!生命在她的体内诞生,因她的心血的灌养而发育成长。她又有一点点的羞愧,她的身体已经起了波涛似的反应。

她的身子被吸得弓了起来!

李春梅波涛起伏着。在那张古式的栗木制床上,她起伏成一片暗香浮动的春潮。

春潮的起伏下是二十九岁少妇独守空房的青春火焰与激情。她曾羞耻于这种激情,却又陷入这激情不能自拔。她对生活没有太大的奢望,丈夫能干,儿子乖巧,公婆待她如亲生,这一切够她幸福的了。唯一的缺憾,是丈夫这个手艺人,一年中有半年多的时光东奔西跑,抛下她和儿子,也抛下了这美好的春光。这回一抛就是三年。儿子没生时,他还腻着不肯出去。儿子出生后,生活的开销一下大了起来,他的担子重了起来,白天黑夜没命地干。她分心照顾儿子,对那事也淡薄了些。随着儿子渐长,她体内的一股火又慢慢腾起了火焰，丈夫的勇猛常常让她有一种说不出的喜欢与陶醉。天哪！那是多么美妙的感觉，整个人飘到了云上，抛到了九霄云外。白天的忙碌还好，夜晚，那顽皮的小子一睡，她躺下来，那些爪尖上带着痒药的小蚂蚁就会从心底深处的洞穴爬出来，在她的心尖上跳舞。跳得她咬住被角，想喊想叫想折腾想撕裂想疯狂，甚至，她想就算什么也不做，让丈夫打上一顿也是痛快的。可是睁着的眼睛，看到的只是独守的空房，无数失眠的夜晚。她恨那些小虫子，它们在她体内发出蛐蛐一般的鸣叫声，恨那檐下滴着的雨声，恨成双成对追逐的蝴蝶。恨的结果是，她白天没命地干活，以使自己一到夜晚就沉沉地睡得死去。

这一天她干了重活，只为把身上多余的精力消耗掉，好让它们不在晚上打扰她。

她如愿以偿！窗外的声响丝毫没有影响她的恬静的睡眠。

在李春梅软成一团棉花糖的时候，王小二缩到了她的下面。他惊讶之极！

李春梅下面早已一片洪水泛滥，喉咙底发出了哦的一声快乐的欢呼。他随着这一声"哦"滑进一片温暖潮润的甜美之乡，滑进李春梅的起伏与尖叫。

这是王小二所不知道的情形：李春梅在疲累的梦中，只梦到调皮的儿子爬上身来吸奶。哦，这顽皮的小子，她生命的最爱。他吸得多欢呀！这可爱的儿子，在她的一念间，变成了丈夫。哦，他们都说你是个花心人，我不管那么多，只要你能夜夜在我身边。在梦中，他无比强大。在梦中，她像爱儿子一般地爱着他。在梦中，他既是儿子又是丈夫。

王小二借着李春梅这梦里的波澜，在极乐的波涛中起伏。

终于，他化成了一道激流，一束闪电，极速涌入李春梅体内……

王小二的大错是兴过了头。

一浪接一浪，他要是在李春梅的第三浪中抽身而退，他收获的将是一个完美的夜晚和一段完美的爱情之忆。他可以在他的整个后半生，取之不尽、用之不竭地取用这段甜美。他本也可以用自己的知足，让李春梅在极度的满足中，收获一个完美的梦境。可惜在短暂的休整盘桓后，王小二又跃上了李春梅的肚皮。李春梅忽然就清醒过来了。伸手摸摸王小二的头，叫了一声儿子的名字。王小二伏在李春梅身上不敢动弹。李春梅叫到第三声，她儿子在床铺另一头应了一声。李春梅瞬间四体冰凉，明白自己遭了贼。她从完美的飘飘欲仙到瞬间冰点，这极度的热胀冷缩产生了极大的力量。她的双手强有力地钳住了王小二，一个翻身起来，在黑暗中赤裸着身子，像一只狂怒的母狼，举着轻飘飘的王小二，打开窗户，掷了出去！

那时，月光刚好照亮了莲花峰撑起的天幕。

王小二被投出窗外的一瞬，月光下，看到了披头散发面目狰狞的李春梅，随后就在竹叶间消失了……

通向虎尾尖山脚的连绵竹林，一只猴子在月光下极速翻腾，从一株竹子跃向另一株竹子，从一个山坡翻向另一个山坡，从一个幸福的浪滚向另一个幸福的浪。王小二奔腾在竹梢上犹如醉汉。模糊的视线中，不是他跑向虎尾尖，而是虎尾尖向他奔来。他为什么要跑向虎尾尖呢？他也不知道。他只是觉得幸福！一想到精心布置三年的计划竟然一朝得手，他恨不得在竹梢上打几个滚。有一瞬，他仿佛奔跑在一座高峰上。这座高峰就是李春梅。他自此可以睥睨身边这些冒着汗臭的男人：多少人欲一亲李春梅的芳泽而不可得，他却收了她为胯下之臣！

"梅梅！"他顺着这甜蜜的一声飞上云端，心头翻涌幸福的浪花。

"梅梅——梅——梅——梅——"

山谷空旷，群山间传来回声。王小二对着天空喊出他一生至高无上的幸福。

他邪恶的念头整整憋了三年。这三年的憋，如今他趁着一个无耻的夜晚，全部注入了李春梅的体内。他以为自己空了，可是这三年，李春梅已经融进了他生命的每一个细节。他的所有念头，所有行动，都为了她，都只为她一个人。现在，一想到他做过了那事，他简直要发疯。很多次声音的洪流冲到了喉咙口，痒痒的，不可忍受的痒，万只蚂蚁在爬在咬的痒。

他最后是用目光喊出去的。

他的目光越过山峰俯向山谷。最后，他闪到一边，掏出老二朝崖下使劲尿了一泡。黄乎乎的一道黄线，以一道疾劲的曲线划向崖下……

王小二的洪流在桃花寺小学后面的菜园地里流到一半时凝住了，眼前不远处升起一道白光！

"作为一名猎人，我常想着送阿花一件独一无二的礼物！

"阿花当然收到过村里别的女人收不到的山鸡长尾羽，深山里的野百合、兰花，豪猪的刺，还有山羊角做的梳子……当它们从我身后亮到她的面前，我能从阿花眸子里看到幸福的浪花！每当这时，她会把礼物绕过我身后，给我一个拥抱。用她的脸蛋蹭我的胡子，用她的嘴咬我的肩膀，嘴里说一些嘤嘤嗡嗡含混不清的话，哎，你们年轻人有了爱人就懂啦。在我耳里，那就是世界上最动听的歌。女人，嘿，等你有了女人，你会发现她需要你像老虎一样保护她，也需要你像猫儿一样腻着她，缠她哄她逗她陪伴她。外面的世界属于男人，女人只需要一个家装她的幸福就够了。我曾对阿花说过这个愿望。阿花却说，我平安回来就是给她的最好的礼物。嘿，咱们男人，难道不该为了祖国为了人民，为了家庭，特别是为了爱你的女人在外面拼吗？不应该把最好的东西献给她吗？把一生托付给你的女人，把你的平安幸福记挂在心上的女人，更值得男人为她献上世上最好的礼物！所以，我也在心里发誓，要完成自己的心愿——给阿花献上一件全桃花寺最独一无二的礼物！只是，唉，我自己也搞不清这礼物应该是长什么模样的。直到这一天——桃花寺最该割了鸡巴的男人王小二，摸进了我家的门，说在你们十二间后面的菜园地里看到了——"

程老枪停住嘴，满意地看到程小峰露出期待的神色。他慢慢地端起碗，和程小峰的碰了一下，以目光示意他喝了一大口，才揭晓了答案：

"一只白狐狸！"

"噗——"程小峰一口酒差点喷到桌上，幸好他早有预见，急一转头，酒都吐到了身后。

"白狐狸？鬼变的白狐狸吧？"

"别说你不信——这家伙告诉我时，我也不信！哪有那么夸张的，他说他看到时，洪水一般的尿都停在半空拉不出来了。一道白光，把整个菜园都照亮了！"

"还一道白光,难道是UFO?外星人来了学校后面的菜园?"

"程老师想象力真丰富。外星人来咱们这深山老林里干吗,要去也去大城市逛逛。大山里出现的,当然是咱们大山里才有的。青衣皇后都有,一只白狐狸也不奇怪。再说,大地又没装门——最近程老师晚上就都没听到过外面有什么动静?"

"我这个人,不瞒你说,就是一睡虫。往床上一躺,天塌下来不管。闹钟设了躺下,转头闹钟就响了,总是睡不够。窗外的声音,不是没听过,风大,呜呜呜的,虫子多,唧唧唧的,像开会。就是有一次,还听到山里有孩子哭的,我就想,难不成山里还有人家?还是孩子被虎豹叼到山里去了?"

"孩子哭?哈哈哈,那些孩子都在虎尾山溪流里的石洞中藏着。"

"你见过?"

"不仅见过,还吃过它们的肉呢!当然,那是以前,现在不吃喽。"

"啊——"程小峰脸都绿了。

他看着程老枪的牙齿和嘴,想从中看到一线蛛丝马迹。他听人说过,吃过人肉的牙齿是黑的。

程老枪的牙齿果然有些黑。

"现在,他们还活在水里?"

"哈哈,程老师,玩笑,玩笑!别说是什么小孩子,它们不是小孩子!"

"哦,那你是说鬼装了孩子在哭?"

"哪里哪里,那不过是山里的娃娃鱼在叫,叫起来跟孩子哭一样。"

程小峰松了一口气,啧啧称奇:"自然界奥妙无穷,还有无数的谜等着人类去探索去发现。比如咱们桃花寺就有青衣皇后这匪夷所思的物种。你这当猎人的,要是有心把遭遇的写下来,就是一本中国版《猎人笔记》。"

程老枪说:"这拿笔头是你们先生做的事。咱们粗人,就是拿拿锄头扛扛枪喝喝酒。"

程小峰说:"拿拿锄头扛扛枪喝喝酒,然后,等一束光。比如,这道让王小二把急汹汹拉了一半的尿都逼停的光,就是我们平时生活中所渴望而又不可轻易获得的。生命中会有很多长长短短前前后后出现的光——"

程老枪说:"到底是你程老师厉害,你这么一说,我心里都亮了。我是说这生活啊,明明有太阳月亮星星照着的,可是很多时候都像睡不醒的样子,心里不亮堂。你这么一说,回头想去,原来还真的哩,是少了一道光!"

程小峰说:"你,我,这山里山外过去未来的每一个人,每个人的生活中,都会等待一束光!这束光,可能是'山重水复疑无路,柳暗花明又一村'的命运突然的一个转机,也可能是'众里寻他千百度,蓦然回首,那人却在灯火阑珊处'的一个人,比如小牛妈,哈哈!"

程老枪说:"程老师,你都说到我心底去了!现在想来,原来我当年是被你说的这道光照到了。我要送给阿花的礼物,也是一道光!"

程小峰说:"是的,每个人的生活都需要一道光!每个人一生也都在追寻一道光!"

程老枪说:"当年,要不是为了小牛妈,我还真不会去做那傻事!差点把魂都弄丢了。"

程小峰说:"因为王小二看到的那个?"

程老枪说:"对。程老师还不知道?"

程小峰说:"不知道。"

程老枪说:"前面王小二来,就是为这——它又出现了!"

程小峰说:"青衣皇后?"

程老枪说:"不!光!"

程老枪弯下腰将王小二举起,又抛了上去。就是这个亲昵举动,让王小二脸再度灰了。二十四小时之内,他被桃花寺最美丽的女人和最英雄的男人举在手上连抛两次,一个不顾死活地抛向窗外,一个同样不顾死活地抛向天上,都是不要命的玩法。

好在李春梅的大窗外是一片竹林。

好在程老枪伸手又把他接了回去。

王小二带来的消息让程老枪几乎一瞬间就原谅了王小二之前给他造

成的伤害。这个消息带着一束光。这束光从内部,让程老枪亮堂起来。

"白什么白？"

"白——"

王小二张大了嘴巴,发出的却只有程老枪一个人能听得清的声音。

那时,程老枪新婚不久。

新婚生活的美妙使他一度懒于在夜间去山林间东奔西跑,而改为在阿花身边东转西转。在李春梅还在隔壁自然村因悄然鼓起的青春小乳房惊讶不已的时候,阿花早已是整个桃花寺的村花。她的走动,往往在村中引得蜂飞蝶舞。最后是程老枪肩上的那杆枪使她无力招架。他眼中的子弹,打中了她心上的十环。夜间的阿花比白天的阿花更甜美更妖娆更温柔。程老枪发现自己变成一头猛兽,三两下就能解除阿花在外人眼里碉堡般严实的装束。每回他都恨不得把阿花一口吞了下去,或让阿花一口吞了下去。这被征服的小兽蜷在床上,身上藏着远山,隐着幽泉,丘丘壑壑间弥漫野花清香。也在这时候,程老枪突然发现了自己的贫瘠。这么美的美人,她不应该得到更好的馈赠吗？除了那倾泻在她身上的洪流般的激情,他从山间采来百合,他从山间采来野果,更多的,他从山间打来小兽。百合配了山泉,能在阿花的梳妆台上美半个月,野果阿花向来不太喜欢吃,至于小兽,还白白给阿花添了腥臊气。这汉子忽地就有了心事,时常对着窗外的月亮长吁短叹。弄得阿花以为自己没把他侍候好,藤般缠上来,结果越缠程老枪越觉愧疚。

程老枪决定当晚出发。

出发之前,程老枪特意叮嘱了阿花。没听到他的声音,谁来也不许开门。阿花一一点头。这是男人婚后第一次出门打猎。要开门出去时,阿花却将程老枪环腰一抱,十个指头在程老枪肚子上紧紧锁住。两个人就凝在门口成了塑像。

"花——"程老枪心头一软,脚步再跨不出去。

背后的女人不说话。不说话的女人是一摊温柔的水,一把激情的烈火,任你是霸王是莽夫,都要被烧化被溶解。

程老枪手搭在女人手上，女人的手没有任何松动的意思，反而警察捉人的手铐似的，他越动她就勒越紧。他心里唉了一声，头扭过去，看到女人头枕在自己肩上，她的头发比黑夜更黑，也比黑夜更黏人。他转过头，在她头发上抚了几下，明白这是自己可以为之去死的人。他的另一只手在阿花屁股上拍了拍。身后的小兽扭了扭，轻轻在他肩上咬了一口，程老枪听到她蚊子似的一声："讨厌！"

阿花马上就湿了。阿花像缠在虎尾山腰的云朵，正是一捏就湿的年龄。程老枪心一横，明白不把家里的这小兽先驯服，就休想见到其他的兽。

他很快就让小兽美得冒出了泡。

山坡下有人望见程老枪家的门早早地关上了，那灯留着一盏，把两个缠在一起的身影投到窗上后，又迅速恢复了它山间电压不足的昏黄……

一连十天，程老枪夜里十点钟出门，凌晨二三点钟回来。除了阿花，村里也没其他人知道。

使阿花奇怪的是，往常出去都是满载而归的程老枪，这十天，天天空手而回，问他原因他也不说。

你是不是去打哪个狐狸精了？！阿花把牙齿深深切进程老枪肉厚的肩膀。

程老枪肩膀一抖。

"你要敢对不起我——"

阿花比出了剪刀手，朝程老枪裆部比了比。

程老枪笑笑："你剪了我，就成太后了！"

阿花说："我哪有那命的。"

程老枪说："你剪了我，我成了太监。太监不服侍太后服侍谁？"

"呸——"

程老枪的嘴被拧得猪嘴一样拱了起来。

程小峰从程老枪家喝酒回来的第二夜，一个黑影猫过十二间长长的走廊，借着夜色掩护悄然出现在十二间后的菜园门口。黑影在菜园门口站了一会儿，楼上程德寿和程小峰房间发出的灯光让他犹疑了片刻。灯光是房间未寐的长睫毛。

好在两个人的房间挂着窗帘。这灯光刚好壮了夜行人的胆。他从菜园中间蹑手蹑脚穿了过去。每走几步他都要猫腰回过头去看看楼上的灯光。灯光亮着，窗帘始终没被撩起。夜行人在中间那堆小坟的后边准备向上爬坡时，听到不远的葡萄架上当的一声，不知是风还是什么小兽的原因。他急俯下身去，回头看时，程德寿房间的灯光却灭了。他明白了程德寿是熄灯睡了，嘘了一口气。十二间只剩了程小峰的房间还亮着灯光。

夜行人踩着菜园小坟的坟头爬上了坡。就要爬上去的时候，手里抓的黄茅草叶子突地一松，两根白胖的白茅根被拔了出来。他听到边上的葡萄架上又是当的一声。也许是踩到了某根葡萄藤，牵到了藤架上用来防鸟的铃铛了吧。夜行人静了一会儿，看了一眼程德寿的房间，那窗仍暗着。他放下了心，看手上的黄茅草茎，那是真的白！夜行人在月光下察看了这白。白玉似的白。月光般的白。令人有些腿脚发颤的白。他不知怎的，把白茅茎外的一层薄衣在拇指和食指间捏着，只一捋，白嫩的一条就放在嘴里嚼。一股清甜迅速占领舌尖。清甜驱走了不安。他一跃而起，抓住黄茅草，把自己提了上去。

坟场遍布的黄茅草是荒凉的姐妹。这些黄茅草的茎叶早就在寒风中枯黄，它底下的白茅根却仍鲜嫩清甜。这种清甜和拂衣而过的茂盛的黄茅草，让夜行人感觉整个坟场生机勃勃，而不是寒冷凄清。

当程小峰从两座高坟之间的空处以一名猎者的身姿趴下去，他打心眼里佩服程老枪眼光之毒——那的确是整个坟场居高临下掌控全局最佳的一个角度，无论是涧另一边的树林山岗，还是一路下去的坟墓，孤零在月光下的十二间以及高出十二间顶部的树梢。在操场上它们多么高大，可是这里，它们就像是长在地平线上的三丛小草。

按王小二的说法，他在桃花寺小学校背后的竹林里拉尿时，对面坟场下菜园里突然迸出一道光！

"啧啧，那白，一千瓦的灯泡都没它亮，整片菜地都照透了！我开始还以为是一团雪哩，后来看清了，每一根毛都在闪闪发亮，我看得清它每一根毛!"

程老枪说,啊吓——我当时想都没想就信啦——他说你们学校后面的菜园地里,有一只白狐!

这竹林与坟场,中间隔一条深涧。涧边杂乱长些草树,或高或矮,经常有鸟蝶蜻蜓停在上边如彩叶。偶尔叶子往下坠,黄的红的,有如彩蝶。人在涧边往下望,十多米的高度,只见一条清浅的溪流在长着野草的乱石堆间往外流去。水不急,静得几乎连声音都没有。下涧去,须隔百米外才有一处豁口。程小峰经这豁口,见识过这涧水的清凉,感慨那水中的鱼虾都被这凉缚了身子,胖不起来。水无声向不可知的山外流去,究竟流往何处,程小峰并不关心。反正溪会流向河,河会流向江,江会流向海。他感兴趣的,只是能亲近的这一段。要是翻开那半浸在水中的石块,底下常有张牙舞爪的螃蟹。趁着石块翻开时的一团泥浆,急速横斜而去。只须用手指在壳上一按,捏住,八只小爪和两只大钳便英雄无用武之地。乡间的食法,剥壳去肠,放锅里油炸,程小峰不爱吃。涧底草叶碧肥,看上去茁壮。溪边石上,却有一种植物,清清秀秀,不像别的草俗气。程小峰曾小心地从石块上抠下两丛,找了个碟子盛了,铺上细沙,注以清水,放在书桌上。每到夜晚,窗帘拉开,明月涌进,清风习习,十分可爱。

后来他知道,这便是古时的名草石菖蒲。

王小二指天画地形容白光时,程老枪心里透亮:这家伙见鬼了!

他老程家世代打猎,在桃花寺纵横驰骋数百年,方圆数百平方公里之内天上飞的,水里游的,洞里钻的,草里滚的,亲眼见过的不说,亲耳听过的也不少,独独没有出现过狐狸这两个字。

他本想当场赏给王小二一个耳刮子。可自从发生了徐老秃事件,他的性格变了许多。桃花寺有黑麂,有白颈长尾雉,有四不像,有青衣皇后,谁能说就一定没有狐狸?之前没有见过听过的,不代表之后就没有。青衣皇后的出现,把原先的一些认知全打破了。

青衣皇后都有,狐狸怎么不可以有?

而且还是白的。白的!世界上也只有白色才配得上阿花的娇艳。这使程老枪几乎在第一时间联想到这只从天而降的狐狸是专门为他，为他的阿花而来的。

这回猎人多了个心眼。毕竟上次已经领教了王小二的逃跑。

"这么好的东西，亏你这么好心，你自己就没想过用套子把它套了？"

王小二咻了一声："老大，哪次见到好东东我没向你报告？再说，这是狐狸，狡猾狡猾的，只有你的子弹能咬上它的屁股。"

咬它屁股？程老枪才不这么想。

两座坟踞在坟场最高处，背靠一面石壁如屏风。从远处细看，整个坟场都在虎尾山这把太师椅里，而风水绝佳的点，无疑就在这两座坟。从碑上文字推算，两座坟年代久远，是所有坟里最早埋下的，占尽天时地利，躺卧之前显然有高人指点。从坟墓的格局气势上来看，必是桃花寺最富有的先人。后来垒起的坟，或旧或新，章法不乱，看上去都是跟班。连片看没什么，趴在这两座坟间一望，其他的坟似乎都成了陪衬。

程老枪一眼不眨。近处坟场，远处庄稼地和孤独的十二间，都瞄在了眼底。他的眼光渐渐适应了黑暗中的扫视，凌厉而仔细。月色真好！月亮在空中洒落银光，大地染了一层白霜。十米外有只蚂蚁站上黄茅草的叶片，在风的摇曳中高歌。这真是一只傻蚂蚁，像他一样在这无人的黑夜里受冻。它难道是想成为蚂蚁中的歌星，而放弃了温暖的巢穴？或者它得了风的消息，提前占了好位置，来看一场精彩绝伦的大戏？

程老枪趴下去时，这只蚂蚁刚好爬上一根黄茅草的叶片。它来干什么呢？在这寒冷的冬夜。蚂蚁上方，其实是几十米开外的涧边，一根经历过霜冻的干枯的葛藤在天空投上铁细银丝的笔画，它的第三节上，静静趴着一只蝉蜕。金蝉脱壳！程老枪现在就想金蝉脱壳，他嘴角露出了笑容。他抬头看月亮。今晚的月亮果然大好。他看到了桂花树和树下捧着萝卜在啃的小白兔。他想让自己脱了壳，留壳守在这里，自己跑回家去和阿花温存。阿花身上似乎有着他永远探索不尽的宝藏。之前，他的世界是枪口指着的所在，现在，阿花是他的世界。

这是一个绝佳狩猎位置，猎物可以在第一时间被发现，而自己则完全隐蔽。

王小二无疑是想跟来的。王小二离开前的眼神里装满了想当跟班的期待。猎人有猎人的乐趣，猎狗有猎狗的快乐。但程老枪看都没看他，朝地上啐了一口。王小二就懂了。程老枪朝王小二挥挥手。王小二被挥出他家门之前，程老枪转身拿了一瓶土酒给他。王小二就是喝了这瓶土酒，醉后吐出了李春梅。

"老大，这片山河都……都……归你管，都是你的！野猪啊，兔子啊……都叫你大王。大王，你是这山里的王，皇帝……皇帝！"

程老枪说："喝多了你！这山河都是国家管，村里村长管，村长管我们。"

王小二说："是是是，村长管……我们，你……管山上。"

程老枪说："我不当山大王。"

王小二说："老大，山大王女人可有趣。你看……那些女人，村里女人都喜欢着你哩。"

程老枪说："我只喜欢阿花。"

王小二说："老大！"

王小二声音突变，程老枪转过脸去，只见王小二脸朝着一个方向，散发着豪情的光芒。

程老枪说："马尿喝多，要唱歌了？"

王小二狡黠地摇摇头："老大，你是顶天立地的英雄，这山里的女人和兽归你管不稀奇！可我王小二，也有我的美人啊！"

程老枪来兴趣了，这矮子鬼平日里只知道扛着枪颠颠地跟在后面，他一直当他是不通人事的小屁孩，现在见他一本正经地说有美人，竟有些小霸王的气势。

王小二见程老枪有了兴趣，大为高兴。腰一叉，脖子一挺，手指着山岙里一片竹林："老大，这山里的兽和阿花是你的，那个李春梅却是我的！"

程老枪大惊："矮子鬼，你是给她下套子了，还是给她吃迷药了？"

王小二说："大哥，我王小二哪是那下三滥的人！"

程老枪说："那么估计她是眼睛瞎了或是神经错乱了，要跟你？"

王小二呸一声，脸别向一边。王小二生气了。别人不相信也就算了，他程老枪不相信，实在是不应该。好歹他王小二替他扛过枪。扛一天两天不算什么，他一扛就是十年。男人么，自然该去打江山，要以打江山为荣。他王小二打不了江山，却打下了李春梅。李春梅就是他的江山。这么光荣的事，程老枪却不信！

　　王小二扭头要走。但他没走出三步，就被程老枪喝回了头。程老枪要请他喝酒。程老枪请他喝酒的目的是想听听他怎么搞李春梅的。

　　王小二于是边喝酒，边细细地把三年练功的苦和那晚的事说了一遍，得意扬扬："她同意和我好下去哩，还说这世间白天没有我和她的路——晚上我要找她，也得从竹子上去！"

　　程老枪心里扑通一下。眼前这个唾沫横飞的小矮子，果然搞了他心目中天仙般的李春梅。王小二啊王小二，他趁着酒劲一把拎起了王小二，心里忽地起了无边的仇恨，想一把就把王小二丢到九霄云外去。

　　程老枪心里酸酸的。

　　这个村里媳妇，他当然见过。在路上遇见，彼此都曾各比其他人多看一眼。

　　但是现在，唉——

　　程老枪看着王小二酒色泡软的笑，觉得山那边的风景一时丑了许多。从此再没让王小二踏入院门半步。他家房子窗口对着的几根竹子，他不管三七二十一，自己的、别人的，一律先砍倒再说。暂时没砍倒的，都割了皮断了生机。不上几天黄了叶子，也让主人砍了。要通过竹竿弹进他的窗口，除非孙悟空再世，否则休想。

　　阿花那边，程老枪说了一句："王小二这癞皮狗，我昨天和他在一起，觑了一眼，原来棒槌上长毒疮呢。"阿花脑子里那条关联王小二的神经从此结了扎，后半辈子对王小二再无好感。因这无好感，阿花差点不肯让程老枪再和王小二交往。程老枪又不好让王小二脱了裤子给阿花看。之后，阿花只要见到两人靠近三尺之内，当天必逼着程老枪去屋后山泉水中，里里外外用肥皂搓半天。

　　程老枪不肯让王小二跟着来，自有他的道理。万物皆有灵性。那些至清至纯的，不能见污浊混乱。就比如太阳月亮和星星，它们高高在上，远离这浑浊人间。程老枪怕王小二身上的浊气会冲淡了白狐毛皮的亮色。

本来，程老枪以为这桃花寺是有两个人有资格戴这狐狸围巾，一个是李春梅，一个是阿花。听了王小二的故事，他的心里删除了李春梅——连王小二都要的女人，怎么配得上这狐狸围巾，而且还是白狐狸围巾！

他气愤愤的。

照计划，程老枪准备晚上就把战利品提回来。在大雪封山之前，他会请村里的老裁缝，将白狐制作成狐毛围巾，围到阿花的脖子上去。到那时，身穿红棉袄围着白狐围巾的阿花，站在粉妆玉砌的雪世界，就是桃花寺的女王！会让桃花寺所有的女人失色。

包括李春梅。

女人是男人的脸面。让阿花放光，就是让他程老枪的脸面放光。程老枪心里激流翻滚，恨不得立刻把王小二嘴里描绘得天花乱坠的白狐一把抓住，围到阿花脖子上去。

那天路上就不寻常。一只屁股滚圆的獾猪在程老枪出院门转过一个山脚后，就婀娜地摇啊摆了半天……他盯着那放肆之极的獾猪，腾地起了杀心，哗啦拉开了枪栓。只要一扣扳机，他和阿花就可以享受到细嫩无比的獾猪夜宴。他吞了口唾沫。野味中，獾猪肉一直是他最爱。或者可以先把这只獾猪干掉，找个地方藏起来，再继续下一段的猎途。他下定决心的时候，獾猪一闪，从眼前消失了！他出了一口气，收起了枪。该死！差点破了规则：子弹永远为真正的猎物留着。獾猪消失之后，灵动的黄麂、健壮的野猪、笨拙的穿山甲……他奇怪这晚小兽们对他的无视。他甚至觉得那只从身边两尺外经过的野山羊，只要他伸出手去，就可以擒住它的两只大角，把它按倒在地上。他嘴角翘了上去，微微地笑了笑。现在他倒很想咬开野山羊的脖子，喝一口野山羊血。他喝过野山羊血，大冬天的，血从喉咙里一下去，一股奇热就从丹田直蹿上来，逼得他脱了衣服朝小溪里扑通跳了下去。另一个同样喝了一碗野山羊血的村支书的儿子，当场从鼻孔中喷出了鼻血……

沙沙——背后草丛传来类似沙子落于叶面的声响。

沙沙沙！左侧十多米处的竹枝上传来同样声响。

前方、右侧。

细沙落于枝叶间。

程老枪猛地停住脚步！不远处有黑影在闪。竹枝在摇。

还有一种奇怪的声音。

那一定不是风的声音。他熟悉风，风的手抚过山峰也抚过云朵，抚过山林也抚过草叶，就算再细小的风，拂过时，他都能体会到那种温柔的抚摸。那是汗毛孔里的汗毛竖起的声音，叭叭叭地，先是一根根挺起，然后是一片片，他身上的丛林挺起了一片无法言传的冷战。

微麻，仿佛低电压触电，迅速传遍全身。

魇！

这是魇贴身抓人的前奏。

当他大踏步行走在山间的深山老林里，鼻头飘过含着淡淡水汽的雾和林间腐叶的气息、花草的清新，他能准确地判断出魇袭来的时刻身体发生的变化——全身粗壮的汗毛把衬衫微微顶起。

他知道这时不能再往前，半步都不行。

他蓦地身体三百六十度自西向东旋转，嘴里念念有词。转到七十五度时，右手持枪，左手上已然多一柄武器。这节紫皮甘蔗听话地由他持着，嗞嗞地向外喷酒气浓烈的黄汤。为了使这黄汤滋得远一些，程老枪在甘蔗的头部，食指和中指稍稍加了夹力。圈子果然大到五六平方米的程度。程老枪用尿足足把自己身周绕了两圈半，端着猎枪在圈中坐下来。一支烟在手上冒出星火，心头泛起丝丝暖意。

他整个人渐渐地活泛。抬眼朝冷战袭来的方向望去——

朦胧夜霭中，不远处一个黑影立着。

"谁？"程老枪喝了一声。

没有回应。

程老枪冷笑一声，对着黑影放了一枪。

一阵烟消散了。再细看，似乎什么也没有。程老枪坐在圈中从容填好弹药，伸手摸着身周圈子外的湿泥，在额头上抹了三道，起身朝桃花寺走去。

魔只迷心气弱的人！同为猎人的爷爷和父亲的论调是，魔爱干净，遇上了并不可怕，只须在身周浇一泡尿：这是鬼怪眼中的火，魔眼中的墙！它就过不来了。呃，保险起见，你还可以在额头抹点泥。

程老枪在白莲桥上独自坐了一阵。越近十二间，程老枪越怯。他怯的不是地方，怯的是那个叫程德寿的人。

"你爸一枪打出去的铁砂子都比你分数多。"

这嘴真毒呀，毒得他欲辩无门。

程老枪不知道自己正坐在一轮圆月之上。而他望着的那轮月亮在天空游荡。这孤独的行吟诗人，亿万年前凝结的一颗相思泪，今夜挂在多少人的心头呢？阿花此刻也在望着它吗？

十二间吞下最后一窗灯火后，程老枪在桥面石板上踩灭烟头，站了起来。

月光下的虎尾山深不可测。一条之字形长竹笕自山腹蜿蜒而出，蛇行在田野。竹笕下面是 X 形的小杉木棍，撑起了极简的风格。水笕尽处，是桃花寺小学的厨房。竹笕到了墙外，哧溜一声钻了进去，在墙内渡了十多米，从另一侧穿出，在十二间后的一个池塘上方，分为两股水，一股流进池塘，一股流向一个洗衣台。

程老枪走近竹笕。一道银色月光流在竹笕里。虎尾山以它的博大与神秘手法派出的清泉，轻盈清澈，步履款款。看上去是用水墨画出来的一般，画风简洁，一派清风明月。这笕里流动的月光尤其使程老枪着迷。他跟着它，沿着田塍，一路向王小二发现白狐的所在行去。十多年前，他在这里求学时就常在厨房里喝这竹笕中的水。那映着厨房里黑暗的水跃动着晶亮。现在才发现这之前喝过的水原来融了月光在里面，有着月光的清甜。当年的他们，只知牛犊似的站在竹笕的头上狂饮，泉水溅湿衣裳也不在意。老师们给这泉取了好听的名字：智慧泉。智慧诚然没有喝进肚中，毕竟分数都是低血压状态。牙齿倒是越喝越白，眼神也是更见清亮。

他掬下手去，月光哗地漫进掌中。月亮被捧在了手里。他喝了一口。

他把月光喝进了肚子。月光在肚皮里晃荡，程老枪整个人都轻盈了。他真想给阿花也捧一掬月光水回去，阿花喝了这水，说不定身上就长了羽衣，飞升到空中去，成了嫦娥。他抬眼一看，嘿，满天的星都成了阿花的眼睛。阿花已经到月亮里去啦。他能瞅见她的影子。不过，他可不想让阿花做了嫦娥。他们的好日子才刚开了个头呢。

沿王小二说的点，他拉出一条尽可能长的线绕了远路。他绕的路越远，留给子弹的距离就越近。

在坟场最上部的两座坟中间趴下去时，程老枪已经忘记自己是猎人，他只是一直横在坟间的一块一米八的人形石块——

世界突然安静下来。身边不说话的邻居，一排排、一列列，是那么严整而又守着纪律。同样是这些人，当他们还在尘世的时候，很多他是与他们有过交集的，有的他还在他们家吃过饭。现在他们潜伏得多好啊，头上黄茅草都潜伏出来了。

"乡亲们，大伙儿都别出声，看我打狐狸！"

第一晚一无所获。

程老枪在星光将落之际，起身拍拍裤脚，揉揉膝盖。在晨曦中再次打量了这两座坟，心里唉地叹了一声：将来，他和阿花就是这个样子的，肩并着肩，一起躺在地上看星星！他对两座坟说声打扰，就打道回府了。见阿花之前，程老枪特意到屋边的茅房转了一下，去去脏东西。阿花不知道程老枪在坟场趴了一夜，开门就给程老枪一个拥抱。

"什么味道？"

她嫌弃地看了程老枪一眼。没等老枪回答，舌头很快被程老枪擒到嘴里去了。

程老枪嘴巴擒着阿花嘴巴的同时，从屁股后解下一只兔子，这是程老枪从路上顺来的。他双手环过阿花的腰。兔子就那么在阿花的臀上一晃一荡，敲打着她。

"讨厌！"

阿花的手从老枪的腰上落下去，捏住了他的枪……

第二晚。

一只野猪从程老枪眼前闪过。程老枪扣动了扳机，野猪跳了起来。野猪并没有死，相反，它愉悦地从菜地的一角消失了。

程老枪惊讶地发现，自己只是在心里扣动扳机。

第三晚，趴在大坟间的程老枪，远远听到对面遥远的桃花寺微弱却清晰的公鸡打鸣声，心头莫名感觉被针刺了一下。心头忽有了强烈的不祥的预感。他快速抬起身子，从两座坟间撤了出去，按照原先的路线返回村里。看到开门的阿花完整无缺地站在自己面前，长长地舒了口气……他转身去了王小二家，擂开门，把出来开门头上还粘着一片竹叶睡眼惺忪的王小二一把举了起来：

"狐狸狐狸，你把狐狸藏到哪里去了？"

王小二从程老枪手上挣脱下来，一跳三尺高："那是狐狸！老大，那是狐狸！随便就能打着的，能叫狐狸？"

世界不一样啦。

程老枪悲凉地看着王小二指手画脚上蹿下跳的样子。以前的王小二什么时候敢跟他程老枪这样说话？他敢这样蹦半个字，他一脚就把他踢得远远的，滚他娘的蛋。

程老枪觉得自己也浮躁了——以前打猎，他可从来没有急躁过。

世界不一样啦。

程老枪静下心来。心一静，瞬间觉出自己荒唐：王小二说看到一团白光是白狐，他就信了。凭什么就这么轻易相信了王小二？为什么一团白光不能是别的，或者干脆是王小二的幻觉？像王小二这种作怪的人，自然有作怪的念头，自然多作怪的事，自己怎么一听就信了？

说到底，还是自己爱阿花啊。他没念多少书，和大部分桃花寺人一样，桃花寺小学是他们最高的学府。毕业就回家，读他们的"早稻田大学"青山绿水学院。不同的是，别人拿柴刀锄头，他程老枪扛枪。阿花并不和他一个村，论年龄来，还比他小两岁。阿花小时候怎样程老枪没见过。那些酸甜苦辣的时光，阿花在被窝里跟他说了一遍又一遍。听着是美好的，可是这美好他加不进去。他第一次见她那天是追着一只黄麂在林子里跑。阿花在一个山冈上采猪草。黄麂在她身边一闪，她呀的一声，却站不起身来。程老枪不见了黄麂，见到了阿花。阿花被黄麂吓一跳，正骂短命鬼，后面又来了一个傻不棱登的程老枪。听程老枪问她，阿花身子用装猪草的竹篓挡着，底下再不敢有动静。脸红红地说没见着，手指却指向前面的一处悬崖。程老枪冲过去，只见一面悬崖戛然而止。回头时，阿花眼睛里闪动的分明是受惊的黄麂两只大大的眼睛。

程老枪怀疑阿花就是那只黄麂变的。

后来，程老枪老是在那个山冈上看到阿花采猪草，阿花发现程老枪老是在那个山冈上打猎。阿花采的猪草每次仍是满载而归，桃花寺最棒的猎手，那个意气风发的少年，每回带回家的猎物却越来越少。经验老到的老程，狐疑地看着程老枪兴冲冲地去，兴冲冲地回，有一回忍不住对他的老婆抱怨：

"这儿子……他是去打猎吗？我看他是去逛大山！"

星星闪耀在头顶。

哪颗是阿花呢？是水水的那颗，还是山边隐现的那颗呢？

程老枪忽地后悔出来打狐狸了。

这样的冷夜，难道不该在被窝里抱着阿花讲讲英雄美人的故事？美美的，暖暖的阿花。流动的，开放的，喷香的阿花。一想到被窝，程老枪身上更冷了。他紧了紧衣服，看看身边两座冰凉的坟。阴间与阳世，最大的不同就是温度和光亮。不可知的地下，一定是冰冷黑暗的。他可不能让阿花知道自己趴在坟边。爱干净的阿花，温暖如小兔的阿花，一定不许他这样做。

要是此刻阿花在手。程老枪转动了僵冻的手指。男人的手是用来指点江山征服世界的。男人的手是用来夹香烟抚女人的。他闭上了眼睛，指间浮上阿花的记忆。他的手指攀上手边一根黄茅草的叶片，轻轻一拨。一声琴弦被重金属划过后的穿空裂帛之声赫然而起。这裂帛之后，是真空出场的阿花。

黄茅草叶片轻托着一轮月亮。程老枪的视线沿月光攀缘而上。不错，阿花就站在月亮里。阿花就是发光的月亮。相比白日的端庄，夜晚的阿花更迷人。好多次,他惊叹于被窝里阿花的美白,仿佛被子里藏着一轮月亮,藏着一尊圆润的似乎每个毛孔里都会发出毫光的洋娃娃。有时他犹疑着,她是磁的铁把他吸了过去,是白的奶酪引诱着他。而当他的手触抚到阿花的身子,他整个人会立时陷入不可思议的惊恐和莫名的波涛汹涌之中。

他这个跑遍桃花寺山山水水的猎人,在阿花的山水间迷了路。阿花在一个个白炽灯亮起的夜晚为他打开她的山峦起伏峡谷幽深芳草鲜美,打开她的莺啼蝶舞星光浪漫泉水暗滋。他的鹰般的夜眼眼花缭乱,阿花啊阿花,令他着迷和困惑的阿花,每一个部位都令人欲罢不能的阿花,每一声啼叫都激发着他更大的征服欲望。他的手一会儿穿行于原始丛林般的黑发,一会儿滑翔于起伏的丘陵盆地,一会儿跃上她新月般的弯眉。他的唇是不得闲的发掘机,这儿掘掘,那儿掘掘,掘到哪里冒出的都是甜浆。他更惊诧自己指尖的魔力,手指拂过,都耸起波峰,撩动爱弦。那一种不可抑止的力量,每一次都让他疑心自己很快将被埋葬于一场突如其来的火山爆发或海啸。可是他无法忍住,他只有不停地探索,哪怕他在这探索中立刻死去也是幸福的。他经验还不够,他还需要更娴熟的手法和技巧治理眼前这片江山。是以他手脚无措笨拙如小孩,是以他马达轰鸣烟管发红冒烟,急如热锅蚂蚁。直到他准确无误地刺入阿花的身体。江山突然攻下,海啸突然冻住,火山突然暂停,阿花突然安静……

第一次进入阿花后的清晨,太阳还在虎尾山另一侧艰难爬坡,还得爬一个时辰天才会大亮。程老枪借着到屋外茅房大解的当儿,在门前的晒场上抽了一支烟。这支烟他抽得很慢。夹烟的动作也和平时大不一样。突然,烟头的火苗迅速往后猛攻了半截。程老枪吐出一个大烟圈。他从没有吐过这么大团的烟圈。他看到大烟圈先是圈住了一小团雾气,然后越变越大,越变越大,开始了歪扭。随着飘散的青烟,久久凝视桃花寺被晨雾遮蔽的山头,看着山顶上的晨曦一点点地变白变亮,他人生中的一点点茫然一点点倦怠一点点梦想也随着这白亮在翻腾着。桃花寺依然是桃花寺,山水依然是山水,雾依然是雾,那些黑瓦黄泥墙下的人,那些早起的鸟声和那些站在雾中玩着捉迷藏游戏唱着歌儿的虫儿,都依然在桃花寺,在岁月的旅途中缓慢前行。什么都没变。但分明地，有什么不一样啦！究竟是什么呢？是鸣叫着的虫儿喉咙有些嘶哑，还是吹过的山风比昨夜的更凉？他一时也说不上来。他只觉得体内的骨骼叭叭作响，脉管里的血液泛着大江大河的轰鸣，一种绵绵不绝的力量充盈在他体内，使他想跑想跳想叫想咬人。一定是有什么不一样啦！他想。

世界不一样啦。

世界如车轮在眼前转动星光。地球是一部车，大家都坐在上面。春夏秋冬，风雷雨雪。

世界在慢慢地变着。

昨夜的鸟鸣和今晨的鸟鸣有什么不一样吗，同样的一只鸟？昨日的竹林和今日的竹林有什么不一样吗，同样的一片竹林？去年的虎尾山和今年的虎尾山究竟有些什么不一样，同样的一座山？

山似乎是一样的，从小到现在，一直是那斜斜地高上去的歪脖子高个子模样。昨夜的鸟鸣和今晨的鸟鸣是不一样的，没有一只鸟能当一座山的常住客。昨夜的竹林和今天的竹林是不一样的，竹子上的竹叶估计又少了几片，竹枝间的蜘蛛网估计又多了几张。

眼前的山雾，和前一天的山雾一样吗？看上去是一样的，其实永不一样。

那雾气中传来的涧水叮咚，那叶片轻叩大地的回响，那雾气之上的云卷云舒，都是一样的，又是不一样的。

可是这些他平时不太关注的地方，看上去和平时其实是一样的。就算它们有了不一样的地方，和他的内心的不一样并不重合。

屋内传来阿花嘤咛的一声。那是她梦中的呓语还是醒来的召唤？程老枪的心像被绳子拽住了一般，身子也随心要向屋里跑。正是这轻轻的一声，电光石火般解开了程老枪心中的谜团：世界或许在变，变化最大的却是他程老枪——

他用目光将自己从头到脚扫描了一遍，又用头脑将自己从头到脚扫描了一遍，他一直以为自己从父亲手里接过猎枪的那一刻成为男人，现在看来并不是。他感觉身上有个地方火辣辣高昂昂的，这是他昨夜冲锋陷阵的武器。昨夜他用这件武器征服了阿花——然后他从原地蹦了起来，是的，一个经历过女人温柔乡的男人才是真正的男人！

这个念头逼着他冲进房屋，将卧室中那个还在酣眠中的女人紧紧抱住，吻了又吻，直吻得她透不过气来……

眼前的月亮是阿花派来慰寂寥的吗？或者，月亮就是调皮的阿花的化身？程老枪哑然失笑。自己这是怎么了？曾经，为了伏击一头三百斤的野猪，他三天三夜伏在岙里一动不动也不觉难受。现在，才离开阿花几个时辰，他就觉得脐带被扯断一般。程老枪恍然间长出一对翅膀，蝴蝶般腾空而起，飞越了虎尾山顶，飞进那一窗灯火，飞进蜷着阿花的温暖的被窝……

一阵刺骨寒风将程老枪从阿花被窝中扯了出来，丢回桃花寺坟场。阿花的眼睛回归星空。程老枪忽然想抽烟，手到裤袋边又停住了。这不是抽烟的时候。十二间最后一盏灯不知什么时候已经熄灭了，楼在月光下显得更黑了。淡淡的月光为大地铺上了一层银霜。大地如此华丽，这是他以前从不曾领略过的。当他的胸中怀着火药般暴烈的征服者姿态行走或潜伏在这片土地上的时候，他的鼻腔充斥的是各种野兽的腥臊之味。他眼前晃动的，是它们各种奔跑腾跃或贼头贼脑獐头鼠目的形象。它们在野草蓬中的无路之路，它们无路可逃时的绝望或者毫不知情状态下的一击毙命，都是他所乐见的。

他惊讶地发现有东西从他身边咝咝而过。

这使他几乎跳起来。他起初以为是一条巨蛇。徐老秃事件，让他对桃花寺又有了新的看法。他之前一直以为，桃花寺的白天和夜晚，对他来说就像天空那朵不穿裤子的云朵一样，一览无余。后来，从坟里蹦出来的徐老秃，为这朵云穿了一件看不透的衣服。徐老秃探手蹬脚不知死活的模样，和那快速升上天空飘到山后的青衣皇后，让他对深山从此多了戒惧，让他总是疑心某个山洞或某条深涧会趴着一条巨虫。

他又仔细看了看身后的茅草丛，什么也没有。这么冷的天，怎么会有蛇？不是蛇，又会是什么？

咝咝声在耳边不停。他甚至觉得鼻端已经满是长虫的腥气。

这么冷的天，蛇会来自哪里呢？有一刻，他疑心来自坟墓。他甚至把耳朵贴向了左边的坟墓。桃花寺村造新房的人家，经常在地基下挖到老坟，坟里盘着蛇和老鼠。左边的坟墓里一片死寂。他把右耳贴向了右边的坟墓。同样是一片冰凉与死寂，而咝咝声没有减轻。

他再次茫然于自己会弃温柔温暖的阿花于不顾，独自到这寒冷的坟场来受冻。

不是王小二说有狐狸，他不知道自己还要多久才会外出狩猎。与阿花带给他的快乐幸福相比，狩猎的快乐简直不值一提。但他婚后第一次离开阿花外出狩猎，却确实是为了阿花！

一想到阿花，咝咝声消失了，身上也不寒冷了。是的，阿花使他充满力量。在他进入阿花身体后的那个清晨，当他望着云雾里的虎尾山尖的时候，他曾经无比坚定地告诉过自己："为了阿花，可以献出一切，哪怕是自己的生命！"

当他又安静下来，他看清楚了，发出咝咝声的，是一条透明的蛇。这条蛇无影无踪，却无时无刻不在一寸寸地吞噬着时光。为了躲避它的咬噬，星星在夜空中逃避着，月亮也不停地挪动着地方——要是虎尾山有脚，它也一定会挪个地方的。

时光一寸一寸地被透明蛇吞噬着。

程老枪挪了挪身子，发现自己无论怎样挪，也逃不开这条蛇的撕咬吞噬。于是他一跃而起，以急行军的速度，在东方越来越白的曙光中，敲开了家门……

第二天的大半个白天，程老枪是在床上度过的。他和阿花做了三次。阿花捶着他宽厚的肩膀："讨厌，害人家腿都走不动路了！下回你烧饭。"

说归说，她小憩了一会儿，就起床做饭了。

阿花替程老枪端来饭菜。他扒了一碗，对阿花说："你这是在养猪哩。"到了晚上，当阿花背对着他在灶台边和水池边忙活的时候，他又走过去抱住她，她回过身用嘴唇呼应了他。他在这流着蜜的时光间隙，一眼瞟到了墙上的猎枪。

该死的一瞟，让他的心又痒起来。幸好他摸枪的时候，那条咝咝作响的蛇蹿了出来。这条蛇让他把手从猎枪上放了下来。阿花见到了程老枪的手在枪上伸伸缩缩，笑了笑："男子汉大丈夫，想干就去干，有什么好扭扭捏捏的！"

程老枪又到两座坟间趴了下去……

晨光扑到程小峰眼皮上又扯又跳。

程小峰布满血丝的眼睛睁开又迅速合上。鼻子下的被子上传来浓浓的酒味。要是平时，他闻闻这么浓的酒味就已醉了。现在自己成了一只向外喷发酒气的人形酒桶。一想到酒桶，他不由得笑了起来。若说酒桶，自己这只酒桶的容量未免低了些。三两，五两？最多是套着人形酒桶外套的小酒杯吧。

他极力把眼皮撑上去。看到上方天花板上的独眼正默默地看着自己。

他哟的一声回过神，猛拍额头，坐了起来。哪里撑得住，一阵天旋地转，又倒了下去，全身软泥一般。

刚刚还在程老枪家的餐桌上杯来盏往，宾主甚欢，怎么就回到了十二间的床上？

遇魇了？

或者只是做梦去程老枪家家访？

他嘴里泛起一缕苦味。胃里火辣辣的。

酒喝到甜时是醉。醉了的人，却往往不肯承认已经醉了。

程老枪、阿花、小牛。程老枪、阿花、小牛、赛虎。程老枪、阿花、小牛、赛虎、程德寿。

程小峰眼前旋转着一只走马灯，走马灯上晃动着昨晚的人像。

他不明白怎么多出了程德寿。

空白。一段长长的记忆空白。

嘴里的酒气明明白白地告诉他，这并不是梦，是现实。只是前几秒好像还在程老枪的餐桌上，自己不过在餐桌上趴一下，睁眼已然躺在十二间的床上。这中间究竟发生了什么事？

他紧紧盯着独眼。天花板上的小洞摇晃着，一下两个，一下三个。独眼不能给他答案。床上的被子也如翻动的波浪使他晕眩。

不是刚刚还在和程老枪喝酒谈猎狐吗？程老枪呢，阿花呢，那满桌丰盛的菜肴呢？自己又是怎么回学校的？

自己被施了奇门遁甲的法术？那这个施法术的奇人又是谁呢？

他只记得最后一口酒从喉咙里滑下时的甘甜，怎么回到桃花寺小学的，无论如何回想，也想不起分毫。

为什么会有程德寿？

头痛欲裂。程老枪的土酒虽然好入口，后劲却是惊人。

他又静静躺了一回。窗外嚓嚓嚓的挖地声，锄头尖如挖在脑壳上一样生疼。他扑到窗前，扯开窗帘，打开玻璃窗的插销，探出头去。

"程老师——"他向程德寿打了招呼。

"哟，醒了。快下来，我给你泡了一碗米汤冲蛋花，在锅里热着，你快去喝了。这酒喝多了伤胃。年轻人，胃最是要爱护。不然到老了，想吃什么也吃不动啦。不是我说你，昨晚你就不该那么喝哩。每回喝酒，还是太直，昨晚路上都吐了多少回！"

程小峰心头一热："我都记不得昨晚怎么回的了。"

"昨晚走路时还好，就是吐了几次。还一路唱着歌。别说，程老师唱歌蛮好听的。"

"唱歌？我可从来不唱歌的！"

"小程老师谦虚了。还是快去把蛋花喝了吧，年轻人饿不得。"

程小峰哎了一声，到厨房喝了蛋花。喝完，去竹笕下泉水冲了脸，把记忆捡回了一些。依稀记得程老枪正要接着往后说，被门外程德寿的喊声打断了："程老师，程老师！"

门口进了程德寿，左肩上挎着一根加长的五节电池的电筒，足有一尺多长。程小牛见了这电筒，稀奇得不得了，跑过去按了两下电筒开关。程德寿刚好换了五节新电池，那光柱又白又亮，把程小牛羡慕得不行。

程德寿说："让你爸给你买只——我这是一只三节的电筒加一只两节的电筒组装的。"又转向程老枪："狐狸狐狸，半里路外就听你打狐狸。狐狸没打倒，小程老师被你打倒了。这么远的路，我可背不动小程老师哩。

哪回餐桌上不拿你的狐狸故事搞酒？"

程老枪哈哈一笑："程老师快坐！我正愁小程老师不肯多喝呢，你老来了，咱们就可以放开喝啦。"

程德寿故意脸一横："留了你儿子，就要在酒桌上报仇啦？你个小气鬼。我可是怕小程老师晚上走不来山路，专门来接他回去的，告诉你吧，我早就喝了二大两在这里，不听你吹牛。"

程小峰一听程德寿专门来接自己，心里十分感动，非拉着程德寿要敬酒。

程德寿说："要敬，让学生先敬！"

程老枪点头哈腰，让阿花给程德寿拿了碗筷，又推着程德寿上坐。程德寿谦逊了一回，上去坐了。

程小峰被程老枪拖着，一起猛敬了程德寿几回，只觉得酒一阵阵往上涌。和这酒一起上涌的，是他对这片土地的爱。这片土地现在正像程老枪那句"世界不一样啦"一样，在他程小峰眼里已经"不一样啦"！它不再像最初那样充满血腥气；相反，它越来越显得神秘性感。

最主要的，是生活突然有了光。

是的，光！

多少次他从《聊斋志异》上抬起头，他的目光向窗外探寻着光——一只狐狸穿过黄茅草变成美人飞进他的窗来……

程小峰进了菜园，程德寿正弯腰替上海青松土。

程小峰说："昨晚多亏了程老师，要不然，现在还在那个小山沟里睡着。只是路上怎么回来的，都想不起来啦。"

"酒喝多了都这样。我年轻时就有过好几回。就记得在村里喝酒，起身还记得，路上的就全记不清了。"

"桃花寺的家长真是太热情了。"

"程老枪这人，不是我说他，一般人入不了他的眼，对入他法眼的他又太热情。以后你和他喝酒要千万小心。他现在做木头生意，经常从悬崖那边下去和江西的老板打交道，一张嘴鬼滑得很。"

"程老师——"

程德寿被这个昨晚喝醉酒的年轻人突然增大的嗓音吓了一跳，停下了手中的锄头。

"你在这里时间长，咱们桃花寺究竟有没有狐狸？"

"喏，被程老枪灌迷魂汤了吧！他为了让人多喝酒，那几句话我都会背了，是不是这样：完美一枪，对不对，完美一枪！"

程德寿锄头柄夹腋下，右肘顶在柄上，右手食指在空中搭上扳机，左手握成半圈，托着一把同样虚无的猎枪。他左眼眯成一条线，朝着前方的某处瞄了瞄，叭的一声："左耳进，右耳出，完美一枪！"

程小峰忍不住笑了起来。看得出，程老枪的这完美一枪在桃花寺知道的人不少，已不是什么秘密，对程德寿来说，更是耳熟能详。

"那一定是条很美的白狐围巾！"

"你见阿花围过？"

程小峰摇摇头。

"这不就对了吗，打出完美一枪，又没有白狐围巾拿来做证，说来说去，还不是为了吹嘘自己枪法好瞎编了个故事出来骗人喝酒。再说，他说这些时，是清醒时说，还是喝了酒说？"

"喝了酒说。"

"一喝酒就吹。"

"有趣的故事。"

"你是孩子老师，他说话自然有趣。谁要是得罪了他，他就不有趣，要成魔头喽。"

"那么依程老师判断，这只狐狸不存在？"

"桃花寺怎么会有狐狸？你来了这么长时间，要是有，开了窗就该看见过了。我在这里这么多年，鬼是见过，狐狸嘛，毛都没见过一根。眼见为实嘛。"

"那你说程老枪打中的不是狐狸？"

"是狐狸，也不是狐狸。但他心中肯定有一只狐狸——"

"听上去并不像在骗人。"

"人有时会被自己说的话所欺骗。就像故事传多了会跟真的一样。我估计这故事连他自己现在都相信了。这么说吧，故事归故事，做人归做人，两回事。他请你喝酒，吃熊掌，说明做人是好的。他编故事，也是为了让你多喝酒。至于故事的真实性，既要看讲故事的人是不是讲得真实，也要看听故事的人的辨别力。"

"嘿嘿。"

"他要是把你讲得信了，就是好故事；要是你一听就是假的，那肯定不是好故事。咱们退一万步讲，他程老枪枪法好，打出了完美一枪，那印证也是容易的——把狐狸皮拿出来看看不就得了！"

"对，所以我今天还要再去一趟，让他把狐狸围巾拿出来给我看看！要是真有，那肯定也不止一只，到时，咱们这里再猎它一只出来。"

"我老骨头爬不动喽，要去你一个人去，千万记得少喝酒，这山路不平整。"

"放心，我从小在山里砍柴走惯山路的。我们那里的山，没虎尾山这么高，但也低不到哪里去。"

"那好，小心程老枪的嘴。"

程小峰在菜园地里又站了一会儿。蓦地，两道惊喜，从程小峰眼里直射菜园地西南角。

是它们。

就是它们！

那是两座乍看不起眼，细看是坟中土豪的坟。在满坡的黄土坟堆里，以高大的墓碑而在摇曳的黄茅草中鹤立鸡群，气度不凡！程小峰抑住心头的激动，深深地吸了口气，走了过去——

挂锄而立的程德寿，站在菜间，惊讶地看着这个从面前走过的瘦削而白的青年，隐隐地觉得他苍白的脸色有些异样，尤其是那双有如跳跃着火焰的眼睛。这个透着和别的青年不一样的灵气与硬气的小伙，他一直在暗暗地观察着他，喜欢着他，担忧着他，他多像一个人啊！毕竟，这么寂寞的大山，不是适合所有年轻人的。何况如今的年轻人，已经越来越娇气。他怕大山的沉默会压垮了他，岁月的寂寞会抑郁了他。

昨夜他把程小峰从程老枪家里接回后，双耳一直醒着。他莫名地担忧着这个外表安静内心灼热的青年。觉得他清澈的眼波下时常有火焰升起，他的举手投足间，泛起的是他逝去永不再回的青春记忆。

也是在看到程小峰时，他才蓦地叹息自己老了。

他希望程小峰前途远大，未来光明。现在，他目送这个自己寄予厚望的青年，没有任何犹豫地穿过菜园，爬上斜坡，在两座坟中间站了片刻，然后趴了下去——

没等程德寿愣过神来，程小峰已经从两座坟间快速地站了起来。手舞足蹈地朝他挥手：

"程老师，程老师！"

程德寿看着这个一会儿呆若木鸡一会儿欣喜若狂的青年，不明白他葫芦里要卖的是什么药。

程小峰腾身跳了下来，几大步跨到程德寿面前，气喘吁吁，连比带画，在程德寿耳膜上撞击出两个字：

"白狐——"

程德寿叹了声："程老枪啊程老枪！"

程小峰决定再去一次程老枪家。没想到这一去，听到的却是更惊人的一个消息……

程小峰吃罢早饭从学校出发，一路头重脚轻，昏昏沉沉，几次趔趄着差点摔趴在山路上。胃里几只猫爪子不停抓着，酸汤一阵阵翻涌，好几次冲到喉咙口，都被他硬逼回去，说不出地灼人烦热。心里直骂自己贪嘴，吃了这么多酒。这酒啊，当时喝得多痛快淋漓，事后就有多遭罪难受。等他一路喷着略带馊味的酒气到程老枪家门口，已是上午十一点。奇怪的是就是不出汗。程老枪正坐在院子里，端着一杯东西往嘴里灌。见了程小峰，忙让他坐下。

程小峰坐下，嗝的一声，胃里憋住的酸水差点来个现场直播。见程老枪看着自己，不由得有些尴尬，嘴里只是直嚷："这酒厉害，这酒太厉害啦——昨晚上在我肚子里造反了，一夜就没消停过。"

"哎——程老师，哪里是酒厉害，是你们小后生厉害。你去问问桃花寺村的，我程老枪喝酒，什么时候被人放倒过？你和德寿老师一来，轻轻松松放倒，现在才爬得起来！这不，我在解酒呢！阿花刚还骂我，说哪有我这样招待客人的，客人没喝多，自己喝得稀里糊涂的。"

程小峰进院就见程老枪往嘴里倒东西，听得是程老枪在解酒，疑心他手上是什么秘方调制出来的好家伙，忙道："有什么好解药，快给我也来点救救命——以后呀，有熊掌虎爪尽管叫我来，桃花酒梨花酒的，莫要再叫我喝了，留着你自己喝。"

"程老师，我就喜欢你这痛快劲儿。喝酒随意——阿花，快给程老师倒半杯来。"

阿花唉一声，眼角含笑，去堂前长条几上的瓶中倒了半杯酒，给程小峰端过来。程小峰嘴上没说，见阿花人没过来，先送来一股酒味，再看看阿花倒的瓶子，分明是昨晚喝酒的瓶子，明白用的又是程德寿的那招以酒解酒。他是亲身见证过实效的，当下也不推辞，接过酒，一口闷了下去。

程老枪忙拖过一把王小二编的竹椅，让程小峰坐下，竹椅吱吱嘎嘎响个不停。

不知在浪里颠了多久。程小峰攀住了自己火辣辣的胃，让自己稳定下来。暖烘烘、热火火的胃像定海神针一样稳住了他整个人。眩晕的感觉消失了，代之的是风平浪静的温煦。一只杜鹃鸟清脆的鸣叫为程小峰衔来了耳朵，来自虎尾山顶带着兰叶清香的山风为他送回了鼻子，他的手脚重新回归原位。所有的不适感霍然不见，心脏里的血液被快速压向四肢百骸，一时战马萧萧战鼓频频。他缓缓抬起了头。

"怎样？"他听到程老枪小心翼翼然而颇具信心的问话。

"神！"

程小峰活了过来。

活过来的程小峰双手一摊：

"昨天光顾喝酒，把眼睛亏欠了一夜——快拿出来开开眼界！"

"啥？"程老枪吃惊地看着程小峰。

"白狐围巾！"

尽管是第三次见面，程小峰对程老枪这个直爽豪迈不会拐弯的男子汉，也直来直去，不绕弯儿，劈头提出了自己的要求。

"哦，阿花，昨晚我说白狐围巾了？"

"白狐围巾黑狐围巾我没听到，白狐狸反正是你一枪打死的。自己说的事不记得了？尽吹牛皮！哪次不是这样，酒一喝就吹牛，完美一枪完美一枪！左耳朵进右耳朵出。人家一枪好歹打个东西回来，你完美一枪，我看不是狐狸皮，打回来的是一张牛皮！快把你的牛皮拿出来给程老师看看。这么多年，吹来吹去就吹它！现在程老师说了，你得把它拿出来，让我也长长眼——不然我可冤，说为我打狐狸，我狐狸毛都没见着一根。现在你看，人家程老师是个新青年，一开口就知道打了狐狸是要给家里人做条白狐围巾的。"

程老枪搔搔头发，呵呵两声。再英雄的男人，在女人的伶牙俐齿面前也要甘拜下风。

"你别信这个吹牛皮的，一天到晚说给我打条白狐围巾，在酒桌上打了十几年了，白狐狸都死了几百次了，我都没见过这条白狐围巾，他拿什么给你看呀程老师！"

程小峰相信了阿花的话。想想也对，酒桌上的话，哪里当得真。要说相信，只能说明是自己天真了。

"不过我这里没收到，不证明世上没有这条白狐围巾，老枪，你说是不是？你要是有，不给我看没关系，程老师这么老远地跑来，你可不能让他空跑一趟。这么着，我现在开始烧饭，你马上带程老师到哪个狐狸精家里去，把你送出去的白狐围巾给程老师看一眼，看好了，你们马上就回来吃午饭，怎样？"

程老枪嘿嘿嘿嘿嘿，嘿嘿嘿嘿嘿了半天，对阿花谄笑道："花花，别人不信我，你还不信我的？我那夜的样子，是装得出来的？"

阿花脸上柔情四溢，双眉随即一竖："我听说你们男人，原来一个个是影帝，我当时年幼无知，当然是信的。现在想来，你那夜，打的说不定是哪只狐狸精，被公狐狸发现拿刀子一路赶，才摆出那副惨状！"

"这这这，哈哈——"

程老枪转身向程小峰："程老师，我要当了老师才能说得过她嘞！咱们还是屋里喝茶去。阿花，黄金茶——"

程小峰举起瓷杯中色如黄金的茶汤，对程老枪道："这茶可惜埋没在深山。要到大城市，也是大明星。"

程老枪说："好茶自家喝。外边的人，皇帝老子也没这口福。"

程小峰说："我听过一个故事：咱们开化县有个乡镇，有人出门打工，家里没好东西带，想着要有个头疼脑热，他老婆往他尿素袋里塞了一斤黄金茶。火车上刚好有人闹肚子，上吐下泻，肚子疼得刀铰一般。咱们热心肠的老乡见他可怜，抓出一把黄金茶，给他泡了喝，咳，马上就好了。那肚痛的却是个有钱人，坚持两千元买下他的全部茶叶。你猜这家伙怎么着？他一下火车，揣了两千元，买了一张返程票，回家啦。人家问他怎么不打工了，他说：我都有钱了，还打什么工！天天在家里泡黄金茶喝。他的老婆骂他：要早知道人家这样大方，你得收他一万。你瞧这女人。"

两人笑了一阵。

程老枪说："钱和女人，你都不知道什么时候会跟你。这两样东西，谁知道它的长短。"

程小峰说："就是，你看他一斤黄金茶两千元，这一杯茶下去，抵我半月工资了。"

程老枪说："可不是。你在桃花寺，要是说喝两千元一斤的黄金茶，人家准保用扫帚把你打出门去！"

程小峰说："那得要多少钱？"

程老枪说："钱？提都不要提。你一提，管保挨骂。老师也得挨骂。你要，挨家挨户去，管保都有茶给你。你要出钱，一粒茶休想要到。乡下人有乡下人的规矩。你挑几百斤回去一分钱不要。"

程小峰怎么不懂？乡下人家，往往是越贫越是大方，见了客人都恨不得将心肝肺掏出来放进锅里炒了待客，何况一点儿茶叶。

喝了一阵茶，程小峰听得厨房里叮叮当当，阿花进进出出，已经在忙着准备午饭。慌得他跳出门去，告辞要走。他的心思，原也没准备吃午饭，只是存心来看一眼白狐皮。白狐皮没有，其实当时就该走人，多坐一分钟都有蹭饭吃之嫌。他想想都替自己害臊。

程老枪大手一拦："程老师，你要走，我不拦你，但你就不该来。你来了，不吃饭走，这不是让我和阿花在桃花寺不做人吗？桃花寺哪家来了客人不吃饭走的？你现在走了，人家会指着我脊梁骨说，看那个程老枪，是个没屁眼缝的只进不出的家伙，老师来了也不招待一餐饭——老祖宗要从坟里跳出来敲我程老枪大栗嗍。你吃了饭走，我和阿花敲锣打鼓送你，你现在走，那我和阿花得找块豆腐一头撞死。快给我好好坐着，白狐围巾暂时没有，咱们话还没说完哩。"

程小峰心说，还不是为吃饭找话题。

"你留下吃饭，我自然把消息给你，当然还有好故事配酒。"程老枪故意卖关子，一心要留程小峰。那边阿花听了，骂道："你就吹，你什么时候会讲故事了？你那叫吹故事。人家程老师老远来，你就让他听你吹牛皮的？小牛的作业那么多做不来，都不知道请程老师先指导指导，你那烂牛皮，等会儿喝了老酒再吹不迟，反正吹了几十年，也吹不破。"

程老枪一听，忙让小牛把作业捧过来。

程小峰本来大老远赶来，无功不受禄，吃了人家熊掌喝了人家老酒，之前还误留了人家孩子，实在是说不过去。现在阿花点拨，一时脑门透亮，搬条凳子坐到小院子里，师生两个好好切磋了一番。小牛作业本翻得哗哗哗的，长进了不少。程小峰对阿花说："这孩子不笨。"

当娘的，哪个不爱听这话。听了这话，阿花马上让程老枪去屋后池里抓出一条养得黑不溜秋的鱼。辅导过作业，到吃午饭时，程小峰往八仙桌上一坐，面前一锅牛奶似的清水鱼汤。他早上只喝了碗蛋花，现在回了酒喝了茶，一口鱼汤入嘴，鲜到舌头差点吞到肚子里去，连喝两碗，嘴里只说好吃好吃。

程老枪趁程小峰喝汤，往他面前放了杯，倒了酒。程小峰一只手举碗喝汤，一只手推了酒杯出去，说："今天不喝酒，喝汤。"

程老枪说："你不一起喝点酒，我怎么好意思说那尴尬事，你怎么知道白狐的结局？"

程小峰说："你不是说没有白狐围巾吗？连围巾都没有了，还有什么结局。我现在怀疑到底有没有白狐。"

程老枪说:"你个先生。桃花寺要是我程老枪还骗人,那就没一个老实人啦。白狐围巾没有,狐狸是千真万确,你喝了酒,我还有个好消息告诉你——"

程小峰说:"非得喝酒吗?"

程老枪说:"哎,我不是说了吗,这事儿不喝点酒哪里说得出口。再说,我之前就告诉过你,你那学校里不能住人。你不喝点酒,我怕你听了这故事会怕。"

"我不怕,我在奶奶的鬼故事里泡大的。"

"可是我怕,我现在不喝点酒,这后半段的故事说不出来。提半个字牙齿都会发抖。就算你陪我喝点。再说,等会儿还有阿花也要讲给你听,你好歹要喝上一口。"

阿花说:"程老师,别人怎么讲故事我不管。你要听程老枪这后半段故事,不喝点酒,他是讲不出来哩。要让我说,我也只有把这脸皮撕了搁酒杯里去,才好意思说的。"

程小峰说:"只能半杯。"

阿花说:"就半杯。你们昨晚喝的架势,喝了吐掉,我还舍不得这酒。老枪,你另倒半杯过来。"

程老枪另给程小峰拿了杯,眼看酒水要漫过一半的线。程小峰伸手要拦,阿花朝程老枪看一眼,酒线稳稳停在一半的位置。

程小峰自我解嘲道:"喝怕了喝怕了,一滴都不能多。"

阿花说:"多一滴,我看老枪还舍不得呢。"

阿花这边给小牛装了饭,饭碗里菜垒得高高,让小牛端了到院子里去吃。满满一杯酒举起在胸前:"昨天忙烧菜,都没好好敬程老师一杯,来,今天我先敬程老师一杯!"阿花一饮而尽,亮出杯底。把程小峰吓得脖子差点没缩进胸腔去。暗想这么好看一个女人,酒量还这么好,要是昨晚加入酒局,他和程德寿还不得躺着回去。怪不得书上说,战场上碰到女人要万分小心,看来酒场上也是一样。

程老枪举杯陪了一口:"程老师,昨晚本该把事说完的,不该德寿老师来了,咱们自己吓过就算了,不好吓他。另外,我也考虑晚上要是说了那事，弄得程老师睡不安心就罪过了。"

程小峰说："我是奶奶鬼故事里泡大的，放心讲。"

程老枪说："你那是故事，我这是事故，亲身经历，假不了。阿花，你口才好，你先说——"

阿花说："你看看，吹牛皮的事他自己来，丢脸皮的事人家来。小牛都这么大了，我也不怕羞脸皮。不过程老师，你得先把酒干了！大不了我再陪一杯的。"

阿花倒满，又是一杯见底。

程小峰想自己再不喝，就不是男人了，举杯一仰脖子。

程老枪扣下扳机的那夜，阿花挟着桃花寺最温软肥白的身子从被窝里一跃而出，一把拉开了惊魂夜的门闩……

这夜，阿花身上的最后防线是一条喷着清香的花短裤和一个简单的抹胸。

十多天了。她没有说，只在背后默默看着程老枪来去。看着他每回满怀信心地去，又踽踽失落地回。每次去，她给他递过他需要的物品；每次来，她接过他脱下的衣服和手中的枪。她爱着他山一般挺拔的脊梁，心疼着他归来时的失落和不知不觉的消瘦。她感觉出了这一次狩猎的不同寻常。

她只在默默准备，计算着日子，要献给程老枪一个惊喜。在经历了月经的疼痛与洗礼后，她如一朵含着花粉与蜜水的山茶花，准备承接一个男人全部的勇猛和岩浆。

自从嫁给程老枪，程老枪以他山一般的威武撑起了她的世界，她需要做的，只是在一个个微醺的夜晚为他铺床叠被温柔成水。每个夜晚，她在他的床上成为他手脚并用追击的猎物。这是唯一的例外，相对那些被一击毙命的山间野物，无论他用多么威猛的火力进行攻击，他的炮火越猛烈，她越是娇艳。最后猎人与猎物都瘫软如泥，不知谁俘虏了谁……

这晚要命的是阿花腰间那条短裤上的松紧带，她也没在意，前几年刚着在她身上时，还紧紧地勒住她的腰不放，此刻因紧张缩了肚皮时，更是慢半拍才收拢来，让她清晰地感觉短裤沉甸甸往下坠，露出白花花一段雪白肚皮。灯下，从正面看过去不太能看清，阿花娇小的脸庞也模糊了清秀，她整个人的姿态却宛如娇怜的小兽一样楚楚。红云没来得及浮上阿花的脸颊，就迅速褪成苍白，褪成薄薄一层灰色的绝望。

这晚并非全无预兆。阿花靠在床板上，迷迷糊糊间，左眼皮当一声，仿佛一记锤子敲到铜锣上。

阿花最怕左眼皮跳。她左眼皮上住着菩萨，灵得很。一跳，不是远，就是近，不是大，就是小，不是吃的，就是穿，不是身体上，就是经济上，必有灾祸来咬人。应验多了，左眼皮一动，她就坐立不安，忧这忧那，胡思乱想，手脚失措。起初，这担忧里并无程老枪。以前她眼皮跳，担心娘家人。担忧父母身体不好，或者干农活有什么闪失。程老枪还没有在她的忧愁库里排上号，她也从不忧程老枪。程老枪是她的天神，不倒的柱子和脊梁。程老枪是她的王她的枪她的山，她相信在桃花寺没有他不能解决的事没有他不可战胜的人。在她倒之前，她从没想过他会倒。要说男女那方面，她更不担忧。男人必有一好，程老枪好枪。他把他空余的时间精力都从枪管里射出去了。只有今晚，左眼皮联上了程老枪。

"阿花、阿花、阿花——"

半分钟前，三声急促却熟悉到仿佛是从内心深处响起的"阿花"，惊醒了靠在床板上打瞌睡的阿花。每个程老枪出猎的夜晚，她都是被这熟悉的声音从床上拉起来的。后来就成为条件反射，只要一冲进耳膜，她就弹跳起来去开门。

闩刚拔开，门以不容拒绝之势，哗地推了进来。阿花往后一个趔趄，直退三步。"你这慌鬼！"还没出口，门砰地带起一阵凉风，一个头发蓬乱的男人反身关了门，又转过身来，阿花后半生几乎所有噩梦中都不会少他的面目！

眼前的男人用后背封死了门，也封死了阿花夺门而出的希望。门发出了轻微的枢纽被推挤的吱吱声。他这样守着，门内一丝风也别想溜出去。阿花绝望了。男人一转过身，她的双手就迅速护到胸前。马上又悄悄移了一只手到胯间，顺便压住了短裤。

阿花怕短裤一下掉到脚背上,那样可要丑死了。短裤遮不住的双腿显得纤细白嫩,仿佛有一股芬芳透出来。阿花似乎听到对面的男人喉咙里咕噜地咽了一声口水。这该死的,怎么能把程老枪的声音学得那么像!她几乎想骂鸡骂狗样地指着他的鼻子骂上一顿。那些小畜生听了她的骂,都会吓得翅膀噼里啪啦尾巴夹得紧紧的。眼前这男人却如封喉药,不须服用下去,只要看他一眼,喉咙便被堵上一般。人越在害怕的时候,越会冒出一些不可思议的念头。她的脸不禁又是一红。

在下床开门时她甚至还想,要么索性什么都不穿,像电视里的那些抹着口红涂了香水的妖精一样就扑到程老枪怀里去。在程老枪带着血腥和汗水烟草味的怀里,做一只温驯的小兽。没想到门一打开,自己就成了一只可怜的笼中兽!

现在就算给她一只竖在高山上的高音喇叭,播出十万火急的消息,谁又能救得了她眼下的燃眉之急?

最近的邻居是二百米外的老赖。曾经有一缕气息从阿花丹田直冲喉头,一念之下,又退潮般消逝得无影无踪。喊他们干吗呢?来看热闹还是看笑话?老赖和他老婆都是七十多岁的人,风吹就倒,风不吹,自己歪歪扭扭走路有时也倒。就算听到了,在这个黑得漆般的夜,又能怎样呢?暴露了自己的懦弱不说,说不定牵连了老赖夫妻进来,多的只是两条人命。唯一能救她的就是被人学了声音的程老枪。按时间确实也是他往常回家的时辰。但打猎的时间,又不是小学课堂里的上课下课。谁知道那该死的现在会是在哪座山上哪条沟里,用他乌黑的一管猎枪逞什么英豪快意呢!阿花在绝望中咒着程老枪:程老枪,打你妈呀,打了大半辈子猎,这下好了,老婆成了别人的猎物!

阿花唇齿间泛起绝望的腥味。要是他现在冲过来……她想到了婉转在程老枪枪弹下的那些小兽。那些溅着血花的伤口!她打了个冷噤。对一个女人来说,看不见的不带血的伤口更可怕!她感觉到那件制造不带血伤口的武器,正在这个男人身上向她瞄准,他有一双可怖的目光,这目光刺得她遍体发麻,最终他的目标在哪里,阿花太清楚了!她悄悄地夹了夹双腿,把自己夹得紧紧的。她能做的也只有这样了!难不成还能有个地洞躲下去或找个地方藏起来！她能逃到什么地方呢？

每个程老枪出猎的夜晚，阿花都关门静待在家里。在她心间，程老枪不是去打猎，而是为她在守疆域。这山山林林有程老枪守着，她安心。她也没有其他爱好，程老枪给她买了一台电视机和一副毛线针，她边看着电视边打毛衣，程老枪的，自己的，未来的孩子的。

她从不肯先睡，要坐到程老枪载着猎物归来。她能从门外程老枪的呼唤声中分辨出打猎的收成！今晚程老枪的呼唤，类似于丰收夜的分贝，高亢急促，如战鼓一样催人。往常，都是在她返回卧室去穿衣的过程中，程老枪早已算盘珠似的噼里啪啦报出了猎物：三只野兔、一头野猪、两只山鸡——桃花寺山高林密，程老枪的一管猎枪纵横驰骋，打下的虽不是半壁江山，却是比别人更富足的生活。桃花寺枪法最好的猎户有两个，一个是程老枪，一个叫猎户方。有一回两人一起伏击一头经常到庄稼地里捣乱的大野猪，事前说好了各自的攻击部位。两声枪响，野猪一阵悲号后倒地，打爆野猪左眼的是程老枪，打爆野猪右眼的是猎户方。猎户方的儿子学了数学后，就给他们起了个外号，桃花寺人合称"猎方程"！但猎户方几年前就一病而亡了，桃花寺提得起的猎户只剩了程老枪。

程老枪要在，不用枪，铜铸的喉咙一声震雷，入侵者大概就会烟消云散了吧。或者一声震雷都不用，只要站出来就行，站成她身后的一座山。

山没腿。

腿长在男人身上。

现在她宁愿自己的男人是没腿的山——要是程老枪回来了，这辈子她晚上就再不会放他出去打猎，哪怕他能擒龙射虎，哪怕他给她白狐围巾。她要让他学学山，山多乖，老老实实地待着，从不跑来跑去。

空气里凶险的气息越来越重，这气息包围着她，让她身上的凉意越来越厚。阿花咬了咬嘴唇，感觉小腹胀死了。她最担心一个激灵，尿水便会冲出沿大腿滑下去：程老枪，你在别处追逐猎物，却没想到自己的老婆正成为别人的猎物，你为打猎付出惨重代价的时刻到了！

阿花止不住泪水滚落……

灯影中，男人身子快速向前一倾。这一倾让阿花口干舌燥泪水全无，不自觉把两手一抬更紧地护在胸前。男人却一顿,显然惊诧于阿花的异动,停住了脚步。男人从一进门就一直抖个不停。一百七八十斤的体重如秋风中的黄叶。人在作恶时都会抖。阿花想,换了她也会抖。一个在作恶时都不会抖的人,一定是个大恶人。

男人全身剩了嘴唇都在抖。一种奇特的抖动。仿佛是嘴唇带动着整个身子在发抖。这颤抖如旋涡的中心从嘴唇源源不断地扩出去,向四肢绵绵不断。阿花惊讶地看到嘴唇不停地变换着形状。有时圆,有时扁,有时张,有时合。到后来连阿花都替他急起来,恨不得冲过去帮他一把:是什么卡在他的喉咙里,还是刺在舌尖上?还是有一句话被左遮右拦在嘴边出不来?

连阿花都替他担忧的急里,他的腮帮里风一般吹出了一行字:

"阿花——是我,阿花!"

这回阿花听得清楚明白,宫商角徵羽,边边缝缝对比了,贴合了,连声音里那一道小小的拐弯,一丝烟的辣味都吻合,才断定是程老枪的声音!她蓦地一抬头,瞳孔慢慢扩大,眼前的鬼褪去了外装,里面藏着她的:程—老—枪!

没错,她的程老枪!

她的程老枪在呼唤她!她没有听错,就算现在把她剁成块,碾成泥,她的血液她的肌肉她的神经也会呼应的程老枪的声音——这连通了无数声"阿花"的记忆仓库的一声,这连通着她的人生的一声。

是的,她的程老枪!

这声音里还有她熟悉的军帽,他的军衣军裤,他的发怒时睁得马铃薯一样圆的眼球和他站立行走时挺直的腰板,有他平素和她说话时的自信爽朗,有他淡淡的烟味和汗香的体味。她借这声音重回初见程老枪的那个夏天。那真是一个美好的夏天。她听到了自己身体内蓓蕾初绽的声音,听到了蝴蝶的歌唱和流泉的叮咚,闻到了山风里美好甜蜜的气息。她的眼帘遂开启雾般的幸福期冀,心里流淌出溪水的清甜。她看着手里鲜活的秧苗,用手指把它们分开又种进田里。她卷得半高的裤脚下是白皙的皮肤。她站起身时,瞥见了他从田埂上走过的身影,一身黄军装,一顶黄军帽,一副笔挺的身板。她看到他眼里的笑，她低下了头，看到了田水里两朵红霞，那是她十九岁青春最美丽的颜色。他只是看了她一眼，她的体内就炸开了噼里啪啦的礼花。她就知道他是她的，她是他的。她种下的稻苗就不再仅是稻苗而是爱情，穿着绿军装的爱情，被她慌慌张张地插进了田里。这一季稻谷收割后，她就带着她脸蛋上最美丽的颜色，沿着稻田边的小路走进了程老枪简陋的家里。又把最美的颜色融在这家里，融在与程老枪共同走过的岁月。但这是她想象出来的初见，真实的第一次确如程老枪所见的那样，她害羞地躲在竹篓后……

程老枪是一块一块地重回阿花面前的！

最先出来的一块是程老枪的额头。

阿花已经太长时间没有更新过程老枪在她心目中的影像了。那张她怎么看都看不够的脸，实际上仅分别了一个晚上。突然去面对一张从长发中掉出来的貌似程老枪，又似乎明显被吓坏的脸，她一时呆呆的，在头脑里翻来翻去，翻出来的都是那年夏天她初见到程老枪的容颜。只是竟找不着一个最新的版本来比对。这个日日生活在同一个屋檐下，夜夜睡在同一张木板床上的男人，早已经具体为端着大碗吃饭粗着喉咙说话，可以毫无顾忌地在她的生活中来回走动。

程老枪再次轻唤了一声"阿花"！他捋了捋额前的头发。

他从没看到过阿花脸色这么苍白。他不知道自己的脸比阿花的更苍白。这苍白击中了他内心最柔软的部分。使他的眼神柔和，这熟悉的柔和，加上空气中传过来的若有若无的烟草的气息，才把阿花不知道悬浮在哪个国度的魂又招了回来。仿佛做了一个噩梦似的，阿花用初醒的目光盯着她的程老枪：她头一次发现程老枪的头发原来一直留得这么长，平时窝在帽子里不注意，一蓬乱就面目全非，跟个野人似的。

仿佛十二级台风吹过雾霾，霎时天朗气清。她眉毛倒竖，大眼圆睁，脖颈拉长，胸部高挺，脊梁掰直，屁股回翘。那被恐惧压到近乎虚无的脾气，砰一声反弹上来，咕嘟嘟从肚皮里直升上去。她像只发威的老母鸡般挺起了胸膛，冲了上去，将拳头在他的发上、头上、肩上一阵猛砸！

好一阵狂风暴雨！

该死的程老枪，该死的程老枪，该死的程老枪！

这一阵砸，砸得她泪水涟涟，砸得她痛快淋漓，砸得她手脚麻木。

砸得她委屈无比。

蓦地，她发现那个山般高大的男人，被越捶越低，已被自己捶得蹲到了地上，一双可怜的眼睛从乱发里望出来，像个可怜的孩子。哦，可怜的程老枪，你这晚上究竟是怎么了？阿花不顾羞耻和恐惧，一把把程老枪的头按在了怀里。

程老枪陷在两团温暖的肉里一动不动，他怕嘘一口气，这温暖，这温柔，就吹没了。两个人，像雕塑般站着。

突然，阿花腾空而起，被程老枪狠狠抱了起来。他的头往左略偏，猛地叼住了阿花左边的乳头。阿花全身过电似的一颤。多么温暖的含，她的乳房立刻膨了起来。

阿花的头伏上程老枪肩头，她的眼睛正对着门。她看到那条窄窄的门缝，听到门外不知什么咣当响了一下。她整个人又绷紧了。在这个无限恐怖的夜晚，她不知道究竟是什么可怕的东西，把她英武强悍的程老枪追得狼狈无比……

恐惧的河床上，激情的洪流开始泛滥！

这是他们在新婚之夜后再次捕获的美妙夜晚！两个人沿着一条陌生的河流溯游向上，河岸两边暖风吹拂，柳暗花明，他们从彼此身上闻到了三月桃林的气息。一朵朵浪花在他们内部溅起。他们共同把一个浪潮往上推，一点点、一寸寸地高上去，推成了一朵朵烟花在他们体内绚烂——

最后他们凝固在某个瞬间，从潮尖上跌落下来，在彼此的疲惫中大汗淋漓。在阿花长长的一声"啊"中，程老枪卖力地把程小牛和他的无数个兄弟种进了阿花的深处……九个月后，程小牛出生。程小牛什么都好，就是胆子小。阿花就是上茅房的工夫，他也能哭疯，好像她是被哪头野狼拖走了一样。联系到这小子处处显得胆小如鼠，程老枪和阿花掐指往前一推算，不由得面面相觑：程小牛正是那个恐怖之夜种下的种子长出的芽儿……

大红牡丹被拱起了一波又一波甜蜜的浪。他们在快乐中漂流了很长很长时间，最后双双横在疲惫的岸边。这是一段多么宝贵的漂流，他们在急流中找到了彼此和依靠，在虚弱中找到了力量，在恐惧中找到了愉悦，在死亡中注入了新生，是新生的力量令他们把死亡也看淡了——只要彼此在一起，就什么都不可怕了！

事毕，阿花喜欢趴着。甜甜软软的，身上一层细汗。把胸前圆的压成扁的，背部丘陵起伏。程老枪感叹了女人是极滑的绸，极柔的水。手上去，只是滑，一直滑到臀坡下。阿花无处不在的细腻，总能恰到好处地消融他的沟沟角角烟烟火火。他的肝胆里有火药库，一点就着，人都怕他。在她面前却火不起来，也只有在她面前是柔顺的、听话的，仿佛一个常做错事的孩子。他把头往阿花的胸前拱了拱。阿花从迷糊中醒了，斜下头来看程老枪。这一看不要紧，程老枪一声大叫，整个人缩在被中——他看到向自己伏下来的脸，正是几个小时前恐惧惊魂一幕中向他转过来的那一张……

"别说了，我怕！"阿花惊恐的嘴堵住了程老枪的嘴。

她满是汗水的身子紧紧地贴在同样是满身汗水的程老枪身上。她身上的汗水温，程老枪身上的汗水凉。当激情的动作停下，阿花从半空中跌落床上。房间里的一丝阴影都令她不安，她紧紧地搂着程老枪，恨不得变成泥巴粘在他身上，变成肋骨重新长回他身上。她努力地控制住自己不去想，她的身体陪着程老枪在被窝里，心却逆着程老枪逃回的路飞去……

程老枪跃进菜园——他的纵跳在半空划出优美弧线。他后来总疑心是踩在坟上的几脚惊动了什么——左耳进，右耳出。他闭着眼睛都能还原子弹出枪管后的美妙轨迹：以青烟为幕，铁弹以一条近乎完美的弧线从白狐的左耳钻进去，右耳穿出来。

那真是世界上最美丽的一条弧线——

凭这一枪，他程老枪就是桃花寺过去现在和将来最伟大的猎人！

这念头和白狐的白一样使他热血沸腾。

白狐是第十二个夜晚出现的。

那粒幽蓝的微光，事后证实是一场惊魂大戏开场的信号弹。

它毫无预兆地在程老枪的瞳仁上画了两粒小小的亮点。十多年的打猎生涯，让程老枪的眼球越来越凸。越凸，越带一股要命狠劲。视线所及，似乎都带着拳风和子弹的呼啸声。这股狠劲，让桃花寺人很少有敢和程老枪对视的，除了阿花。阿花的眼里自带储着山泉水的潭和开得正艳的野百合。只需一眼，便能消弭程老枪胸中的块垒，让他火气全无，服服帖帖俯首称臣。

程老枪以为那是一粒萤火，独行在深山老林里忘了季节。

他的心随着它的轻盈起伏，被牵了起来，飘到童年泛着麦秆香味的六月。他和小伙伴玩着木头人的游戏！

"一二三，我们都是木头人！"

他成了小时候那个趴在麦秆堆中的木头人，一眼不眨地欣赏着眼前的夏夜星光下的萤火——两粒，三粒……只是一瞬间，仿佛约好似的，程老枪的眼前，一粒粒、十粒粒、百粒粒、千粒粒、万粒粒，腾起了一片幽蓝的光海。千万粒幽蓝之光在眼前的草丛里飘动起伏，轻盈起舞。那种幽蓝，不甚明亮，却又亮着。它们仿佛是有生命的，却更像是传说中的小精灵。此起彼伏。整个坟场，包括程老枪趴着的位置，都淹没在幽蓝的波涛之中。鬼火！他明白过来，心里坠了一下。这是他第一次见到鬼火。他不知道接下去会发生什么事。那些原先藏在传说中的影子若隐若现跃跃欲出。他只是紧紧地盯着。十多年猎人生涯攒下的功夫和这几个夜晚的训练，已经让他的呼吸细若蚊虫，若有若无。他渴望自己也能像萤火一样，从这片场地里飞出去。但是他已经不能，也不想再飞出去了——

幽蓝中，一团白光浮现。

程老枪哦了一声，千言万语就此被压在喉咙底。仿佛所有的东西都暗了，轻了。轻得像一声叹息，像瞳孔中无声扩大荡开的涟漪。

那是一团婀娜的，会扭屁股的白光。一扭一扭，扭得山摇地动，日月无光。每扭一下，程老枪的血就往上涨半尺。柳的胯间有风，檐的胯间有雨，大地的胯间扭着山河湖海。世间万物，原来胯间自有妖媚。虎尾山的胯间，都是硬邦邦的石崖壁，被这白光一登场，顿成了无与伦比的大舞台。星光为它而打,树枝为它而摇,群山为它静默,它是舞台中心的大明星!那一片幽蓝的光也渐渐黯淡,最终消失。

一轮微月悬于天上。在半明半暗之间,阴阳似乎失了界限可以自由出入。一切看上去都那么虚幻而不真实。

程老枪本来就没看清白光是从哪里冒出来的,等它冒出来,眼睛盯它都来不及,心里惊奇还来不及,哪里还会去想别的,只是傻傻地把全部心神交了出去。

白光清晰起来,暗的舞台背景里慢慢显出一个轮廓,那是一只白狐的身影。

它不知道什么时候站上菜园中的小坟的。

程老枪从灵魂深处低低地吼出了一声哦,眼睛就移不开了。一种热热的潮润涌上眼眶。他的鼻腔酸涩,喉头发堵。和白光的白相比,他之前打猎所得的全部收获黯然失色;和白光的白相比,他这一生之前的时光黯然失色。

类似初恋的焦渴在口腔肆虐。火在熊熊燃烧。阿花!他轻呼一声,它来了!

要是阿花此刻在,他一定不顾一切,让时空卷入爱火。在这以天为帐,以大地为床的天地间,他会狠狠爱,疯狂爱,让自己和阿花被这白点燃,化身为火焰,直到成为灰烬!

但是阿花不在,此刻无人可以分享他的喜悦。星光灿烂的夜光,以它的高冷淡淡地看着他无边的喜悦,没有贬斥,没有否定。

这是他一生中最孤独的时刻!

唯有猎枪,虽然冰凉、无情,却一直陪伴他的,和他一样目不斜视……

生与死,隔一道眼帘。

世界是舞台,而眼睫,就是帷幕。帷幕一拉,戏外人看戏里人,戏里人看戏外人。人人看戏,人人是戏。在十二间,这是何等奇特的观众席:左边一座双人坟,右边一座单人坟,程老枪在中间……观众席上,桃花寺所有的坟,都屏息看着。

随着白狐在小坟上的舞动,程老枪眼前婉转出一个围着狐皮围巾的高贵女人!他的眼眶忽然就湿了一阵。阿花,我的好女人!他心里感激着阿花。他一无所有时,阿花当他是个宝,铁了心跟他。仔细想想,自己还真没什么值得骄傲的。"我哪儿好我哪儿好?"相反,阿花有时会撒着娇缠他。他便抚了抚她的头发:"这好,那好,都好!都好!"而实际上,她的好,一句就够了。"识英雄于草莽之中!"就凭这,他们之间便是一生牢不可破。他爱着她的一双慧眼和死心塌地。一想到她的死心塌地,他不由得心潮澎湃。

阿花,你将会成为围着狐皮围巾的桃花寺最高贵的女人!桃花寺的女王!

打猎过程程老枪分为两部分:一部分是潜伏和瞄准、射击;一部分是射击之后的收获。他只管前一部分。子弹没长眼睛,他却相信着它。在最恰当的时机种下子弹,至于收获,他向来交给老天。只问瞄准,不计收获。这是他成为好猎人的一条法则。瞄准猎物,必有收获。这是他对待猎物的另一条法则。

在白狐侧身,它的耳朵与枪口、眼睛成一线时,程老枪的食指扣了下去。随着枪口的一簇青烟,垂在惊魂夜前的大幕,慢慢地卷了上去……

他在狐的舞台前停下。这是菜园地里的小坟。究竟是坟场边开辟了一块菜园地,还是菜园地里垒起了坟?程老枪没多想。

反正是站在这座坟上,白狐呈现了它美妙的舞蹈。

他绕坟走了一圈。他的靴子,他的那双打过抗美援朝战争的爷爷留给他的靴子,坚硬的靴边擦过菜叶,发出了哗哗的响声,一些菜叶被碰折在地。受霜冻的叶片特别脆。程老枪没有在意这事。或者说他是注意的,在他的心里,他一直注意着避免伤害这些可爱的植物。哪一从植物不凝结农人的心血?他注意着,但并不很刻意。要是有时不小心伤害到了,他也会坦然面对。毕竟庄稼是漫山遍野的,菜地里的菜也多得吃不完,摘下喂猪也吃不完。

额灯强光下,坟头一摊触目惊心的红。边上的菜叶也溅了一些红血滴，他心中的那团雪却不见踪影。

"怪了！"他嘟囔一声，不得其解。眼睛花了？不可能。程老枪自信有一双鹰眼，一百米外蚊子腿上的汗毛都能看清。

"你，站到一百米外，信不信我打中你的鸟蛋？"

有一次他和王小二打赌。王小二自然不信。一团球一样跑到一百米开外的地方，像个英雄站在程老枪的枪前。但他只敢拇指朝下指了指自己的鸟蛋的位置，然后马上逃开去捧了一块大石头，和他的腰一般高的大石头，上面放了两枚鸡蛋大的石子。他刚闪开，程老枪面前升起一团青烟，飞来的子弹打掉了左边的石头。把王小二的眼睛打得暴突出来，也把王小二整个人打得跳了起来：

"你、你、你——"

"你个屁！鸟飞走了，还是蛋打了？"程老枪走过去，用枪口顶住王小二。

坟边有一丛类似天竺的植物。程老枪苦思中伸出右手，拇指和无名指顺便扯了一片叶子咬在嘴里——他像个神农氏到底尝过深山里多少种植物的根茎和叶片？这个已经无从考证和统计。反正一茎一叶入嘴，仿佛就连通了大山和植物的内心。植物和人一样，有着秘不可宣的心事。他的舌尖尝到清甜或微苦，有的甚至极其苦涩。无论多甜多苦，这些山里不说话的兄弟姐妹都安安静静的。不说话的草木让程老枪心安。

沾在指上的血在月光下红得发暗，在矿灯下却触目惊心。这是猎枪在大地上写下的作品。往常，他阅读这样的字节会热情澎湃，从中读到火焰与烟花，读到胜利的号角在耳边吹响，读到草原上骏马纵横驰骋，读到目光所及处的一望无垠的辽阔和辽阔尽头柿子般红透的夕阳。但今夜他读到了暗。

他将指头探到鼻下，一股小兽的妖骚之气。这妖骚之气里扭动着白狐美妙的舞蹈。不知是不是趴久了的原因，他突然极想舞一曲。

他一脚踩上坟头——他像白狐一样跃上坟头！

舞台果然不同凡响。他在半空就跃成了一道光。甫一上台，他便看到自己身上光芒向四方漫射。这光芒笼罩着他身周一米见方的范围，像一束照射舞台中心的聚光灯的光。原来,不知何时他身上已经披满柔软的月光,晶莹透亮,光滑柔顺。原来月光并不从掌心流走,月光是可以触摸的。月光是长在他身上的白披风。他惊讶得长尾巴一甩——啊,原来他也有一根像白狐一样的长尾巴!这使他惊喜不已。徐老秃有尾巴,现在,他程老枪也有尾巴啦!他轻盈地转了身子,天哪,他是多么轻盈、洁白!那只丢失的白狐又出现了。那只丢失的狐狸原来就是他自己!它并没有被枪击中,它只是被月光藏到月光里去了——

他惊恐不已:他是狐,程老枪是谁?

屁股后一根尾巴热烈地呼应了他——是的,他的狐狸尾巴。瞧它摇得多欢快!他这么想时,它又摇了三下。原来摇尾巴是这么快乐的事!他又摇了一阵,感觉天地都被一根小尾巴指挥着。

原来,他一直在伏击自己!

他摸摸左耳,左耳在;摸摸右耳,右耳在。他向他埋伏的方向看了看,时间倒流,他看到一缕腾起的青烟。是的,只有青烟,没有子弹!他看到的子弹没有铁的实质只有虚的外形。这一发现使他异常兴奋。他忍不住举起双手,扭动了腰肢,他觉得自己舞得好极了——

一个侧转时,他看到了奇迹:一缕白雪般的月光从他侧着的右耳射入,从左耳贯出,照向了小坟。他看着这柱子弹粗细的月光,在坟上打出了一个亮点。这是什么神光?他简直无法想象。他只是傻傻地看着那白光像条白蚕,活了起来,慢慢地吞食着坟上的黑。它每咬一口,坟便透明一寸。最后,整座坟变得像玻璃一样透明。坟墓里的一切看得清清楚楚。

一个美丽的女人安详地躺在棺中,面目栩栩如生。

多美又多眼熟啊!

他甚至看到了美人泪堂上的一粒小痣——

阿花泪堂上有一粒小痣。

不止一次,白日的晨光和夜晚的灯光下,程老枪静静打量熟睡中的阿花。无论睡着醒着,阿花都是那么丰满匀称!他的目光从她胸膛撑起的丘陵地带移向她的鼻梁。她的鼻梁高挺,眼尾细细地向上吊着,这眼睛睁开时,粉目自威,常常令他无端慑服。她脸上的皮肤白里透红,山里阳光拿她毫无办法。他的手不止一次抚过她的全身,最后停留在她的脸上:"你这是豆腐做的?"他真怕一捏就把眼前的人儿给捏碎了捏没了。程老枪的目光最后总停留在阿花脸上的小痣上。阿花是上天完美的杰作,就连她泪堂上的那粒痣,也黑得那么无瑕!这样的女人要是被皇帝看到,那是要当贵妃的。

程老枪爱极这颗小痣——这颗小痣让他觉得自己配得上阿花了。

"你干吗老摸人家痣!"

阿花娇嗔。他的大手应该去更险峻更肥沃的地方去大作为。

她不知道他有多爱它。她不知道他摸着它时,胸膛深处和钱塘江一样壮观的潮水正汹涌而来……

阿花!程老枪一声悲鸣,在坟上跪了下去。

阿花,别吓我!你不是在家里等我吗?你怎么就——哦,阿花,你只是睡着了。你只是等得累了,累得睡着了,是不是?你这顽皮的,家里大床不更暖和吗,为什么要躺到这冰冷黑暗的坟墓中来呢。阿花,你没死,对不对?别吓我,阿花,我们的好日子才刚刚开始。你不能就这么收回你给我的幸福!你一定是和我开玩笑的。就像你躲在被窝中,把自己藏在你自己香甜的梦里等着我来掀开一样。来,阿花,我们回家去吧——程老枪疯狂用手扒拉坟墓上的泥土。泥土四溅,他扒掉的是透明的雪,他疯狂地扒着,就在他的手要触及阿花的脸庞时,他凝住了。他看到沉睡中的阿花耳朵里流出了血,不仅左耳孔在流,右耳孔里也在流。

子弹击穿白狐?击穿了我?击穿了阿花?

阿花,白狐?白狐,阿花?程老枪再次陷入迷糊:究竟谁是白狐?白狐是谁?是阿花变成了白狐,还是白狐变成了阿花?怪不得一击之后,白狐不见了踪影。

只有血液是真实的!阿花的面容如此真实,尤其阿花近于弥留之际的目光,是那么凄美、绝望,是那么留恋、缠绵!几乎要将程老枪的肠子都望断了。

天哪,阿花,你这开的什么玩笑!你为什么要变成白狐来迷惑我?

程老枪,你开的什么狗屁枪呀,亲手把子弹射向自己最心爱的人!

他把世界上最恶毒的语言都淋到了自己头上。

他终于挖穿了坟墓和棺材。阿花,别怕,我来救你了!他的手极速伸向阿花的耳朵,想用手去捂住她的耳朵,为她堵住耳内汩汩而出的血液,留住她随血液流逝的生命。他想救回她,哪怕她是一只狐狸。但他的心是绝望的,打猎这么多年,难道还有人比他更清楚地知道击中目标后的子弹的威力?!

……

阿花的眼睛眨了一下。

睫毛下闪现的白光,是恶灵攻击前的电光。

猎人的警觉救了程老枪。

手就要接触阿花耳朵的一瞬,酥麻的被电到一般的第六感,让程老枪以电光石火的速度停住手并往回撤。

极险!

只差半寸,阿花候着的嘴里突然亮出了嚓嚓作响的两颗大獠牙!那是两颗比三百斤大野猪还长的大獠牙。更令他恐惧的是,阿花美丽的脸瞬间消失了,代之的是一张极为可怖的鬼脸。

鬼直挺挺竖了起来,嘴里发出了凄厉的怪叫!

三魂七魄从程老枪脑壳里嗖地逸了出去,他本能地腾空后撤,跃进菜园。

脚跟没站稳,胳膊上一阵剧痛。程老枪回头,身后赫然立着一个女鬼,眼睛血红,披头散发,一条长舌垂在嘴下,两只白骨森森的长爪子,正以闪电的速度再次击向他的双肩。

程老枪明白自己受了女鬼重击。女吊死鬼是最让天下男人内心恐惧的鬼。这种鬼无一不是为情而死,专治世间负心汉——天下男人的肠子,有几个是不花的?

白骨爪再次挨上身之前,子弹从枪管里飞了出去。

女鬼全身一震。子弹穿透了她的胸脯,月光从弹孔的另一边穿过来。女鬼突然向后跃升数米,又极速扑下来,程老枪耳边阴森的惨笑让他没来得及反应,脸上就着了冰凉的一抓……阿花后来说,她在替程老枪擦洗伤口时，闻到一股腥腐之气，像极棺材里多年窨存的气息！

程小峰听得惊心动魄，脑海里犹如上演一场惊悚大片。程老枪和阿花的样子不像在骗人，那么事实究竟是程老枪的一时幻觉，还是有人在背后装神弄鬼吓人？程小峰忽然有了当福尔摩斯的想法。他想听出程老枪讲述中的蛛丝马迹，便凝神继续听下去……

第二天，程老枪不思茶饭，在床上窝了一天。早上上茅房大泻一番后，萎在阿花面前的程老枪已面色苍黄全身倦怠发如乱草，两只眼睛空洞洞的。第三天干脆发起了高烧。阿花忙去村里问鬼。乡村隔十里五里就会有一个鬼，替人抽签画符算命寻东西。桃花寺的鬼是个枯瘦老太婆，叫九斤娜，生下来时九斤重。说话像鸟雀叫。鬼用秤钩在桌子上一片大米间一阵乱画，对阿花说："哎哟喂，魂丢了！和尚屋后的山上，一个狐狸精勾去的。"

阿花佩服到差点叫出声来。

程老枪到小学后面打白狐的事，谁都没说过，这鬼竟知道了，可见是真鬼，有水平。阿花忙请教破解之法。鬼伸出鸟爪般的手指指天，不说话。阿花见了，忙掏出钱来。五元没放下来，十元没放下来，到了十五元，那鬼的爪子一软，放了下来。如此如此，说了一番。原来程老枪这命，非比寻常，勾他的狐狸精也是难以对付的货色，何况现在鬼都惊动了，价钱自然高上一些。阿花只管要程老枪人好，就选了个鬼定的上等妙方。鬼心安理得地收了阿花十五元钱。

实际上，鬼每晚不睡觉，盘腿在床上坐。人坐在屋里，耳朵却听桃花寺四面八方的动静。那晚，桃花寺小学传来一声巨响，她整个人都震动了一下。后来村里的狗叫了好一阵，也是从那方向由远而近。阿花一出现，她心上就有了数。

阿花于是准备给程老枪去叫魂。程老枪不同意。他说，人没魂不成死人了？我不活得好好的？

阿花说："你也不是全丢，只丢了一部分。三魂七魄，全丢了人才死。"

程老枪说："你去把魂叫回来就是。"

阿花说:"你不去,魂怎么回来?魂得用自己身体装回来。"

准备了香纸锡箔米饭和程老枪最爱吃的猪头肉,程老枪迷惑地看着阿花往袋里又装了饭勺锅铲,两个人就出发了。以前两人一起走路,程老枪雄赳赳气昂昂,像大公鸡领着小母鸡。现在阿花像统帅在前面领着路,程老枪有气无力耷拉着脑袋像个降兵败兵。

这日阳光灿烂,白云朵朵,蓝天高远,虎尾山卓然高挺。山间草木吹吐着清新愉悦的气息,鸟儿叫得分外热烈。阿花着一双平底布鞋,胸脯高挺,步履轻快,两条辫子在身后一甩一甩,两腿间藏着无限活力。程老枪则是一双高帮皮靴。程老枪被允许单独上山打猎的那天,父亲给了他一把新猎枪和这双高帮皮靴。这双全牛皮的皮靴据说是他爷爷当年在东北当兵的时候,一个北方的朋友送的。爷爷穿了父亲穿,父亲穿了他接着穿。四五十年,硬是穿不坏。

这条山路程老枪以前热腾腾来去,现在路在他脚下是凉的,他光照着的身影也是凉凉的。整个桃花寺,山山水水似乎都在发着低烧。他摸了摸自己的额头,有些热。他从没有这么脆弱过。

从背后看阿花,是一只多么诱人的大梨。这天气适合把阿花劫持进草木间做一场美妙的事。这一想,使他加倍感觉自己的虚弱。

自己丢失了精气神,往阿花身体里打进去的似乎是补药。阿花的体力和情绪使他稍稍放了心。他最怕的是自己倒了,阿花倒得比他还快。现在看来,这种顾虑是多余的。她不仅不倒,还在想着怎么把他扶起来。他现在开始担心自己的魂。他惊奇地发现,天空和山川,包括山上长的草木都成了奇怪的平面形。阳光在身上,也感受不到原来的暖意。难道这就是失了魂?在鬼爪子再次划破他脸的一瞬,他确乎听到脑子咔的一声,似乎裂了一条缝,然后有什么飞了出去,烟一样——难道那就是魂?好在阳光是如此灿烂,打在山上,打在草木上,也打在阿花的脸上。阿花脸上有着比花朵更鲜艳的颜色。她不时停下来,歪着头,侧着脖子,那股可爱的样子程老枪永远看不厌。但现在他有些恨她过于鲜艳的颜色。

一夜之间,女人有了变化。摸不到,却能闻出来。程老枪闻到阿花皮肤里发梢上都透出一股细香。尤其是一种从未有过的气概住进了她的身体,那只躲在她体内的柔弱的猫耸起了老虎的脊梁。之前遇到不开心,它喵喵叫上两声,蜷到程老枪怀里,把小日子蜷得暖暖的,软软的。她柔弱的花心里一夜之间孵出了坚强。

到桃花寺小学门口,是上午十点。

阿花走得全身热乎乎的,被高大巍峨的虎尾山在校园里投下的巨大阴影一罩,皮肤上裹了一层凉。山风夹杂着虎尾山山泉和草木的气息,让她的汗瞬间无影无踪。她看了一眼程老枪,要是程老枪此刻拔腿反身就走,她一定默默地跟他回去。她的叫魂的热情被看不见的阴影降低了十度。越靠近,越是有一种看不见的压力。她抬头望向虎尾山,以女性天然的敏感,隐隐感觉那密不透风的阴影里包裹不祥的气息。山风过处,似狼嗥,似鬼叫。要早知道程老枪天天来的是这样一个地方,她一定不会放他来。别说白狐狸,就是金狐狸,她也不要。就是从这刻起,她咬了嘴唇做出一个决定。这个决定在她和程老枪回家后马上得到了实施——她收缴了他的猎枪,把嘴堵到他的嘴上去……她什么都不要,只想给他生个孩子!

其实,程小牛在前一个夜晚已经住进她激情泛滥的子宫,在那片温暖肥沃的土壤里很快生根发芽,伸拳踢腿。

程老枪比阿花快两步站到菜园木门的槛上,往里瞟一眼,脸色瞬间大变。

菜园里赫然立着一个黑影!

阿花挤进门槛,一眼就看清是程德寿在挖地。她用手肘抵抵程老枪:"是程老师。进去呀——是程老师在挖地。"程老枪纹丝不动。她从他臂下钻了进去,叫了声:"程老师。"

程德寿回头:"阿花,哦,老枪,你们怎么来了?"

程老枪没有应答。直挺挺从程德寿身边切过去,程德寿又叫了一声"老枪",他也没反应。像不认识程德寿一般,目光呆滞地走到坟边,弯腰在小坟上俯看,又抬起自己的手指仔细看了一阵。程老枪清楚地记得,他当时是挖得指甲缝里都流出鲜血来。

坟上枯草萋萋,不见异常。指甲缝里却隐然犹有血痕。

程老枪忽然腾身而起,向黄茅草遍布的坟场蹿了上去。

"老枪！"

阿花不明白程老枪要做什么，尖叫一声。往常阿花叫程老枪，随叫随应，这回竟是不灵，程老枪已经爬到坟场的一半处，眼看是追赶不上了。阿花双手一甩，急得两腿抖动，对程德寿说："老师，你看，老枪魂丢了，这么乱跑乱窜的！"

"魂丢了？"程德寿吃惊地看着阿花，"发生什么事了？"

阿花说："鬼把他的魂吓掉了，我带他来叫魂。"

"开玩笑，哪有猎人怕鬼的？"

阿花把去村里问鬼的事和程德寿说了。

"老枪在这菜园里把魂吓丢的。"

程德寿说："怪不得那晚外面又是打枪又是叫喊的。看来我明天得去万寿寺一趟，不然晚上还真不敢睡了。"

阿花说："吵醒老师了吧？"

程德寿说："枪声那么响，我的耳朵又不聋啰。我是说哪个鬼把我的树苗和菜都踩坏了。正愁不知道找谁负责，你们来投案自首了。"

阿花说："程老师，老枪踩坏的树苗和菜，我都给你补种上。赔钱给你也行。"

程德寿说："赔什么呀！当年你们在学校读书，还少吃我的菜？人没事就好——只是他到老师窗底下打猎，也应该告知我一声，这老枪！你看，我窗边墙上都被他打了一个洞哩。再过来一点儿，我站窗口，这里就多个洞了。"

程德寿指指胸口。

"太危险了！要是程老师刚好在窗边，这子弹又不长眼睛——我以后不让他打猎了。你看人没魂了，子弹就不知往哪里打。要是打中老师了，那可怎么办？还说完美一枪哩，瞄都瞄了半个月。"

程德寿吓了一跳："这鬼！还半个月，他来打鬼来做鬼的？"

阿花说："老师见到什么了？"

程德寿说："我一到晚上是早早睡下的。一到床上，却总是感觉这坟场里有鬼在走动，又不敢看。"

阿花说:"哦。之前的鬼应该和老枪无关。他只是打猎,装神弄鬼的事做不来——老师没听说这里出了一只白狐?"

程德寿说:"真是怪事年年有,近年特别多。咱们桃花寺这两年,嘻,一下青衣皇后,一下又来白狐,下回估计要有恐龙了。他哪只耳朵听说这里有白狐的?"

阿花说:"还不是王小二。"

程德寿说:"这臭小子。阿花,你不能太老实呀,得多个心眼。程老枪告诉你打狐狸,我信。这王小二说打狐狸,说不定打的是狐狸精——听说他就爱跟村里的狐狸精腻歪,莫让老枪跟王小二学坏了!"

阿花说:"他敢!他敢这样,我就到山外打工去,让他找不到我。我问过老枪,他本来也不信咱们这里有狐狸,又不是在东北,哪里会有。可是后来徐老秃被从坟墓里冲出来,大家都知道咱们这里连青衣皇后都有,一只白狐狸,又不是很大样的宝贝。"

程德寿说:"那么,白狐狸他拿回家给你了?"

阿花说:"打是打中了,不过被鬼抢去了。"

程德寿说:"鬼抢狐狸?这是哪门子的鬼?你说他打中了鬼?"

"先打狐狸吧——偏要子弹往耳朵里打,左耳朵进,右耳朵出,结果去找的时候,鬼——"阿花看了看身边的小坟和坟场里那一堆堆坟墓,不知道那坟里是否有鬼在竖了耳朵听,"鬼后来出来抢狐狸了。也打中了,可鬼哪里是子弹打得死的。"

程德寿说:"鬼狐鬼狐,不是天上派下来的,就是地里钻出来的,人间的人怎么对付得了。以前是鬼,现在有了狐。这地方,以后没事让他就不要来了——"

阿花说:"我能把他的魂叫回去,就谢天谢地了,你看看他现在这副样子。他要再敢来,我就不跟他过。"

程德寿说:"我明白了。"

阿花:"……"

程德寿说:"白狐就是鬼!你想想,我在这里这么多年了,要说白蛇是见过一条,跟电影《白蛇传》里的白蛇一样。其他的,白狐狸肯定是没有。别说白狐，狐狸都没有。要有，总是我在这里时间多，要见也是我先见到。为什么我没见到，倒给王小二见到了，这个贼！"

阿花一声惊叫："老枪！"

原来阿花说话归说话，视线牵着程老枪在坟场里转。只见程老枪走到坟场最上端之后，从两座坟的中间趴了下去！这一趴，把阿花的魂魄趴走了一半。

阿花看看程德寿，程德寿看看阿花，两人目瞪口呆，心下却镜子一样透明："这程老枪是没魂魄的人了！要有，怎么会往坟堆里趴。"

都说人急生智，阿花不顾程德寿在场，坟场下摆开香纸锡箔，拐篮中取出碗筷，作起法来。原来碗里盛了一碗米饭、一碗猪头肉、一碗油烤豆腐。鬼的原意是要拎个煮熟的大猪头，程老枪身体正虚弱，阿花力小拎不动，就自作主张从猪头上割了猪耳朵猪舌头和一点猪颊肉装来。阿花这创举原本无心，桃花寺的乡邻见了，有人从此过年上坟就不再拎整个猪头，而是猪嘴尾眼各取一点儿，手上用个小篮子拐了去上坟。桃花寺村上坟风气为之一变，算得移风易俗。这是阿花和程老枪所始料未及的。

阿花向程德寿借了打火机点了香纸锡箔，拜了几拜。拜好起身，左手执饭勺，右手执锅铲，用锅铲敲着饭勺，有板有眼地边敲边喊，喊声宛如戏台上的唱腔："老枪回家！老枪回家！"

前一两声，阿花自己都觉得忸怩古怪，放不开。喊到第三声时，山里陡地起了一阵阴风。只见坟场的黄茅草一阵颤动，似乎有什么在上面疾速跑过一般。

阿花大惊，只觉得眼前虎尾山巍峨雄峻，山谷中鸟声幽远，令人备感阴森。不知程老枪的魂是在高高的虎尾山尖，还是被鬼捉去囚禁在坟墓中，抑或在这阴冷的山风中游荡？它能找到程老枪的躯壳并钻进去吗？

一想到程老枪的魂没有了，自己的后半生幸福又往哪里托付，她心里便又急了。这一急，她的心一横，眉一竖，嘴里的喊声便凄切而哀婉，听得趴在坟墓间的程老枪头皮一阵发麻，感觉魂不是要被叫回他的身体，而是要被从身体里逼出去，便用两手捂了双耳，前前后后的细节在脑海里又过了一遍。

程德寿看着阿花念念有词的样子，暗自叹息：多贤的妻！多般配又令人羡慕的一对！可惜被一只没来由的白狐给害了。

民间的一些做法，是过去生产力落后时期产生的，并非全部要归于迷信之类，而自有它的心理学范畴的疗治作用。

阿花每叫一声，程德寿身边的空气凉上一分。他甚至觉得，随着阿花的叫魂，稀薄透明的空气里似乎真的有什么在凝聚成形，并东游西逛，找寻着赖以寄存的身体。阿花的声音越叫越迷离，程德寿的脸色越听越苍白。

阿花叫了一阵，她本来是不惯大声喊话的人，喉咙都喊起烟了，看程老枪趴在那里，头也不抬一下。

"老枪——回家——"

"老枪回家！"

阿花几乎要哭出来。她的心像被火烧着了一般，只要程老枪不从坟墓间站起来，她的心就会在自己喊叫的烈焰中化为灰烬。

程德寿听到了阿花的哭音，走过去安慰道："不急，他会下来的！"

他朝上望望，放开喉咙喊道："老枪，回家啰！"

坟墓间头抬了一下。

阿花见了，忙收住眼泪，锅铲叮当叮当在饭勺上又敲起来——

"老枪回家！"

"老枪回家——家——"

两座大坟间缓缓站起高大的程老枪。从菜园里望去，站直的程老枪，身影映衬在天空里，十分高大。

阿花心头狂喜，捂着嘴，再不敢发声。

站起来的程老枪，没有像追击猎物时那般神勇地飞奔下山。他如大梦初醒，久久地凝视着十二间。

让他心胆俱裂的十二间，现在看去，只是阳光下一幢普通的百年老房子。

阿花的心陪着程老枪的身影定在半山。这个曾经在她心里天神一样的男人，此刻正以天神的姿态站立着。

他站在那里的身影是多么惹人爱啊！她真想冲上去抱住他，可是她不敢。

这个英雄，这个全桃花寺公认的英雄人物，在这一刻，在阿花眼中，他只是刚破茧而出的一只蝶，是刚孵出的一只鹰，是刚娩出的一头千里驹，他还需要一点点时间退去他的柔弱。

果然，他迈出脚步的时候，趔趄了一下，像匹刚出生的马驹。

她屏住呼吸。除了叫魂，其他的什么声音她都不敢发出来。她怕一点儿杂音，就会把刚回到老枪身子里的魂魄重新吓出来。

见程老枪站在那里犹豫不决，她又觉得需要助力老枪一下。于是她手嘴加了油，一声一声，赶紧跟上：

"老枪回家！"

终于，程老枪挪开了脚步。一步一踉跄地跨下坟场，向她走来。

阿花和程德寿忙迎上去。

"老枪！"阿花按着鬼教的步骤，走到程老枪面前，把锅铲和饭勺在他面前晃晃，"回家！"

"家？家。回家。"

程老枪答了一句，眼睛空洞洞的，眼里没有阿花一般，径直走到程德寿面前。程德寿心想还是他这个老师有魅力。一高兴，他就掏出烟，递给程老枪。一根烟还行在半空，程老枪递出的乌黑枪管已经先于烟抵在了程德寿额前。

"老枪！"阿花惊叫道，"快放下！放下！程老师，他是程老师！"

"不！"程老枪声音冷冰冰的，"他不是程老师！"

程老枪面对发呆的阿花，还没等她来得及动作，食指一勾，扣动了扳机：

"他是鬼！"

"哎哟——"

程小峰脑袋中一只大西瓜突然爆裂，西瓜瓢如红雨溅落菜园一地："德寿老师不是鬼，你这一枪，也把他打成鬼了——"

当年和此刻的程小峰一样紧张得叫出了声的阿花，却笑眯眯地看着程小峰。

要不是程小峰早上起来和程德寿见过面，他差点就要把程老枪当杀人犯扭送派出所了。

"这人和鬼有区别。鬼比人诚实。咱们人，老祖宗从小怎么教导的：泰山崩于前而不惊！诸葛亮还装模作样玩空城计呢。鬼才不这么虚伪，它不伪装不冒险，一有危险就逃。所以程老师放心，德寿老师在我扣动扳机之后就现出了原形！"

"一只白狐？"

"不，一个鬼！"

"哟嚆嚆——"程小峰已然知晓程老枪爱吊人胃口，"你是说，程德寿老师是鬼，鬼被你打死了，那现在活着的这个究竟是人是鬼？"

"当然还是咱们的德寿老师。别看我魂丢了一半，心是灵清的。我当时从两座坟间望过去，越看越不对劲。哪有一个大活人，站在菜园地里那么冷飕飕的？而且从我趴着的角度看他，他在阳光下连影子都没有。"

"无影人？"

"人有影，鬼没影。程德寿老师从教我们那天起，就好像没笑过——阿花是不是？是人怎么不会笑？所以我觉得他就是鬼，一个和人间格格不入的鬼。我当年早上没洗脸去上学，小孩子嘛，哪有那么好的，鼻孔里鼻涕流下来，眼眶里装满了眼屎，你猜他怎么做的？问我，几天没洗脸了？才半个月呀——他把那擦黑板的毛巾，当着大家的面给我洗了个大花脸。生旦净末丑，在一张脸上全齐了。我当时想，天下哪有这种老师的？这一回，想到当年小时候的事，就想着用枪试试看。毕竟枪膛里又没子弹啰。"

"他一动不动，顶在那里等你开枪？"

"不，他逃了。逃得比兔子还快，边逃边骂：哎哟喂，我怎么教出你这号学生！所以，他是人，也是鬼——胆小鬼！"

"哈哈哈，胆小鬼！"程小牛在边上前仰后合，手脚乱舞，"胆小鬼，胆小鬼！"

小孩双眼充满了灵气。只是不知课堂上，这灵气又躲到哪儿去了。

阿花嗔骂:"小孩不得无礼。"程小牛眼眶里旋出两粒白卫生球,舌头上卷,刚好鼻孔钻出了一条鼻涕虫,他美滋滋地舔了一下。阿花拿了筷头要敲他,他一骨碌溜下桌,到外面和赛虎去玩了。

"你看看,还好意思讲,一个窑子里的货来接班了!"

程小峰忍俊不禁:"这么说来,这学校里真有鬼——我和一个胆小鬼为邻睡了几个月!我也成了一个鬼了——糊涂鬼!"

三个人笑了一阵。

程小峰说:"我只是奇怪,大家都说怕鬼怕鬼。怕,就逃呀。嘴上说最怕,偏偏最后就剩一个胆小鬼还留在十二间,真怕还是假怕——莫非这里才是真有鬼?"

程老枪说:"有病嘛!我看他就是有病。这病人人有,只不过有人深,有人浅。就比如这烟酒,人人爱它,又人人怕它,最后戒了的有几个?又比如那飞蛾,你说它往火里去死路一条,它怎么会不知道!它是知道了还往里面扑呀!"

阿花说:"看不出咱们老枪,今天当老师了。"

程老枪说:"这不是我被鬼吓得灵魂出窍,每天就思考着这事,想来想去,想通了指甲末那一点点。要说老师,这鬼是我老师了。知识上哪里敢比程老师的。"

程小峰说:"你说得有理,比讲台上装模作样的老师讲得好。我只是奇怪,你既然说了程德寿老师不是鬼,那么飞来飞去的鬼究竟哪里来的呢?这人间真的有鬼不成?"

"程老师,我程老枪能让假鬼吓去?那绝对是坟里飘出来的真鬼!这么说吧,这一百米外有只蚊子飞来飞去,它腿上几根毛我程老枪都看得清。我不是三岁小孩子,真鬼假鬼还分辨不出来?我在上面趴了那么多天,它没出现,我冲下去,就见到了稀奇古怪的事,见到了——呃,阿花在那里面——阿花,你说给程老师听听,你那天叫魂的时候,见那坟上有变化没?比如被人用手耙过?"

"瞧你说的,就算坟耙开,以程德寿老师的性格,他会让它摊开在那里?不过我是注意过那座小坟的,它上面的泥土是很久没有动过的,因为阴湿，还长满了绿色的小青苔。"

"对，这就是鬼的厉害之处。但我当时急啊，想我程老枪好不容易托祖宗的福，娶了阿花这么个好老婆，福刚开始享，上天就把她收去了。那么一急，心里头就失了主张，所以回头再看到那鬼，头脑里卟的一声，有什么东西就逃了出去！"

"你，咳！"阿花顿了顿脚，表面上不好意思的样子，心里头十分甜蜜。

"那感觉好像你脑里一群孩子，突然间被隔空抓走好几个！"

"叫了魂，魂就回来了？"

"不都说六魂无主吗？你得到魂丢的地方，让魂找到你。不然魂飘来飘去，就不知道飘到哪儿去了。你别说，还好阿花把我魂叫回来！不过——"老枪看看阿花，"阿花啊，你魂是叫得好，可你那种叫法——没人的地方叫叫也就算了，还到村子里绕来绕去地叫，叫得戏台上死了老公的女人一样，我的三魂七魄不知道有没有叫全，村里人的魂全吓掉了！"

"切，还不是村里的鬼教我的。不是救你，你让我这块脸搁哪里去？我一个新媳妇，拿着锅铲敲饭勺，嘴里还要念念有词，人家当我神经病呢。"

程小峰暗叹阿花真是围得白狐围巾，系得粗布围裙的好女人。

程小峰记得小时候被人吓到，母亲一定会咋咋呼呼追到那人，用剪刀刮了他的指甲，拿回来烧成灰用开水让他冲服下去。他捏着鼻子，把那混了指甲灰的水往下喝时，鼻子闻到了肉烧焦的气味。虽然只是吃了人的一小部分，但毕竟是吃了人的。这么一想，胆子果然大了不少，疾病霍然而愈。或者有时在野地里玩，玩着玩着把胆玩没了，也要去原地捡块石子，洗净放在衣兜里做伴。整天揣着一块石子跑，跑到那石子不知道什么时候在哪里掉了，胆子也就回来了。也有时不知哪里吓到了，就用布块扎把米放枕下，天亮煮粥喝下去。

"我自己估摸，我那个最英雄的魂估计是没叫回来的，它还背着猎枪在外面什么地方游荡，在外面找那只被击穿了耳孔的狐狸！人是要有魂的。现在我一到黑的地方，脊背后面就冷飕飕心里长出毛来！"

235

程小峰听得身上也冷飕飕的。阿花见两个男人本来酒喝得热腾腾的，说着说着，餐桌上一股冷气，忙在边上打趣道：

"你们男人，一天到晚以为打只白狐，送条白狐围巾就征服了女人，哪里知道我们女人心里不这么想。"

程小峰是没经历过女人的人，不知道女人的冷暖，不懂女人心思，听到程老枪在坟地里趴伏半个月的功劳被阿花轻轻一笔带过，当下惊问：

"白狐围巾还不够好？"

他天真地觉得，女人就该喜欢白狐围巾，男人就该爱猎枪棍棒。

"白狐围巾当然好，可用自己男人的魂换，估计好女人都不愿意。她宁愿系了粗布围裙去厨房里烧饭洗碗，让她男人在灶下烧火，青菜豆腐就这么清淡地过。所以男人别觉着扛着猎枪威风，那是你们男人觉得威风，女人更愿意你们男人手上捧的是鲜花。"

"谁叫当年十二间后面坟场里的兔子那么肥、狐狸那么美呢！那兔子，一只只都肥得像小猪一样。"

程小峰心里一动："这野兔子，没人下夹子抓来吃的？"

"怎么没有。只是后来，大家不敢去了——不是我程老枪第一个碰到鬼，打猎的夹兔的捉石鸡的都碰到过。"

"鬼出没？"

"桃花寺自从出了徐老秃事，村里人哪个心里不是战战兢兢？不说晚上，就算白天到山里去，路上碰到一个人，你都得仔细看清楚，别是刚从坟墓里爬出来的。"

"哟嚱嚱！"

"晚上出门，山路上碰上一个，一问，还是自己的老祖宗，你说吓不吓人？"

程小峰心说乖乖，拜托桃花寺的老祖宗们在坟里安静点，别回去路上就碰上一个。

"老祖宗有没有人碰到过不知道，见鬼的人是真多。一下说十二间楼上的走廊里有个女鬼飘来飘去，一下说坟场里都是牛头马面，一下说明明是几只石鸡在那趴着，手伸出去，却嘭的一声，蹦出一个大头鬼来——只是一个鬼头,没有身子的。我怀疑是大家去捉石鸡夹兔子惹怒了山神,不仅派出了鬼,还把人的工具都收掉了。碰不碰到鬼是一回事,捕兔子的夹子是装一回丢一回,大家就失了兴趣了。"

"鬼应该对夹子不感兴趣吧?"

"是鬼把它变没的。所以后来大家说,桃花寺的生灵有神鬼护佑,不能打,不能捉,也不能吃。"

"这……"

程小峰心底漾出一个黄昏。因为左脚跟当年扭伤的地方隐隐发痛,程小峰便提了塑料桶去厨房,准备烧点热水泡泡脚缓解疼痛。外面月光好,厨房里凝结着漆黑的寂静。他一走进门,便被黑暗一口吞了进去。这个时辰,程德寿一定自个儿在菜园地里自得其乐。平时程德寿在,程小峰还不觉得什么。灶膛里的火,程德寿手指间的烟筒、瓷碗里的酒,都是火热火热的。程德寿不在,程小峰觉得这座老房子像个行将就木的老人。它在呼吸,也在审视着他。他赶紧去抓开关线,拽亮了白炽灯。程小峰提起灶台上的小方锅的盖子,发现里面的水不多。他决定在大锅里烧半锅热水。一看灶台下的干柴烧光了,程小峰去角落里的柴堆捧柴。厨房专门有个角落堆柴。平时程小峰来去,只见黑乎乎的一堆,也没怎么在意。在厨房里坐久了,或者突然走进去时,常能听到老鼠或别的小动物在里面窸窸窣窣地响动。

程小峰当是老鼠躲在里面做窝。

新一年学校食堂的柴块,村民们按照份额你一担我一担挑来,程德寿早劈了几千斤晒在学校的西南角,堆成了一段柴长城。厨房里堆放老柴火的柴堆,是引火用的小杂柴,只剩了最后两三捆。程小峰扯开第一捆,这捆木柴上面没有枯叶,对他这种平时不太下厨的人不适宜。第二捆和最里面的一捆相比,叶子少而且枝条过粗,他也推开了。他扯住捆在第三捆柴上的藤,用力往外拉,听到底下叮叮当当一阵响……

"你说夹子都被鬼变没了?"

"是啊,鬼把它们都变成泥土了!"

"这鬼真鬼!"

程小峰感叹。他忽然有些明白过来，又仿佛什么都不明白。

"程老师，你知道吗，我程老枪到现在一想到那夜的事，就胆战心惊。到现在就有个出冷汗的习惯，不论多冷的天，一想到那事，背上就是一片冷汗。所以每个学期开学，都是阿花送小牛去报到的。"

"自从老枪丢魂，桃花寺村整个村的魂都被吓掉一样，晚上七点过后，就没人敢过白莲桥了。我们普通老百姓怕怕就算了，之前分配来的年轻老师，也一个个怕到村里去住了。程老师，也希望你到村里去。"

"我不去。这里十二个房间，两个人住，多清净。"

"还清净？叫我吓都吓死了。你看村里多热闹。"

程小峰看到阿花不知怎的，朝程老枪挤了一下眼睛。

"程老师，听说他们之前也是一个个像你一样，拍了胸膛要坚持到底，最后都没招架住的。"

"哦，那么我来坚持坚持，看看能坚持多久。"

香的影子飘上了程小峰心头。如果有一天他不住学校里了，原因大概只会有一个，香！

他有些恨自己的心，高高地端着，放不下那虚无缥缈的追求。他想到了李子树一手叉腰，一手指着城里时豪情满怀说话的样子。那时，他看到了李子树眼里闪烁的星星的光芒。

现在，他从程老枪和阿花的眼里，同样看到了一种光芒。这种光芒，是乡村柴火灶下炉火的光芒，它和星光不同，无法穿透未来，却足以温暖此刻。

两种光芒，两种选择，两种生活。他惊讶地发现自己已经对两种光芒失去了原先分明的界限，分不出哪种光芒更令自己喜欢。

"老枪，有你这么说话的？程老师是客人，他喜欢住到村里就住村里，喜欢住学校里就住学校，凭他的心意。他们当老师的，都是文曲星下凡，有天上的金甲神丁保护的，不用扎在人堆里的吧。"

"程老师是能把鬼都打哭的人，不怕鬼！来，程老师，咱们投缘。我一见你这个老师就不一般。人家都说老师都是白面书生，碰到我们这号粗人说不到一起的，你这老师多好，不会看不起人。"

"老枪，你这话见外了。我不是农民儿子？老实说，我祖上别说十八代，估计往上八十代都是农民。吃农家饭，说农家话，干农家事。我心里虽然喜欢城市，可骨子里就是一个农民，就见不得穿件西装，就不把自己当农民，就看不起农民的人。咱们农民有农民的维度——科学家说的，我们人世可能有很多维度空间，二维的、三维的、四维的。说实话，我现在不怕鬼，可能就是没到过那个维度空间，见不到。不过现在见不到，不代表过两天见不到，说不定过两天我进了那个维度空间，见到，也怕了，就逃到村子里去了。"

"哈哈，兄弟，我就爱你这实诚。维度不维度，我不懂。反正在桃花寺，怕鬼不丢人。你去找找，哪个不怕鬼的？一个个怕得什么样！我就说，怕鬼好。怕鬼的人老实，不出事，不爬墙头，不钻狗洞，不去偷鸡摸狗乱砍滥伐。"

"你这见解真是高明，不是一般人能想得到。乡村有高人，老枪，你就是高人哪！"

"呸，他高人，那我都……"

"美人！我永远的大美人！"

阿花啐了一口。

"金庸小说里有射雕英雄郭靖配美女黄蓉，咱们桃花寺有射狐英雄程老枪配美女阿花，到时让我的同学李子树把你们写出来，天下人就知道桃花岛有神仙伴侣，咱们桃花寺也有一对。"

"山野粗人哪敢跟书里的人物比。以程老师这种人才，将来找个好师母，生活在咱们桃花寺，那才是人人羡慕的人中龙凤。"

程小峰说："我倒是羡慕你当个猎户，山里跑林里去，逍遥自在。"

程老枪说："哈哈，快莫提了。猎枪都成礼物送出去了。"

程小峰说："猎枪当礼物？"

程老枪说："可不是。我魂叫回来后，阿花问我，你不是要送我礼物吗？我说对，她说，那把礼物拿来。我说拿什么给你，白狐的影子都没找到半个。阿花说我也不要你的白狐，我就要这个——阿花，是不是？"

阿花说："是。大礼收到啦。"

程小峰丈二和尚摸不着头脑。

"她要的哪里是礼物,是我的命哩!你想想,对猎人来说,枪和子弹不是他的命?哪有一个人要人把命给她当礼物的?但那时我偏是那么想的,阿花要我的命,我就给她。"

"给了?"

"枪和子弹,都给了!五百颗子弹呀!"

"看来心里是舍不得的。"

"开始当然舍得。只是好不了两天,手又痒了。夜里不放出去,白天总行吧?问她要枪,她把肚皮一挺,说得从她的肚皮上跨过去。我的爷,那肚皮我踩得过去?小牛同学已经在里面安营扎寨了。"

"不容易啊!来,为你的金盆洗手干杯。"

"把一个男人的翅膀剪了,武器收了,他的心就服了?开始说实话是不服的,后来还真就服了。不打了!打啥呀。现在卖卖山珍野果,还有这桃花酒,一年生活费用尽够了,哪里用得着去打猎。以前打猎是人向山讨生活,现在不打猎是山给人送生活。说到底,我不打猎了,山反而给我送上了大礼,比一只白狐珍贵多了!至于枪,上回小牛被留在学校,还是向阿花申请用的,而且只申请了三颗子弹。没想到那是一颗霰弹,对不住那只猫头鹰了。"

"不打猎,山里的小兽们高兴坏了。"

"高兴得癫掉了。大白天的,野猪野兔都蹦到院子里来转悠。"

"我让他陪着我看电视里的人打猎,一样有趣。"

"你们女人,一天到晚就电视电视,干脆把两只眼睛挂到屏幕上去。以前打猎时我眼里看到的都是些鸟道兽径,哪里有山羊,哪里有野猪,哪里石鸡多,心里头放着一个账本。鼻子里闻到的也都是兽骚味。后来不打猎了,一抬眼,看见山了、树了,鼻子里闻到花香了。有一天我盯着虎尾山,啧啧,真是好看。"

"怎么好看了?比女人还好看?"阿花揶揄道。

"当然好看。我还研究出来,山也是有公母的。"

"哦,说来听听。"程小峰来了兴趣。

"你看那笔直朝天的,不就是座男山的?那圆圆的,馒头一样的,不就是女山?"

"你就是贫嘴!"阿花骂道。

"老枪说得对哩。这大自然的神奇,真是神鬼莫测。老枪说的这还是抽象的,有些山,嘿,简直就是大地为人体做雕塑。所以我说,咱们这大地母亲也是够形象够幽默的。"

"程老师,说了这么多,都是过去了的,当故事听听解解闷。现在我要说的这件,才是真神奇。不知老师最近去过程德寿老师的菜园没?"

"他种菜。我看他种菜,一天到晚,除了上课,就看到他在菜园地里切切察察。菜农要都像他这么干,早就得流油了。"

"没看到其他的?"

"有。一根长字的玉米。上回在余老师家,我们看到一根玉米,上面有个'心'字,真的很厉害。你想想,除了他,天底下还有其他人能在玉米上种出字的?"

"哦,以前单听说他怕鬼,没想他还有这一手。改天讨粒玉米种子来种,要是玉米粒上自己长个'甜',那吃玉米的人一定更有胃口了。就没看到其他?"

"有。不过你们可得保密,不能跟村里其他人说的,不然乱传,坏了桃花寺小学老师的形象。"

"老师放心,我和阿花都不是多嘴的人。"

"有个晚上,都大半夜了,菜园地不正在我的窗下嘛,我还听到窗外有人在挖地,我想莫不是鬼在种菜。"

"程老师发癫了,要晚上去种菜?"

"我也是百思不解——你说的就是这个?"

"嘿,老师的事有校长管着。我是听小牛说,你经常讲些《聊斋志异》上的故事给他们听。所以估摸着这是你感兴趣的——程德寿老师的菜园地里,又出现了一只白狐!"

"啊?"

一道白光将程小峰从内部切开。他借来自程老枪嘴里的白狐之光,与过去的生活一刀两断。他一直以为这光只藏身于天上星地上雪，藏身于童话神话和远古的传说，现在它从程老枪的嘴里蹦了出来，就算是程老枪的醉话，就算是他程小峰醉里误听，也是多么令人心动神驰！这光将他劈成两半，让他在光中死去，又在光中复活。这光足以照亮过去的一切困顿委屈，也为今后的一切遭遇镶上华美的银边。

"我怀疑是只千年狐仙。上回没找到，是它受了枪伤躲进深山养伤去了，现在伤养好了，又出来作妖作孽了！你不信，到我趴过的两座坟间趴它半个月。"

"看你们光顾着说话，菜也不吃，酒也不喝。我现在去把菜热热。"

阿花把素菜热了一遍。

程小峰本来前一天的酒没全醒，这天从中午十一点半开吃，一直吃到了下午四点半。他起身时看一眼手表，自己都吓了一跳。连说打扰，不顾程老枪和阿花再三挽留，坚决要走。等他摇摇晃晃回到学校，程德寿还在白莲桥上等他。到了厨房，给他端了一碗稀饭出来。程小峰喝了。

"你信吗？程老枪说子弹从白狐的左耳穿进，右耳穿出来，身上的毛半根都没有伤到！有这枪法？"

程小峰紧紧地盯着程德寿。尽管刚喝了稀饭，他迫切需要一杯水，而实际上他更需要的，是一句肯定。

程德寿摇摇头："程老枪那个癫子的话你也信，他那是梦魇了！"

程小峰怔住。

到了床上，程小峰哪里睡得着。耳边缭绕的全是程老枪的声音。他本想马上去菜园，可是想到自己这么一身酒气，不要说狐狸，老鼠都跑光了。

程小峰一念及老鼠，天花板上咚咚咚地就传来了老灰们的跑步声。程小峰忽地想到"丝瓜"说的那个好玩的故事，有心和老灰开玩笑，捏了鼻子学"丝瓜"的声音，对着天花板上喊："老灰呀，有好东西就拿点来，那些杂七杂八的，就别麻烦了。我这里都好几天没开荤了！"

天花板上安静了一会儿。

程小峰一翻身就把小老鼠们忘记了。他现在心心念念想着的是白狐。

要是秦同学没，唉……围上白狐围巾的秦同学，一定像白雪公主一样好看吧！

他忍不住爬起来，靠到窗边。本来这是一个观察狐狸的好看台，可惜这晚并无月亮。程小峰看了一会儿，又躺了下去，终于架不住眼皮子沉下来，迷迷糊糊中睡了过去。

黑暗中忽然有什么落了下来。

程小峰挂在床边迷糊的手费劲地往上抬了一次，无力地垂下。三秒后，积攒了劲头的手翻上被面，开始在丘陵起伏的皱褶间胡乱摸索。蓦地，触到一段凉，细细、尖尖、软软的，略有些弯。拉灯一看：一根脱离女人身体的小指，以她年轻而绝望的惊悚无声指向窗外漫无边际的长夜……

教室门口，程小牛挂着一根小树苗站着。程小峰正要进教室，见了程小牛，忙问："小牛，怎么了？"

程小牛把树苗举了起来："老师，我什么时候可以去种树？"

程小峰说："种树？谁叫你种树的？"

程小牛说："学校呀，哪位同学不听老师话了，就罚种一棵树。"

程小峰说："有这规矩？你不是已经够听话了？"

程小牛说："我没有完全听老师的话，把作业做得快一点儿。"

程小峰："这算不得错误。"

程小牛说："我爸说这是错误。"

程小峰说："既然你爸说是错误，那种哪里，你带老师去。"

程小峰到厨房里拿了一把二齿尖锄，跟着程小牛走出学校大门。大门口碰到"丝瓜"，"哟"了一声："程小牛，犯错误了！"

程小牛的脸红了起来。程小峰忙替他圆场："他的错误就是做作业速度慢！"

"丝瓜"说："做作业速度慢算不得错误，怎么也要种树的？"

程小峰说："那要怎样才种树？"

"丝瓜"说："总得骂人打架才算。"

"丝瓜"带路,三个人一起走到学校围墙外一大块地边。高高矮矮,果然种了很多树在那里。这地边一棵树上挂了一块木牌,挂的铁丝已经嵌入树皮,牌上的字却清晰可见。程小峰看木牌上写着"思过林"三字。那木牌年久,看得出来已挂上了很长时间。木牌的左下角,还留了落款:扬××。看得出来,应该是"杨××"。程小峰暗暗称奇。十年树木,百年树人。让有过的人种树,这主意之绝妙,令人惊叹。

"丝瓜"领着程小牛到角落里,找了小块空地,挖坑,下树,填土。种好了,对程小牛说:"记好了,这是你种的树!从今天起,它开始和你比成长了,看谁先成为栋梁之材。有没有信心?"

程小牛大声回答:"有!"

"丝瓜"满意地摸了摸程小牛的头。程小峰过去也摸了两下,心底对想出这主意的前辈敬佩之极。想到他这手比实习时东门小学只知给乡下孩子结对送书的老师高明多了。

程小峰半只脚拎进菜园,生生又撤了回来。

他决定从围墙外绕大圈,再进坟场。

经验表明,通过目的地的路,绕道迂回最近。

他几乎要为自己英明的决定打一百分。毕竟在菜地留下一个脚印,碰折一片菜叶,踩塌一畦菜地的平整,都可能会被警觉的程德寿发现行迹。所有冒险的举动,都不应该打扰到别人的生活。

出校门后他松了一口气,按下手电筒开关。突然捅出的一柱亮光使他吓一大跳。忙用手掌捂住,只留细细一痕刺向地面。捂光的手掌顿时红润如玉。这光影与血液组合的游戏,小时候曾让他和程三峰着迷不已。父亲嫌他们费电,没收了电筒,使他们觉得这样不大方的父亲活该给母亲骂。要是程三峰在就好了,小屁孩,后面的事可比手捂电筒光有趣多了。

他拄着这细细的一痕,沿围墙边挪过去。

一眨眼,程三峰也读初二了。论起读书,他们程家三兄弟,大哥和他更会一些。程三峰小学时还好,到了初一下学期,头脑忽然灌进了糨糊,整天眼睛只追着女生，让他再也装不下课本里的知识点。

也好，读不上去，正好留在家里干干农活，陪陪父母。

只是这个从小屁功能异常发达的家伙，在初中集体宿舍里乒乒乓乓，不知会遭多少舍友白眼嫌弃？

扶墙而行时，他深刻地感受到了来自身体左边虎尾山深不可测的压迫。黑暗中闪烁着的发红的小亮点，又有多少凶残的眼珠在觊觎着他发红的手掌？他忙把手掌藏进了腋下。

在围墙与坟场的交接处，他极力把自己提上去，笨重而从容。

暗中传来泥土落地的吧嗒声。他在围墙上沾沾自喜，觉得大有做贼的天赋。然后面对着墙把自己放了下去。穿过黄茅草，他猫腰摸到两座大坟边。

趴下去前，程小峰向左边说声打扰，又向右边说声打扰，后悔没带点香纸锡箔先祭拜一下，搞得来盗墓似的。

生与死，原来就是一趴的距离。在他火辣辣的鹰钩鼻下，地下半米是冰凉的阴间；而鼻尖之上，是蓬勃热闹的人间。

小时候，他对坟怪敬畏的。奶奶嘴里的坟墓是鬼的家园，充满阴森腐臭的味道和诡异无常的氛围。

哪怕是去祭拜祖先，他也是远远地站在坟头，叩拜之后就快速离场。

现在，他是埋伏在坟场里的一个人间的鬼。他突然觉得，变成鬼吓吓程德寿，该多么有趣！

一念初起，他便腾身而起，从程德寿的窗口飘了进去。程德寿的窗内马上传出一声惨绝人寰的长叫……

安静凝结成一条蛇，从地下滑进衣服，沿着大腿直上，钻进他的血液和四肢百骸。程小峰听到的不是程德寿的惨叫，而是黄茅草在身子底下大声惨叫。

"你压住我头发啦！"

锯齿状的尖叫，听得他惊心动魄。他想让它们别吵，安静点不好吗？都什么时辰了，还不好好休息。但是他很快明白是自己欺负了它们。一百多斤的体重，柔弱的它们怎么能承受。它们已经够扁了。他抬了抬身子，把两肋边被肚子压住长发的几根长茅草的叶片放了出去。他用实际行动获得了它们部分的谅解。想起小时候，他和两个兄弟睡在稻草铺就的床铺上的日子。满床都是稻草香气。一翻身就是稻草的声响。现在他开始怀念那拥挤和温暖。怀念程三峰睡着时压在他肚皮上的脚。怀念他们打呼噜的声音，那是人间真实的声响！

他向两边一看，魂飞魄散。

坟墓边上，赫然两个黑影。一边一个。

鬼！

程小峰全身麦毛，顿时喉咙发紧呼吸困难。

它们什么时候出现的？

马上他又笑自己了，轻易被人察觉的，还能叫鬼？

逃？喊？

除了手电筒，他裤袋中还有一把削铅笔的小刀。这是唯一的防身武器。他悄悄掏了出来，捏在手心。

绝对不能站起来。

奶奶说，鬼爱掐人脖子，被骷髅手掐住了，准让人两眼发白舌头吐出。脖子送到鬼爪下，他才没这么笨。

或许鬼并没有发现他。或许，鬼等着他先行动。

他恨自己有些草率。坟场有白狐，裹了被子趴在窗台上看，照样一目了然，还不必受冻受怕。谁说一定要到坟场来潜伏？

他胡思乱想间，眼前一暗，十二间最后一盏灯火，灭了。

他整个人嗖一声坠进了黑暗，恍然已被二鬼拖入墓中。只觉身边魂影幢幢，牛头、马面、驴身，交叉出现，都拿刀叉镰刀，有的手中绳索上还牵着人的魂魄。只是没有奶奶，疼爱他的奶奶。忽地又想到这是桃花寺地盘，不是老家，奶奶的魂怎么会在这里。人有人的地盘，鬼有鬼的疆域。忽然一个地方传来喧闹，他极力睁眼，看到地底深处，一层层，数起来，不是十七层就是十八层。他心中洞明，知道应该就是十八层地狱所在。只见一群鬼围着一根柱子又叫又跳，边上摆着油锅、斧锯。再一看，此刻正被五花大绑在一根柱子上的，正是程老枪那个被吓出身体的魂魄。

这魂魄只有一尺来长，七岁小孩大小。奇特的是肚腔透明如玻璃。玻璃内，只有一粒豆子大的胆。英雄的程老枪为什么会有这么胆小的一个魂魄，程小峰惊奇不已。

一把铅笔刀，程小峰自认无力救程老枪。

何况自己此刻也是墓中人。

一想到自己已是墓中人，他不禁悲从中来。

天哪！这么不明不白，无人知晓地就成了墓中人，茫茫尘世，连滴眼泪都赚不到。

母亲当然流泪。只是她的泪应该只占她全部悲痛的三分之一吧，毕竟还有程大峰和程三峰。秦同学会吗？他不知道自己为什么会在这时候毫无出息地想到秦同学。

香会哭吗？

尽管是有限的几次目光接触，他捕获了温暖，捕获了关切，捕获了春风里若隐若现的花香。花里的香，都是献给春天的爱啊。

不，香，别为我哭泣！

把你的泪水留给最爱你的人。

星空里一双眼睛把他拉回了人间。

那是李子树的眼睛。

革命烈士纪念碑下的夜晚，那个爱吃蛋糕的白白胖胖的李子树，有着星星一样闪着亮光的眼睛。

"十年后——"

第一眼看到李子树吃蛋糕，实在是看不惯。那种旁若无人好像天底下的蛋糕，都比不过他手中拳头大的一块。

李子树就算站在人群中，也离人群很远的样子。

他把口袋里叮当作响的两枚硬币请李子树一起看了录像。一个蛋糕从底下啃起的人，无论如何值得一交。

爱吃蛋糕的家伙，正在哪里做甜梦呢？

要是被他看到趴在坟堆里等狐狸，一定会跳起来骂："你这个疯子！"

不疯怎会在滴水成冰的夜，趴在坟墓间陪死人？他的头侧向左边，又侧向右边，把他夹在中间的两座大坟，是整坡坟中最大的两座坟，一看就知当年是村里的体面人物。真是占了风水的两座大坟。视野广阔，居高临下。

以坟主人这份尊荣，女主人年轻时必是美的。那么也算得是趴在美人身边了。

他抬手拍拍墓侧，再次说声：打扰！便又低下头去。呜呜的风声从墓顶吹过，黄茅草哗哗作响。

星光朦胧，视线里慢慢映出了十二间模糊的身影和菜园。寒风刺得脸上生疼，身上也是针扎一般。从小到大，这对他是极度新奇的经历，他从大人眼中的乖乖宝听话儿，成了现在简直匪夷所思的奇行者。来这里几个月的一幕幕在眼前晃了一遍。那些眼神清澈的孩子，会想到白天讲台上侃侃而谈的老师，夜晚却鬼模鬼样趴在坟墓间？

就为看一眼童话中的白狐！

一想到这里，又立刻兴奋起来，觉得自己就是趴在烈火中的邱少云。邱少云的烈火烧在身上，他的烈火烧在心里。

激动人心的时刻就要来了！

他的眼角又瞟到了左右两边的黑影。

他深深吸了口气。决定无论如何要看一眼鬼的真容。

看鬼，关键得比鬼跑得快。

他勾起左腿，拇指按在电筒开关上，轻轻一推。他真怕电筒太听话，一推就亮。他又吸了口气。他用另一只手掌捂住电筒。猛力推出一道白线射向左边的鬼影。他准备好了，大鬼闪着獠牙扑来。他没动，鬼也没动。鬼看样子动不了了——那不过是种植在坟边的一棵棕榈树……

第二夜，发亮的星河在头顶缓缓流动。星星宛若虎尾山王冠上的钻石，光芒璀璨。这是程小峰第一次看到时间长脚。时间真是奇妙极了。看它时是蜗牛，不看它时是骏马，在天空画着圆圈。

他从未见过这么透明湛蓝的夜空，从未见过这么密集的星星。看来星星也害怕孤独，要挤得那么密密麻麻。也许是为了相互取暖吧。哦，星星！

打小，程小峰的星星是冰糖味的。

一个个有雨无雨飘着炊烟的黄昏，他跟在母亲身后，绕过屋间的小巷，给住在前屋二叔家的奶奶送饭。奶奶已经卧床不起，需要三个儿媳轮流送饭服侍并帮忙梳洗。奶奶有一双三寸金莲的小脚。打他有了记忆，她高大的身材就在风雨中摇来摇去。她有一个出奇大的竹笠，戴在头上胜过后来他所见过的所有的伞！奶奶总是慈爱地看着他，看不够似的。在她所有的孙子孙女中，就数他最机灵。奶奶生病后，那种爱就像空气在空中飘荡。兄弟三个中，只有他能停住身子经常陪母亲去看看奶奶。其他两个都不肯去，怕奶奶房间里的暗和药味，嫌奶奶身上发出的老年味。有鬼！大哥曾这样告诫他。大哥已经知道奶奶快死了。"鬼会在边上等着，每个快死的人边上，都等着索命的鬼！"有鬼他也不怕。奶奶的屋里，奶奶是不会让他受到鬼的伤害的。奶奶让鬼抓去也不会让他被鬼抓去。最后一次是个傍晚，屋里漆黑一团。他患夜盲症的眼睛，一进去就捕捉住一片无边的黑暗。他想起了大哥的话，手牵住了母亲的衣角。为了这夜盲症，母亲常捉萤火虫煮猪肝喂他。有时直接去灶上捉了蟑螂，摘了头脚和翅膀，在油灯上烤了，让他吃下去。没见什么好效果，好在也没见什么坏效果。母亲放了饭菜，站在床边。他缩住不动，感觉黑暗里飘满了鬼影。哧啦一声，母亲划亮火柴，点亮油灯。鬼影瞬间不见。不，它们其实都没跑远，只是贴到了楼板上，蜘蛛网上，和门后，仍然凶恶地盯着他看。"根女。"奶奶有气无力地叫了一声。母亲应了一声。"你莫起来。"但奶奶挣扎着要坐靠起来。母亲过去帮了忙。奶奶头发凌乱，在油灯的光影里有些面目狰狞。他看到的却是奶奶的慈爱。"奶奶！"他叫了一声。他觉得奶奶就要死了，比那粒黄豆大的灯光更弱，风一吹生命就会灭。"嗯。峰——"奶奶无力地应了一声。奶奶的胸腔里呼呼拉着一只风箱。

他的眼睛不敢向奶奶的床上看。奶奶的床边一定围着一群鬼。"根女，"她气喘吁吁，从被窝里伸出一根手指，"给他拿！"母亲开了盖，冰糖的香甜叽叽喳喳地跑出来，直往他鼻孔里钻。玻璃瓶里的冰糖全是大块头，这使她有些为难。母亲自然愿自己的儿子吃多点这稀奇物，但冰糖的块头让她的心不安。"太大了！""你打！"奶奶显然不满母亲的生分，恼怒于这生分减淡了自己对孙儿的疼爱。疾病的折磨让她对于生已近乎没有丝毫的眷恋。对子孙的疼爱，是她对于生命尊严的最好的表达。"我来，剪刀！"母亲转身向黑暗里抓出一把老式的大剪刀，递给从床上支撑起来的不容半点拒绝的奶奶。

"嚓——"

带锈的大剪刀在冰糖上磕出一粒幽蓝火花！

"嚓、嚓、嚓！"

奶奶带大了四个儿子两个女儿，喂过无数头猪、无数只鸡鸭，切过无数棵菜，洗过无数件衣裳的手，曾经把生活安排得井井有条的手，骨节粗大的手，把贫穷与困难的脖子捏得嗷嗷叫的手，把那只出现在爷爷生命中丰乳肥臀的野狐狸果断打出局的手，现在被一把三两重的剪刀拖累得沉重不堪。

天哪，奶奶砸出来的星星多美！

一粒粒蓝幽幽的火飞起，轻盈而迅速地寂灭于黑暗中，让人想到夜空里的流星与快速划过的萤火，却比星星与萤火更近、更亲切、更香甜。空气里弥漫冰糖味。程小峰伸出食指，悄悄地在箱背上按了一下，一粒有尖锐感的星星悄然嵌进了指肉，他迅速抬指探进嘴里，星星被从指内弹出坠在舌头上，他的舌尖抵上去一抿，一丝极甜的甜味迅速占领舌尖。哗的一声，他仿佛听见甜不是流动在舌头上，而是一下在舌头上爆炸开来。

"哦！"他心里蹦出一只幸福的猫，又叫又抓，让他在甜蜜中一阵阵晕眩。

母亲终于明白奶奶的决心，接过剪刀，"嚓嚓——"，只是两下，鸡蛋大的冰糖在火花四射中分崩离析。母亲往他嘴里塞了一大颗，把其余的收进了玻璃瓶。

"多给他点！"奶奶哮喘的喉咙里发出了斥音，透着太后般的威严。

母亲恭顺地从玻璃瓶里又掏出一颗。

那么甜美的冰糖，衬在病色的黄昏，和奶奶剪刀下那一粒粒幽蓝的星光，从此深烙在程小峰脑海！

程小峰缩了缩脖子。风像针一样随处都可以扎进去。比昨天聪明的是，他今夜从围墙外的稻田里提了一束稻草。稻草铺在身下，发出的香味简直使他迷醉。

就差个会说话的朋友了。

一颗流星划过天际。趁白色长尾没有完全消逝于天边，程小峰许下一个心愿。

这个匆忙许下的心愿里有一双明亮的眼睛。像香，像秦同学，又像别的青春美丽姑娘。这眼睛里有山泉的清澈，美人的火焰和白狐的妖媚。

他从来没有像现在这样远离现实，靠近星星，靠近童话，靠近一只白狐。

程老枪说，白狐的舞台在菜园。

在那方小小的坟上。

这真是世上最奇特的舞台。

从程小峰的角度，程德寿搭建的葡萄棚架刚好给这舞台加了台框。台框的两边又饰以季节的蔬菜，更显庄重。更妙的是，天上的星月和人间的一盏孤灯，为舞台增添了灯效。

冷月，微星，孤灯，黑坟，白狐。

人间一抔黑色的悲哀之上，一朵白色焰火在舞蹈。

程小峰仿佛自己此刻就是程老枪。枪口的准星，寻找火焰的耳孔。

撇开枪法，从两座坟之间，到菜园的小坟，是一条多直的直线。现在他相信，别说程老枪，就是他程小峰，在这么一条直线上，也可以准确命中那团白色的火焰。

为什么白狐会在坟上孤独地跳舞？耳边突然传来一阵蛐蛐的叫声。这是从左边的坟墓的一侧传来的。搬了你的小凳子在家门口准备看大戏吧。还有？单脚站立在四棵大树其中一棵树顶的怪鸟，"咕"的一声，好吧，你也算一个。还有？哦，是在身边的黄茅草丛中的某个地洞中贼眉鼠眼的地鼠，都是！热闹着。那么，一起看戏。

他恍然听到催戏的锣鼓声响起。这催场鼓在催观众们早点就位呢！弟兄们，你们准备好了吗？

锣鼓响，主角一直没出场。

第三夜。舞台上仍是一片荒寂。程小峰心中的沸汤开始冷却。怀疑白狐只是程老枪醉后的一个伎俩，骗人多喝他家老酒的借口，现实中根本子虚乌有。只有他这么傻这么天真的人，才在滴水成冰的日子里到坟地里趴着。

趴就趴吧，年轻时谁不做点傻事？万一守到呢。

又是凌晨一点。

舞台框上方，十二间的孤灯不寐。灯光透过窗帘，窗帘亮如银幕。要是在这银幕上放场电影，还真是不错。小时候，村里一群人常到隔壁村看电影。一路上叽里呱啦聊得开心。看完了，一路叽里呱啦聊电影，过节一般。

有一回走了十里山路，到了，却遇上停电。

"这短命机器。"

放映员骂骂咧咧。他辛辛苦苦用自行车载了放映箱，挂了宽银幕，拉了电线，摆了台子，架了机器，流了一身臭汗，最后忙了一场空。他长年走乡串村，心和村里的老百姓是相通的。这辛苦正要在观众的大呼小叫中得以解脱。大伙儿高兴，他就高兴。他们对一台小小的放映机能装进去那么多的人和那么精彩的外面世界惊奇得很。他们的惊奇让他兴奋，觉着自己做了一件伟大的事。有什么阻止他做这伟大的事，他就咒爹骂娘，骂它的祖宗十八代。

唉，他怎么知道呢？这看电影的一群人兴致却没减多少，依旧开开心心的。一路上怎么高兴地聊过去，就怎么高兴地聊回来。有什么好不高兴的？一天农活下来，趁着这走走说说，多解乏。电停了，田里的稻谷可不会少一根，地里的玉米棒子不会少一支，家里的亲人，一个个穷得歪瓜裂枣，然而都顽强地活着。他们反倒因这缺憾，更觉得天上那轮明月的清亮，和身边人的有趣。偶尔有青年男女，反正跟父母说是看电影的，剩了这么大把的时间没地方花，走着走着，就从人群中走失了，走到属于两个人的世界里去了……

一窗银幕亮在那里，程德寿的身影偶尔在银幕上晃一下。白狐不来，索性这么趴着看场电影也是好的。最初看到这光亮，他只想着程德寿早点拉灭灯光。哪只狐狸会在灯光下大摇大摆地出现？他甚至心里念起了阿弥陀佛，希望有个菩萨跳出来，去把灯灭了。第四晚，程德寿的灯仍是到凌晨才灭。第五天，程小峰吃晚饭时问程德寿："程老师晚上几点睡？"

"早。九点就在床上挺尸了。"

这个骗子。要不是亲眼所见，还真被他骗过去。

"昨晚，我上茅房，你灯亮着。"

"几点？"

"一点多了吧。"

"哎呀，电白白点掉了。又得多交几角钱电费，瞧这记性。"

这晚，灯早早灭了。十二间被黑暗占领。灯亮时，程小峰觉得碍眼。一个独眼监督员，盯着你不眨眼。成心跟人作对似的。别说狐狸，就是老虎，想必也不敢靠近。他心里隐隐然有些气愤——老程啊老程，我不趴这儿守白狐，你早早就睡；我趴在这儿，你灯都不关。你这叫早睡？社会主义的电，是该让你这么白白点掉的？他恨不得弄把弹弓一石子打掉。

灯真灭了，程小峰在黑暗之中，却失落起来。原来阳间阴间，隔了坟墓，还隔一盏灯火。灯亮是人间。灯灭是阴间。程德寿再胆小，有他在，他程小峰的胆气就豪得多。

仿佛约好似的，星星也不见踪影。暗夜沉沉。程小峰忽然恐惧起来，觉得自己已化身为鬼。一时之间，思绪在黑暗中飘来浮去。想到大丈夫本该顶天立地建功立业，自己却趴身于坟场与死人为伍，不过是为了一只狐狸。狐狸能见着还说得过去，要是见不着，那大半是要被鉴定为神经病的。他长叹一口气，想到男子汉大丈夫不能战死沙场也就罢了，可也不能老死山间，毫无作为。又想新年将至，县城想必热闹，趁元旦佳节，也好去散散心。

他准备起身的同时，十二间叭地亮了一盏灯。窗上映出程德寿。

程德寿凝立窗前。程小峰趴在坟间。隔空相对。程小峰恍然觉得自己已暴露于程德寿精光四射的目光之下，并且程德寿就是那只被程老枪击穿双耳而仍然逍遥在人间的千年老狐！当年是程老枪对白狐，现在是程小峰对决程德寿。

群山之间，仿佛两大高手对决。

杀气弥漫。坡上树叶萧萧。无边的冷意笼罩十二间方圆。

一个恰似蛤蟆功成的欧阳锋，一个恰似桃花岛正邪莫分的黄药师。

一场巅峰之战。

程小峰屏住气息。肚皮鼓了起来。

按金庸的写法，那边黄药师手上该有一根玉箫。箫声起，能取人命于无形。

越是无声无息，越是惊心动魄。

越是凝然不动，越是电光石火。

程小峰催动了波涛般的内力向程德寿汹涌而去。那边，程德寿也是袍袖鼓起。千年老狐的内力着实不浅。

白炽灯一窗光芒，仿佛是两人斗法激起的光柱。波涛汹涌，险象环生。

白炽灯平时满脸蜡黄，神气不济。夜里一束光打出去，程德寿那边只见一片黄光投入黑暗，被吸得一干二净。程小峰这边却是惊心动魄，不说自己一个孤影，整个坟场都被这柱异常发亮的光柱聚焦了。

程小峰向程德寿那边轻轻吹了口气。

程德寿似乎很惊讶地看到或感受到了什么。整个人后退半步，身子摇了摇。

一明一暗，胜负已分。

窗帘上的黑影移了出去。

灯灭。十二间隐身于黑暗。

"大家闻闻，教室里有些什么味道！刘小刚，你先说。"

刘小刚站了起来，探头在空气中嗅了一阵："番薯。"

教室中确实有焖熟的番薯令人馋涎欲滴的甜香。这些小学生差不多人人书包袋里都塞着几块番薯，那是他们最好的零食。偶尔，会有学生递给程小峰一块。

程小峰挥手让刘小刚坐下。知道无法从学生嘴里获得自己想要的答案。教室里的味道太怪了。就算是冬天，那种永远都存在的乳臭未干的味道，长年累月不洗脚的臭味，头发上的汗味，咧开嘴牙齿缝里食物残渣的馊味。

这些，都不是程小峰想要的答案。

他被一缕若有若无的香气缠住了。

第七夜。一缕异香钩住程小峰鼻尖。九分熟水蜜桃妖娆的香气缠住了他，让他真想咬上一口。

坟场里并没有桃树。校门前倒是有一棵。他来的时节桃叶已经稀稀拉拉，破败如弃妇。只有桃胶琥珀色的光泽吸引过他的眼球。但也仅仅吸引了他一下。那时的他，还远远未如后来那般懂得桃胶的好处，美容养颜去火。此时此地，他缺炖锅，缺炖桃胶的红袖。

香气在鼻腔内久久盘桓。程小峰伏在幽香里不敢动弹，生怕一激动就把香气给惊跑了。

第二日，程小峰装作不经意问程德寿：

"这里以前种过桃树？"

"桃花寺会没有桃树？这后山坡以前是一大片桃树林呀。春天来了，啧啧——"程德寿一小杯老酒倒进嘴里，钳了两粒油炸花生米在嘴里嚼着。桃花色被程德寿喷到脸上泅出红霞，仿佛是那片久远的桃花林的返照。

最死寂的坟场，最灿烂的桃花，是怎样强烈的对比！而尘世最灿烂的桃花和桃花般灿烂的容颜最后又去了哪里？

"以你的技术，在冬天可以种出水蜜桃？"

"要是有大棚，有煤炉，冬天种出来也不是难事。可是让桃花在春天开花不更好？"

水蜜桃的香气似乎粘在了鼻尖。

上厕所跟着，进厨房跟着，站在讲台边跟着。

班里本来一天到晚混杂着乳臭未干的味道。现在那些袜臭、汗臭间，扯不断的是一缕水蜜桃香。他在程小牛身上闻到了水蜜桃香，在班里的女生的头发上闻到了水蜜桃香。连那片铁轨的当当声里，他都闻到了水蜜桃的香气。

因为这缕香，那些小姑娘的脸上，看上去都隐现着桃花色。

他觉得自己整个人都快成一只水蜜桃了。

这事他没有去问"丝瓜"。

"你被妖缠住了！"

他闭着眼睛想都能想出"丝瓜"夸张的神情。

他宁愿自己东嗅嗅西嗅嗅，像条猎狗。

水蜜桃的香气让他暂时忘却了白狐。有一刻，他甚至疑心水蜜桃的香气是从身边的坟里发出来的。这么一想，果然，一缕异香从坟里冒了出来。

这晚，一轮圆月悬挂天际。程小峰趴在若有若无的水蜜桃的香气里不能自已。什么白狐，什么鬼魂，一时都不在意了。他只是直着眼睛，呆呆地望着程德寿的房间。他也不是刻意要去监督程德寿，对得这么正，便也正好给视线找个地方停泊一下。

程德寿房间的灯光在圆月的清辉下显得特别昏黄。这昏黄让程小峰想到了父母。想到了他们点着同样昏黄的灯光，同样在这昏黄的灯光里扛着如山的疲倦走来走去忙活着。几月不见，他们腰身一定更弓了吧，白发也一定更多了吧。自从到桃花寺小学，他就很少回家看望。掐指算来，他在坟墓间已然趴了一周多。要说傻，算得上人间一大傻。要说全无收获，那也不全然是。比如这天上的星星，从此看到都是冰糖味的；比如这身下的土地，今后趴下去闻到都是水蜜桃香气的。比如这……

程德寿的窗帘布上突然人影一晃。

寂寂无人的旷野，三堆骷髅白气森森。白骨上微弱的白光，仿佛是冤魂不散的聚集。

一双爪子暴然探进，指风凌厉，嗖地插进最上端骷髅的天灵盖。骷髅起，长啸亦起，令人想到骷髅生前，必是连哼都来不及发出一声便已暴毙。

她来了。长发遮面，江湖上令人闻风丧胆的梅超风。身后是她的丈夫陈铜尸，全身刀枪不入。不知怎的，不知是过于激烈的心跳，还是脉管里过于澎湃的血液流速，让梅超风发现了趴在坟墓间的程小峰。程小峰腾空而起，后背被梅超风暴伸的手臂提起，整个人还在空中就被陈铜尸一把控住。情急间，他记起自己是江南八怪的弟子小郭靖，一把匕首顺手插入陈铜尸肚脐眼，那是唯一可破的命门……

这部投射在程德寿窗帘上的电影虽然情节动人，然而过于阴冷。集编剧导演演员于一身的程小峰，顺手一刀杀了陈铜尸，忽地想到心性阴毒的梅超风必然满世界找自己报仇，则自己身处的这荒山荒坡她未必不来。这么一想，梅超风已立于身后，后脖被她冰凉剧毒的长爪子锁定，只须双手一合，骨碎脖断命丧当场。

他吐一口唾沫。

男子汉大丈夫顶天立地，气吞山河，不当偷袭暗杀的小把式，不然阴魂不散后患无穷。他于是跃上银幕，化成战斗英雄，一刹那，天地一片英雄气。

屏幕也会映出程德寿伏案的身影。

程德寿的文凭据说小学毕业。有一回，乡校检查老师备课情况。桃花寺小学先组织一轮交叉自查。程小峰查程德寿，程德寿查"丝瓜"。本来也是意思意思，相互提个醒。程小峰的备课，每课是简案，教学目的、教学重点、教学难点、教学特色，各四五句，加起来不过一页纸，一学期一本，甚至一本还不满。程德寿半学期不到，已是满满两本。令程小峰惊疑不已。打开一看，不由得笑得前仰后合。原来这个老师备课，把上课要说的每句话都写上去了。每节课开头劈头就是两句：上课，同学们好！这节课我们要讲的内容是……哪里像备课，分明是秘书给领导写的讲话稿。

然而程德寿又不止于此。上过的课，程德寿在备课本边上密密麻麻又写了批注。比如，上蜗牛这个知识点，程德寿写"蜗牛有两万多颗牙齿"，课堂上学生问："老师，你见过蜗牛的牙齿了吗？"程德寿课后在此句后面用红笔批："没见过蜗牛牙齿。"后面又写几句："某月某日，捉蜗牛一只，用放大镜看。果然牙齿多得数不过来。科学不骗人。"

很多时候，程小峰分不清自己对程德寿怀着怎样的情感。他初见他，震撼不已。程德寿多像自己那个三十拳打不出屁的父亲。他至今为报到第一天差点朝程德寿喊出"父亲"而惊诧莫名。他的厨艺、种菜的技术、他的笑起来清澈见底的憨厚，他端起酒碗喝酒的粗糙大手，都使他想到自己的父老乡亲。说他是老师，其实更像老农民。程德寿坐在横龙冈抽着烟筒，乐呵呵对他说出"盖个二层小楼，娶个漂亮媳妇"时，他的内心是鄙夷的。燕雀焉知鸿鹄之志！他程小峰和李子树一样，都是立志要名扬天下的人啊。只不过李子树说出，他程小峰没有说出罢了。

窗上程德寿的身影突地移了出去，很快又被什么猛推了过来。

这一移一推间，拉直的是程小峰的目光。窗户上映出的已然不是一个身影，而是两个。再仔细看去，哪里是两个身影，分明是一捆干柴与一股烈火交叠在一起。程德寿身影矮，另一个身影高。一寸一寸，它向他压去。激烈、火爆、缠绵，程小峰几乎听见了他们身体之间因剧烈摩擦而起的噼里啪啦的火星。

他们腰部贴合，他们嘴的位置互相融合。

火焰中燃烧着一个女人，一个长头发女人。

老狐狸！十二间深藏不露的老狐狸，尾巴终于露出来了！

该死的老骗子、老光棍、老色鬼，原来你才是十二间的鬼！

程小峰心上边骂，眼睛却长了钩，钩在那长发的影子上。只见长发身影压住了程德寿。显见的，程德寿是她的一块糖、一方蜜，她久久地吻了他吮吸了他，吸得他头脑发晕灵魂出窍，吸得他坐立不稳，几欲倾倒。程德寿看样子承受不住这火热了，他极力地撑住了她。他们似乎趁着这空儿相互凝视，用目光交流着情感。两个身影保持了手拉着手的距离。

突然，她又骑了上去。

这中间有过几秒短暂的停顿。程德寿的手臂举起又探下，下面做着什么动作。女人抬高了自己，在默默地配合着。突地，她猛地向下一沉的同时，程德寿的头猛地往后一仰，似有什么刺进了女人的身体。他们贴合得更紧密了。

窗内风光旖旎，活色生香；窗外寒风凛冽，孤影独吊。

程小峰突然心头剧痛，不知身在何处。仿佛看到那个跨在程德寿身上动作的人，不是别人，是他程小峰暗恋了三年，李子树暗恋了三年的秦同学！

那个白衣飘飘长发飘飘，从春天菱湖边柳树下走过的秦同学，多像湖中一朵出水白莲花，满面天真，一尘不染。

小秦，一定是老狐狸胁迫了你诱骗了你，你才忍辱受污的，别怕！我要把你从十二间这摊烂泥污里，从程德寿的魔爪下把你救出来！

程小峰肝胆间一股英雄气猛地蹦起，从两座坟间跃了下去。跃起的同时，他掏出了藏在身上的铅笔刀，紧紧握着，有如关公的大刀和钟馗的宝剑。他的牙齿咯嘣咯嘣发响，几乎就要咬碎。

程德寿，我要让你成为中国最后一个太监！

随着咔嚓一声，仿佛手起刀落，已经给程德寿完成手术。

看你以后还能不能道貌岸然，男盗女娼。程小峰狞笑着。

但咔嚓声来自脚下。一根不知从何处坠落的枯枝被踩断。声音惊动不远处一只夜鸟，"嘎"地飞远了。

窗帘上人影蓦地分开，灯灭！

程小峰被一口吞进黑暗……

"看到白狐狸了？哈哈，我就说王小二敢骗我，轰了他。"

程老枪脑袋猛地扭向厨房喊——

"阿花！阿花！"

程老枪边喊边摇程小峰的手。阿花再迟一步，程小峰估计他的胳膊会被拽下来。阿花手上捏着洗碗布，边擦手边走出厨房门。两道准备刺向程老枪的眉毛呈四十五度角竖着，一见程小峰，立马向上弯成一百六十度。使程小峰不得不惊叹女人脸部这台精密仪器反应之迅速。

"哟，程老师！快屋里坐。老枪，几十岁的人了，一点儿事情大呼小叫，不怕老师笑话。"

"阿花，程老师说他看到了。"

"看到什么了呀？老虎，还是狮子？"

"不是老虎，也不是狮子，是——程老师，快说。"

程老枪激动着。要是程小峰是把水枪，他一定当场把答案给他挤喷出来。

"我，嘿嘿。"

"快说。"

"嘿嘿，我。"

两个男人嘿来嘿去，把阿花在边上急的，狠狠白了两人一眼，顾自转身去泡茶水。程老枪被白惯了还好，程小峰平白无故挨这一眼，只觉整个人都泡在温泉里一样，恨不得有人再来拧他掐他一下才好。

等阿花端一杯子白汽出来，程老枪又上去拦住她：

"阿花，程老师说他看到了！"

"看到什么了？"

"狐狸，你不是说我骗你的？这回，程老师也看到了，你总得信了吧。"

"整天狐狸狐狸的，老枪，你发什么神经？是不是又想把魂丢掉了？再丢了，我可不给你叫魂了！"

"不是，嘿嘿。是——嘿嘿，是。"

程小峰同情地看着酒桌上意气风发，一枪从白狐左耳进右耳出的男人。不明白女人用了什么魔力把他改造成这副模样。或者说，究竟要多少次不信任的击打，才能使他如此急迫地要自证与讨好呢？

阿花啐了老枪一口，对程小峰："你看，四十多岁的人了，大惊小怪的，我看还不如小牛。一天到晚狐狸长狐狸短，哪天不提狐狸他就不得劲。我之前是信他，现在越来越不信他了。那狐狸根本就是一个妖精变的，他打的不是耳朵，是别的什么地方，不然哪有那么准的。"

程小峰说："咦，你们夫妻喝酒的时候，舌头上都站着一只狐狸。现在真狐狸来了，反倒不信了。"

"程老师，你不知道，这么多年阿花嘴上说信，心里其实不信。天下人都可以不相信，阿花不能不相信呀！她不相信，我那一枪就没功劳。那一枪是我的心哪！"

"恶不恶心，你！"阿花把程老枪甩在身后。

程小峰对阿花说："小牛妈，学校后面是有白狐！"

"白狐黑狐！"阿花对着两个俯首帖耳听她说话的男人，"我才不管！没狐狸还好，我怕有了狐狸，有人魂又要没了。"

程老枪咻的一声。

阿花说："以前没当爹，没魂就没魂。现在当了爹，总得有个脸面，总不好给儿子丢脸的。"

程老枪点头哈腰："是是是，不能给小牛丢脸。"

四十岁看来是男人的一道坎。程小峰心里有些鄙弃程老枪没出息的样子。之前他对父亲有成见，现在看了程老枪的窝囊状，不明白阿花用什么手段将程老枪训练得这么服帖。男人四十一出头，看上去大多是没出息的样子。他从阿花手中接过茶杯，早闻见了杯中黄金茶的清香。这几天，他吃什么都有一股腐臭味，胃里害了胀气。几口黄金茶水下去，人清爽多了。

对阿花说出有白狐，他的脸是发烫的。好在茶水也烫。

他哪里有白狐，他只有秦同学。秦同学就像茶杯里冒出的热气，不注意时还不怎么，一注意，便在心里越来越白了。

容不得他羞赧，程老枪说："白狐很白？"

不白，难道还黑？

"白！当然白。"

程小峰有点赌气似的吹着茶杯上的热气。脸更烫了。

一路上，他走得七高八低。左脚跨出去，这是要去揪程德寿这只老狐狸的尾巴；右脚收回来，在埋怨自己是不是狗拿耗子多管闲事。一个老光棍，寂寞在山里，政府就算不给他配个女伴，难道他自己就没有追求美好生活的权利？只要你情我愿，有什么不好呢？何况也没在虎尾山顶架起高音喇叭，昭告天下。他自酿他的巫山云雨，你自做你的春秋大梦，桃花寺的老百姓们自耕他们的田地，彼此各不相关，各得其乐，有什么不好。

这么一想，是他程小峰多事了。他在山路上停了好几回。犹豫要不要继续去程老枪家。最后还是一跺脚，往山深处走去。

毫无疑问，十二间的鬼，就是程德寿！做鬼的目的明白不过，把别人都吓走，十二间做他一个人的欢乐窝。

农村风流韵事那叫一个多。但你情我愿，也轮不到自己管。回想此前种种，自己不到村里去住，倒是给程德寿制造不便了。这中间未必没发生什么事，只是自己没有阻碍到他，他也没对自己过分。

凡事眼不见为净。

千不该万不该，见了。

见了也就见了，不该心里还有个秦同学。

过去的秦同学已然无从相救，但后来还有千千万万的秦同学在成长！让她们健康成长在阳光下，远离邪恶的魔爪的念头让他热血沸腾。

他明白上天为什么把他派到桃花寺小学了——就是让他来斩魔除奸，就是为了捣毁程德寿的淫窝，救出现在正在受害、将来还可能要受害的"秦同学"！要不是程德寿们这些败类，可爱的秦同学就不会过早受到诱骗和伤害，她们就会像山间的百合花一样迎风怒放，散发出令人心醉的香气。

诚然，只要如实向校长报告，组织上按党纪条规必会对程德寿做出相应的处分，十二间闹鬼的传闻也会真相大白于天下。

白云一样白，白糖一样白，白雪一样白，白月光一样白的白狐。

白云一样白，白糖一样白，白雪一样白，白月光一样白的秦同学。

秦同学一样白的白狐；白狐一样白的秦同学。

他没有见过夜间的秦同学。只是本能觉得，夜里的秦同学一定很白很白，牛奶一样甜甜的白，豆腐一样嫩嫩的白，和田玉一样温润的白，环肥燕瘦一样妖娆的白。

白狐一样的白。

这白被一只会抽烟的老狐狸熏黑了，被一只爱装神弄鬼的老狐狸诱骗了，被一只台上道貌岸然、台下男盗女娼的老狐狸猥亵了。

雪一样白，月一样白，糖一样白，云一样白。

白狐。秦同学。秦同学。白狐。

程小峰头脑里霍地闪过一道白光……

老狐狸，看我不亲手揪出你的大尾巴！

"哎哟，程老师，求求你别难为我。别看我人大个，你看这里，里面是空的。刀疤这么长。我的胆之前吓破一次，后来得胆结石，疼得受不住，摘掉了。现在别说打枪，放个鞭炮都怕三分。"

"以前虎胆英雄，现在无胆英雄！"

"见笑见笑。程老师，咱们凡间人，英雄不英雄无所谓。你说武松打老虎，他不可能天天打老虎，也得找地方吃肉喝酒交朋友。你看我现在孩子老婆热炕头，每个月帮村民卖些山货到城里，吃穿不愁，真的是靠山吃山了。那些非分的，不敢想。再说，现在想通了，那山上跑的，水里游的，天上飞的，都是人类朋友。打不得，也不能打。"

"阿花的白狐围巾，不送了？"

"嘿嘿嘿……"

"再错过这个村，估计没那个店了！"

程小峰看着程老枪有些松动，忙添一把火。

"不瞒你说，程老师，这辈子别人我不欠，就欠阿花。按你们先生的话来说，阿花是识英雄于草莽。程老枪是不是英雄不重要，她跟我的时候，我就一条枪。这辈子别说一条白狐围巾，就是十条，我也要给她。可是，现在就算有胆，还得有枪。"

"枪？不挂在那儿。"

程小峰指指墙上。墙上的双管猎枪真是漂亮。枪管泛着黝黑发亮的肤色和坚毅不容侵犯的神情。是男人都会喜欢。一枪在手，山林之王。

程小峰的食指不由自主勾了勾。他没有打过枪，既好奇，又敬畏。

"假枪？"

"假？不是我吹牛，虎尾山的虎头从地上拔出来，我照样用这枪崩了它。"

阿花说："老枪，你还是吹你那个左耳朵进右耳朵出吧。这个一听就假，虽然那个也假，可是假得浪漫，假得有趣，假得让人有想象。"

程老枪说："夫人批评得是。我这回要再打，绝不左耳朵进右耳朵出，我要右耳朵进左耳朵出。"

阿花说："切，那得看我同不同意。小程老师，不怕你笑话，以前，枪是老枪的，现在，枪是我的。老枪一年只有放一枪的权利，是不是，老枪？"

程老枪说："是。"

程小峰说："那是过生日了！"

阿花说："这个你也知道？"

程小峰说："咱们山村人，之前生活条件差，小孩子哪个不是十岁生日才有资格吃一只整鸡的？你想想，本来是想怎么打就怎么打的枪，现在一年才能放一枪。这一枪，不是过生日是什么？"

程老枪说："程老师真是诸葛亮。"

阿花说："可惜老枪今年那一枪已经放掉了。"

程老枪说："放掉了放掉了。墙上的横线画过了。"

程小峰走过去，果然墙上画了十多条横线。

程小峰暗笑："过生日时，喝一盅老酒，对天放一枪，就当生日放烟花礼炮庆祝，这个主意不错。"

阿花扑哧一声："要是这么放，他就不叫程老枪！人家这一枪，可有讲究。你看看，你看看，酒桌上自己讲得神采飞扬，人家一说反倒不好意思了。"

程老枪忸怩搔头。

程小峰说："你生日八月二十九日？"

老枪说："这个程老师也知道的？几号生日都算得出来。"

程小峰说："哪里哩，刚才嫂子说，你生日时放一枪，我那天不是刚来学校报到嘛，山岭上听到砰一声，冒一股青烟。德寿老师说是你生日，我还没在意，以为是哪位老人家做寿在放爆竹。原来是你老人家在打枪。只是没想到这位老人家还这么年轻。"

老枪说："程老师见笑！老喽。"

程小峰说:"听嫂子说来,这一枪打得有些不一样,不知道是怎么个不一样法?"

阿花说:"程老师不是外人,说出来不丢脸,我说还是你自己来说吧。"

程老枪说:"不说不说,有什么值得说的,就是一枪。"

阿花说:"他呀——"

程老枪忽然剧烈咳嗽起来,声音响得把阿花的话都遮了下去。阿花嘴一停,他的咳嗽也不药而愈了。

程小峰正竖了耳朵,阿花却话锋一转:"男人的枪,女人要不收好管好,它还以为自己能得很哩。老虎打得死,野猪打得下,天下的狐狸洞,洞洞打十环——"

程老枪嘿嘿直笑。

程小峰笑着说:上回老枪说左耳朵进,右耳朵出,我就想着这辈子要是能亲眼见一回。也不冤来咱们桃花寺了。"

阿花说:"酒桌上吹牛的话,哪里当得真。真有那枪法,还窝在这山沟沟里,早进国家队去拿金牌了。老枪,你说是不是。"

程老枪说:"拿到金牌也是你的。"

"老师一来,说话都能干起来了。平时哪里听过你这样说话的。"

程老枪说:"还不是夫人教导有方。"

程小峰说:"老枪,机会在眼前,又是你发挥的时候了!"

阿花说:"快别!我都多少岁了,又不是十八岁青头女,天天要水中花镜中月。当年都没得到的,现在更不想要了。我只要老枪老老实实待在我身边。"

程小峰说:"白狐围巾不是每个女孩子心中的梦想?"

阿花说:"年轻时,哪个姑娘不希望自己有这样一条围巾?它又哪里是围巾了,它是爱的证明。程老师,我是女人我心里明白,你要真有一条白狐围巾,女孩子的心就是月亮那么高都能为你低下来!"

程小峰脸色一暗:"可惜没老枪的枪法。"

阿花说:"看来程老师想和老枪一样,为心上人去坟场里埋伏个十天半月,再来上一枪?"

程小峰说:"老枪伏半个月还能打上一枪,我伏半个月,估计只是看一看。"

阿花说:"老枪哪里只打一枪,我看他是打了两枪。"

两个男人你看我,我看你。

阿花说:"他是朝狐狸打了一枪,又朝自己的魂打了一枪,把魂都打掉。这点他还不如我这个妇人。老枪,你说是不是?"

程老枪说:"夫人神勇!"

阿花说:"老枪是个没魂人,他是去不了啰。我是不怕,只是没枪法,帮不了程老师。"

程小峰说:"唉,其实我今天来,原先还真想求老枪去打一枪。现在看来,唉。"

气氛静默了好一会儿。阿花忽然对老枪说:"你去厨房烧个火,总不好让程老师干坐着饭都不吃。"

两人出去了一阵。

回来时,程老枪一脸欣悦:"程老师,现在你在桃花寺,就是桃花寺人。有什么需要我们帮忙的,尽管开口。"

程小峰说:"你去不了,就帮不了。"

程老枪说:"帮得了帮不了,你得先说说。摘星星摘月亮,你得先让我们知道。"

阿花说:"生分。"

程小峰说:"这世上有为自己家人都不愿意做,为帮别人却肯去做的?"

阿花说:"别处有没有不知道,桃花寺有。"

老枪说:"当年我爷爷为帮朋友,一刀子插到仇人大腿上——你不会让我去人家大腿上扎刀子吧?"

程小峰说:"犯法的事咱不干。"

老枪说:"不犯法的事,程老师尽管开口。"

程小峰挠头:"这个,要经嫂子同意。嫂子要是不同意,咱就不找你去。"

老枪说："阿花这人，刀子嘴。阿花，你说是不是？程老师都开口了，他的事还不就是咱们的事？"

阿花说："去呗。程老师还会让你去做杀人放火的事？"

阿花这么爽快，让程小峰有些始料不及。

"其实呀，这事说难不难，说不难也难，我就是想看老枪打一枪——"

老枪说："哈哈，哪壶不开偏提哪壶。看来程老师要么是不相信我程老枪的枪法，要么还是想看看学校后面是不是真有鬼！"

程小峰说："对哩，我们无产阶级革命事业的接班人，不信鬼，不怕鬼。所以嘛，主要还是要去把嫂子的狐毛围巾拿来。这是大山的恩赐，不拿白不拿。"

老枪看向阿花。

"这回还是要往耳朵孔里打！"

"你就当陪程老师去一趟。至于怎么打，拿枪的人定。我可不稀罕空头支票，别让我给你再去叫魂就行。"

"三件事程老师还得答应我！"

程小峰不知道程老枪葫芦里卖什么药。

"第一，咱们只打五天的仗，输赢都收兵；第二，得带上王小二；第三，今天你陪老哥喝一杯！"

程小峰举杯答应了前两项。

夜色黑浓。一轮新月钩住虎尾山尖，浮云飘动，更远的银河系空间，有巨手用这飞钩要将虎头从地下拔出来似的。

两座大坟之间，程老枪一动不动。虫声漫过程老枪身体，向着坟场下的菜园淌去。程小峰有时对这些小肚皮惊讶之极，不知它们练了什么神功，能喷出那么惊人的分贝。形成鲜明对比的是程老枪的静。他一趴下去就成了石头。程小峰就在程老枪的身后。要不是事先看到程老枪趴下去，他根本感觉不到两座坟中间还有个人，至少，不是个活人。

程老枪是夜里十一点半过来的。程小峰从后门接着。两个人借着月光潜进坟场，到两座坟边。程老枪向上指指，然后把右手的四根指头往下压压，做了个趴伏动作。程小峰明白程老枪是让自己趴他身后，当一个看客。他没有看到王小二。这么黑的夜，就算王小二在身边，估计也看不真切，何况王小二是那么小粒。个子小的人，做坏事都比别人方便。王小二究竟在哪个角落，程老枪不说，他也不好问。嘴巴在夜里像个多余器官。事实上，王小二不仅来了，还带着秘密武器。

黑暗中潮流涌动。山不动，树动；人不动，心动；心不动，风动。风要把人从地上托起来一般。他盯着程德寿的窗子，忽地想到一事，肚子里黑血翻涌，几乎要吐出一大口来。

原来他虽没经过男女之事，但书本上方框略去的情节是脑补得多的。比如秦同学，他脑子里无数遍想着她与老师的种种体态动作。程德寿之前虽在窗前晃荡，可等到生米变成熟饭，哪里还需要在窗前再秀什么恩爱?!何况这么冷的冬夜，程德寿就算胡作非为，也是在被窝底下兴风作浪。这么一想，程小峰全身冰凉。千辛万苦设了局，到头来捕获一场空欢喜。自己白白受冻不说，还欠了程老枪一个天大人情，顺带欠了王小二一个人情。一时之间，心如火烤，十分煎熬。

不远处，竹子迎风晃动。一个马蜂窝，酒坛子似的，悬垂在一棵竹子上……

曜曜，曜曜！

两座坟间响起了蛐蛐声。好大的蛐蛐！

曜曜，曜曜！

竹子上一只应和。

……

程小峰暗笑，蛐蛐都会爬树唱歌了。居高声自远，这可一点儿都不比山外差。山外那些拿手机的，自己不爬高，让无线通信的基站爬在高高的山顶罢了。就这点，咱们的蛐蛐早就悟到原理了。

蛐蛐鸣唱应和，这比一个人趴着，又是不同趣味。程小峰竖了耳朵，听程老枪和王小二用虫语说得多欢畅。他们说些什么呢，程小峰听不懂。好几次他张了嘴巴，想用和他们同样的语言进行交谈，喉咙却怎么也打不开。

很快,程小峰听出了大概。

他们谈论的是白狐皮。王小二说,谁围上白狐皮,谁就是桃花寺的女王。程老枪说,小子,白狐皮是你嫂子的,你别动歪心思。王小二说,是是是,嫂子的嫂子的,别人没资格享用。程老枪说,你小子敢动歪脑子,打断你鸡巴。王小二说,大哥,别费子弹,我要敢那么做,自己切下来喂狗。程老枪说,算你识相。王小二嘿嘿笑。

两只蛐蛐后来开始谈论女人。一个高大丰满的女人。看一眼就会叫人没魂,摸一把就是立时死了也甘心。竹上蛐蛐得意地用它婉转的歌喉,描述了女人沟沟壑壑里的好。她的好,似乎打动了两座坟中间的蛐蛐,它沉默了好长一段时间。然后,它的语气急促严厉起来。严厉批评竹子上的蛐蛐,教训它不该如此如此。

竹子哑了很长一段时间。

程小峰的目光始终狠狠盯着十二间。闷声不响的十二间,漆黑如坟墓的十二间。被鬼故事装修成淫乐窝的十二间,让程小峰越看眼里越出火。他连自己都嫌恶起来,恨不得眼里的火,直接把程德寿的窗给烧穿了,把床上的被窝烧没了,把被窝下的狗男女烧得赤条条,从窗口蹿出来。

早上,程德寿见程小峰两眼通红,从潜龙潭方向走进校园,忙问是不是发烧了。程小峰心道,烧烧烧,我烧死你这条老淫棍……

第二夜,程小峰耳根清净多了。

程老枪和王小二化成了两只鸟。偶尔叫上一两声。程老枪叮嘱王小二别从竹上掉下来,王小二提醒程老枪保护好膝关节。空气里弥漫着友情的芬芳。程小峰听到身后有只不甘寂寞的鸟,听到两只鸟在叫,也加入队伍。于是两座坟间鸟叫一声,竹子上叫一声,程小峰身后应一声。反正公说公的,婆说婆的,彼此在呼应,彼此各不相关,倒把程小峰搞得跟个外人似的。程小峰深吸一口气,清冷透彻的冷,从口腔肺部直灌脚趾尖,整个人都透明起来,五脏六腑和全身毛孔都进入了冰清之境。大地不知什么时候铺了白霜。那铺陈在地上的,是冻住的月光。这是星月俱佳之夜。月盘莹白,星光璀璨。他甚至看到了月亮里的阴影,一棵枝叶婆娑的桂花树。程小峰鼻端忽地钩住一缕水蜜桃香。又来了！抬头冰糖味，趴着水蜜桃香。这真是一片叫爱的土地。只是说来说去，不知道这香是怎么存在地里的。程小峰伸手挠头，手指触到脑后几片枝叶，叶片很是柔嫩。嚼物症发作，顺手就扯了一片，咬在嘴里。入口微苦，到了喉咙口，回味甘甜。

程小峰沉浸在甘甜里，竟慢慢不觉寒冷。想来都是叶片功效。神农尝百草，他无意间发现这驱寒神草，只是苦于不知如何向那两只鸟推荐。

两只鸟似乎睡着了。程小峰看了看两座坟的中间，程老枪一动不动。

喂，别睡着了！

他向程老枪喊了一声，声音大得震痛耳膜。程老枪趴着没理他。程小峰暗叹真是个处变不惊的高明猎手！

嘴唇发痒，他抬手抓，却惊住了：刚才自己并没张嘴，怎么就发出那么响的声音，耳膜都震痛？并没伸手指，却见了指头，那刚才伸出的是谁的手指？

他还没回过神来，更令人诧异的事情发生了：一粒萤火从程老枪身上飞了出来！这萤火虫飞到程老枪背上一尺高的地方，悬在那里。

大冬天有萤火虫？磷火？

半分钟后，悬着的蓝光，缓缓向上飞升半尺，又向下沉了半尺，如是三遍。

仿佛统帅号令，程小峰视线所及，一粒粒，不，千万粒亿万粒蓝光从地下缓缓浮现，上浮，浮到比统帅略低的高度。统帅突地亮如明珠，整片光海亮度随之陡增。

蓝光点亮坟场、菜园地、十二间。桃花寺小学成了蓝光的世界，童话世界。

程老枪和王小二仍趴着不动。哈哈，他们现出原形了，一个蓝蓝地趴着，一个蓝蓝地在竹子上抱着，像只考拉。

身后的鸟叫了一声。声音蓝蓝的。

程小峰哈了一口气，蓝蓝的。

成千上万萤火，织就了蓝色序幕。接下来的情形，更是打程小峰离开母亲奶头，就没见到过的：蓝光如海浪起伏的旋律中，一只豹子从他身边一跃而出。爪子蓝色，金钱斑纹蓝色，带动的风和跃出的速度都是蓝色的。在它的带领下，天上飞的，水里游的，地上跑的，都从程小峰身后跃出，带着一束束蓝光，跃向了那片蓝色光海。光圈里，雄鹰麻雀互致问候，黄鼠狼山鸡翩翩起舞，蓝豹子当起了山羊的保镖，野猪和土拨鼠交流拱地经验。最高兴的是一只刺猬，它特意烫了卷发，把身上的刺烫成了波浪卷。它热情地和每一个朋友相拥，大家也都热情地呼应着它，再也不怕它的刺拒人于千里之外了。

开学初从脚背滑过的小家伙也来了！身子怎么看都没见长，依然只有程德寿烟筒那么长。不同的是，炎热季中的黑色皮肤已经不见，遍体淡蓝，头上的角却是血红。它没有加入那狂欢的盛宴，相反，它悠游在蓝光的边缘，缓缓绕着圈子。它太小了，一会儿就看不到了它的身影。

它去哪儿了？

程小峰眼前升起一根细长的蓝舌头，吻向他的鹰钩鼻尖——

蓝蓝的鹰钩鼻尖。

"接下来一分钟，孩子们，瞪大眼睛，捂紧嘴巴！"

程小峰的心悬到一点四二米——准确地说，一条盘在尼龙袋里的毒蛇，被讲话者拎到了一点四二米的高度。毒蛇小孩手臂粗细，一尺来长，长度和粗细比例与平时所见大不相同。好像一条两尺的蛇硬生生被砍去一半。它正睡得舒服，被人突然掐住脖子，还在一群学生面前丢人现眼，不由得它不恼火异常。黑色蛇身狂烈地扭曲着，两枚毒牙闪着冰光，尤其头上一个小瘤令人不寒而栗。

"我的命在你们嘴上！等会儿我头会非常晕，要是吵到我，不知道该怎么做动作，我就会当场四脚朝天，一命呜呼。"

为了证明他不会祸害表演者，程小峰轻轻把手盖在了嘴上。令人不放心的是班里那几个平时动不动就鬼叫的同学，尤其那个黄姓女同学，就坐在表演者的面前。但此刻他已无暇顾及——

"被它咬一下，三步死翘翘！五步？不，它比五步蛇厉害两步，试试？"

蛇头猛地探向讲台前面学生的鼻尖。

被毒蛇一口咬毙的恐惧，让前排几个学生惊叫起来。两个女生干脆逃到最后排，手紧紧按在胸口，眼睛却忍不住向讲台方面瞟着，青春红润的脸庞已无半点血色。她们的手一垂下，胸前一对小酒盏剧烈起伏。

"要闭牢的不是眼睛，姑娘，是下面——嘴巴！看，黑公主都等不及了！"

"啊！"

嘈杂中刺出黄姓女生独有的惨叫。

她想到了黑蛇腥臭无比的舌头吻她的场面。程小峰则担心天花板会被惨叫声震下来。

一根左手食指压住喧哗。三十多双眼睛紧盯着毒牙向舌头靠近。它的舌头真长。程小峰疑心它能舔到自己鼻尖。程小峰探出舌头，发现只能舔到人中一半。这天早上他吃了咸菜豆配稀饭，舌尖泛出的却是腊肉味道。黄豆油炸过再配咸菜炒有腊肉味——这是个可以代代相传的秘方。教室窗外秋老虎在发威，一束光柱打在教室后墙。再放点青辣椒就更妙啦。那种油爆后能呛死人的辣椒，真想现在就来一口！

有人转过身子不敢再看，有人索性闭上眼睛，不忍心悲惨一幕在眼前上演。突然，被捏住三寸无比愤怒的蛇头，准确而凶狠地咬住了舌头。

"啊——"整个教室发出了整齐划一的惊叫。

"针扎一样的痛——它在射毒！"耍蛇人嘴里呜呜地说着含混不清的话。他故意让蛇悬在舌头上一阵，再使劲掰开蛇嘴，把舌头解救出来。蛇塞回了尼龙袋，扎好。众人松了一口气。等他起身面向大家，所有人都惊呆了——刚刚还在流红血的舌头，变成了鸡蛋大的黑球。那黑球以肉眼可见的速度膨胀，眨眼鸡蛋变鹅蛋，大到缩不回口腔。他整个脸庞和手臂笼上一层黑色。

"他要死了！"人群中有人惊呼。半小时前不知从哪里冒出来，自愿拿生命给他们表演节目的人，现在要死了，而且会死成"一截木炭"。小屁孩们一个个胸膛里塞了干辣椒一般火辣。不知道他自作死，为什么要来找他们见证。

"我的头很晕——"耍蛇人身体摇晃,却仍在努力发声。摇着他的是蛇刚刚注入舌头内部的毒。绝望攫住了孩子们的心:他走了两步,只剩一步了——

蛇在袋子里窸窣作响。

耍蛇人边摇晃着身子,边从一个布袋中掏一截干藤条。把它放在事先准备好的,盛有小半碗清水的碗里磨了几下。把碗里的水倾斜着给大家看了,水清清的。他开始蘸水洗舌头。水从舌头根部流下去,淌过了黑球,和着舌头上的黏液以一条异常晶亮的形状挂向地面。教室里飘动着奇异的腥臭味。像烤焦的臭解放鞋。

程小峰不明白好好一个人为什么要放蛇咬自己,就算咬自己,为什么不咬手臂要咬舌头。咬了舌头,关键时刻用什么喊救命?如果是他,他宁愿让蛇咬拇指头而不是舌头。

教室里又是一声整齐划一的"哦"。奇迹发生了:被清水洗过的舌头,在众人的注视下慢慢瘪了下去。随之退去的还有耍蛇人脸上和手臂上的黑气。

两分钟后,耍蛇人把舌头收回口腔。他摇了摇头,仿佛刚才只是他把一团黑色吹进了舌头,现在他把这黑色放掉了,舌头恢复了原状。他把碗端向嘴边:"我还得喝上一口。"

他一口把洗过舌头的水全喝了下去。

他又站了一会儿。把舌头伸出来给大家看,舌头平复如初,没有任何异样。把手举给大家看,手上的黑气不见了。

"黑炭,我要是刚才死了,就是一截黑炭!"

耍蛇人又伶牙俐齿起来,仿佛刚才被咬的人根本不是他:"有没有被吓到,小家伙们?嗐,小儿科!我已经被咬过几百回。我这辈子肯定会死,但肯定不会是被蛇咬死的。当然,每次都是这小宝贝救了我——大家不能小瞧了它,我花了十年才从一座山上找到的。那山可真高,鸟都飞不过去。有些鸟一飞到这里,看到山那么高,翅膀都张不开啦!"

教室里一阵哄笑。大家都松了一口气,刚才为了怕成为间接杀人犯,一个个都憋坏啦,现在险情过去,仿佛人人都成了救命恩人似的,说不出地阳光喜悦。

"家里老人有风湿关节炎，泡白酒喝。"

"有心脏病癌症的，每天放在碗里磨点水喝。"

"学习成绩不行，每天坚持学习到晚上十点钟，再磨点汤喝下，成绩包好！"

更妙的是，人人都只花了一元人民币，欢天喜地地从耍蛇人手上买了半寸长一截神药。有人花两元买两截，但要买三截的被拒绝了："我花了十年才从那山顶找到一根藤，哪里可以一人买三截的？最多两截。以后你们长大了，自己上山找去。"

"在哪里？"

"小孩，不是我小瞧你们！告诉你也不敢去——一座竖着老虎尾巴的山上——藤叶千万不能吃！吃了就癫！"

……

蓝蛇咬住鼻尖。一点儿痛感都没有。暴毙只要三步。他坚持趴着，一步不走。但时光从头上跨了过去，迈得比他更快。他要死了！很快就要死了。为了他容不下的眼里的一粒沙子，把自己推进了万劫不复的境地。

难道自己一定是对的？也许，那只是十二间老光棍刚刚遭逢的爱情！谁规定爱情是年轻人的专利？谁规定老头子就不配享有爱情？

哦，爱情，天知道它什么时候会降临。他空有一颗为爱情燃烧的心，他还没跟女孩子跳过舞哪。就这么死了！

他的汗水涌了出来。原来毕业分配大会上，"丝瓜"的那一声召唤并不是天使，而是死神！

程小峰全身出了一身冰汗。随着汗水的流逝，眼前的蓝越来越淡，慢慢地全消失了。鼻尖的蓝蛇也悄然不见。

程小峰仿佛和十二间一起，从天上坠落人间。

程小峰心中镜明，晓得这场幻症，来自叶片！

这连着十多年前神奇藤条记忆的叶片，令他大感踏破铁鞋无觅处，得来全不费工夫。虎尾山真是宝山。黑夜里用手摸都能摸出宝贝。而刚刚咀嚼出这一场幻觉，分明是一株植物内心的映照。谁承想一株植物汁液里流淌着这么仁和的一个世界？桃花寺的神奇，又由这片叶子上了新台阶。自己之前弄柄钥匙在黄昏里敲来敲去，净是敲出些脏东西吓人东西。虎尾山隔黑递过来的，却是一柄通行天下的钥匙：你若只得枝叶，它让你嚼出幻境；你若得它根本，它替你解世间百毒。他由这一收获，对于猎捕程德寿的心思，便淡了许多。几乎就要跃起来，通告程老枪他的收获。却见两座坟间，竖起两根指头左右摆了两摆，又收了中指勾了食指朝前指了指。

朦胧月光下，程德寿菜园地里升起一团白光。

要不是抬头看到天上正挂着一轮明月，程小峰都疑心月亮掉进菜园地了。

只见白光在菜园地里悬了一圈，突地跳上园中坟头，扭动起来。

"白——"程小峰失声道。

他自然没有叫出声来。从他的角度，可以清楚地看到这兽毛发如雪，胯间的扭动竟比秦同学还妖媚，怪不得自古以来人们张口闭口骂狐狸精！

扭了一阵，这物昂了头，对着天上的月亮做着吞吐状。程小峰心下洞明：这兽在吸天地日月之精华！

这么勤于练习的兽，不知道自己正被人类偷窥着。

程小峰忽然深感惭愧，自己实在不该在深夜里偷窥人家。

它扭得多好啊！这是它的权利，它的舞台，它的骄傲，它有权利在这里一直扭下去，扭到山河失色地老天荒。打扰它清修的，都走开吧！

程小峰决定收兵。那世界上最完美的一枪，让它永远完美在过去吧！

他喊了一声老枪。

狐狸听到了，转过了头。

老枪听到了，以为程小峰喊他开枪。

这时候，右眼、准星、狐狸的右耳孔刚好在三点一线上——

程老枪的手指在扳机上顺势扣了下去……

砰！

坟头白光腾空而起，落进菜园地里，宛如白冰砸进黑湖，换来轻微一声响。程小峰"啊"的一声,不顾程老枪趴着,奔了下去。

程老枪看到的不是程小峰奔向菜园,而是报靶员奔向靶,是许多年前那个自己,奔向魂飞魄散。他的脊背微微弓了起来。

程小峰低头在菜地里找寻。

对于枪法,程老枪是认真的,也是有信心的。这回,没的说,依然是"完美一枪"!他等着程小峰拎起战果,把环数从两只耳孔间亮出来。

他唯一想提醒程小峰的,是空中。鬼不是地里冒出来的,是空中飘出来的。

好在空中他替程小峰关照着。

十二间依然宁静安详。那么响的枪声,早该把程德寿吵醒。吵得他暴跳如雷,趴窗口骂:"哪个鬼,不让人睡觉了?"

黑灯瞎火是怯懦者的盾牌。藏在被窝中当缩头乌龟吧。

程老枪却越来越背上发冷。按最初的判断,程小峰不超过五分钟就能找到战果!现在,程小峰把搜寻范围扩大到了整个菜园。程老枪有些焦躁起来。先生先生,当先生的做事就是磨蹭。当程小峰再次搜寻到菜园地里坟墓位置时,程老枪从上面看下去,菜园地里已多了一个人。

正在埋头找战利品的程小峰,听到坟场上方传来沙沙声,抬头一看,只见程老枪大踏步而下。他身后两尺左右的上方,没有任何声息地,一个女鬼,垂着长舌飘在身后。他快,女鬼快;他慢,女鬼慢。

程小峰说:"你后面有鬼。"

程老枪说:"你后面有鬼。"

程小峰想,什么时候了,你还跟我鹦鹉学舌。

程老枪不懂,程小峰明说了:

"你后面有个跟屁虫。"

"你后面也有一个。"

程小峰回头一看,果然。看来鬼也喜欢打群架。

程老枪说:"这回信了?"

程小峰点点头。还能不信?都站在面前了。

他从袋子里掏出两张符,呸地吐口唾沫在一张上,反身贴到鬼额头上。另一张给程老枪,让他去贴,程老枪接炭火似的,往自己额头上贴了。程小峰笑得前仰后合。

笑声未落,肩膀上着了一下。程小峰问:你干吗打人?

程老枪那边也着了一下。两个鬼飞到半空中去,又扑下来。

鬼开战了!

程老枪这边鬼打一枪,那边鬼打一枪。打得鬼身上沙沙响,就是打不死。

程小峰想,幸好走廊上没碰到这么厉害的鬼,不然吓都吓死了。

程小峰因为有程老枪,程老枪因为有程小峰,两个人两个鬼,转来绕去,不知不觉都缠到菜园地里的坟墓上。

程老枪脚一踩上坟墓。只听得丁零零几声清脆的铃铛声,信号弹似的,山上,地上忽然冒出一大群鬼来,把程小峰和程老枪吓得魂飞魄散。两人朝菜园门边一纵,对着竹子上的马蜂窝喊声:"走!"就要蹿门而出。

只听得竹子上一声:"我一并收拾了它们吧!"唰地抛出一张又轻又韧的网,竟将半菜园的鬼都罩了进去。

这王小二见鬼被网住,杀得性起,从身上取下火把点着,朝鬼扔了过去,一时烈焰腾空,一群鬼被火烧成一团……

三个人正惊诧不已。程小峰眼尖,借着火光看到程德寿站在窗口,手上捏着一大把绳子,那火苗不断地向十二间蹿去……

"嗜,你们这几个调皮鬼哟!"

程德寿将手中的牵绳全投进菜园的火海!三个人面面相觑,明白了什么,又似乎一时明白不过来!

"嗜!"

程小峰和程德寿几乎同时顿脚。

程小峰说:"老程呀,我早就怀疑了,没想到你就是鬼,鬼就是你!"

程德寿说:"你们这些小鬼!大晚上的不睡觉,到这儿来装神弄鬼。"

程老枪说:"咦,程老师,这就是你不对了!十多年前你把我魂儿吓掉,现在还有几个找不到,你看看,倒打一耙,还说我们装神弄鬼,你说上哪儿评理去？我现在都怀疑你就是那只老狐狸，弄得皮毛像雪一样白，来诈骗人上当。你快快从实招来，是还是不是？"

程德寿却一个箭步，扯住了王小二："你这小鬼，兜了我的狗干吗哩？"

王小二跳到一边："狗？什么狗？你莫要搞错，狐狸！是狐狸！"

程德寿说："狐狸，天上给你掉狐狸？给我看看。"

王小二紧紧抱着狐狸，狐疑地看着程德寿，又看看程老枪和程小峰。

程老枪和程小峰相互看看，不知程德寿葫芦里卖的什么药。

却听王小二一声："你真的是程德寿老师？"

程德寿扑哧一笑："我不是你程德寿老师，难不成我还是鬼——"

他不说还好，他一说，三个人都往外跳了一步。

程德寿说："鬼是没有影子的，你们看看我。"

程德寿到灯光下转了转身子，果然有影子。三个人方放下了心。王小二猫到程德寿身边，程德寿只不过看了他一眼，他就突地跳开："你别吓我！别动。"

程德寿笑笑："你这小鬼！"

王小二狗似的绕程德寿身子走了一圈，鼻子朝程德寿身上不停地嗅。

程老枪骂："王小二，你他娘的是狗，在嗅屎？"

程德寿说："老枪，你这是骂我不指着鼻子骂呀！"

程老枪说："老师冤枉，我骂王小二是狗，可不干你事。"

程德寿说："你骂王小二是狗没错，你说他在嗅什么？"

程小峰哈哈大笑："程老师，子不教，父之过。老枪骂你，不能全怪老枪，你这个当老师的是要负一半责任的。"

程老枪说："怎么能让老师负责。这都是怪我嘴长猪脑袋上，讲话不经过大脑。"

程德寿说："我看你不是不经过大脑，是经过大脑，又绕到人家后面去了。你才是狗哩。"

四个人在菜园中的小坟墓前停了下来。

菜园地里，程小峰、程老枪、王小二对着一条条从程德寿窗前斜斜地伸到菜地里的铁丝哑然失笑！

多么因地制宜而又神秘莫测的道具。程小峰相信，凭这副道具，程德寿可以去拍摄出一部顶级的恐怖片！

程小峰多次站在程德寿的菜园地里，却从没有见过一根铁丝。现在他知道了所有的铁丝被埋在了菜地的土里。那是很薄的一层泥土，只须在程德寿的窗前一拉，铁丝便会破土而出。

铁丝被巧妙地贴在墙边，沿着墙而上，到了程德寿的窗沿下拐了个弯，又伸进窗里去。站在程德寿的窗前，只须用手一拉，就可以把铁丝从土里拉出来。程老枪的惊魂之夜，不用说就是铁线的功劳。所有的鬼，都是程德寿手中的傀儡。

程老枪的惊魂之夜，程德寿就坐在窗前，静静地看着伏在茅草丛中的他。一声枪响，击破了他潜藏的怒火。程老枪向菜园这边走过来的时候，他完成了女鬼的组装：把里面填着棉花和一个五公斤重铅球的女鬼头——他有两个一模一样的，连在了一个女鬼的身体上，悄悄地放在了窗台上。当程老枪绕着坟墓走了几圈，并把一只脚踏到坟头上去再转回身的时候，他嘴里发出呜呜的怪声，把女鬼放了下去。女鬼的身后，连着两条尼龙绳，一条主升降，一条主平稳。

程老枪看到女鬼凌空飞起，呼啸着向他攻来，他什么都没来得及想，脸上就被女鬼铁般的爪子拉了几条血纹。他还在发呆中，女鬼突然往后直直地飞升——这不是做梦，也不是眼花，女鬼静静地悬浮空中。

站在坟前，和外面的浓雾一样翻涌不停的是程小峰内心的浓雾：宝库，宝藏，还是？

程小峰按捺住心中那只雀跃的小鸟，只把疑问的目光看着程德寿。无声的等待，有时比急切的催促更具催化作用。程小峰只是等待着。

程德寿清了清喉咙。站直了身子。

"她爱静！"程德寿深深地叹了一口气，眼神里无限爱怜地面对着菜园地里的坟墓。

程小峰惊讶极了，只是进入菜园地的短短几分钟，刚刚仿佛被他押解过来的垂头丧气的恶作剧的始作俑者，整个桃花寺的笑话对象，对生活已没有任何激情的苟活者，那个卑怯、猥琐、沧桑的程德寿不见了，站在菜地里的程德寿，是那么挺拔和庄严，宛如一棵饱经风霜的巨松矗立在面前。

尽管他的身材不高，可是有一种力量，让人几乎就要仰视。有一种光芒从程德寿的额头发散开来。

程小峰目光转向坟墓。这是多么小巧的一座坟墓。他确信这就是程德寿的力量之源，也是不可思议的奥妙之源。坟中究竟躺着谁？和程德寿又是什么关系？

虎尾山下，涧水哗哗，仿佛日夜在诉说不为人知的故事……

"真清亮！"

比水更清亮的是眼睛。程德寿迅速挪开视线，怕慢一步会陷进去。无力挣扎，就此溺毙。

近来，这危险已越来越明显。危险源头，就是眼前这个为清泉欢愉不已的姑娘。

他们做了什么呢？

他和杨又侠起早贪黑，两把柴刀，干起了篾匠的活。好在竹林是近的。杨又侠手一指，说他从操场上一个三级跳就可以跳进竹林。这句话每每使程德寿腰被竹子压得虾一样，也不觉特别累。尽管每次三根大竹在肩，杨又侠只两根，因杨又侠这一句，他觉得杨又侠比自己有力量多了。操场上所有竹子，因这一句，背负时减轻了三分之一重量。

竹林把山淹没了。虎尾山和桃花寺大部分山一样，最不缺竹子。山高出妖兽，海深出蛟龙。要不，那个身高停留在小学一年级的王小二怎么兴风作浪？风一吹，一浪压一浪，虎尾山成了最高的浪尖。

十二间是泊在浪湾里的一条船。

现在，船上有三个人：杨又侠、丁小艺和他程德寿。他们是同一天登上这条船的：一九七五年八月二十三日。

程德寿永远记得这天下午。他一转身,白莲桥那边走来丁小艺。

她来了,仿佛两根篱笆桩间绕了枝牵牛花!那是自带露水的青春枝条,那是饱含生命活力的色彩与花蕾。绿意随时要从叶脉中溢出来。花蕾即将绽放。大地的气息在他们身周弥漫。

他们足足砍了一百七十八根竹子。剔除枝丫,操场上堆了三座小山。这使他们筋疲力尽,眼里的火焰却越来越炽热。

难的是将每根竹子一剖两半。他们试验了三根,要么竹子口歪眼斜,要么手上皮破血流。

王小二的师父乌皮在患上老慢支的第十年,手端篾匠技术只剩了口头理论,而缺失了实际操作能力。老乌皮走起路来哼哼哧哧,胸膛里揣一台破风箱,这破风箱的深处,藏着他的技术。两人拎一斤白酒上门请教。破风箱呼哧呼哧拉了半天。他们听得神往之极。那技术!刀切豆腐般清爽利落。他们明白了竹有阴阳面,更有脾性。天下万物皆有脾性。顺逆间大有文章。还有阴阳面,你得分清,再依脾性往下走。一根竹条往薄里剖,乌皮能剖出十六片,透得过光,比纸还薄,啧啧。有一阵子,他们甚至怀疑这老风箱是藏在深山的妖怪,借着竹刀修炼自己。

一拎竹子,两人哎哟一声,才发现听来的技术离自己十万八千里。躺着不动的硬竹竿,到了手里沉沉的。刀一上去,却滑溜得泥鳅一般。

两人站在竹堆边,咬耳嘀咕一阵。轻得怕被竹子听见。杨又侠手一指教室。程德寿搬来课桌,竹子架上去。把柴刀比在竹圈中间,比了又比。比好了,再不敢动弹。一把斧头从斜里杀上刀背。"嗒!"柴刀咬了进去。

"用力!"

"嗒!"柴刀又咬进去半寸。

"再用力!"

"哎哟——"

杨又侠一扬眉毛,对程德寿:"怕竹子逃吗,要那么紧地箍着它,手就不会往后退点?"

程德寿龇牙咧嘴,手往后缩了两寸。

"叭——"

杨又侠甩手一斧头,柴刀又往里面咬进去两寸。

"抓稳喽!"

抡到肩膀高的斧子,一个漂亮的一百二十度角,再次准确地击打在柴刀背上。

"咔喇喇——"

竹节应声而开,咧开了不服气的大嘴。这嘴巴从根部一直裂到了三分之一处。和竹子一样咧着嘴的,是扶竹子的人。他毫不怀疑是眼前人身上那股气势,而不是柴刀和斧头劈开了竹子。

"我来!"

持斧人丢掉斧子。一步跨到程德寿跟前,接过竹子。

只见他一脚踏住竹子下嘴,踩住,两只手扳住竹子上嘴。竹子瞬间变鳄鱼,凶狠咬住杨又侠的双手和右脚,似乎要报刚才被劈开的仇。

程德寿站在边上搓手。刚才那一下,斧背擦掉了他手背一块皮。火辣辣的。唉,刚才手怎么就不退得快点呢?他不怪杨又侠斧头不准,反怪自己闪避不及时。

他想着要不要帮忙踩住鳄鱼尾,或索性把手伸进它的嘴巴,两人一起制伏它。

他在犹豫着时,和不远处的丁小艺,同时听见咔喇喇一声!鳄鱼嘴又阔了两米长。它既张了这么大的嘴,那个徒手斗鳄鱼的英雄,自然地从肩往下,都被咬在了嘴里。

程德寿从地上拾了柴刀,冲过去,准备用柴刀劈开最后一段。

他这边刚蹲下去,那边顶天立地的英雄猛地抽身出来,向程德寿喊声:"闪开!"

鳄鱼嘴重又合拢,咬住两只掰在上腭的手踩住下腭的脚。杨又侠往下一蹲,丹田里一口气骤然往上一提。

说时迟,那时快,竹子咔一声一分为二!露出白花花的肚皮。

程德寿被竹子豁开时的气势所震,一屁股坐地上。那边杨又侠哈哈大笑,将提在手中的半片竹子一扔,拍拍手:

282

"瞧见了没——势如破竹，这就叫势如破竹！"

程德寿坐在地上看这个扬扬得意的人，心里有些恼火。竹子剖开时上半片凌厉地扬起，边缘快如利刃，要不是自己闪得快坐到地上，说不定手上脸上就挨上一下。

亏他笑得出来！

他有些恼怒地瞪着杨又侠。心中的不快马上被眼前这个巍然如山气势不凡的人身上的光芒所化开，这正是他心目中的杨又侠：他的手指指处，号角响起，他们迎来一次又一次的胜利……

最初，水在涧里鸣叫着。

这大山的宠儿，从崖壁上刚出生时，只是一颗水珠。圆滚滚的胖小子，晶莹剔透。母亲给它准备了厚厚的绿毯，将它裹在严严实实的山里。它脚步软软地从母亲的怀里迈出了第一步。和所有的弟兄一样，一抬脚就是小跑。林木荫着它，山石护着它，鱼虾逗着它。眼前的一切都使它惊奇。在它清得发甜的眼里，山里的花儿都是为它开，树上的野果都是为它而熟，它只负责清澈与欢快。它左绕右蹿，身边尽是身材高大的树木卫士。忽然，它追着一缕轻风，从一处小崖上跃了下去。惊得它的小母亲发出了山鸟的惊叫，惊得一只蝴蝶在花丛中忘记了翩翩，惊得一只黑熊竖起了前爪朝林中傻望。但谁能拦着它呢？它的前途远大着，这源头的水，有一颗大海的心。

它咯咯笑着，从高处一路不停往下跃，渐渐在悬崖峭壁间蜿蜒成一条白龙。到桃花寺小学这段，才脚步放缓，平缓了许多。然而涧毕竟太深，又没有路。弄得学校里新来的三个老师用水极是不便。三个老师，两个男的，一个女的。新学期，毫无预兆地相遇在桃花寺小学。彼时，程德寿二十三岁，丁小艺二十一岁，杨又侠十九岁——他可是刚从师范学校毕业哩！他们既有着彼此不熟悉的过去，他们的未来，呃，他们在一起才一个多星期呢，先不谈未来！别的不说，他们对于上级给他们的二男一女的搭配，似乎都挺满意。三个人，教着桃花寺村的八十多个学生，五个年级，够他们忙乱的了。好在，顶使他们满意的是，住宿条件相当不错。三个人住一幢楼，十二个房间。那个叫杨又侠的年轻人，主意多得要从眼睛里溢出来似的。三个人见面的第一个晚上，就在操场上指着楼，"十二个房间，就叫它十二间吧"。

楼从此有了大名：十二间。

青菜萝卜，粗茶淡饭，这些不会使三个年轻人有任何的丧气。唯一的不足，就是用水。大男孩还好，可以三天不洗脸，可人家小姑娘，一天不见水就要跺脚。用水量，可把两个挑水的男子汉累的！那水都是从潜龙潭里一桶桶地挑出来的——深山老林里，挑水也是祖国教育事业的一部分哩。

潜龙潭在离学校三四百米的山沟里。走近了，就算最晴的天，一眼望着潜龙潭，都有一条黑龙盘在底下看着你似的。

"懒虫，起床挑水啰！"

丁小艺是十二间会嘟嘴的小闹钟。自从发现了潜龙潭（其实之前人们用水就一直取自潜龙潭），她凌晨五点半就会醒来。左边敲敲，右边敲敲，闹起两个睡眼惺忪的大男孩。两个仿佛从山林里突然蹦出来，永远睡不醒的大男孩。他们一左一右出现在丁小艺的两边。一个在七号房间，一个在九号房间。

睡不醒的眼睛一触丁小艺，马上就像灯泡通了电。这电在点亮眼睛之后，又迅速通往四肢百骸，魔术师般让两条懒虫瞬间变成了两条生机勃勃的龙。

而丁小艺，呼吸带着山野的清香。程德寿走在后面，每一次都觉得丁小艺是虎尾山唯一会行走的花朵！

杨又侠不说话。他想的丁小艺可不是山花。他想，谁要是在山里碰上了这妞儿，准会把她当成一个妖。那眉眼里的美，人间找得到？

他们三个，杨又侠永远意气风发地走在前面，丁小艺在中间，程德寿在后面。两个挑着水桶和一个捧着洗衣盆的女孩子，在凌晨的微光中，行走在虎尾山巨大的阴影里。看上去是那么和谐，清新。

远远地，涧水哗哗。每次听到涧水声，程德寿都舌根发凉。整个人如沐在冰中。这哪里是水，分明是虎尾山郁郁葱葱的绿的精华。喝上一口，整个人从里到外会变得清凉透明。

他们走半里路的山径，到危崖下的潭边停住。

他们都不敢抬头看虎尾山。一抬头就会感觉自己是只小蚂蚁。

而潭深得能把天空一口吞下去。

他们到时，一潭漆黑。杨又侠走到潭边，程德寿心提了起来。真怕那一潭黑水中会呼啦蹿出龙头把他一口吞下去。

"小杨！"

他喊了一声。

杨又侠回过头。

"小心点。"程德寿说。他没说出龙，怕龙在潭里竖着耳朵。

水桶浸到潭中，杨又侠把手一指："可惜了，这水！"

杨又侠说什么之前，都会伸出他的右手食指一指。

程德寿不太明白杨又侠可惜什么。水往低处流，小溪入河，小河入江，大江入海，这是水的自由、向往与幸福，又有什么可惜的呢？后来他才明白，杨又侠说的可惜，是可惜水不会自己跑到厨房的大水缸里去，是可惜很多人还不知道潜龙潭的水好。似乎是这意思，又似乎还不只这意思。

他们每天要挑三趟，才能装满厨房的大水缸。

他们往回走的时候，丁小艺就留在潭边洗衣服。第一次，两个大男孩走到半路，杨又侠忽然把手往潜龙潭方向一指：

"咦，笨！怎么把一个小姑娘单独放在那儿！山上窜下大兽怎么办？快，回去陪她。等我回来，你再把水挑回去。你我轮流来，总得有个人陪她。"

程德寿被杨又侠一指，顿时一身冷汗。水桶担子一扔，提了扁担就跑。风声中似乎已经传来丁小艺嘤嘤的哭声，或者根本没有哭声，潭中黑龙早就趁他们回身，潜到丁小艺身边张开了血盆大口……

他跑成风中一支箭。

跑到时，丁小艺侧身蹲着，一件衣服从水中拎起来。丁小艺从不直接把衣服往潭里浸，她每次都跨在潭水往外流出的口子上，这样衣服上的肥皂水就不会污染到潭水。

"小艺。"他轻轻唤了一声，怕吓着了她。

"这么快就挑到了？"丁小艺不解地问程德寿。

"我？小杨让我，嘿，小杨让我来陪陪你。"

"小杨让你来，你就来？"

丁小艺的声音在风里轻飘飘的，要不是之前陪着她来，乍见之下，他一定把她当山鬼的女儿或这潜龙潭龙王的女儿。

程德寿忽然想拔腿就逃。

和美丽的女孩子在一起，比和老虎一起更危险。

丁小艺似乎知道他想逃，啐了他一口："看什么，傻子，还不快去挑水。"

他静默着。这是他常常想起就后悔的一件事。他没有想到，但杨又侠半路上想到了。其他事情上他比杨又侠慢半拍也就算了，这事他不想比杨又侠慢。他后悔自己不该那么安静。

"你不怕？"后来程德寿问丁小艺。

"怕什么？"丁小艺好奇地问。

"我们第一次挑水把你忘在潜龙潭边，你一人待在那儿。"

丁小艺笑了："我哪知道你们走了不管我了，倒是你回来把我吓了一跳，以为来了山贼。"

程德寿也笑了。他真想当一回贼，把她掳了当压寨夫人。

没当成贼，也没当成英雄，程德寿每次回望这天凌晨的一幕，总会有一个小女孩蹲在涧边嘤嘤哭泣。这嘤嘤哭声和林间看不见身影的那只布谷鸟一样，把虎尾山高高撑起的漫山遍野的绿，化成了柔柔的、奋不顾身的涧水……

学校喝水的嘴真够多的。他们每天挑的水，吃力地供着全校八十七名师生的需求。

小学生下课就冲进厨房，一筒筒水从焦干的喉咙里一跃而下，真是清甜畅快极了。

那顽皮的，喝足了之后，把筒里的剩水泼向好看的女孩子。程德寿见了，会在边上低喝一声：

"水是拿来泼的?!"

孩子们嬉笑着一哄而散——他们也是大地上奔跑着的水，每天都是汗涔涔的，教室里一股浓浓的乳臭未干味道。

泼水的学生要被杨又侠发现，一律奖励一只小桶：谁泼一勺水，拎一桶补上。

杨又侠所不知道的是，相比上课，那些顽皮的孩子更爱拎水。拎水比听课有趣多了。闻花香，追蝴蝶，听鸟叫，摘野果，甚至，躲草丛里睡懒觉。

于是，每天都有被罚拎水的学生，在山路上快乐地来去。

他们哪里拎得动一桶水呢！那个桶，装满有二三十斤，就算大人拎上半里路，也会吃力，何况是小孩儿。

顽皮的心自有顽皮的招数与策略——不就浪费了半勺水，我就还你五斤够了吧！于是那么少的水，在桶里叮叮咚咚地晃着。

晃出来的水珠洒在路边的草叶子上，洒在野花的花瓣上，洒在一双双沾满泥巴的解放鞋的破洞上。它们化为晶莹灿烂的光，为草叶花瓣增添了清亮之色。当然，它们比顽皮的孩子更顽皮，一沾上裤角、鞋帮，便倏地钻了进去……

许是一阵山风触动了那最顽皮孩子的开关，只见他连人带桶蹦了起来。落地后，拎水桶的手臂风车般转了起来。水桶的边缘触折了路边野花的花瓣。

他兴奋得几乎要飞起来，全然不顾受伤花朵愤怒的尖叫："你弄伤我了，臭小子！"

臭小子自然不会停下脚步负他的责任，他只管带着他的快乐飞奔，直到水缸边，把眼泪水那么多的水倾了进去。

每日挑水，潜龙潭的水不见少去，程德寿和杨又侠的眼窝子越来越黑。

这日，两个人在坟场下方辟菜园地。杨又侠看着程德寿从厨房水缸里捧来一盆盆水，浇到菜地里去，心疼得眉头直拧结。

"兄弟，你这浇的都是咱们的汗水呀！"

杨又侠手一指："不能让水只往下流，要让它从涧下爬上来！"

杨又侠手指上有魔力，程德寿对此坚信不疑。丁小艺就是在杨又侠一指之后出现的。

当初程德寿背着铺盖走到校门口，问正在校门口一块牌上写美术字的杨又侠："老师，这里是桃花寺小学？"

杨又侠一指："不正写着？"

杨又侠刚好写到学字的上半部。程德寿又问："这学校几个老师？"

"仨。喏，三来了。"

程德寿转身，一身白衣的丁小艺，正从白莲桥那边，拎着行囊轻盈走来，像一朵行走的云。

第二天，杨又侠不知从哪儿搬来一堆草绳。据说是前几个晚上，让一个编草鞋的家长连夜打的。他把草绳的一头系在地里木桩上，另一端绳头交给程德寿，让他扯住整个人拔河似的往后倾：

"扯住！我的身家性命和子孙后代都在你手上了。"

程德寿就那么拔在那里，死命扯住杨又侠的身家性命和他未来的子孙后代。腰间同样绕一圈草绳的杨又侠，顺着草绳攀了下去。

程德寿腰间松一阵紧一阵。松时他听见杨又侠拿斧头在敲。紧时是杨又侠顺着绳子往上爬。

"马步扎紧！"杨又侠擦着额头上的汗珠，从涧下冒出头来。

谁更危险？程德寿心里想的是杨又侠。他怕手一松，杨又侠就会坠到涧下去。

十多米的涧，杨又侠在石壁的缝中敲进去十三根木楔子。

别说程德寿，丁小艺同样猜不透杨又侠内心的想法。

比如前一天，杨又侠带着程德寿在厨房里又砍又劈，做出一大堆木楔子，丁小艺还和程德寿打赌，说杨又侠是对坟场里蹦跳的野兔动了心思。

"在菜园子和垃圾场的中间打一排木柱，然后来个——"

"守株待兔!"程德寿为自己快速理解丁小艺而得意。

丁小艺嘴角微微往上一提。她心里清楚杨又侠要做的,绝不是守株待兔这么幼稚。她想笑的,是程德寿猜这么幼稚的事。杨又侠不说,她和程德寿猜不透,她就半赌气地调侃,心里却对他究竟要干什么充满了好奇。

他们是多么不同啊!两个大男孩,在同一天闯入她的视线。

"嗨,丁小艺!"

"杨又侠!"

"程德寿!"

那个主动伸出手的家伙,额头放光,眼里放光,甚至连汗毛尖上都有微光。他总是喜欢叉着腰讲话。她很快知道,刚从师范学校毕业的都这德行,年轻、自信、阳光。他被上级派到这个刚组建的深山学校当负责人。她则和总是喜欢搓手的程德寿一样,从其他学校的民办老师队伍中被抽调过来。

"一、二、三、四、五、六、七……"

丁小艺停在第八间门口。

"别数了,十二间!"

丁小艺白了杨又侠一眼,眼白里净是她瞧不上他那自以为是的神气!十二间,十二间,本姑娘自己不会走过去自己数吗?

"八、九、十、十一、十二!"

她倔强地走过去,把自己戳在第十二间门口。

杨又侠笑眯眯地看着那张嘟起的嘴,不知怎的,就想到了山风中怒放的一朵野百合,枝秆摇曳,面容清丽。

"本姑娘还没来,你们就占山为王了,前面选过的不算数,要重新来过。"

对这点,两个大男孩意见出奇一致:只要丁小艺看中,哪怕他们住着,也马上搬出来。

丁小艺从一号到十二号,来回走了两遍。最后停在了第七间门口。两个男青年看上去都有些紧张。她才不管他们。小姑娘记仇。刚才,她数间数时,被杨又侠阻在了这第七间的门口,她心上有个小坎过不去。

第七间是杨又侠的房间。

程德寿在第五间。

"要搬一起搬!"

小姑娘变成了武则天:"不能忙闲不均。"

"你——"丁小艺看看杨又侠,"住这儿!谁让你是校长,得先人后己,不能享受在前。"

她指指第七间。

"你——这间。九号房间,有酒喝。"

程德寿被安排在第九间。

"姑娘我,这间!"

丁小艺站到八号房间门口。

突然,他们笑跳着站到丁小艺指定的门口,同时挺直了身板,双手立正,毕恭毕敬地站在丁小艺两边,目光平视,直抵远方。

丁小艺看看左边这个,又看看右边这个,明白过来,扑哧一声弯下腰去——

"门神!你们以后就是我的门神啦!"

水从涧中一桶桶提上来,比从潜龙潭挑水方便多了。

为了更安全,程德寿每次下涧,水桶把上都系绳。杨又侠负责在上面提绳子。有时,杨又侠在下,程德寿在上,轮流。

水一桶桶提上来,哗哗不绝倒进大水缸。丁小艺不再为用水缩手缩脚。菜园中的菜,也分外绿油起来。

现在她苦恼着衣服没地方刷,只好放在盆里揉。杨又侠观察了一阵,站在厨房门口,一指厨房台阶右沿:"这里理当有个洗衣台!"

几个村民过来帮忙抬石头,挖基础,他们果然砌出了一个洗衣台。

他们还抬来了一块异常平整光滑的大石板铺在上面。对于这块石板,抬的人心知肚明,用的人始终蒙在鼓里——它是两个大男孩坟场里寻来的弃碑。碑文翻个面压在下,做了洗衣台。

在石板上洗洗刷刷,丁小艺顿觉生活美了起来。

不仅洗自己的，丁小艺还收缴了两个大男孩的衣物。她一度怀疑这两个家伙从不穿内裤。因为脏衣物中从来没有出现过他们的内裤。她哪里知道呢，大男孩内裤上经常会画秘密符号。这符号可不适宜给年轻姑娘洗到，内裤他们自己承包了。

这日，一头母黄牛带着一头小黄牛踱进校园。四只惊奇的牛眼，映出操场上四棵大树和宿舍楼、教学间。母牛哞哞地叫着，淡定地把一大堆牛粪堆在操场上。

丁小艺忙去教室找程德寿和杨又侠。她跑得气喘吁吁，让他们以为来了山里的"贵客"。

"牛！"

她说。

杨又侠松了一口气，道："别急，学校八十多头，加这两头，上九十了！"

把牛赶出校园，他的目光在校园四周绕了几圈，把手一指：

"这里，这里，这里，都得围起来。"

在杨又侠手指指过的地方，村长带着二三十位村民忙乎了一个月。人撤走后，校园多了一圈一人多高的围墙。围墙上开了两扇门。正门是两扇大木门，后门是扇小木门。从此校园书声琅琅，不许有黄牛野猪土狗闲人来扰。

这一指，让程德寿对杨又侠佩服得五体投地。不说别的，晚上把大门小门一关，睡觉安心多了。不用担心晚上上厕所时操场上会遭遇野猪大哥和豹子兄弟。

有一次，操场上来了一条五步蛇，盘成一大圈。程德寿高兴地把它请进瓮中，泡了一大坛蛇酒。

月明风清的夜晚，他们三人在操场上一圈圈散着步，谈一些山里山外的事。说是谈，就是杨又侠一个人在谈。程德寿、丁小艺和四棵大树，不，校园里的杂草、小虫都在听。

程德寿注意到，杨又侠喉咙一响起来，操场上草丛间的虫鸣会立刻变轻，花花草草伸出叶片，在风中鼓着掌。

"我们要像这四棵大树,无论身处的环境多么艰苦,扎根的泥土多么贫瘠,但一心向上的昂扬姿态是永远不变的!"

杨笑称这四棵树是四兄弟,他们三个是三剑客。

"为什么我的眼里常含泪水?因为我对这土地爱得深沉!"

说到动情处,杨又侠弯下腰去,从地上抓起一小撮泥土,紧紧地捧在胸前。这使程德寿和丁小艺大为感动,在心中暗暗下了决心,要做桃花寺小学的一棵树,把根深深地扎下去。

一种革命激情激荡在三个人心里。

正因如此,杨又侠手指指到哪里,他们的热情就燃烧到哪里。他们的热情燃烧到哪里,桃花寺小学的新面貌就出现在哪里。

杨又侠手指向学校大门口,门口重新做了一块大牌:桃花寺小学。

字体龙飞凤舞,是杨又侠的手笔。程德寿每次站在这块校牌前,耳边似乎隐隐有激流从崇山峻岭之间一跃而下的风雷之声。虎尾山上奔泻而下的激流从杨又侠指尖流到了木板上。

杨又侠的手指对着四棵大树的树根画了四圈,他们为四棵大树砌了圆形的坛。

坛一砌,四棵树看上去就像摆在操场上的四个盆景。

杨又侠双手叉腰站在四个盆景前,对着东北边围墙下一指,围墙下就多了一条花圃。休息日他去一趟城里,背了一袋尿素回来。花圃中开出了一支支红如火炬的一串红。色彩斑斓的蝴蝶兰在中间翩翩起舞。丁小艺每天清晨提个小木桶,陪两个男子汉一起去拎一桶水,用竹勺子一勺勺地浇下去。晚霞满天时,再浇下一桶水。

丁小艺原来在五里路外的曹家村小学,程德寿在十里外的霞村村小,都是一个人一所学校。上级一声召唤,他们就来了。组织上明确杨又侠是这所学校的负责人。因为他是科班出身,又是党员,在学校里就是学生中的佼佼者,学生会的干部。

领导?丁小艺才不这么想。小弟弟罢了。她关注过他们的年龄,程德寿比她大两岁,是大哥,大哥才是领导。杨又侠比她小两岁,是个小弟。

"叫姐姐!"见面的第一天,杨又侠称她"小艺同志",她及时地纠正了他，嘴角翘得高高的。

他坚持叫她小艺同志。程德寿则总是"小艺""小艺"。

他们站在一起时，明明身高差不多，又同样青春勃发英气逼人，可是总有什么，让人把眼光聚到杨又侠和丁小艺的身上去。

尤其让丁小艺称奇的，明明衣服都是她洗的，穿到杨又侠身上，衣裤总是熨得笔挺。后来知道他用的是茶缸。杨又侠有一个印着革命语录的搪瓷大茶缸。白天捧在手上灌茶，需要的时候，注入滚烫的开水，把衣服在书桌上摊平，茶缸来去地熨。

他的额头方正、饱满，在阳光下闪着金穗子的光泽。她初时以为是阳光的反射，后来发现在厨房昏黄的灯光下他的额头照样闪光。她明白那是智慧之光。

他有时站在那里，什么也不说，双手叉腰。这时的他，会蓦地高大起来。

"大学者，非有高楼大厦，有大师之谓也！我们既然来了，就要有同样的自信，同样的气魄，让桃花寺小学成为全乡全县最闪亮的农村小学，我对此充满信心！同志们有没有信心？"

两名同志斩钉截铁："有！"

"我们的学校够小够偏，教学硬件设施和山外的学校没法相比。但是，同志们，这也正是我们的优势所在——后来居上！没有开过鲜花的土地上绽放出的花朵才是最美丽的。我们要用我们的勤劳和智慧，用我们的心血和汗水，在这片土地上浇灌出最美丽的花朵！我们要让这所学校成为全县四百多所学校中最亮的盆景。到那时，你、我、她，都将成为这方花园中值得自豪的园丁——所以，同志们，困难艰苦是暂时的，信心是必须有的！组织派我们来，就是相信我们能够创出一番新天地！"

丁小艺盯着杨又侠的眼睛，天哪，这家伙的眼眶里跳跃着两颗星星。这星星转过来朝向她的时候，调皮地闪了闪。

我是你姐呢！她听到心里有个声音在微弱地呼喊着。她怕星星把夜空点燃了。

她的脸热乎乎的，心怦怦地跳，手心里有汗。

不仅是她和程德寿，连绵绵荡开的群山也在侧耳倾听这个年轻人热情澎湃的演讲吧。

他就这么一指，让水从涧下爬了上来。

很多时候，他的手指头指着她的鼻子"丫头丫头"地叫。

她心里怪不爽："哼，什么丫头，姐！"

她偏过了头，不理他。

他不理她不理他。仍"丫头丫头"地叫。

"丫头，肚皮唱歌啦！"

"丫头赏口饭吃。"

最后总是她笑呵呵地看着两个大男孩狼吞虎咽。菜是学生家长送来的，青菜、萝卜、豆腐、鸡蛋、腊肉、小鱼干……怎么烧都香，怎么烧他们都吃得香。他们并没有分工。然而就那么奇怪，三个人在见面的一瞬，分工似乎就定了下来：丁小艺负责烧饭洗衣，程德寿负责种菜劈柴，杨又侠负责指指点点。

他只负责指指点点。

杨又侠手指头上是有魔力的。他指到围墙，围墙就竖了起来；他指向墙角，花坛就砌了起来；他指向涧水，涧水就从涧下爬了上来。

现在，他的手指指向了程德寿。

"你，继续在上面接。"

杨又侠第二次抢着要下涧提水时，程德寿不同意了。

这是他第一次否决杨又侠。

他否决杨又侠的原因，是他总疑心杨又侠那柔弱的腰身会连桶跌落到涧底去。而杨又侠总疑心程德寿的身手不够灵活，反应不够灵敏。

"你，在上面接。"

程德寿一改温顺听话的模样，俨然是颐指气使的大哥。这时候，杨又侠身上的光芒都跑到了程德寿身上。丁小艺有一日站到涧边，惊讶地看到从涧下冒出头的程德寿一头汗水，正指挥着杨又侠：

"往后，往后！"

杨又侠听话地往后闪，为自己站位不佳有点慌乱，平日的轻松潇洒不见踪影。

程德寿从涧边攀上来，到了地边一跃而上。丁小艺看着他大跨步走向杨又侠，从他手中接过水桶。杨又侠跟跟跄跄的水桶，到了程德寿手中，立刻从一个莽撞的醉汉，变成了乖巧听话的好学生。程德寿一个人运作，丝毫不影响运水的时效，杨又侠也就乐得双手叉腰，时不时地将目光放到坟场里或虎尾山的山尖上去。

丁小艺恰在此时，从侧面观察了杨又侠。她分明感受到那一天的霞彩，都是杨又侠的眼神点亮的。某一阵子，她甚至疑心他是某个极其厉害的人物，隐居在这座小学校园里韬光养晦，只等时机一到，风云再起，鲲鹏直上。虎尾山是那么高远，是她一生不能逾越也不想逾越的高度。杨又侠遥远的目光使她惭愧。毕竟对她这个从小在山里长大的人来说，目光从来没离开过眼前的山山水水。她从不将目光放到那么高那么远的地方。眼前的事已经够她手忙脚乱的啦：她每天得从五点钟就起床,张罗三个人的三餐，中午还得给近百号学生用蒸笼热饭。两个大男人主外，挑水，劈柴。她包洗衣做饭。

"水。"

她嘴一张，脸盆里的肥皂水快速被边上侍候着的两个男子汉泼出去，换上刚从涧中提来的清水。

她哪里是洗衣服的劳动者，她是被两个大男孩捧在手心的洗衣仙子！

有时她的嘴根本就没张，两双手就同时伸向了脸盆。后来谁端起来泼掉，谁提了水桶倒清水，她不用看都知道。

她先是抿着嘴笑，然后边搓衣服边哼起了歌。

她搓着衣服的样子真好看。好看到那个倒清水的男子把脸盆倒满了还不觉，哗哗的水流从洗衣台上流下去，淋到她脚上才被发觉。

另一个不倒水的，乐得清闲看人，根本无暇去顾及倒水和倒了多少水。直到水坏了他们的好事，让歌声戛然而止，他才开口批评：

"哎哟，你这倒的什么水！"

倒水的不嫌吃力，边上看倒水的左看看右瞄瞄，横竖是不顺眼。这一日忽然一拍脑袋，手往潜龙潭方向一指：

"咱们得让水自己从山沟里走过来!"

丁小艺和程德寿的眼睛都亮了起来。

他们毫不怀疑杨又侠那根手指的魔力:指向哪里,哪里就会发光,哪里就会有惊奇发生。

程德寿看杨又侠威风凛凛地将一根根竹子一撕两半,不禁大赞:"你要么在古代是一猛将,要么上辈子是一篾匠!"

杨又侠说:"莫要笑我。若说猛将,还得是你来当。我只是个拍拍脑袋动动嘴皮子的。喏,这堆半成品,靠你这个主力来通节。"

"好的,包我身上。"

连程德寿自己都奇怪,和杨又侠在一起,他全身就有使不完的劲,干活一点儿都不累——脑袋瓜不累,杨又侠把什么都想好了。

他们花了一个礼拜时间,把剖开的竹子中的节一一铲去、打磨。按照竹笕的长度,又从山上砍来手臂粗的木棍,从潜龙潭的上方,每隔一根竹笕的长度,布一个Y字形的叉在地面上。

在清晨的雾气和薄薄的暮露里,之字形的竹笕叉沿着田埂的方向生长着,一直连通了厨房和潜龙潭。程德寿和杨又侠从最近的一根架起,一路向潜龙潭铺去。

他们怀着接新娘子的激动之心,一起把竹笕一根根抬上叉子。每铺上一根,他们的心就雀跃欢呼一声。

"闭上眼睛。"

最后一天,两个大男孩让丁小艺等在学校这头,并让她闭上眼睛,在最后一根竹笕的口子下——

亲眼见证第一滴水是如何跑到她面前,并一跃而下的。

丁小艺听话地闭上了眼睛。

"水,马上就来了!"

她人等着水,心却跟随两个大男孩一起去了潜龙潭。

两个大男孩起身,不约而同地回头看了一眼竹笕下的丁小艺。

这个等水的姑娘,她看上去是那么天真无邪。她不仅闭上了眼睛,还摊开了双手，用全身心的虔诚迎接即将到来的圣泉！

最后一根竹笕架上去，两个大男孩如释重负，瘫软在潜龙潭边。看竹笕那么宽的一条白水涌了上去。剩下的工作，他们交给了水。水推着水，水追着水，水是水自身的韵律和歌声。

两个大男孩坐在潭边，目送着水在竹笕里远去。他们嘴里咬着清甜的黄茅草的根茎。对他们来说，这是地下的小甘蔗，随时为每个喜爱它的人奉献小清甜。

这清甜一直甜到他们的心尖。

这清甜的另一头，连着一道简直可以称为巨龙的大工程！村民们自告奋勇要来帮忙，都被他们拒绝了。这是他们心底的秘密：有些事不能请人代劳，必须亲力亲为。

这凝聚着他们深深疲倦的大工程，也凝聚着他们小小的狡黠的智慧——那些皮厚的不听话的高年级学生，很多被罚了背竹笕的活。使他们出乎意料的是，不仅那些被罚的学生没有将这项劳动视为惩罚而有丝毫的沮丧；相反，他们兴高采烈步履英挺肩背手提的模样，强烈地吸引了全校所有学生。

"一起上！"

看着那些被惩罚的孩子干得那么快乐，人群中不知哪个有魅力的小鬼一声喊，小学生们立刻炸散又聚到竹笕堆边。高年级一人背一根，低年级两人抬一根，争先恐后。杨又侠和程德寿相视一笑。在快乐的劳动面前，他们失去了老师的威严。有什么好阻止的？这不正好是最好的劳动教育课？再说，桃花寺的哪个学生不是穿了开裆裤起就在山上蹿上跳下、爬高摸低的？砍柴、采猪草、割稻谷、掰玉米，未来山中生活需要的技能，他们早早地打下了基础。背竹笕只是小儿科的乐事，学生个个欢天喜地。

为了避免摔跌，也为了更好地统一指挥，杨又侠只是高声对所有学生下了一个指令，要求大家排好队伍，保持距离。他们还宣布了规矩：

"不听话的，插队的，取消运送资格。"

这句话让那些小猴儿一个个表现棒棒的。

"亏了这些学生呢，不然还要出几十身汗。"

程德寿抽着旱烟筒，一副老气横秋的样子。旱烟筒使他看上去比实际年龄至少老上十岁。

"大叔，你能不能别把自己抽得这么老？"

丁小艺抽动了鼻翼，表达了对烟味的反感。

"这神仙烟筒，里面装着白糖不成？这么有滋有味，给我也尝一口。"

杨又侠抢过旱烟筒，手在烟嘴上抹抹，狠狠吸了一口。整张脸马上涨成猪肝色，差点没把心肝肺都呛咳出来。

"咦，有你这种抽烟的？把人家烟筒都要吸到肺里去了。来，再来一口，慢慢吸。"

杨又侠边抹眼泪边摆手，死活不肯。

"这么苦辣的东西，亏你抽得这么有味道。我估摸着爱抽烟的男人，其实就是小时候奶水没吸够，所以才这么吧嗒吧嗒地吸。你坦白，是不是这样？"

"我？"程德寿挠挠脑袋，"三岁无娘哩！"

三岁无娘是什么滋味，杨又侠体会不出来。那一定比猪胆还苦吧。

程德寿狠狠吸了两口，磕掉烟灰，对杨又侠说："干活。"

他们沿着田埂沿着涧行走的方向一条条地整理了竹笕，使它们对接得更紧密。

"这世上什么最抒情？是水。你看，只要我们给的路是诗意的，它就会走成诗，走成歌，走成画！"

杨又侠手一指。层层的梯田之上，竹笕如一根长弦迤逦其间。

程德寿心中铮然一声，心弦已然被拨动。

远处的青山是舞台的屏风，十二间隐约成背景。程德寿突然想高歌一曲，为眼前这幅山水画，为竹笕那头等水的人，也为眼前这手一伸点石成金的人。

不远处，十二间看上去如火柴盒大小。可是，它是多么温暖啊！为他遮风挡雨，让他旱涝保收。它容纳了他的喜怒哀乐，把他像个孩子似的拥在怀中。

他更感激着上天给他派来了两个好同事好邻居。原先，他以为自己到十二间,只要站在讲台上把课讲好就行了。是杨又侠那根点石成金的手指,让他明白一所学校原来也是一座小王国,远不是在讲台上张张嘴就万事大吉。

还有那个小姑娘!他的心一热。从见到她的第一眼,他就愿意舍了自己的生命也要保护好这个可爱人儿。原因?谁说得清呢!

他愿意当她的门神,不,他们的门神!他看得出来,他早就看出来,她看他程德寿和看他杨又侠,眼神里的光亮和温度都不一样。

丁小艺看他程德寿,眼神温度三十六度三;看杨又侠,三十七度一。程德寿的眼睛里自带测温计。

但这丝毫不影响他愉悦的心情。

在一起,每天在一起,就够幸福啦!

"叫姐!"调皮的丁小艺却不管程德寿的困惑。她才没想那么多,每每使程德寿困惑。

"咦,你这是什么道理?年纪比你小的叫你姐,比你大的也叫姐。"

"啐。让你叫姐就叫姐,废话多,你看小杨!"

他心甘情愿,恭恭敬敬地叫了一声:

"姐。"

周末,杨又侠天不亮就起床去乡校开会。

程德寿一睁眼就见到中午立在床前,忙起床到厨房里把丁小艺热在锅里的饭菜吃了,却不见丁小艺。房间门上拍半天不见动静,四围也找了,疑心她是去村里家访了。正是十月小阳春,程德寿见菜地边上一棵梨树开出白花来,心上说不出的燥热,就攀下了涧,沿着涧中逆水而上。涧石高低错落,有些地方要手脚并用才能攀爬上去。涧水清得要命,涧中又清幽凉爽,程德寿索性不急,走走爬爬,忘记了时间。

十月的太阳高悬虎尾山侧尖。涧中的程德寿从树叶缝隙间透过的阳光上感受到了炎阳的威力。他的解放鞋早已湿透,便索性卷了裤角,踩着涧水一路消磨时光。

潜龙潭下,是一面高达五十多米的峭壁。因为过于陡峭,加上崖壁上那些坚强的小树丛和杂草的遮蔽，飞瀑边的山路上根本望不透下边的涧，只能听到传来的轰隆声震耳欲聋。

程德寿手脚并用，揪着瀑布旁的草木枝条吃劲地往上爬。他的头一半探出路面，视线一触及潜龙潭，眼珠子立时暴突出来。

只见潜龙潭深不可测的碧蓝中，一团白光在水面翩然游弋。程德寿大气不敢出，明白自己遇见了山妖。按桃花寺老辈说法，这潜龙潭深不可测，潭下直通东海。村里曾有好事者，借了邻居十八条棕绳，连成七八十米一条长绳，系了石头，投进潭去。那绳子垂成一条直线，显然并没有到底。还有说法，是这里潜着一条黑龙，护佑着桃花寺方圆的山水。但凡碰上干旱，一祈就灵。

程德寿并不信黑龙的传说。不信归不信，潭中那一眼望不透的阴森，每每令他汗毛竖立。挑水时把桶浸到潭中舀水，都能听见自己心脏扑腾扑腾地跳动，双脚随时做着逃跑的打算。

水中游弋的白光一会儿倏然入水，一会儿如白莲出水，修长的两腿之间，一小团幽草若隐若现，随水飘动。这山妖皮肤白，身材更是好得让人眼睛一粘上就逃不开。

程德寿大气不敢出。他从一团白光中用目光咬住它白嫩的手臂修长的大腿时，它是背朝着他游的。现在，它在水中嬉戏一圈，忽地掉转头，向程德寿藏身这边游了过来。

程德寿咬住嘴唇，怕自己叫出声来。

诚然，从后面看，他一度幻想在潭中游着的是个漂亮胆大的姑娘。但怎么可能，桃花寺迄今为止，连胆子最大的壮汉都不敢下潭，何况是女人呢！胆子大点的，多站两分钟都会逃。潜龙潭给程德寿的，同样是深深的恐惧。每次站在潜龙潭边，程德寿都会透过潭水深处那黝黑的水影，依稀看到潜伏深处随时会从水中呼啦而出的龙头。

掉转方向的游物，头顶贴着水面，脸部趴在水下。从程德寿的角度看去，它顶着黑乎乎一个巨大的头颅，宛似出击前的鳄鱼悄无声息地逼近。

它游得很慢，不起水花，消失于水面。潜龙潭恢复了它的平静⋯⋯

程德寿腿脚抖索着从崖壁退了下去。他知道水中的妖物一定是发现了他,只等着他一爬上路面,就会从水中猛扑出来,一口吞下。

他双脚抖索着从菜园边的涧下爬上去,在菜园地里平复了很长一段时间才走入操场,看到丁小艺正拎着一桶衣服在操场边晾晒。见到程德寿,惊讶地问:

"你没去村里家访?"

"没。我去涧下走了走。"

"涧下?"

程德寿没再说什么。丁小艺的头发湿淋淋的,头发梢上还在往下滴水。听说程德寿去了潜龙潭,她的脸红了红。

"你的头发真好!"

程德寿指了指小艺湿漉漉的头发。他想起了潜龙潭中怪物的那个巨大的头颅。

"趁天气好,洗了个澡。"

丁小艺调皮一笑。她的牙齿真白——程德寿眼前晃过潜龙潭里白亮的光。妖物在水下一步步逼近,猎物已进入一击必中的范围,即将亮出它的血盆大口和獠牙!程德寿的心脏一阵揪紧。

丁小艺的黑头发与潜龙潭的幽深融为一体。

丁小艺的发梢上挂着的一颗颗晶亮的水珠,让程德寿一阵阵晕眩。阳光照着丁小艺的头发,也照在丁小艺白皙的脖颈上——哦,那游在幽黑水潭中的白!

程德寿吞咽了一口口水。眼前的丁小艺穿着花衬衫、黄军裤。(该死的肥大的黄军裤,把丁小艺的身材全遮没了)他想象着花衬衫、黄军裤下的白。

"看什么呢?傻子。"

丁小艺啐了一口。程德寿眼睛被粘在丁小艺的小嘴上,他无力逃脱。潜龙潭中的怪物一跃而起,将他一口吞噬——是丁小艺的笑嘴一口将他吞下,白花花的阳光溅在操场上。

程德寿从这天起,坚信丁小艺是个山妖。

笑盈盈中就把他的心一口吞噬的山妖。

杨又侠带回一只小白兔。

他回桃花寺小学之前,看到一个推双轮车的人在售卖一车的小白兔。他看到小兔子,心里闪过丁小艺。心里想着丁小艺必是喜欢的,就掏一元钱买了一只。丁小艺果然喜欢得不得了,见到小白兔,一把抱在怀里,再也舍不得松开。

两个大男孩跟着丁小艺,丁小艺抱着兔子在操场上走来走去,神情像极了一个小母亲。他们不知怎的,喉头发紧,肩膀上的责任忽然重了许多,感觉自己也升了级。

没有笼子,校园就是个大笼子。三人关了校园大门小门和菜园门,任小白兔操场上撒欢。一根两寸长的短尾巴在操场上晃来晃去,撅着圆滚滚的小屁股跑得欢畅。它这儿啃啃,那儿啃啃,嘴巴一下没的停,校园操场上的青草都被它啃光了。

杨又侠笑称它是"除草机"。

为了解决这台"除草机"住宿问题,两个大男孩提了柴刀,去竹林中选了一根黄得发亮的老竹子背下山来。又到村里养兔子的人家兔笼前揣摩了半天。回来,在厨房的角落里找了几段杉木棍,斧劈刀削。又将竹子锯成段,剖成条,磨出光。指头粗细的篾条,每根都用砂纸打磨得圆润光洁。

丁小艺抱着小白兔不时来看两个大男孩钉兔笼:"小兔子乖乖,叔叔给你造新房子了!"

杨又侠说:"叔叔?该叫爸爸哩。"

丁小艺呸一声,脸红成大苹果,抱着兔子到边上吃草去了。

程德寿等丁小艺走远了,对杨又侠哈哈大笑:"你是爸,那我是干爸。"

杨又侠说:"没出息!人走远才张嘴,算啥本事。有本事当面说。"

小白兔的到来,让三个人的心软软的,仿佛他们在八十多个孩子之外,又多了一个。

两个男子汉为小白兔的新屋卖力干活,丁小艺忙下厨,用铜茶壶烧了一大壶开水过来。拎到面前,说句"两位小师傅请喝茶"!热水都从壶嘴里倾出来了，才发现手上没有杯，转了身要去拿碗，被杨又侠止住了。他手一指："哪有那么麻烦的。杯子不摆在地上吗？今天呀，咱们索性来个品竹论茶。德寿，你去背张学生桌，小艺，你辛苦再搬两条凳子来。我马上给你们做茶杯。"

这边程德寿和丁小艺去搬东西。那边杨又侠把余下来的竹子，咯吱咯吱锯了三节下来，短短的，每个都带着竹节盖。杨又侠拿刀将竹杯的口子上修平整，吹掉竹屑，每人面前放了一个。

茶香未到，一股竹香已然将人醉倒。程德寿拿起竹杯，大赞"好杯"。

丁小艺捏起一个，上下左右翻看一番，放到鼻下细细闻了。从脚后跟到头发丝，都是对杨又侠的折服，心想哪是竹杯，分明是智慧之杯。

杨又侠见丁小艺看得认真，捧起茶壶往程德寿竹杯中点了点，对她道："当然，你们姑娘家，要小心这杯沿，不要茶没上嘴，嘴皮子割破了。德寿，你是功臣，你先举杯闻闻。"

程德寿举起杯子："香。"平时他不喝热水，更不喝茶叶水。口渴了，一瓢瓢冷水咕嘟下肚，便捷省事。他贪的就是泉水的凉。

丁小艺道："我只要白开水。这茶给你们解乏。"

杨又侠说："又不是酒，酒我还怕你多喝哩。都说偷得浮生半日闲，咱们今日不妨喝上三盅。喝好了，我还得把上级的要求给你们说说。"

丁小艺说："快别。喝茶就喝茶，别还领导讲话。我最怕领导讲话了。讲起来一套一套，比女人衣服的花样还多。开始说只讲三句，后来三句生十句，十句生百句，百句生千句都不止。天塌下来了虎尾山顶着，学校有什么事，你们两个男子汉顶着，我负责给你们洗衣烧饭提水泡茶就行。"

程德寿说："咱们山旮旯，轿子去抬，上级都不一定来。上级的要求就是高山上吹大风——听听声响，听听就过了。他当他的官，我教我的书，各不相干。"

杨又侠说："啥？你不是党的人？不听党的话？不跟党走？山里螺蛳没见过大海了吧，不讲政治。我说上级的要求，可不是说上级要来咱们学校。咱们教书育人，得有一个方向和目标。你得跟着党的指挥棒走。现在呀，来了一个天大的好机会，全县教学大比武！这可是把咱们桃花寺小学的形象向山外好好展示的机会。"

程德寿说:"这个丑我可不敢丢到山外去。咱们仨功夫是你最好,小艺也行。要比什么武,你们出马,我当书童,给你们挑书挑行李。"

丁小艺说:"德高望重的寿星爷爷,你可别寒碜我。人家高材生在这里呢。哪需要咱们山里人去丢人现眼的。高材生,你说是不是?"

杨又侠说:"谦虚了谦虚了。这上任的县教育局局长,可是个有教育情怀的领导。当了校长后考出去当干部,后来到乡镇锻炼当一把手,转了一圈现在回来当局长,干的第一件事就是局长进课堂授课,省报都登过的,反响好得不得了。他的最新指示是'乡乡比教学,校校拼教研',就是每个学校,管你城里的、乡下的、镇中心的、完小的,还是咱们这种村小的,不拘一格。每个学校都推个代表出来,乡镇先遴选出来再到县城比,比赢了,调到县城的实验小学去。"

"噗——"丁小艺一口茶喷了出来,"我还以为啥天大的事,原来就是招老师。县城里那么好的地方,有人想去就去呗。咱们不跟人家争,坏人家的好事。要是虎尾山尖上再立一所学校,去那儿也行。"

"虎尾山小学?丁校长,我申请加入。"程德寿举了手。

"你们,你们——"杨又侠急了,"唉,什么态度!这么好的机会不争取把握,还寻思着往虎尾山尖上缩,你们——"

"我们!我们怎么了?我们这是碍着你杨大侠去追求功名利禄了还是怎么的?你还要庆幸我们胸无大志不和你争。你好出风头,去当你的状元,去街上夸官,看那些城里的大小姐——啧啧,一个个头发烫起来,嘴唇涂起来,走路屁股摇起来,是不是被我说中了——呸!"

"哎哟,我的姐,你这是说到哪儿跟哪儿了?不说了,德高望重的寿星爷爷,这杯喝完,继续干活!"

两个人手忙脚乱了半天,钉出一个兔子笼,抬到厨房堆柴火的角落。小兔子有了家,三个人都松了一口气。

丁小艺有空就扯点青草去喂。星期天还会抱出来,去涧边皂角树上采把皂角叶,捣碎了搓出泡沫,将小白兔抹成一只绿泡兔,放到竹笺下冲刷得干干净净白白亮亮。丁小艺抱着小白兔舍不得放进笼子里,杨又侠就逗程德寿："德高望重的寿星爷爷，去背把斧头来。"

程德寿看着杨又侠，不知杨又侠这回葫芦里卖的又是什么药。

杨又侠指指站在桂树边的丁小艺："嫦娥、玉兔、桂树，就差斧头和吴刚了！吴刚，嗯，吴刚在此，就差斧头！"

丁小艺白了杨又侠一眼。她本来想白两眼的，只是无法确定杨又侠所指的吴刚，究竟是指他自己，还是指程德寿。

程德寿真是越来越佩服杨又侠了。普普通通的事，经他嘴说出来，就会发光发热。他看看抱着白兔的丁小艺。丁小艺真好看！月亮里的嫦娥大概就是她这么好看的吧。

被这么好看的妹妹看着，程德寿脑袋灵光一闪，说出了让杨又侠叹服一生的一句：

"斧头在此！"

"咱们这儿以后就不叫桃花寺了——"杨又侠打了个响指，"蟾宫。嫦娥姐姐，你说是不是？"

"贫嘴。"

丁小艺啐了一口，心里却甜滋滋的，把白兔抱得更紧了。

手指间，兔毛滑得像月光。她的额头亮如嫦娥。

受竹杯启示，程德寿提议在涧中装一架水车，让水车把水车上来。木头竹子都不缺，这个提议立即得到杨又侠的热烈响应，朝程德寿竖了好几次大拇指。

两人赶了学生午休的空当，下到涧中，目测了崖壁的高度、水流的速度，构想了水车车轮的大小，画出了草图，捧去给丁小艺看。

丁小艺只瞄了一眼，一大瓢冷水泼下来：

"估计涧中洪水涨满，你们这架水车还没被推动。要是涨满洪水，水车还不早被冲到东海里去！"

两人一听，嗒然若丧。尤其是程德寿，更是猛拍大腿。他好不容易生个主意，这短命主意只活了半天。

杨又侠说："德寿，小艺说得有理。咱们换思路。你说天下之水一路向东流,也没有人用轿子抬它用鞭子赶它。这说明水它是有脚的,会自己走路。"

"你是说让水自己——"程德寿额头放了光芒。

"对。"杨又侠赞许地点点头,把手一指竹林,"我们负责架桥修路。"

丁小艺双手合捧。

水不会来得这么快。水有水的节奏和速度。要是有人看到她这样子,一定会笑她,可是这又有什么关系。她的视线凝在竹笕的口子上,那里分明有水在流,哗哗而下的是记忆之水。

"今天起,我们就是这山中一棵树,像操场上的这几位兄弟一样,把根深深往地下扎,把枝丫尽力往天空伸展,用一生拥抱脚下这方可爱的土地——有一天我死了,枝叶和根须腐烂在地下——为什么我的眼里常含泪水,因为我对这土地爱得深沉!"

丁小艺永远记得杨又侠在他们相遇第一天在操场四棵大树下的演讲。当他开口的时候,树上那只一直聒噪着的黄鹂鸟知趣地闭了嘴。它看得出来,站在对面倾听的小姑娘和小伙子,已经被指手画脚的那位给镇住啦!

他们好像三股泉水,从各自山头翻山越岭而来,突然地在桃花寺汇合了。三个年轻人,保持着惊人默契,那些像森林中的花朵绽放在林荫下山溪边的岁月,从来不提。有什么好说的呢,山沟沟里的石蛋子,有着复制般的童年。他们有着同样清澈见底的眼神,善于爬山越岭的健壮腿肌,永远使不完的精力和脸上纯朴谦卑的与路边小草一般的细纹。

杨又侠演讲时眼里放出的光,照亮了他们,让他们的脚下生出了根须。这些透明的根须将他们和脚下的土地捆绑在一起。他们的心,随着杨又侠激情四射的语句,飞出胸腔,飞上了树枝,飞上云层,站到了虎尾山的顶尖上俯瞰这片土地。

没有人去揣摩上级,为什么会选这个地方来安置村小。三个人分头到村里招呼了一声,孩子们就小鸟归巢一般扑腾过来了。曾经的佛门清净之地,变成了书声琅琅的学堂。到了傍晚,随着响亮悠扬的钟声,孩子们从校门口鱼贯而出,经过白莲桥后,便四散开来,散入暮霭渐浓的群山间,把学校和三位老师还给被涧中溪水声和山间风声、鸟兽声衬托得极为澄静的夜晚。

第一夜,三个人在房门口互道晚安。他们从未有过这么庄严的仪式感,十二间顿时肃穆起来。

丁小艺转身关门,眼角瞟到两位男子汉一边一个,站得挺挺的。不由得嫣然一笑,低头轻轻关了房门。在门后站了很久。

倒是程德寿第二天早早起床,站在门口等杨又侠和丁小艺:

"昨晚,有没听到声响?"

丁小艺心怦地一跳。

她一夜睡得好好的,什么都没听到。

"你可别吓我!"她捂着胸口,里面蹦着一只小兔子。

"德高望重的寿星爷爷,可别吓着咱们的小艺姑娘。有什么声响我还不清楚,就是几只老鼠不安分呗。"

"对对对,老鼠!就是这个,我说的就是这个,不是那个。"

"不是那个啥?"

丁小艺更紧张了。

"那个那个……"

程德寿明白自己又多嘴了,把求援的目光探向杨又侠。

杨又侠朝程德寿眨了两下眼睛,转向丁小艺:

"声响有什么可怕,就怕没声响才可怕。"

他这一说,丁小艺脸更白了。

"你们这两个坏蛋。"她恨不得咬下他们一块肉。

两个男子汉逃下楼去了。

到了晚上,三个人在房门口准备道晚安。程德寿向右转过身子,杨又侠向左转过身子。杨又侠清了清嗓子:"同志们,咱们都是新中国光荣的农村小学老师。师者,传道授业解惑也。所以,我们是解惑人。那些不懂科学的山民才相信的东西,我们要不惑,不信,不传。咱们要也信,也害怕,那还怎么去教学生。"

杨又侠不由得面色严肃,眼里充满了正气和力量。

丁小艺被他一感染，回过神来，明白了自己当老师的身份，指着程德寿笑道：

"胆小鬼，几只小老鼠就让你睡不着了。"

杨又侠说："他呀，我估计是嘴里淡出鸟，想吃老鼠肉了。"

丁小艺说："不准吃老鼠肉……"

杨又侠说："你们女孩子，自然天天最好是吃素。"

丁小艺说："吃素有什么不好，这世界上多少物种，不是被人类这张嘴吃灭绝的？今后，你们可不许乱吃东西！除非——"

程德寿说："除非什么？"

丁小艺说："除非自己种的，自己养的。"

杨又侠说："德高望重的寿星爷爷，听见没有？咱们以后就自力更生，自己种菜养猪。太后发懿旨了，快领旨谢恩。"

程德寿说："谨遵太后懿旨。"

丁小艺说："就会开人家玩笑，不理你们了。"关了门又推门探出头："哎，等等。有件事忘了跟你们说，晚饭后我到厨房，把水缸里的水都用光了。明天还得辛苦两位大侠去挑——要是，要是你们太辛苦，就请木匠箍副小点的木桶让我一起挑。"

"挑水是男人的事。小艺，你就安心在学校里扫扫地。"

"不，我也要去。"

丁小艺噘起嘴巴。

"那么——一项重大任务，你有表，当闹钟！明天六点，不，五点半你就闹起来！"

黑暗中，丁小艺莞尔一笑。

杨又侠捉到了她右唇边的微笑，程德寿捉到她左唇边的微笑。他们几乎同时收紧小腹，在夜色中站得更挺了。

丁小艺合上门前，对两尊门神道了晚安。门即将合上，杨又侠忽然想到了什么，手拍上了门，轻轻叫了声：

"姐。"

门颤了一下，丁小艺凝在门后听。

"夜里有动静,你就——"

杨又侠见程德寿也躬下了身子,两个头几乎碰到一块。他勾出食指,在程德寿鼻梁上刮了一下:"敲三下墙。"

程德寿不甘落后:

"两下。我这边两下。"

杨又侠四指握拳,黑暗中隔空砸了程德寿两个爆栗。程德寿闪进房间。

这夜,三个人都听到一队老鼠在天花板上跑过来,跑过去……

最后一根竹笕,在潜龙潭上方的崖壁上游移不定。

程德寿一手提着细的这头,一边看杨又侠双手捧着粗的那头,站在潜龙潭上方湍急的瀑流边,找寻最佳摆放点位。他的意见是先把水通了再说,小艺在那头等着呢。杨又侠不同意。不能贪图一时的通畅。要固定就固定牢。流水比班里的学生不听话多了。杨又侠的竹笕一架到湍急处,水流不客气地将竹笕冲斜了。杨又侠急忙伸手去抓。他似乎忘了自己在一面湿滑的陡坡上,下面是深不可测的潜龙潭。

程德寿惊呼一声,看到杨又侠失去重心,金鸡独立晃荡在崖壁上,随时要倾跌下来的样子,不由得后悔自己没有坚决阻止杨又侠上去。不长时间的相处,程德寿已经完全折服于这个年龄比自己小上四岁,见识胸襟却远胜自己的兄弟。基于这样的认识,杨又侠说的话,他都毫不犹豫地点头同意。他手指到哪儿,他的头就点到哪儿。

独这一回,杨又侠提了竹笕要爬上潜龙潭上的崖壁安放,程德寿表示了坚决的反对:

"我去!"

程德寿语气里有着不容置疑的坚决。这语气使得杨又侠和程德寿同时愣了一下。

在他程德寿看来,运筹帷幄自然要以杨又侠的意见为主,冲锋陷阵劈柴挑水这类力量技巧型的活动,杨文侠不免文弱了些。

"你?"杨又侠看了一眼程德寿。在他看来,程德寿身板结实,筋骨强健，挑重担不在话下。要爬上峭壁装竹笕，他杨又侠就算有十颗心，必有九颗是放不下的。天下多少事，可不是光有力量就行。何况，潜龙潭早张巨嘴候着。

程德寿点点头。

杨又侠明白程德寿心思，心头一热，越发不同意他上，手一指，把程德寿定在地上："你手劲大，负责殿后。万一我滑了，你能撑住。你在上头，我撑不牢你。"拖起竹笕大头手脚并用爬了上去。

杨又侠果然超级神算。他脚底一个趔趄，要倾到潜龙潭里去时，程德寿情急中手上劲道全出，硬生生让一根原本绵软的竹笕瞬间坚如铁棍。杨又侠借了这一撑，身形一晃，已然立稳。

他长长嘘出一口气，吐吐舌头，朝程德寿狠竖一个大拇指，咧一嘴白牙。

亏他还笑得出来。

程德寿看着杨又侠终于选定最佳位置，后背已沁满冷汗。飞珠溅玉的山泉，犹如顽皮小孩，从滑道上方一滑而下。它们在崖间纵横飞跃惯了，没享受过这带着新竹子清香的滑道滋味。这新奇美妙的滋味，让它们从毛手毛脚大呼小叫的野孩子，忽然变成了步调一致整齐划一的小绅士。

程德寿心怦怦直跳。他从小见惯山泉，第一次见到山泉在经由自己劳动的竹笕中经过的样子。清澈的山泉在簇新的竹笕中显得异常软润洁净，连那些沿着笕边泛起的细细波纹都那么可爱，让他忍不住想伸出双手掬起一把泉水。

"自来水！这是咱们的自来水！"

那个有领袖气质的年轻人，站在陡壁上有力地挥动着双手。

一个时代结束了！杨又侠跳下来，静坐在潜龙潭边，看着那个比自己大好几岁的人又蹦又跳又叫，他的耳朵里却只听见水滑过竹笕的欢快声。他的喉结动了动，发出了只有自己能听见的三个字：水来了！

他是说给丁小艺听的。他坚信这三个字已经沿着竹笕，传到了那头丁小艺的耳中。

丁小艺听到的却是程德寿双手围成喇叭大声喊出的——

"水来啦!"

程德寿边喊边启动脚步。明知水会很快流到丁小艺那头,他仍扯开喉咙大喊。光大喊他还觉不够,他想跑到丁小艺面前,亲口告诉她。杨又侠看那个一贯沉稳的年轻人突然跳起来,追着竹笕一路奔去,像个孩子似的,步伐跌跌撞撞,不由得笑了。他捡了几个石块,架在第一根竹笕两边固定住。

目光忽然被崖上的什么带了一下。

一树秋天的糖梨花,洁白、安静,如绽放枝上的雪。

程德寿一会儿跑在水前面,一会儿又跟在水后面。跑一段,就会把手合成喇叭,对着看不见的丁小艺:"水来啦,水来啦!"

他不知道丁小艺早就听见了。

他看着水时,嫌水走得慢。水头在竹笕前一会儿往左,一会儿往右,踱着软软的脚步。它忽地收敛了大部分顽皮心性,不再喧闹,彬彬有礼,彼此谦逊。每前进一步,都等后面的弟兄推迈下一步。这是盛在竹笕中的极品的软玉,软到山风能刻出它粼粼的细纹,软到花香能渗入它细腻的肌理。自然也只有它的纯净的清波,才配得上这如洗的山光水色和众山齐撑着的蓝空中的白云。程德寿真想脱了衣裳,扑通跳进竹笕,化身一滴山泉,再在她面前一跃而下。

要说水,一直以来,他都觉得丁小艺是水做的。她的眼睛里晶莹着水,她的皮肤下涌动着水,她的声音里滋润着水。最重要的,她格外爱着水。水在涧中白白地流着。她却舍不得多用一滴水。淘出来的水,她倒在桶里让程德寿拿去浇菜。程德寿看不过去了,鼓励她:"放手用!不就多挑一次水?咱桃花寺的水,用得完?多的,都在支援山外!"

她是山的女儿。水是山的乳汁。山越丰盈,乳汁就越旺盛。村民护着山,只要山绿着,水就永不枯竭。她怎么会怕没水,她是心疼挑水的人太累,少用水,就可以少挑水。特别是从涧中取水之后,她老是担心程德寿他们会从崖上倾跌下去。

她舀水时,一滴都不敢洒到地面上去,仿佛水是那个从涧中拎水的人

311

的汗。

她在水瓢晃动中的水影里看到一张日渐丰润白皙的脸。她惊呼一声,胖了胖了!她怪自己不能少吃两口。她的胃口是怎么好起来的呢?她沉思细想,一拍脑袋:这得怪同桌两个狼吞虎咽喝稀饭也香的男子汉,把她给带动的。

这是什么食客?不管怎么烧,焦了,煳了,他们都是风卷残云。有时候她盯着虎尾山尖,想着把那根老虎尾巴剁下来,用油煎了,加点葱蒜炖烂,他们也能一顿吃下去。像牢里刚放出来的饿鬼。

这是她所不知道的秘密:两个饿鬼尝出的菜味,都是隔着桌子她脸上的青春。

一天的忙碌结束,星光点亮天幕,他们会到操场上走三圈。说是天幕,其实就井口大一块。山把桃花寺围成了井。井口装下了天空和星星。

走路的时候,丁小艺双目平视,全身周正。两个男子汉,一个眼光高,一个眼光低。高的,常常将目光挂到虎尾山尖上去;低的,只盯着自己脚尖。等夜幕完全模糊了面容,这盯着脚尖上的目光,就大胆地投到丁小艺背上发上。

"程德寿,路上有坑吗?要那么盯着。怕踩着蚂蚁?"

程德寿臊了个大红脸,咳,难道他盯着丁小艺多看了两眼也被发现了?

这种散步,其实真不必看路。就算蒙上眼睛,也可以驴一样一圈圈绕下去。

他们绕圈子时,小白兔在他们身后跟着。它不是走,是跳。跳一阵,三个人轮流抱一阵。

这时候,程德寿特想杨又侠把手一指小白兔:"来,爸爸抱!"

他一定紧跟一句:"干爹抱!"

但杨又侠手指天空,说的却是:"老虎屁股摸不得,尾巴还摸不得?"

"我摸到了,你们瞧!"丁小艺顽皮弯了食指和拇指,高耸入云的虎尾果然被她捏在了两指间。

　　杨又侠和程德寿被逗乐了。丁小艺两根手指间的虎尾，细得像一根老鼠尾巴。程德寿走过去，学丁小艺的样子："我也摸一把。"杨又侠"哧"了一声。

　　程德寿发现了土地的神奇。
　　菜种下去，很快，一根根异常苗壮的菜苗挺出地面。
　　"壮。"
　　他拉了杨又侠去看。杨又侠也惊奇不已，目光在坟场流连，叹道：
　　"是块风水宝地！"
　　和杨又侠常把目光放到虎尾山尖不同，程德寿常在菜园地里一蹲半天。杨又侠不止一次指着程德寿肩扛锄头的背影，对丁小艺说：
　　"菜农，就是一菜农！"
　　丁小艺却喜欢蹦过去看种菜。有时她伸手去抚婴儿般白嫩的菜苗秆子。看着一根根四季豆藤、黄瓜藤从扦子上爬上去。要是哪根藤走神了，在风中探头探脑，她便过去牵了它的小手，引到正道上去。
　　她惊奇于另一个男人指尖的魔力。石块垒得那么整齐，土坷垃捏得那么细。为了方便她经常光顾菜园，程德寿把园间小路铲平整，路边杂草三天除一次。
　　菜地上方的坟墓，丁小艺一点儿都不害怕。有什么好怕的？都是外婆村里的长辈，很多看着她长大的。对她来说，他们还在这块土地上，只不过换了地方居住。而且，他们还在与她交流着，在黄茅草的飒飒声、秋虫的吟诵声和蚯蚓的默不作声里。
　　杨又侠偶尔会光顾菜园子。菜园子的门，对他来说稍显低矮，丁小艺每次见他进出，都斜了身子，古怪地看着门上方，目测好了距离，才哧溜一下进来或出去。她发现了他的偏性——走到哪里都不肯低下高昂的头，碰到非要低头的地方，他宁愿侧身弯腰或下蹲。
　　他每次都会提很多意见。这里该有一个葡萄架，那里该是一排玉米，这里要搭个南瓜棚，那里苦瓜……嘴上喋喋不休，手从来不碰锄头。每次走出菜园地，他要用刷子刷半天鞋子。他有一双回力牌白球鞋，是三个人中保持白色的时间最长的。

杨又侠指指点点时，程德寿嘴里吧嗒吧嗒地抽着旱烟，有时还咳两声。他很少看杨又侠，让杨又侠自顾自地指手画脚。他在杨又侠指手画脚地说着的时候，更多地把目光投向蹲在地上的丁小艺。

丁小艺有时拣着菜地里的石子粒，有时用木棍逗弄蚂蚁或者蜗牛，耳朵却听着两个男子汉的谈话。

杨又侠说得好的，丁小艺点两下头。她却不知程德寿锄把上一双眼睛，经常光顾她。她点了头的，便记在心里。改时间趁他们不在，抓紧地布置。到丁小艺"咦"的一声发现，菜园地里已然发生可喜变化。到最后，菜园地简直是按她心目中的模板打造：靠近坟场的衔接位置，布置一排南瓜棚架。棚上南瓜叶覆上去，成一架屏风隔开坟场。右边则是一棚苦瓜架。小南瓜结出来后，程德寿每个都会照应到。高的低的，都估量了位置。等南瓜肚皮挺出来，悬在头顶的藤条近于垂直，他便将它就近捧坐到木档上，用草绳绕身子箍一圈，一个个袒胸露乳的弥勒佛似的。

苦瓜棚架是一根扇形竹梢枝。苦瓜藤爬上去，叶片网得密密麻麻，宛如打开一柄巨扇。程德寿种的是开小黄花的白苦瓜。苦瓜成熟时，一根根形如白玉，那扇上吊了白玉坠子一般。

那过于成熟的，叭一声裂了肚皮，露出血红的瓜瓤。杨又侠最喜欢吃这包在苦瓜子上的甜瓤。平时菜园地里不怎么见他人，一到有苦瓜变红裂了肚皮，他就准时出现在苦瓜棚下。

"这贼，看我不安个野猪吊把他吊起来！"

杨又侠才不管野猪吊兔子夹，他笑嘻嘻地摘了苦瓜后轻轻捏开，嘴凑上去猛吸，抬头时一嘴血红。吃完了，吐一嘴的苦瓜子洗净，还给程德寿：

"先苦后甜，苦中作乐。"

丁小艺却喜欢吃清炒苦瓜配稀饭。一季苦瓜下来，眼睛越发亮，皮肤越发透。

程德寿离她近了，怕说话的语气重都会把她的脸皮吹破，问她：

"不苦?"

"不苦!"

"那天天有的吃。"

"你天天摘,我天天吃。"

好在苦瓜棚上苦瓜争气,猛开花猛结果,苦瓜摘不完。

天天苦瓜片,杨又侠不乐意了:

"你们爱吃苦,我不反对。我的那份留红了吃子不许摘。"

程德寿就专门留了一根藤上的苦瓜给杨又侠吃子。丁子艺这时明白了:杨又侠和他们隔着一个苦瓜碗。

为什么就有人不爱吃苦瓜?这个问题想多了,丁小艺晚上开始睡不着觉。

黑暗中,丁小艺眼前飞来飞去尽是苦瓜。刚结出来,皱得小老头一样的苦瓜;颗粒日渐饱满的苦瓜,莹白如玉的苦瓜,咧开瓜露出红瓤的苦瓜。

她搞不懂,这么好吃的苦瓜,她吃去一点儿都不苦,为什么有人就觉得苦,就那么不爱吃呢?

这么一想,她明白,自己和杨又侠不仅隔着年龄,还隔着一盘苦瓜!她之前从未觉得苦的苦瓜,这时泛出了苦味,苦瓜真苦啊。苦得她晚上开始睡不着,苦得她在黑暗中转了个身,抬起的手咚地砸到了床后的墙。

这咚声震得她清醒过来,问自己:"手撞墙了?"

明明睡下时,头是离墙远的,怎么睡着睡着就整个人往上爬了?

或者刚才的咚声,并不是撞墙的声音,是撞床的声音。她抬起手臂,似醒非醒的手臂,咚的一声又砸在墙上……

两声"咚"把丁小艺彻底叫醒了。

她两眼盯着天花板。虽然看不见,但她知道天花板上有双眼睛是盯着自己的。那是只路过,突然被吓住的老鼠。

这双黑暗中看不见的眼睛,似乎在告诉她:姑娘,你可不能随便咚噢!你把我吓住了,还有边上的两个门神在候着信号呢。

一想到杨又侠、程德寿一左一右,站在门口当门神的样子,她在被窝下面轻颤起来。那是心间上的花瓣盛开后轻摇的微风,那是少女的馨香在暗夜里的潜溢。若说这两声咚是她无意中的击发,在心灵的深处,这暗夜的谷底,她少女的心何尝没有想过要化为一柄锤子,要往墙上去敲几声呢?

啊,她曾经在睡前,不止一次,在黑暗中举起了她的小手,要往墙上敲两下。她想验验,那两个门神,是不是如神话中所描写的一样,如那盏阿拉伯神灯一样,敲两下或摸一下就会出现。

"有事敲三下墙!"

"我这边,两下!"

说话时的程德寿,一改平日万事不争的模样,和杨又侠抢着说。那差不多是丁小艺头一次看到程德寿在和杨又侠抢着说话。平时,他可是什么都不和杨又侠争的。她抬了眼看他,看到他眼里两粒丁小艺。这时的程德寿,说不出和往日有什么不同。不知怎的,丁小艺忽然就想起老家屋后的竹林边,两只雄鸡挺了脖子,竖了羽毛,相互间要飞起来逐个胜负的样子。她觉得程德寿的脖子比平时长了许多。要是他们打一架,为她!这个念头把丁小艺自己都吓了一大跳……

她沉在黑暗中静默地数着呼吸。手指抚过身上的丘丘壑壑。黑夜是比潜龙潭还深的潭。此刻,她是潜伏潭底的小母龙。情窦初开,心花暗绽。她的心事是个清香的无底洞。可是这清香在洞里白白地香着,像一坛未开封的美酒藏在角落,不知道该便宜谁。她好想用一缕头发丝一般细的歌声,去撩动隔着墙壁的心。谁将是这片汁水饱满的土地幸福的耕耘者呢?谁会裸了身子潜入她的潜龙潭呢?她的脸烧了起来。她借着这脸上着火的热光,看见了自己游走在山谷深处蜜汁中的手指。这不知羞耻的手指哟!她呸了一声。

她觉得有这念头都是羞耻的。可这羞耻的念头令她欲罢不能。她闭上了眼睛,漂荡在羞耻的暗流里。她缩起爪子,蜷了身子,把小脸和嘴埋进枕头,把自己埋进清甜的呼吸。她不敢睁眼,怕一睁眼,四周全是亮晶晶的眼睛。

就在自身青春的洪流里,她一路漂浮着。青春的堤岸上芳草鲜美,彩蝶追逐嬉戏。

她忽然想到，自己不正是这花朵中的一朵，蝴蝶中的一只？不正是应该坦然地释放自身浓浓的香气，展现自己美妙的身材，享受这青春所赐予的甜美时光？

她从枕头上抬起了头，羞耻感消散于黑暗中。

"是的，我属于我！"

她在黑暗中用意念呼唤着自己。她唤到了手，手回来；她唤到了腿，腿回来。

她又感受到了自己被窝底下柔软的，喷薄着热气与甜美的丰满。

这腰身这皮肤……她叹了一口气。黑夜囚住了她的美。在黑夜里，她是一条被困于自身的小母龙，她有深不可测的潜龙洞。她的美本应是一只蝴蝶，在天地间的旷野里，在四季的花香里追逐嬉戏。

这么一想，黑暗倏然不见。眼前是一望无际的碧绿的麦田，轻风拂过麦浪。她飞了起来。她的色彩是多么鲜艳，她的翅膀是多么轻盈！她飞得多么自在。

她忽然发现了什么。是的，不远的地方，那白的、黄的、彩的，都成双成对地追逐嬉戏。

她发现了自己的孤单！

她肚子里一阵鼓胀，生气了。杨又侠、程德寿，你们这两个讨厌的家伙飞哪儿去了？她嘟起了嘴，使劲地一蹬小脚儿，咚的一声，她听见床板猛地响了一声。她在响声中坠回黑暗。她的眼睛忽闪忽闪的，人在黑暗中美极了。

她刚才做了什么梦？她不由得一阵害臊。她这只小蝴蝶，不要脸地渴望着杨又侠、程德寿来追自己哩！

追！

追追！

追追追！

要是她真成了一只蝴蝶，白的、黄的、还是粉的？杨又侠一定是只花蝴蝶，程德寿呢？她呸了自己一声。借着想蝴蝶，其实是想男人了。

好在黑暗遮掩了一切。

水忽然从竹笕头上喷了出来，源源而下，激情澎湃。

它们搔得她的掌心痒痒的。它们也冲击着她的心，把她的心冲得汪洋一片。

竹笕头上的软玉似乎永远也流不完。丁小艺先是目光贪婪地吮吸着掌中的水。然后忍不住俯下头去，让她的唇就着了掌心中的泉。她的身心瞬间连通了虎尾山，并通过虎尾山连通了大地。她尝到了虎尾山的精华，不，这大地的蜜汁！这水涤去了她身上的污浊，让她也成了一滴水，哗哗地奔流着，永无止境，永不停歇……

"水来啰——"

那个在田埂上奔跑成一头喘牛的程德寿，把丁小艺从哗哗的泉声中拉回了现实。

挑着来，抬着来，提着来的水，现在自己迈着款款的步子来了。

她曾经舍不得多用一滴，洗了脸洗了脚又拿去浇菜的水，现在无穷无尽地呈在她的面前。

她曾经要很俭省着用。只是晚上无论如何，都要在锅中烧半桶水，兑了，奢侈地提到楼上去。

她不知道，那桶水，连接着两个男子汉心中的海。它一晃动，他们的心中就波涛四起。

无论她的动作多轻盈，哪怕她脱了衣服凝在房中，左右两边的耳朵隔墙壁都能听到哗哗的水声。

窗外虫声轻啼，风蹑着脚步跃过树枝，涧水压低喉音。它们在好奇一桶水怎样将青春沐成出水的芙蓉！

桶中的水，自瓢中润了她的脸、脖子、腋下，擦了她挺立饱胀的乳房，平坦的小腹。这芳草鲜美的土地，她自己都想咬上一口。有时，她的手在芳草上流连不已。她在水的温柔与温暖里，悄然怀想起取水人矫健的步履、壮实的手臂、挺拔的脊梁。哦，她在水里仿佛摸到了青松的挺拔，山石的坚韧。她在水里化成了水。

时断时续的水声，透过墙壁，化成了浇在心尖的汽油，让两颗年轻躁动的心烧得通红。

她洗毕穿好，重新提着一桶沐后的水走出房门。有时会看到两个年轻人在走廊上。这时她低了头，装作不理的样子。她提着水，走到走廊上对着楼下一蓬旺盛竹子的地方。她叫不出这种竹子的名字，只知竹节歪扭，形如龟背，偏长得又挺又长，密密麻麻。有几根她站在走廊上就可以牵到枝条。她提起桶，一手托住底部，用力将一桶水泼向竹丛。水发出"哗"的一声，她手中顿时一空。两个人说说笑笑的，似乎有一件十分有趣的事打动了他们，其实并没有什么事。他们也莫名其妙，明明谈的是一件根本不好笑的事，两个人却开怀大笑，他们的笑声果然吸引了丁小艺。她看向他们，然而陌生人一般，她提着倒完了的桶，坚决地、毫不在意地从他们的视线里走向门，开门，走进去，砰的一声关了门……

他们瞬间忘记了刚才谈的什么令人开怀大笑的事，也不想再起什么话头。他们看着那个仿佛一下遥远的姑娘，不明白自己做错了什么。但是他们惊人一致地发现，两个人一起站着的地方实在并不怎么好玩儿，远不如迈开脚随便走走。于是，他们开始在走廊上来回走，每次走到竹丛最茂盛，竹子撑开的范围之内，他们鼻端都会闻到一缕奇异的幽香。

丁小艺决定开门出去。

她觉得房间太小了。她的翅膀没有足够的空间发挥。她体内有一匹野马在奔腾。它要带着她出门长啸拔腿撒欢。她异常灵敏的耳朵，在三声响动之后，捕捉到了来自墙壁另一边的回应。

一边两声，指节叩在墙壁上的嗒嗒两声。

另一边三声，是指甲敲在墙壁上的声音。

很轻。

她的心一下被包围了。这是年轻女孩都会有的期待与渴望：她发出的全部信号，都被准确无误地接收并得到积极的回应……

她几乎是被这种幸福的晕眩推出门的，全然不顾门外将临的危险。在那些刻录于月光或风雨雷电之中的日子，虎尾山中敏捷的豹子和看上去憨态可掬的黑熊，不止一次蘸着泥土的颜色，把它们花朵状的脚印印上十二间的走廊上。

这个清朗的月夜，丁小艺轻轻拉开了门。月光马上扑入怀中。和月光几乎同时降临，她的左右两边响起了一声轻咳和低低的一声：

"小艺！"

"呀，你们——装什么鬼呀？吓死人啦。"

丁小艺吓了一跳。她都想给自己颁个奥斯卡女影帝奖。演得这么像，好像真吓着的样子。

"看月亮呗！"

果然一轮弯月钩在沉船背。丁小艺哧了一声。两个大男人不睡觉，大半夜起床看月亮，这份雅兴，真够十二间。丁小艺不由得也抬了头去看。只见高山之上，群星闪烁之间，镰刀似的一弯月亮。她也不由得看出神了。

是时群山静默，天地间一派清和之气。三个人睡意全无，双手抚廊，想说些什么，然而又觉得一切话语全是多余。只听得楼下竹丛根部，一只蛐蛐卖力歌唱。不远处的墙根，另一只蛐蛐低声应和。三个人一时忘却了从何而来，因何而起，彼此在月光下，那肠子的弯弯曲曲似乎全都看得清。

先是程德寿睡梦中听到咚的一声，耳朵先惊醒过来。紧接着又是一声。

"小艺！"

他腾身而起，举手便要敲墙，半空凝住了。这夜深人静的，姑娘家房间传出声响固然奇怪，自己提了拳头敲墙，又该作何解释？万一丁小艺只是无意撞到了桌椅，自己这么莽撞敲下去，谁吓了谁还说不清。这么一细想，他披了衣服，决定先到门口候着再说。万一丁小艺真遇险，踹门进去不迟。

他一支烟点燃，才吸两口，隔间杨又侠的门咔嗒开了。程德寿忙"嗯哼"一声。

杨又侠本来在揣测丁小艺到底咚了两声还是三声，自己到底是梦中还是梦外听见这敲墙声，不免又惊又喜。惊的是这大半夜的，丁小艺会敲墙；喜的是这大半夜的，丁小艺敲了他的墙。

虽然年岁上比丁小艺小上两岁，他常是暗自得意于滔滔的口才让程德寿折服，让丁小艺眼里放光。他也常暗自叹息于丁小艺埋没在桃花寺这样的地方。她要是在港台，就是大明星的人选。

山中美丽的花朵，哪一朵又是不可惜的——他有时不免自矜，目光跃过操场上高高的旗杆，跃上了虎尾山尖——连自己这样的人都要困顿于桃花寺，那么丁小艺又有什么可惜的？也许，上天安排她在这里，是大有深意的罢。她是这山间行走的花朵。那么程德寿呢？

普普通通的程德寿，勤劳善良的程德寿，从见面的第一天，留给他的印象，就是群山中一座不起眼的小山，树林中一棵普通的树木，山谷间一块寻常的石头。唯一相似的，是他们一样年轻，一样活力四射，一样为自己所从事的工作骄傲着并愿意为它奉献一生！

他从程德寿和丁小艺脸上时常看到某种光芒：那是对于自己所从事的工作无比热爱的人才会出现的光芒。他感动于这种光芒，同时又不免有些……他的目光是时常系于虎尾山尖，系于那山尖的云之上的！虽然嘴里他时常告诉他们要做一棵树，扎根在山里。

为什么程德寿也会出现在门口？他隐隐有些不快。

杨又侠的疑惑在丁小艺出现的瞬间被打破了。

他借丁小艺出现在门口时，程德寿突然出现的半句结巴，和自己内心深处同样莫名的波涛，明白眼前人是为听到同样的声响而出现的，但他还是忍不住问：

"听见了？"

程德寿点点头。杨又侠稍稍舒了一口气。眉头很快又皱了起来，不无揶揄地说："这么深夜不睡觉，你的耳朵可真够尖的！"

程德寿不好意思地抓抓头。

要说他有什么大的非分之想，那还真的没有。可要让他的耳朵醒时梦里不竖起来，他也真的办不到。丁小艺在他眼里，就是一个可爱的小妹妹，打从见到她的第一眼，他就想，既然遇到了，她就是他的妹妹，他这个当哥哥的，可要把她保护好。

杨又侠的话外音他当然听得出来，耳根热了起来。说实话他也奇怪自己，之前睡觉，老虎来床上叼走估计都醒不来。

自打那天在门上三人说了暗号，程德寿的耳朵上便装了天线。他能听到两只蚊子在耳边密谋一场喋血行动——目标是一个叫丁小艺的女人，她的血最甜。能听到蛐蛐在坟间弹奏优美的情歌。能听到一只蜗牛在窗下浪迹天涯。它一个月前就出发了。

当那只母蚊子从纱窗上振翼而起，带着残酷的冷笑向丁小艺那边的窗口扑去，程德寿几乎同时飞了起来。他的双掌狠命在空中合拢——该死的恶蚊在掌中化为一粒黑血！

实际上他什么都没有拍到。没有蚊子，他也没有跃起。他只有想象。

他还听到了一只豹子蹑着脚步跃上大树。阴沉的目光在枝丫间闪闪发光。它油光发亮的皮毛能让月光打滑。

他尤其担心村里几个老光棍，一个个惯于爬窗钻洞。他们一起家访时，程德寿偶然一回头，几个老光棍眼睛死死咬在丁小艺身上。程德寿忍不住从边上的柴堆中抽出一根木棒，朝一只土狗的头上砸去，砸得它汪汪汪的，也砸断了那些黏糊糊的贪婪。

他床边的墙上，从那夜起靠了一根锄头柄。要是哪个色狼胆敢从窗口接近丁小艺，他一定毫不犹豫，给他脑壳来一棍子……

更多时候，他听到花朵在黑夜里一次次开合，芳香四溢。他隔着墙壁都能闻到，年轻女性在被窝中辗转身体时溢出的饱含荷尔蒙的气息；以及他闭着眼睛都能看到的，丁小艺饱满红润如三月初熟水蜜桃的胴体。她的头发、睫毛，宛若七彩丝线制成的琴弦，轻抚一下，沿虎尾山尖一路到八百里外的钱塘江潮水都会被她牵引而起……

他甚至梦幻般地看见丁小艺双臂间长出了洁白的翅膀，从房间那边飞了过来。哦，洁白的天使，身穿透明的羽纱。羽纱下是她雪一样的白。她就那么悬在半空看着自己，令他大气也不敢出，生怕一口气就吹走了白，白纱的白和白纱下的白。

他自知追不上也抓不住白。他潜伏在夜之深里，如潜在潜龙潭中的千年老鳖。

他甚至渴望十二间闹个鬼也好。

但是连鬼也不来。直到这夜！

先是墙壁那头咚的一声，把他着实吓了一跳。他以为它来自幻觉，是自己的臆想创造出来的。第二声咚又传了过来。

召唤！是丁小艺向他发出了召唤！是丁小艺在黑夜里向他发出了火热的召唤！

他一骨碌翻身而起。全身如着火。天哪，谁能教教我，此刻我该怎么做才好？来一场轰轰烈烈的爱的奔赴！甜美、火热、浪漫、缠绵，可是他什么经验也没有，只是白纸一张。

他更怕慢上一秒，丁小艺便会有什么不测。

他不知自己安的什么心。第二声咚传来，他心急如焚与欣喜若狂参半。若说丁小艺耐不住寂寞，在深夜向他发出爱的召唤，整个桃花寺村的人都不会相信。上到九十岁的奶奶，下到村里刚做人妇的村姑，哪个见到丁小艺不在心里喝彩一声：

"多好的姑娘！"

程德寿用下到地上的第一只脚，把涌上心头的欣喜若狂像个烟头般踩熄了。他明白那些关于爱的念头是肮脏的可耻的，多想一下都是对丁小艺的侮辱，对他们山泉水一般清澈洁白的友情的侮辱。

踏灭了自己的邪念妄想，那么，那个一直渴望着丁小艺发生点什么的念头就清清爽爽明明白白的了——程德寿看到了沉积在自己心底深处，淤泥般从未见过阳光的肮脏龌龊。在潜龙潭深不可测的深处，他心心念念地等待着盼望着，是丁小艺遇一次险，然后自己像个英雄光芒四射地出现在她的面前！

当他大踏步从床前跨向外间，手提锄柄，他就是那个上天入地无所不能的英雄。

跨到第三步时，我们的英雄瞬间石化了。

又一声"咚"从不远处传过来——

三声！

是的，三声！

那是属于杨又侠的信号，不属于他程德寿。

程德寿万般酸楚地待在原地，进也进不得，退也退不得。

为什么自己不是个聋子呢？

为什么自己不是个瘸子呢？

是个聋子，什么都没听到，是个瘸子不会这么快行动，该死的，为什么自己要这么心急，忘性又大呢？

明明说好三声是杨又侠，两声才是他程德寿，这么急，这么沉不住气，程德寿，你这么急着要去证明什么呢？你是去闹笑话的吧。

程德寿嗒然若丧。真愿意黑暗冰一样把他禁锢起来。这样他可以心安理得。要命的是他发现自己不仅会动，全身还在发抖。这抖不仅抖，还酸，醋一样的酸，酸得他关节里一阵阵麻木，心脏一阵阵紧抽，酸得他觉得自己多余极了。

也许他早该知趣点。三个人中，必有一个是多余的人。他觉得自己就是那个多余的人。应该远走高飞，走得越远越好，今晚就是出走的最好时机。

远到一生都不必再见。

挪开脚，从黑夜里游走。等天亮时，桃花寺就是另一番世界。一个没有程德寿的世界。一个没有程德寿隔在中间，而倍加宽敞明亮，倍加柔情蜜意，倍加酣畅淋漓的世界。

程德寿在黑暗中恍然已飘飘然到了另一方世界。别了，杨又侠；别了，丁小艺！尽管——他想，他的心里的爱并不比这世界上的任何人少，甚至还更多一些。但是，谁说爱就是占领，谁说爱就是占有，谁说爱就一定要牵手到白头？！

放手也是爱。

在黑暗中站了不知多久。实际上秒针只在手表盘面上跑了三圈。程德寿似乎整个人连同魂魄都融于黑暗中，聚不成形，发不出声。正在这时，丁小艺那边咚的又是一声。

这一声，恰如决战前的号角，巫师嘴里的招魂号，将程德寿的魂魄嗖地聚拢起来，并且以比步枪出膛子弹还快的速度弹射出去。

四声！程德寿边蹦跳往外冲，边坚定而欣悦地告诉自己：四声！

二二得四。

确定无疑，这是丁小艺发出的召唤信号！

第三声"咚"让丁小艺在黑暗中彻底醒过来。

在虫声唧唧鸟声喳喳的桃花寺，三声"咚"的响起与消逝都是那么不惹人注意。可一旦它回荡在一个姑娘的心湖上，便激发出了微妙的涟漪。

"有事请敲墙，三下！"

男人的话似乎还在耳边。

"我这边，只需两下！"

女人脑回路里，男人每句话都被擦拭干净细细珍藏。对这项特殊功能，男人往往叫苦连天。天下哪个男人不爱信口开河？哪个女人不爱秋后算账？

程德寿似乎永远慢半拍。然而这一回，丁小艺内心是满意的。她原以为程德寿会沉默着，不接杨又侠这个带着玩笑意味的话茬儿。可是他迅速而果断地接上了一句："两下！"

她的心得到了无上的满足，就像原野中一朵花，在两只蝴蝶振翼的清风中摇曳。

一闪进门，她对着左右两边的门神：

"嘻嘻，我记下了。那你们耳朵可要支高点，不准耷拉下来！"

门一关，小姑娘当天晚上就恨不得有个鬼出来闹一闹。有鬼闹，她就有理由敲墙。敲了墙，她就知道两个开玩笑的大男孩，哪个家伙真心哪个家伙假意。

她的眼睛睁得大大的，黑暗中瞄来瞄去。眼前果然影影绰绰。一会儿是死去多年的外婆，一会儿是两年前去世的母亲。她特别想见的母亲，只是千丝万缕的念想，再也聚不成形了；相反，那些不远不近不是特别熟悉的，一念想起来面容却特别清晰。

外婆依然那么慈祥，在半空中看着她。她叫了声外婆，外婆没有应她。外婆要是个狼外婆就好了。就会来欺负她，那么两个大男孩就会来帮她救她。她这么一想，外婆消失了。外婆既不会来吓外孙女，外孙女也不想外婆真的是个狼外婆。第二个出现的是奶奶，她对奶奶没有怕，只有恨，恨她重男轻女。她一恨，奶奶也消失了。她瞪着眼睛，希望窗外飘几个鬼上来。

鬼来没来她不知道。她知道的是一队老鼠，从这边跑过去，从那边跑过来。

跑着跑着，把她跑睡着了。梦里带着个年轻后生去见母亲，却在深山老林里迷了路，怎么绕也绕不出来……绕出来时，她把后生的面容给忘记了。一下觉得是杨又侠，一下又是程德寿，一下又是两个人合在一体，一下又是别的不认识的男人，吓得她哇哇乱叫。

鬼没做到的事，她的梦做到了。这么静的夜，这么重的响，不由得她不起心思。一个小姑娘，能有多少心思？她的头转向左边时，墙上映出了程德寿。程德寿站在墙上，脸上拘谨地笑着，还不停地搓着手，好像他身上多了一双手，永远不知道朝哪儿放似的。

"憨子。"她一笑，把头转向了右边，右边的墙上瞬间放出了毫光。她一直相信，只要杨又侠愿意，他手一指，就可以像崂山道士一样穿墙破壁毫发不损地过来。

她又想，他要敢过来，她就拿锤子敲他的头。看看这个坏蛋他的脑壳子里究竟装了多少猖狂的念头。

如果说程德寿是一块不推不动的山石，杨又侠就是一棵迎着朝阳怒长的青松。那自己呢？一朵青松下还是山石边的山花？

她笑了。她肯定是一朵花。该是哪一种山花呢？红杜鹃、野百合、金银花，山花多得不可胜数，自己该是哪一朵呢？想到野百合，一阵清风从她蓝色的心空下拂过。

等明白丁小艺是睡梦中用头和脚造出了"咚",三个人都大笑不止。他们的友情,在黑的夜里闪烁着沉船背星的光芒。

程德寿用呼喊声牧着的泉水,终于从竹笕头一跃而下,在丁小艺双掌中汪成晶晶亮,又调皮地从她的指缝和掌沿边溢了出去。那溅出的水珠,有的砸在丁小艺脚边的泥土上四分五裂,滚成了小泥珠;有的溅在裤管大腿上,倏地钻进去。那在手掌中翻腾溅起的,直扑丁小艺脸唇,在她苹果似的肌肤上点缀一颗颗洁白无瑕的珍珠。程德寿从侧面看着那些点缀在丁小艺脸上的珍珠,它们在阳光下散发出璀璨的光芒,将丁小艺脸上的小汗毛一根根地映得挺拔秀丽。这些可爱的汗毛,似乎只有山泉水才配喂养它,才配为它们濯去沾着的尘埃,让它在阳光下映现出青春色。程德寿所不能忍受的是丁小艺合掌中,从两掌缝隙间偷偷跃向丁小艺高耸胸部的那些水。这些坏蛋之水,可恶至极,在程德寿眼皮子底下,在他目光平时停一秒都觉罪过的地方,肆无忌惮地扑上去,钻进去……程德寿瞪圆了眼睛,恨不得眼里飞出一把伞,拦在丁小艺胸前,自己万弹穿身在所不惜。

却见丁小艺身子往前一倾,整个人被泉水吸到竹笕下。山泉劈头盖脸,只是眨眼工夫,便将丁小艺笼在水流下。丁小艺的头发、衣服全湿透了。她甩着头发,山泉水从发梢甩出去,有几滴甚至溅到了程德寿的脸上。程德寿忙抬手去挡。这边丁小艺见了程德寿怕水的样子,玩兴大发,他躲,她偏要将淋透的湿发朝程德寿甩去。只见丁小艺的长发甩成一张弓,一条白色水箭从弓箭的头上向程德寿发射了出去。

程德寿在台阶上蹦上跳下,丁小艺发梢上发射的水弹让他避无可避。他的手忙脚乱和身上越来越多被击中的水痕,更激发了丁小艺。嫌头发甩起来累人,她索性直接去笕下捧水泼向程德寿,不断泼洒出来的水珠在他们之间隔出了一道变幻的水帘。程德寿立刻小了十岁,他从未见过这么轻松轻盈的丁小艺,仿佛他们是青梅竹马的玩伴。程德寿甚至在抬头的某一瞬间,看到了屋檐与蓝天的缝隙间,那飘散在空中的极细小的水珠,织出了一条小小的赤橙黄绿青蓝紫的彩虹。彩虹下如花朵一般艳丽的丁小艺,正乐此不疲地捧起一捧捧的山泉水向他泼来。她的双手每次向前一扬,身前便会散开一片洁白的珍珠。他的心里是多么渴望自己被每一颗水珠都击中，可身体却违心地做着躲避的动作。他在闪躲之间，发现自己越来越湿，并且每次只要自己被水弹击中，丁小艺那边饱满的胸脯间便会发出银铃的笑声。他从没看到丁小艺这么开心快乐过，于是他的脚步越躲越笨，有时竟笨到向着水珠最密集的来处折去。他在丁小艺得意的大笑中成为落汤鸡了。

丁小艺早已全湿。水是最好的塑形师。水的利刃削去了丁小艺衣裤间的多余，把她刚毅与柔美的线条毫无保留呈现在程德寿面前。水是最好的武器，可以肆无忌惮地去打击，打击他的死板、他的不解风情。水也是最好的玩具，是青春最闪亮的笑声。她咯咯咯的，发现程德寿比自己还湿了。她实在想象不出有比这更好玩的，她就不断地把水泼过去，被淋湿的不仅有程德寿，还有厨房的石阶，石阶边的青苔、石榴树、狗尾巴草。它们都以为丁小艺是上天派来人间的雨神，而分外地绿油了。

丁小艺终于把程德寿泼进了厨房。水淋透的程德寿带着一身水滴跃进厨房门槛时，是那么矫健敏捷。丁小艺甚至捕捉到了程德寿跃进门槛那一瞬间回望时眼中的神采，这缕神采丝毫不逊于杨又侠高光时刻眼里射出的光芒；相反，程德寿眼里的这缕光，和竹笕上流下的山泉一样，清澈透明。这透明让人越发感受他平时像块顽石。现在，水剖开了顽石，里面跳出了孙猴子。

丁小艺也停下手中的动作。刚才这一阵子泼水，真是玩得太疯了！要是奶奶还在，一定会骂她是疯丫头的。

一停下来，她发现自己衣服裤子全湿了。湿了的衣裤贴在她青春的胴体上，显得身材是那么匀称饱满。她看到了阳光下身体冒出的水汽。傻丫头，哪有这样泼水的？她已经记不起多久没这样疯过了。

趁程德寿溜进厨房，她赶紧捋顺了头发，用手拧出头发里的水。拧了头发拧衣角裤角。拧好了，又将拧皱的地方细细抚平。一缕阳光照在她白皙的脖颈上，照得她暖暖的、痒痒的。

这时候，她才细细地审视了这竹笕里不断涌来的水。在两个年轻人的努力下，水真实地自己走来了。她忍不住不再用手去接，任由它们源源不断地跃离竹笕，在空中散为珠线珠粒，成透明的小瀑布。

在发呆中，丁小艺浑然不觉危险的降临。被泼得落荒而逃的程德寿，从厨房里举着一大盆水朝丁小艺泼了过来……

程德寿在跃进厨房门的一瞬就后悔了。水能泼死人吗？水能泼烂你的衣裳你的皮肉你的下贱腔子吗？

不能。

不能为什么要逃？不能你为什么要装作很害怕把戏演过了头？

程德寿懊恼地给了自己一个耳刮子。

眼睛适应不了老房子的黑，耳朵却听到了脚边的滴答声。滴答声稠密地敲击着他的耳膜，然后渐渐稀落下去。这是丁小艺赐给的清凉，让程德寿感觉温暖。

外面竹笕上的水声却坚定而欢快地奏响着同一种旋律。他没有在这旋律里捕捉到丁小艺的声息。他真希望游戏还在继续，无穷无尽，永不结束。

要是不逃进屋子，或许游戏的嬉闹声还会回响在这百年老屋的角角落落吧。

他不禁抬手又给了自己一个耳刮子。丁小艺在干吗呢？

他终究抵抗不住好奇，闪到门边，窥了一眼外边。

被湿衣裤裹紧的丁小艺正站在竹筒边拧裤角。很显然，她平时穿的土里土气的宽大衣裤严重耽误了她胖瘦适中的身材。

她背对厨房。阳光滑过她饱满湿亮的臀部，湿润的线条比古往今来的大师笔下的铁笔银钩更让人惊心动魄。

程德寿的喉结猛地蹿了一阵，想咽，却怎么也咽不下。

饱满的蜜桃形磁铁，牢牢吸住了眼球——不，那不是磁铁，那是黑色的原油，一点儿火星就会熊熊燃烧——现在，它轰一声烧起来了，阳光下腾起黑色的火焰，他视线里的火星点燃了它！

程德寿喉结又是一阵猛烈收缩。他从没这么干渴过，要是面前有个水缸，他也能一口喝掉。可他正站在某个极危险的边缘。他必要做点什么。

要是什么都不做,他怀疑自己会疯掉或烧掉——他已经明白燃烧的并不是丁小艺的臀,而是他的心。

水蜜桃向上一耸,又向下压下去。丁小艺起了身。

就是这一刻的灵光,让程德寿如醍醐灌顶。

木架子上的木盆不知怎的就到了手中,盆到缸中吃了半盆水更是只花了两秒。他像施雨前的雨神端盆到丁小艺的面前,一共花了七秒。他几乎不相信这是自己的速度。他向来不是个急性子,遇事喜欢慢着来。后来他才知道这是家族的通病,家族里的男人普遍寿命不长,心脏功能不全,血压低。

丁小艺听到动静站起身来。湿了身的丁小艺挺拔修长,尤其傲人的双峰,原先就挺立胸前,现在被湿衣服一勾勒,更显傲然。

程德寿看到的是两团火焰,这火焰比之前的背影更让他口干舌燥。他有必要进行一次灭火行动。他要不灭了火,火就会灭了他。

于是他毫不客气地,把一盆清水高高举起,举到丁小艺脖子的高度。

然后猛力一倾。

比程德寿迟半小时到达的杨又侠,目睹了这一盆水的盛况。他和程德寿一样,无比惊讶地看着眼前被水淋透的丁小艺。水以雕刻大师的手法,再次镂去丁小艺身上刚刚抖开的宽大衣裤的空间。水让衣裤紧紧贴合在丁小艺的身体上,将丁小艺青春的美体一展无余。

丁小艺一个激灵,回头看到了举盆的程德寿。她从未想过程德寿的肚皮里还藏着这么肥一颗胆子,敢用一大盆水将她从头淋下。她不由得又笑又怒,朝程德寿嗔道:

"你这是反了!快说,要么罚洗衣服,要么自己从头上浇三盆!"

程德寿没想到自己一盆水,换来的只是"洗衣服"和"三盆水"的惩罚,忙不迭地点头:"三盆水,三盆水!"这时,他还没注意到杨又侠已经站到田埂的边上,目睹了他把一盆水从丁小艺的脖根处浇了下去。

杨又侠看着程德寿,对丁小艺说了句:"你冲冲,快点换干衣服,别着凉了!"他自己跑向菜园,跳进涧水扎扎实实搓洗了一番,一时觉得天空和山峦都明亮起来。

330

丁小艺索性解散了头发，把头伸到竹笕的清流下。长发在水流下，流成一道黑瀑布。她的手一遍遍从发根探下去。在杨又侠眼中，她捋顺的不是黑瀑般的头发，而是那蹦跳顽皮的流水。流经过黑发的清泉，仿佛也收了它野性的活泼，在她手的温柔触抚下，温顺如一匹柔软的丝帛。

杨又侠也是第一次看到丁小艺全身湿透的模样。一时之间，周身竟不知是酸是胀。他听见自己喉咙里呜呜出声，想要招呼一声，可是竟发不出声音。要是丁小艺略一抬头，他必也暴露了，必也能看到傻乎乎不知进退的杨又侠。但在水的包围与拥抱中，已浑然忘却了一切。程德寿一走，她索性整个人探到了竹笕下，任泉水从头顶铺淋而下，冲刷着她的肉体和灵魂。她整个人在这冲刷下，越来越澄澈，越来越清灵。

这时，杨又侠眼中的丁小艺，不再是一个女人。她只是这深山中所有植物中的一株，和所有蓬勃的植物一样，贪婪地吮吸着流经自己的一切水分。哪怕那水已多得哗哗地从腋下从腿根流走，她仍在贪婪地吮吸着吮吸着……

丁小艺是在捋头发时捋出异样的。

黑发在山泉水中漂荡，润滑如逆流而上的黑鱼。这恼人的青丝，一遇水，它们顺了柔了，滑得似鱼。她的手指一遍遍地从发根滑向发梢，轻抚着这条滑鱼！她既爱着这顺，又不免有些自矜于自己的一头青丝。平时她都没花大心思清理它们，今日要用这清澈的山泉水好好补偿它们。

她抚着长发，就像抚着自己多梦的青春。酣畅淋漓的青春，多汁多水的青春，孤独流逝的青春！她在发丝的尽头，一遍遍地试图抓住和发丝一样柔顺的流水，和流水一样易逝的青春。

她的手指一顿。在青春的长发和流水的间隙，一个不速之客悄然而至。

她本能地接住了它，用她的中指和食指，她的拇指迅速顶上去，三个按指合力擒住了它。把它押到了她的眼前。

她立时呆住了！她捉住的是一片粉红的山花瓣。她在山里见过这山花，总是一大蓬一大蓬地开得多情而热烈。远远望去，就像天空的红霞降落在山间。

她曾近距离地看过它们，闻过它们。她还悄悄地摘过一朵，插在鬓边。这花儿衬得她脸更艳了，要是有人见了，一定分不出是花更美，还是人更美。

是哪一阵风吹落了这花瓣？

一只只粉色的小船从竹笕一跃而下，二只，三只，小船源源不断而来。天哪，她几乎要叫起来！这是哪个朝的访客，哪个梦海里驶来的船队，她的心都被山花瓣那轻盈的样子颤醉了。这山花一定也爱水，它一定是逐水而来。要不天下哪有这么巧的事，那原本只飘落在山沟涧底的花瓣，化身世界上最轻盈的小船，从竹笕那头飘飘悠悠地来了。它是专门为水而来了，在这个来水的日子，少女的心，被这小小的一瓣瓣漂醉了。她伸出双手，候在竹笕头上，只等着花瓣漂进她的掌心。竹笕上源源不断地涌来的山花瓣让地上繁花一片，将她的双脚，她的整个人包围起来，而竹笕上的山泉水中，恰似千军万马一般，无数的花瓣仍在源源不断地向她涌来……

两个男子汉可没闲着。

杨又侠站在丁小艺四周舍不得扫掉的花瓣边，用手一指："这里该有池，有假山！"

厨房后原先是村民的三分稻田。杨又侠手一指，三分田变戏法似的，被村里流转过来，无偿给了学校。村干部又带着十几个村民挖砌了几天，一个四米见宽五米见长的小池塘，把天空、云朵和虎尾山巍峨的山尖映在水里，也把丁小艺桃花似的容颜映在水里……

三个人都听出来了，那在田间迤逦而来的竹笕里的山泉水会唱歌。

程德寿去涧里捉了虾、小鱼，摸了青蛳放到池中，又扯了青苔贴在池边。杨又侠去山里寻了一株人高的野梅树种在池边。其中的一根枝条，他用棕榈叶捆了，朝池中探去，说是种个"疏影横斜水清浅"。

杨又侠一日中午笑着对程德寿说：

"这样下去，咱们要当野人了。"

程德寿停下筷子。

杨又侠指着程德寿袖口上一小块稀薄处，那里脱纱明显，看得出要不了多长时间就会破出大洞：

"这么洗下去，咱们的衣服都要被洗破了呗。"

程德寿一想，有理。他人老实，丁小艺再问他要衣服洗，他就摆手："再穿两天，再穿两天。"

丁小艺白他一眼："再穿两天，洗衣水可以肥三顷田哩。"

程德寿实话实说："洗得勤，衣服破得快。"

丁小艺啐了一口："谁教你说的？"又说，"破比脏好！"

程德寿说："可不能穿破衣服上课。"

丁子艺说："小杨教你说的吧。就他心思多。我不嫌手累，你们倒嫌我手重。"

衣服破了又有什么关系？丁小艺用针线将脱纱的地方钩了。缝缝补补，肉露不出来。

再说，村里哪个人的衣裤上没打补丁？补丁是节俭的勋章。

有了自来水，把程德寿和杨又侠乐的。学生一放走，他们就各自一条短裤衩，拿条毛巾，端个脸盆到竹笕头去。

丁小艺刚好端了衣物去洗。四条健壮多毛的男人腿，把她辣得转身就走。两个男子乐呵呵的，你朝我泼一盆，我朝你泼一盆，哪顾得上她的害羞。

到了晚上，丁小艺也不再打半桶水，而是满满一桶水，从厨房提到房间里去。在程德寿和杨又侠眼中，那丛竹子越来越油绿了。

丁小艺第二次端了脸盆去洗衣，见了两个男人又只着一条短裤衩在玩水，转了身要走，被杨又侠喊住了："丁小艺，可不能耍了流氓就走。"

丁小艺说："不穿衣服才流氓。你们当了流氓不承认，还反咬一口。这山泉水该把脑子洗一洗。"

两个男人哈哈大笑。

杨又侠说："那我问你，你看了就走，肯定是看了不该看的，或不好意思看的，对不对？"

丁小艺啐了一口。

杨又侠说："看了不该看的，还不是耍流氓？要是不好意思看呢，就不是耍流氓。"

丁小艺说："什么不好意思，偏看！"

杨又侠说："喂，女流氓偷看人洗澡啰！"

丁小艺拣出脸盆中棒槌作势要打，杨又侠忙闪到竹笕下去，用手掬了泉水泼丁小艺。

丁小艺从这天起，两个男子汉冲他们的澡，她洗她的衣服。

想给本姑娘看，本姑娘还不看呢！

但在眼角的余光中，两个男子汉一黑一白，相映成趣。白的是杨又侠，黑的是程德寿。白的比雪白，黑的比炭黑。她自己呢，比黑的白，比白的黑，是健康的黄皮肤。

她轻轻哼了起来，嘴角那一抹丁式上翘，仿佛一边挂一壶小酒。这正是新醅初成的时节，酒香微透，酒意撩人，啜上一口，能醉人一生。因了这新醅的微醺，渲染在眉眼间的笑意，无端的美好充溢身心。她芳香唇齿间飘出的，是联结另一条通向远古的古老脐带的神秘音符。它呼应着月光和星辰的召唤，牵引着遥远的潮汐的节拍，然而不为她自己所知。就像她不知这座以黑白为底片的学校，已将她的青春衬得异常娇艳。

哼之前，她眼角偷偷瞄过身周，要是两个大男孩在身边，她常常不会哼，除非他们能让她丧失戒心。

水从竹笕上来后，丁小艺明显感受两个男子汉的变化。程德寿越来越爱往菜园跑，杨又侠呢，越来越爱逆着竹笕走，一直走到潜龙潭。时不时地停下来，眼睛停在虎尾山尖。

丁小艺越来越看不透杨又侠的眼神。水来之后，两个男子汉在一起时还没什么，要是单独碰上丁小艺，都有些躲躲闪闪的。

全县教学大比武，是刚上台的县教育局长黄大解新官上任三把火中的一把，史称"背投新政"。据说，黄局长以前当着乡下初中一名普通体育老师。书不太爱看，平时就跑个步打个球喝点小酒。一天在操场上独自打篮球，灵光闪现，换了玩法。扑通扑通，站三分线上背对篮筐投球。投一个败一个，败得一塌糊涂。走过来一个叫江上丘的，见了这不着调的行为，笑弯了腰。黄老师当不明白，得争这口气，一时福至心灵，端端正正往后甩了一个球，不料唰地进了！回头，那江上丘早一溜烟不见踪影。后来背投局长上台，江上丘冒了出来，说是想让媳妇进城当老师。背投局长提起当年被嘲一事，江上丘回家，辗转了好几夜，也是奇思妙想，托人买了贵重礼物，送进黄局长家门去，才算把那桩前科了结。

　　背投局长上任，有人不高兴，就有人高兴。全县体育老师眼前都闪出一条光明大道来：局长出身体育,则全县体育教学必将发扬光大！体育老师们走路趾高气扬不说，他们还自发在闲暇练习中多出一项背投训练——万一哪天局长视察，说不定就给视察到，说不定就冒了火花拍了肩膀美了前途，当个背投科长也不一定。师行生效，开化县的篮球赛场便经常地出现背投式投篮，有进有不进，比 NBA 赛场还多一绝招！那些文化课老师则自感前途黯淡。不料背投局长一上任，不按常理出牌，直接在教学上又打出一张背投牌：他先开展一轮全县教职工篮球大赛，美其名曰"奋进杯"，又提出了百校千人万课大比武活动！全县三十六个乡镇校校赛课乡乡赛课，最后每乡推荐一名优胜者，参加全县教学比武。名列前三的老师直接调入县城学校任教！这对想进城而没门路的山村小学教师来说，无疑是开了天窗辟了通道。

　　杨又侠会上目光盯住程德寿。程德寿马上矮了三寸，连连摆手："我这人，最怕领导。领导一看我，我就变木头。还是饶我在山里老老实实当木头好了。咱桃花寺的脸面，不能砸我手上！依我看——"

　　程德寿话还没说完，丁小艺跳了起来："这是你们男人的事业，凭什么推来推去！我一个女人，给你们洗洗衣服就行了。你们商量好谁去就谁去，商量不出来，石头剪刀布。"

　　把个程德寿噎在那里，吞也不是，吐也不是。

　　杨又侠苦笑。他本想机会难得，自己虽然很想一露身手，可想到程德寿和丁小艺毕竟还是民办老师，荣誉对他们更重要。没承想两个家伙不领情。他心里暗暗舒了一口气，同时觉着一股美好的压力压上了肩头。

这天起，杨又侠忽然沉默下来。仿佛什么东西紧紧揪住了他。他常常半响凝视一个地方不说话。当他一个人在操场上行走时，会突然跳起来朝天空挥出一拳。有时会突然停住，像多出的半截木桩。有时他会喊两人陪他一起走。他滔滔不绝地一圈又一圈，边上两个人几乎不插嘴，也没有插嘴的空隙，只是不断地"嗯""啊"点头。他们的英雄，他的眼睛多亮啊！要是他盯着四棵大树不放，大树一定会跳舞或燃烧。有一次，他停下来，盯着丁小艺，丁小艺脸上温度瞬间上升十度。她忙把脸移开，并快步向前两步。凉风吹一阵，她脸上仍是灼热灼热的。她庆幸自己跑得快，不然整张脸会被灼伤。

半夜醒来，她的心怦怦的，不明白男人的目光突然装进了什么核燃料。

过几天，杨又侠的目光又慢慢黯淡下去，胡子头发疯长，变了个人似的，经常半天不说一句话。

丁小艺实在忍不住，问程德寿：

"这家伙病了？"

程德寿忙跑过去，手背在杨又侠额头上一靠。回头告诉丁小艺："我才有病，你摸摸。"

丁小艺作势要打，程德寿跑远了。丁小艺想，世道变了，木头都会开玩笑了。

杨又侠有时会在竹笕头一坐半天，看山泉水涌来跃下消逝。

丁小艺怕杨又侠遇了什么邪祟，悄悄在周末拉了程德寿去村里问鬼。

鬼叼一筒烟，指挥着秤在米糠上画符。末了，两眼一翻白，指着丁小艺：

"鬼。"

丁小艺闪到一边，花容失色："什么鬼？别吓我！"

鬼不理丁小艺，手盯着丁小艺不放。程德寿忙过去将丁小艺推开，鬼指仍停在原处。丁小艺顺着鬼手看过去，恍然大悟：鬼指的是方向。

按鬼指示，程德寿爬上坟场。果然寻见一穴被穿山甲钻过的女坟。忙按鬼所教念念有词一阵，把洞用泥土封了，边上楔了两根桃木桩。完成后两人不动声色，暗中观察杨又侠。

当天晚上，杨又侠吃下一大盆饭菜，眼神柔和许多。程德寿正暗自欣喜，杨又侠来一句：

"明天去爬虎尾山！"吓得程德寿又去摸杨又侠的额头。

爬虎尾山，丁小艺明确表示反对。她大姨妈来了，肚子疼得厉害。两条大腿酸得要命，别说虎尾山，十二间的二楼都让她感觉吃力。

"一辈子爬山，还没爬够？要爬你们去爬，本姑娘可不奉陪。"

杨又侠撇了两人又到竹笕下发呆。

丁小艺和程德寿商量，请个老医生替杨又侠把脉。程德寿严肃地看了看小艺：

"你看他能吃能喝像有病？就算有病，要还是大病，他不知道可能也就这么好了，要是知道，可能就好不了——小杨呀，不是我说他，他啥病没有，就是对自己要求太高。什么都想争第一做最好。"

"争第一有什么不好？得向他学。就该有争第一的勇气。我还指望他给咱们长脸呢！你盯紧点。他这阵子心神不定的，去爬山，摔着了怎么办？你顶他上？"

程德寿说："是是。我跟紧。"

杨又侠去白莲桥枯坐，程德寿跟着枯坐；杨又侠在竹笕旁看水，程德寿跟着看；杨又侠上厕所，他跟着去上。杨又侠当没他这个人。

竹笕上的水源源不断而来，杨又侠仍在日渐枯瘦下去。丁小艺有时忍不住嘀咕一声：

"一节课值得这样？"

程德寿说："也许，这不仅是一节课！"

杨又侠毕竟花了一天，登上了虎尾山尖。他没让程德寿跟上，也没让丁小艺知道。

丁小艺后来说，杨又侠这棵长脚的树，其实早就从桃花寺铺了一条百里长的竹笕，一直铺到县城的实验小学。他爬山，就是为加长这条竹笕的长度高度,在他登上虎尾山尖时,他的心就顺着这条竹笕滑道,哧溜一下,滑进城里去啦。

　　杨又侠走在一条落叶铺满的无路之路上,直插天际的虎尾是他的指南针。路在半山腰开始消失。也许,那是一般人所能抵达的终点。有一阵子,恐惧攫住了他的心。他被吞没在林荫里。林木太幽深了,尤其那暗处的山洞,张着黑乎乎的大嘴,等着把他吸过去一般。洞里会有什么巨蛇猛兽呢?他身上起了一层层的疙瘩。他只想着高处的风光,忽略了路途的险峻。他觉得自己会悄无声息地死在这里。

　　他不该撇下程德寿,多好的伙伴。还有丁小艺!他想到丁小艺时,猛地转回了身子,向山下跑去。

　　竹笕山泉源源不绝。丁小艺正拎回一桶温水,倒半桶在三脚浴盆,将自己脱卸得空无一物投进去。盆中水迅速咬住她腹部以下的肌肤,隐秘地带的芳草四散开来。她的手撩起盆中水,泼在自己的颈上肩上。她捧起水时,总觉晃动的水里摇曳着两个男人的身影。她不由得骂自己不要脸,在洗澡的时候念起男人的好。念起两个男子汉光着上身却毫不避她的样子。她在天热第一次看到他们这个样子时,简直有些生气。她默默接上盆水,冷不丁地泼过去。水在空中开出巨大的水花,砸在他们身上。他们显然毫不防备这突然的袭击,笑跳着逃开,等明白过来,却显得分外高兴的样子,又凑到竹笕底下去了。

　　水。纯洁欢快的水,一盆盆在青春的胴体上溅开,又在大地上开出水花……夜里,她枕下不再只有涧下的水声,还有竹笕下的水声。竹笕上的山泉声使她分外安心踏实。不知什么时候起,她忽然喜欢开始照水中的影子。清晨,她在悬在草叶子上的露珠里找自己;刷牙的时候,她在茶缸里的水里找自己;出浴时,她在浴盆中看到自己,像一朵清新的粉荷。白天她把碗冲洗了一遍又一遍,她在水润的瓷片上看到自己的眼睛闪闪发光,桃红色的两腮飞上霞彩。她尤其喜欢在两个男子汉发亮的脊背上看到自己的影子,小小的。这个小小的身影,和着两个男子汉的身影,投射在每一滴水珠里,融合在每一滴水珠里,是那么闪亮,洁白!

　　尽管并没有留下照片为证据,桃花寺村村民坚信,那位从面前走过的丁小艺老师在悄悄美润起来。刚到学校时略显消瘦的样子不见了，代之的是丰满白皙的脸颊。要是有心多看一眼她的眼睛，那里储着的清水就会哗哗地溢出来。

桃花寺人说："虎尾山的泉水好，你看丁老师才喝了几天！"

水似乎打开了丁小艺身上某个开关，以另一种形式融进了丁小艺的生命，与她的青春热血共澄澈共澎湃。杨又侠和程德寿惊讶地发现：丁小艺凝视过的水，并没有流逝；相反，它们被储进了丁小艺的双眸。丁小艺的双眸越来越水，越来越亮。他们越来越艰难于从那片波光潋滟中移开双眼，水甚至漫进了他们的夜晚和梦乡。他们明白，丁小艺凝视过的水，不是普通的水，是虎尾山的精华。这源头之水，它映照万物滋润万物，它最终将汇入溪流汇入江河汇入大海，成波成浪成潮。

程德寿站在厨房门口，看着丁小艺端着脸盆从十二间穿出去。那一刻他无比坚信，只要手在丁小艺腰上一捏，流出的一定是虎尾山清澈的泉水……

杨又侠跑了十几步，猛然停住。眼前，一些未落的野果挂在树上藤上，美艳而孤独。那是深秋大地绝美的乳房，大大方方地呈现在面前。只要他愿意，他马上可以攀藤爬树摘取下来，美美享受大地留给攀登者的奖赏。

但他没有向野果靠近，只远远地向它们行注目礼。猩红甜美的唇后，隐藏的是能让采摘者粉身碎骨的悬崖峭壁。他的目光再次移向虎尾山尖。

为什么自己如此渴望站上虎尾山尖？是被这不顾一切扑入大地的虎劲感动了，还是因为那对桃花寺来说独一无二的高度？

十二间的暮色里，他不止一次抬头仰望。那是多么高贵的尾巴，尖上缀着发亮的星。是的，是那直刺天空的高度在召唤着他，召唤他去把峰顶踩在脚下，召唤他去看看山峰的那边是什么，召唤他去站在峰顶上摘星！

他的手被荆棘和尖锐的山石刺得鲜血淋漓，脚已经酸软无力，但分明地，虎尾山尖的召唤赐予他源源不断的动力。他稍稍喘了几口气，以自己都不可思议的速度，向山顶发起冲刺。

峰顶越来越近。他拨开一丛丛拦在身边的小灌木，心跳加速。就像即将挑开新娘的红盖头一样,他无比迫切地想看看虎尾山尖的另一头。

当他真正站在虎尾山尖的顶部,环顾四周,他的心坠入了苍茫:山的那边,还是山!不同的是,所有的山,现在都比他矮。

当他望向十二间的方向,他震惊极了!

这是他之前从未见过,也无法见到的景象——那连接在沉船背后的群山,不,那已经不是山,而是一条张牙舞爪的巨龙。

杨又侠看得如醉如痴。杰作,这绝对是大自然的杰作。一边是舍命相扑的猛虎,一边是张牙舞爪的巨龙,大自然在普通人看不见的高度上演着龙虎斗!

十二间在杨又侠心里,不再是原来的十二间。他回来,没有把这一发现告诉两个亲爱的伙伴。人间的净地,在每个人心上。他们的心地就像山泉水洗过一样洁白,那就一直洁白下去吧。

杨又侠毫无悬念地摘下乡校赛课小学组的桂冠。按县里专家的点评,整个乡就听到杨又侠一节好课,完全不输城里老师水平。尤其值得一提的,是杨又侠的课,就像高山上的一道瀑布,一泻而下,有着不可阻挡的气势。

专家临走前,拍拍乡校校长余本敏肩膀:"乡里出了好苗子,要好好培养,争取到县里拿大奖。"

又拍拍杨又侠的肩膀:"小伙子,咱们县里见。"

程德寿和丁小艺比自己打了胜仗还高兴。程老枪的父亲猎户程,刚好在学校边上打猎,顺手把打来的野兔送了一只给程德寿,说是为冠军庆功。乡亲们听说杨又侠得了全乡第一,有的送来了土鸡蛋,有的送来了米酒,全村过节一般。杨又侠从乡校回来,奖状刚亮出来,两个人就把他拉进了厨房。这天,三个人都喝了点米酒。杨又侠不好吹嘘自己,只是不停地赞菜好吃,还有一些感谢程德寿和丁小艺的话。

丁小艺说:"有什么好感谢的,还要感谢你哩,给全村长了脸,给我们长了脸。这擂台比武,能不能赢,靠真功夫,不是花拳绣腿能糊弄过去的。你说是不是,德高望重的寿星爷爷?"

程德寿说："是是是。咱们得好好学习学习。依我看，小杨老师不仅能打败乡里，去了县里，照样把他们打趴。到那时，咱们桃花寺小学可就出大名了！乡亲们都说小杨老师是潜龙潭的一条龙！来，敬未来的县里大赛的冠军，我干了，冠军随意。"

"我也敬冠军。"

"嗐，你们这是哪壶跟哪壶，山里螺蛳没见过大海是不是？咱们小乡镇，我赢了，是侥幸。县里人才济济，藏龙卧虎，比起来可没有掰玉米棒子那么简单啰。接下来，敬你们两个，还要好好磨课，你们多多帮衬多多提意见。咱们就是重在参与，不问结果。"

决赛时间定在来年的三月。

不知是不是爱才，县里的评审专家，回去之后，竟专门赶到桃花寺小学来指导杨又侠。

专家听了杨又侠的课，细微处指点了一番。杨又侠和乡校校长陪专家去潜龙潭走了一圈。路上，专家眼尖，见山林里黄茅草拂动处，一只野兔跃了过去，肥肥的。

专家腮帮鼓动："哟，好肥的野兔，啧啧！"

校长何等精明的人，把杨又侠拉到一边，如此如此。杨又侠马上派了班里的飞毛腿学生，跑到村里去找猎人程。要有刚打着的野兔，就先借一只。要没有，就请猎人程帮忙抓紧打一只。

专家其实说了就说了，也没放在心上。杨又侠却急得嘴角冒泡。眼看午饭时间就要到了，猎人程那里的野兔还不知有无。他让校长陪着专家又去白莲桥上走走，自己到程德寿班里把程德寿叫出来。程德寿一听，也是急得眼里冒火。这可是县上的专家，不说来年可能当评委，就是现在大老远专程赶来指导，就已经是天大的面子。不要说一只兔子，就是从自己腿上割块肉下来，程德寿也愿意。

丁小艺下课上厕所，看到程德寿从学校后门进来，手上提着一只野兔，往厨房方向走去。他一回头见了丁小艺，跑过来几步，对丁小艺晃晃兔子："小艺，你说这当领导的，就是有口福。我正愁没什么招待他，乡亲就送来了这好货！"

丁小艺白了他一眼："嚼瑟，比人家赛课的还积极。"

程德寿说："他的事，也是咱的事么。"把兔子往上一提，"猜，几斤？"

丁小艺正内急着，懒得再理他。只远远地喊句，切小块点，油烧沸再下肉，就钻进厕所办事去了。边办事边想，这领导还真有口福。

吃完午饭，丁小艺想到领导有口福，她的白兔子也不能亏待。到程德寿的菜园里扯了两片菜叶，兴冲冲地去喂兔子。她要告诉它，当只乖兔子多幸福，不像野兔风吹日晒，还要被人捉了吃肉。到了兔笼前，笼门大开，一个空笼子摆在那里，她的白兔子不见了。她急得一跺脚，这乖兔大概想当野兔子了。专家还没走，她不好意思去和两个男子汉说。一个人到边上找了半晌。哪里有半点影子。杨又侠和程德寿赶来时，丁小艺眼泪汪汪的，说："白兔不见了！"

两个男子汉一听，慌忙跑出门，分头去寻。杨又侠向潜龙潭方向，差不多寻到虎尾山半山腰去。程德寿下了涧，一路往外去，直到白莲桥底下。

一直找到天都黑透了，两人才一起回来，默不作声地陪在丁小艺门口。

丁小艺在抹眼泪。

杨又侠一声叹："迟不来，早不来，就怪领导今天来。"

丁小艺说："怎么好怪领导，怪兔子不乖。"

杨又侠说："他不今天来，昨天来明天来，就凑不到这事。咱们不用陪他，早点去找，说不定能找回来。"

丁小艺收住眼泪，问程德寿："你提着野兔和我说话时，刚从学校后门进来？"

程德寿一愣，忙答道："是。"

丁小艺说："你进门时，后门开着还是关着？"

程德寿想了想，忽失声道："哎呀，这些小学生，就知道溜出去玩，门也不关。小艺，你是说——"

丁小艺说："它肯定是不听话跑出校门了。"

程德寿说："它该不会跑出门后就变了颜色，被村民抓起来了吧。"

丁小艺说："你个坏蛋，还这么说，人家都急死了！"

程德寿忙捂住嘴。

杨又侠说："唉，生死有天，富贵由命。对它这么好有什么用，它有机会还是会走。是它没有福分，怪不了人。"

丁小艺呜咽道："我只是想，它跑出这门，就不知道会落入哪个坏蛋的嘴里，怪可怜的。"

程德寿说："小艺，今天是小杨的好日子，你就不该哭。下回等小杨赢了比赛，再给你买一只，不，十只。"

丁小艺收了泪水，默不作声关了门。两个男子汉站在门口，一时无话。程德寿抽着烟，杨又侠抢过来猛抽一口，呛得连连咳嗽……

涧流的轰鸣声如此剧烈，猛然间就把什么给撕裂了。急速的湍流，显得涧越发高，水越发深。而涧的两岸，四季依然不紧不慢迈着沉稳的步子。

程德寿惊坐起来，听到了门外嘤嘤的哭声。

"小艺！"

他跳下床。已经很久很久了，只要一进房间，他的耳膜上总在回荡丁小艺嘤嘤的哭声。那是一只兔子引发的回声。丁小艺的门关得紧紧的。失踪的兔子成了丁小艺心中永远的痛点。程德寿伸手，欲要敲门。他迅即认识到不应该在这么深的夜敲门，还有什么事白天说不清楚，要留待夜里来说？

他深深地吸了口气，走回自己的门口，背靠门站好。这时，一种沉重的压力忽地压上了他的肩头。他向右，隔着丁小艺门口的另一边，八号房间的门口，那个曾经和他一样挺拔的身影，再也不会回来了……

坟场桃花逐朵盛开的三月，杨又侠背负桃花寺一村的期望，跟着涧水一路到县城，参加全县中小学老师课堂教学大比武。

全县小学组和初中组各有三十六名老师参赛，分别代表各自的乡镇。

比赛先是决出十强选手,然后进入第二轮的排名赛。按规定,进入前三甲的优秀选手在下学期直接调入县城。

杨又侠顺利进入十强,并排名第四,排在前三位的都是女老师。

十强赛的评委席上,杨又侠看到了吃过野兔肉的专家,果然是决赛的评委组组长。他见到杨又侠,远远地点了点头,很高兴的样子。名次并未当场公布,但评委组组长的点评,已然使杨又侠在开化教坛像一颗新星冉冉升起!按组长的话说,开化小学语文教学的一道清流,从桃花寺的虎尾山尖,流到了县城的芹江……杨又侠获得了十强赛的第二名!

一个夜晚,三个人在操场上转圈。丁小艺看到兔毛似的白月光,不免又想到了她那只失踪的白兔。杨又侠一指虎尾山尖的月亮,告诉丁小艺:"喏,白兔跑月亮上了!"

丁小艺扑哧笑了。这是她在白兔失踪后第一次露出笑容。程德寿因为丁小艺这一笑,心头宽松了好多。

领导吃得多高兴啊,亮出闪闪的银牙。咀嚼一次闪一次。校长和领导一样吃得很高兴,只是筷子尽拣没肉的骨头吮,边吮边夸赞程德寿手艺好。丁小艺也吃了几块兔子肉,觉得嫩极了。只有程德寿和杨又侠几乎没有动筷子。只有他和杨又侠知道,白兔子跑进野兔子身体里去了。

他是多么希望杨又侠赢啊!那个专家,那个领导一出现,他就知道这个额头放光的年轻人要赢了。可是他看到了他脸上的焦灼。他从来没有看到过的焦灼。

杨又侠的手一指,坟场的黄茅草间,只有荒凉的风吹过。

这一次,他没有把兔子指来。时间已经极其紧迫了。派去村里找猎户程的学生已经空手而回。午饭的时间就要到了。程德寿看到那个充满无限智慧的额头渗出了汗珠。汗珠上闪烁着他从未见过的焦灼。正是这焦灼,让他恨不得从自己大腿上割块肉下来,代替兔肉炒了给领导端上去。

终于,在杨又侠的注视下,程德寿把手抬起来,对着厨房缓缓地指了一指。杨又侠没有说话,只点了点头,便去陪领导了。

半小时后,丁小艺看到程德寿从学校后门提着一只野兔进来……

程德寿开门,走廊尽头蜷着一个小小身影。

"小艺?"他喊了一声。他走过去,凭感觉知道不是丁小艺。

"谁?"程德寿大喊一声。

黑影没有回答,嘤嘤声停止了。程德寿拉亮廊灯。一个七八岁的小女孩,蜷缩在毛毯中怯生生盯着程德寿。一见小女孩的眼睛,程德寿差点没吓晕。女孩两只眼睛红红的,像白兔的眼睛。程德寿猛拍丁小艺房门,边拍边朝女孩子看。丁小艺半开了门,在门里问:"什么事这么急,身体不舒服?"程德寿朝走廊尽头努努嘴:"那边——"其实他更想告诉丁小艺的,是"一只女兔娃子"!

丁小艺开门,看到暗处一小团黑影。迟疑地看了看程德寿。程德寿忙贴近丁小艺:"一个小女孩!"丁小艺立刻不怕了,慢慢走近小姑娘。等看清是个小姑娘,什么都没说,弯腰将她抱住。白兔丢失的痛楚,在毫不设防的一抱中消失得一干二净。

两人把小姑娘带到厨房,烧了温水,将小姑娘清洗干净,原来十分清秀。第二天,程德寿到村里赤脚医生处配了消炎药水,治女孩的红眼病。

从这天起,十二间的走廊上多了一只蹦来跳去的小女兔。

杨又侠大胜而回,三个人少不得好好庆贺一番。杨又侠对丁小艺举杯:"我本来要给你带只白兔,去那领导家拜访,喝了酒,忙着赶车,把这事忘了。"

丁小艺扑哧一笑:"心意领了。不过我爸说世界上没有本来——捧奖状的手抱不了兔子。"

杨又侠挠挠头:"下回,一定带一只。不能空笼子。呃,当然也可以养别的。我在领导家,看见一条狗,狐狸一样。"

丁小艺说:"兔子尾巴短不好看,还是城里小姐的狗有趣。"

杨又侠尴尬笑笑。他这回比赛后,想到领导专程来桃花寺小学指导,来而不往非礼也。问清住址后,想想也没什么礼好回,在水果摊上抱了个大西瓜,加一挂香蕉和一肚皮好话,杀上门去。领导一家正吃着晚饭。一见杨又侠,异常热情。原来领导有个女儿,前两年师范毕业,分配在县城东门小学教书。眼看年龄大了，就不肯谈恋爱。急得夫妻两个嘴角冒泡。他上回在乡校当评委，一见杨又侠，不觉就入了眼。本来有心无心地，就想着替这个潜力股开条路子到城里，等时机成熟再让两个年轻人见见面，看看缘分。不料这娃不仅教学上见功夫，人情上也是懂事，怎不令他惊喜万分。当下拉了桌子，让老婆加几个菜，两个男子汉喝起酒来。他那女儿本来对什么男孩都不放在眼里的，见一个穿着土不啦叽却额头放光的年轻人，抱个西瓜带串香蕉就敢上门，而且脸上毫无羞惭之色，叫他吃饭，他坐下就吃，让他喝酒，他端杯就喝，不由得起了好奇之心。抱着她的宠物，一条狐狸一样的小狗，在边上听他们说话。听到这年轻人滔滔不绝，尽在说她老子的好话，不由得对那个在家里唯唯诺诺的老子刮目相看起来。

　　杨又侠边喝酒边看眼前这个抱狗的女孩子，原来皮肤并不比丁小艺差，眉眼虽不如丁小艺，穿着打扮上十分讲究。可以说容貌上比丁小艺稍逊一分，加上穿着气质，似乎又比丁小艺胜了一分。不由得一颗心在酒杯里浮来荡去，多看了对面几眼。他既看过去，又被对面看过来，少不得又再看回去。来来回回，早被对面的领导看在眼里。转身把人家孝敬他的一瓶藏了多年的好酒拿出来，把杨又侠喝得桃花寺在哪个位置都忘记了……

　　杨又侠赛课回来第二天，丁小艺就坚决让程德寿把兔笼拆了："人家以后是城里人，养狗不养兔。不需要兔子笼。"程德寿去问杨又侠，杨又侠："空笼子不养兔子养伤感。拆了也好，眼不见为净。"程德寿趁晚上，半闭着眼睛把兔笼劈了，一根根塞进灶下，好像一段美好也投到火里去了。

　　调令比这个夏天的雨季来得还快。明确要求杨又侠在暑假教师离校日之前，到县城的实验小学报到，参加新老师轮训。这自然是杨又侠所不知道的，未来的老丈人，评委组组长一直在背后推波助澜，恨不得他早日来城里小学报到。酒杯中见真性情。组长隔着酒杯看杨又侠，似乎又当了一次评委。然而这次和自己当教学评委时不一样，组长却是他的宝贝女儿。他见女儿和杨又侠一副相看两不厌的样子，心中早已有谱。

上级给的时间紧得很。杨又侠匆匆了结了桃花寺小学的期末工作。无非是考试改卷发成绩单写学期小结，收拾了行囊就要去城里报到。哪里有什么东西，一床被子裹了几件衣服，外加个尼龙袋装了一双回力鞋一双解放鞋提在手上。程德寿坚决要替他扛被卷，他拗不过，给程德寿扛了。看丁小艺时，她脸上撑着祝福的微笑，却说身体不适，只将他送到白莲桥上。杨又侠见丁小艺一转身，心头不由得猛一阵空，在石拱桥上凝了半分钟。程德寿扛着被卷，和杨又侠一样，看着丁小艺的背影，说不出话来。还是杨又侠一顿脚，说了声："走！"两个人往前走去，再不回头。过村时，老百姓早已知道自己村小的老师，是全县最好的老师，管他要不要调走，人人都喜气洋洋，跑来和杨又侠说好话。等到两人走出村，手上各多了一袋鸡蛋。杨又侠不由得连声叹气，竟有些恨自己教学比武发挥太好。要是平凡地过，桃花寺人又怎么会亏待了他?!

这边丁小艺一转身，眼圈早红了。她也不知道去怪谁，只是觉得心里酸。走着走着，就跑了起来。一跑起来，泪水止不住吧嗒吧嗒往下掉。她不停抬手揩。跑到了十二间平台上，她才回身往杨又侠和程德寿走的方向望，远远地见两个人向村里走着，不觉眼泪又涌出来，比竹笕上的虎尾山泉水还汹涌。胸中一片空白，心随目转，脚步往平台下移，竟又往白莲桥方向走了过去。等她在白莲桥上站定，那里早不见杨又侠和程德寿身影。她在桥上望着虎尾山尖，想到三个人相处的点点滴滴。忽然倍觉自己是多么无情，心底里的那一点点小女子情怀是多么可笑，连送个别都这么忸忸怩怩。尤其想到此后一别，以后未必再能常见到。这么一想，她便觉得即使天塌下来，也该把杨又侠送上车。

她启动双腿，小跑着向村庄方向追去。她进村的时候，杨又侠和程德寿已经向村庄另一端的山口爬去。她急步赶上去。人多的地方，她不方便跑，无人注意的地方，她的脚就腾起来，一棵棵树从她耳边掠过。树多乖啊，不乖的是人。那棵承诺要一辈子扎根在桃花寺的树，现在长脚跑啦！她的泪水不知怎的又涌了出来。现在她恨自己没有一条狗，一条像狐狸一样的狗，和一个在县里教育系统要风得风要雨得雨，当领导的爸爸。

原本她有一只多么好的兔子，不知跑哪儿去了——那根本就是一个坏兆头。

兔子跑得比人还快。

丁小艺远远地跟在两个男子汉后面。现在，她的心是安的。不管山路怎么弯怎么陡，他们始终起伏在她的视线里。偶尔两个男子汉中的一个一回头，吓得她的心怦怦的，忙躲到树后。躲起来的时候，她就会怪自己不大方，没有第一时间坚持送杨又侠。要不，三个人现在还有说有笑的。

她是再笑不起来了。远远地，一天两班次的中巴车，挟一条黄尾巴从远处的山腰绕了过来。车子很快到跟前，无人下车。车门一开，两个男子汉上了车。不一会儿，跳下来一个。不用说，是程德寿。中巴车好像是被他用手挥走的。她看着他的背影，她立在山岗，他立在原地。中巴车早就不见踪影了，他还在那里傻傻地挥着手。她笑他的脆弱，两个大男人的告别，搞得小女子一样。然后，她看着他转过身，似乎一下成熟了许多。他一步步挪上山来，肩上如扛着一副重担。他近了，她听到自己的心跳急了起来，怕被他发现。然而他只是低头看路。他从身前慢慢地走了过去。他走得很远了，她才起得了身，从一块石壁后跨到路上，眼泪不知怎的又流了出来……

第二天他们在走廊上见面，眼光却聚焦在那个已经走了的人的房门上。程德寿用一声咳嗽，把丁小艺的目光从那房门上打落。两人都觉空气里多了凉薄，仿佛那人是根萝卜，拔走了，洞还留在两人身边。

程德寿把目光在沉船背、操场、大树顶和教学区上扫了一遍，最后目光落在丁小艺的脸上。丁小艺一夜之间消瘦了。虎尾涧仿佛不在程德寿身后，而是在他心间轰鸣。杨又侠没走，他们间隔着杨又侠。杨又侠一走，他们间隔着一条虎尾涧。无论他站在她多近的范围，这条涧永远隔在中间，只是忽胖忽瘦而已。

他是从小父母双亡的人，好在做木头生意的叔叔一家待他不薄，供他读了初中高中。他因此感激着叔叔，也感激着这长木头的山和从木头身体里流出的水。自从他成为代课老师、民办老师，寒暑假就都住在学校了。但他的心中，是一辈子欠着什么。丁小艺的家则在桃花寺十几公里外的刘家山。这村子是插花村,村里有一半人是江西户籍。小时候,她常跟别村的孩子吹牛皮,她一步就可以跨出省,比孙悟空的筋斗云还厉害。而且只要她愿意,一天可以从省外来回几百次几千次。丁小艺的父亲,早年做石匠时身强力壮。后来肺里吸了太多石粉成了矽肺,再不能干活。丁小艺常隔周去看一次,替他洗刷一遍,住则回学校。说是教学忙,自己还得提升要学习,实际上是听不得他胸腔里发出的咳嗽声。

没有人知道小兔娃来自何方。丁小艺每次问她,她指着南山西山东山北山,指了一圈,然后说是她父亲带她来的。父亲还告诉她,她的老家就在桃花寺,她就是桃花寺人,让她天亮时找老师,以后就拜托老师,留在学校读书了。

那你知道父亲去了哪里?小姑娘摇摇头。再问,她只知道摇头。问一次,摇一次。这可怜的小姑娘!

村长发动了全村人找小兔娃的亲属。人人见了这漂亮的小姑娘,把那些送到坟墓里的影像都翻出来比对。都觉着她像村里某个人,又都觉着村里有资格当她父亲的,差不多有二十多个。找不出来,然而又都觉得她就是这个村子里的人。村长把手一挥,留在学校,由村里供她吃住、上学。

程德寿心里念了阿弥陀佛。

一晃时光流逝两年。远去的蝴蝶没有带来远方的消息,桃花寺也依然不改清澈无波的欢快。村里两年迎来十多个小生命的降临,却没哪家哪户送走亲人。十二间后的坟场也就没添新景象。

第三年,乡校突然传来指示,桃花寺小学要选派一人参加乡里的教学比武。

"神经喂!"丁小艺把棒槌敲得梆梆响,"就咱两个,还挑一个?他们那么多人,会差这一个?"

"嘿嘿。"程德寿笑笑,"就是要你呗。"

"不行!"丁小艺伸出食指一摇,"——得你出马!"

"我?"程德寿为难地抓抓头,"明摆着丢咱桃花寺小学的丑!"

丁小艺说:"你丢我丢,不能听人摆布。你去打听打听,谁的馊主意。

打听清楚了，找校长说说，就说咱们不同意派人。"

程德寿把三个班的学生扔给丁小艺，去了一趟乡校。回来骂校长："狗屁校长！领导的话当圣旨，半点不敢违抗。还说明天就得定，把名字报给他。是县里的要求。"

丁小艺"呸"了一声，盯着程德寿："这根竹竿子插得深。你交涉失败，任务就归你去完成。"

程德寿说："喂，你知道是谁的主意？"

丁小艺说："还有谁会这么坏？难道你有亲戚在县里当领导？"

程德寿说："我后来也略听说了几句，你猜猜。"

丁小艺说："别逗了，我最烦猜来猜去了，是男人赶紧给我吐出来。"

程德寿说："我朝哪里吐？反正得去一个。要不，就报你了？"

丁小艺说："哪有这么便宜。公平起见，咱们得比一比。"

程德寿说："又不是比打柴种菜。我这三脚猫功夫，在讲台上比得过你？再说我最怕领导，一见到领导腿肚子就打战。"

丁小艺说："谁喜欢见领导的？我就瞧不惯领导那副什么都懂的样子。咱们不比教学，比剪刀石头布。"

说好赢的出马，三局两胜。

比了三局。前两局一比一。第三局，程德寿说："我出石头。"丁小艺就出了个剪刀，程德寿亮出的是布。

丁小艺说："唉，什么世道，连德高望重的寿星爷爷都会骗人了。"

当下说定丁小艺去比武。条件是筹备比武期间的杂活，一概由程德寿承包。

"谁让你骗姑奶奶的！"丁小艺看着程德寿洗衣烧饭，嘴角翘了上去。

程德寿恨不得马上变成一个小酒壶挂上去。

他们开始怀念杨又侠在的时光。

丁小艺和程德寿商量，杨又侠当年取胜，走的是才华路数。现在才华比不过他，只能在教学方式方法上寻突破。两个人苦思冥想，商讨了好几天，也没理出个头绪。丁小艺一烦躁，脚一顿要撂挑子，重新和程德寿石头剪刀布。

"你个癞皮鬼，重新来。"

程德寿死活不同意，把双手藏在身后。丁小艺哪里依得他，便过来扯。一扯两扯没扯动，她整个人是和程德寿面对面的，两下扯不动，加上脚下没站稳，整个人扑在了程德寿怀里。这下软玉温香，把个程德寿吓得一动不敢动。

丁小艺这边重心没稳牢，整个人都靠向程德寿这边，程德寿不动，她一时也立不起来。两个人贴在那里，臊得面红耳赤。

好不容易程德寿扶住丁小艺双肩，把人给扶正了。丁小艺白了他一眼："就会欺负人！"

这夜，程德寿听到涧流的轰鸣、大山内部岩浆的奔腾。这声响是如此剧烈、突然。他惊坐起来，一股力量推动他披衣起床，坐到窗前简陋的书桌前，望着窗外茫茫的黑夜……他太熟悉窗外的大山了！闭着眼睛，他都能看到那根崛向天空的虎尾；闭着眼睛，他都能感受到它的心跳与呼吸；闭着眼睛，他都能触摸它的怪石嶙峋的骨架。这是他从来没有向别人透露过的秘密：他曾在十七岁那年，独自穿越茫茫林木，成功登上了虎尾山最高处！虎尾山至此刻入他的生命。无论他在哪个地方、哪个角落，他的灵魂都高高地站在虎尾山最高海拔的虎尾上，人世间的一切因此都低矮淡了。他流下了眼泪！祖先、爷爷、父亲，尽管他从没有见过他们，但是祖祖辈辈、世世代代，他在一座山的最高处感受到了他们的高度和艰难。他在山顶最高那块石块上，轻轻地吻了下去……

此夜，他的神魂再次在夜里升到虎尾山的最高处，找到了那块他亲吻过的石块。是的，他只是这山间的一块石块。没有水的清纯，花的艳丽，风的轻盈，也没有树的婆娑。他有的，只是他的坚硬与沉默。

丁小艺一连好几天不再找程德寿商量。他的手藏得那么后面，她可不想再上他的当。

不就一堂乡里的教学比武？教怎样的班，上怎样的课！她教的是三个班的复式，便决定去上一节复式课。平时怎么上，比武时就怎么上。心一定下来，她觉得也没什么了不起。

丁小艺出去比武要两天时间，便委托程德寿晚上照顾兔娃子。

程德寿再亏待自己，不敢亏待兔娃子。丁小艺在时，他吃什么，丁小艺吃什么，兔娃子便也吃什么。现在丁小艺不在，他可不敢自己吃什么，让兔娃子也吃什么。按他自己的算盘，弄点豆腐乳，配点老酒，再来点米饭或面，将就着就是一餐。

兔娃子果然肚皮吃得圆滚滚的。程德寿在那边洗碗筷刷锅子，这边她从胸前的衣服里掏出一个挂件玩。原来她一直挂着个黑乎乎的坠子，麻将牌那么大。

程德寿回头时看到了，问：

"兔娃子，你这是什么宝贝？"

"不知道。"兔娃子说，"爷爷给爸爸，爸爸给我的。"

"哟，那可是祖传的宝贝。"程德寿鼻端传来一股香。兔娃子刚来的时候，他就闻到过这香。开始没在意，以为是丁小艺身上的香，现在才知道是"麻将牌"发出来的。他有些疑惑和好奇，然而这好奇和疑惑一闪就过了。他自己，祖宗只留给他一个身体。别的人家祖宗往下传什么，凭的是积累，传什么都不奇怪。五千年文明，可传的东西太多啦。

两人闲聊一阵。兔娃子刚好在换牙，缺了两个门牙，说话漏风。话都像从口腔里吹出来的。

这个小怪人！程德寿想。第一次见她，电筒光照着两只血红眼睛，差点没把他吓坏。

现在他感激着她呢。单独面对丁小艺时，他总有一种卑下感。两个人的磁场和维度不在同一个频道。丁小艺和杨又侠一样，都是会发光的人。只不过杨又侠的光从额头上发出来，丁小艺的光是眼睛皮肤里透出来的。他们都是王的级别。他能跟着他们就很幸福了。跟着，跟面对面不同。跟着，他愿意当他们的随从伙伴哪怕奴仆，面对面时，他就感到紧张，有无形的自卑。现在，三个人在操场上散步，丁小艺牵着兔娃的手，有时，兔娃会把另一只手塞到他的手中。他握着，把小小的电流从小手传过去。丁小艺那边，则握如母女。他们三个人走着，一家人在散步似的。这时候，四棵树上的怪枭很少叫。

程德寿洗了碗筷,让兔娃儿洗了脚到丁小艺房间里睡了。

丁小艺回来,程德寿问上得怎么样。她因为完成了这一件大事,怪轻松的,把之前那一扑的事放下了,脸上便浮起了笑容,说:"管他上得怎么样。他们让去上,就去上。反正咱们不稀罕,好坏由他们评就是。"

不料过了两天,乡校又来了通知,说是丁小艺要代表乡校去赛课。这下丁小艺傻了:"配角唱主角,这戏可怎么演法?"

程德寿说:"兵来将挡,水来土掩。能去参赛就是成功,这证明你是全乡最强的老师,说不定下学期就调乡中心小学去了。"

丁小艺说:"就你贫嘴。乡中心小学那么大的地方,是咱们这种水平能够去的?你倒是说说到县里该怎么上。"

程德寿说:"你看这些山,哪座不高?为什么咱们独独爱看虎尾山,就是它高呗。上课也是一样。既然乡校要让你去参赛,说明你这课的方向是不错的。咱们就是再把它给拔拔,拔到最高的地方去!"

丁小艺说:"咦,行啊!德高望重的寿星爷爷,看不出来您还是个战略家。要不,你再琢磨琢磨。"

七琢磨八琢磨,两人琢磨出一个大招:三复式不算厉害,要来就来个五复式,顶天了!

丁小艺赛课期间,在开化县城住了三夜。按原计划,她只须住两夜。这多出来的一夜,后来成为程德寿心中永远抹不去的痛!他和丁小艺一起,剥洋葱似的一次次去剥开这个夜晚,试图剥开这个夜晚的核心。然而洋葱无心,无论程德寿怎么努力,丁小艺就像手法极其高明的魔术师,既要看到观众脸上的好奇与激动,却又迟迟不肯揭开这魔术扣人心弦的谜底。程德寿一度怀疑自己会被这个长相清秀的女人逗疯,可是他又忍不住,一次次陪着丁小艺深入那个险象环生的夜晚……

第二天傍晚,程德寿算好桃花寺末班车的时间,下午一放学就带了兔娃儿去车站接丁小艺。兔娃儿高兴极了。丁小艺不在的这两夜,她被天花板上的老鼠吵得睡不好。丁小艺在时,有什么动静,她就钻丁小艺的怀里去,让丁小艺紧紧搂着她。丁小艺的怀里又软又暖。她一钻进去,天塌下来都不害怕。

兔娃儿天生是爬山的料。那些让成年人皱眉的山路，一点儿难不住她。她上蹿下跳地，不时去路边采一些野花。采上一朵，就跑过来交给程德寿。程德寿等手上抓了一大把花，去路边小苦竹上折了几条边枝，编成一个圆圈，把野花绕上去，做成一个花环。准备一见到丁小艺，就让兔娃子把花环献上去。

他们还不知道丁小艺在比赛现场的表现。丁小艺当天就震动了开化教育界。按县里教育专家的说法，丁小艺这节课是开化县建县一千多年来，老师胆子最大、听课学生层次最丰富的一节课，绝对前无古人后无来者。在那个小学只有一到五年级的年代，丁小艺这堂课呈现的是五复式教学。一堂课时间相当于其他老师的两节半，教学的对象从小学一年级到五年级，教学的内容既有语文也有数学还有思想品德。所有的领导也好专家也好老师也好，无不目瞪口呆，佩服得五体投地，为丁小艺这个惊世骇俗的课堂创意震撼不已。

"真是虎尾山上蹿下来的猛虎！"

丁小艺一亮相，比赛现场立即吹进一阵饱含负氧离子的山风，大家似乎移步到桃花寺小学的操场。那里，虎尾山直插蓝天，挂在虎尾尖的几朵白云闲闲地在天空飘着。一座座林木葱郁的山林环拥着学校。不，那不是丁小艺在教学，那是丁导游在向人们展示桃花寺的山水。那也不是丁小艺在说解说词，那是山莺在娇啼，是山泉在练声，是蝴蝶在振翼。看哪，那前方的悬崖是多么陡峭，只有骄傲的雄鹰可以俯空傲视它；看哪，那林下的百合是多么无瑕，只有冬天的白雪才可以和它媲美；看哪，那潜龙潭的眼神是多么幽深，只有最深邃的哲人才配在它的身边驻足。最后有人突然醒悟过来，想起了几年前的杨又侠同样出自桃花寺。他们说杨又侠的课是风生水起，丁小艺的这堂课却是峰回路转。他们发出了由衷的赞叹：这才是课，好课，精品课！

最后给出的分数，让丁小艺做梦都没有想到——她获得了全县第三名的好成绩！

丁小艺从比赛现场出来，急急赶往县城北站搭车。她要赶上到桃花寺的最后一班车。第一时间把这个好消息分享给程德寿和兔娃子。她想看到那个德高望重的老爷爷脸上的惊讶和兔娃儿脸上的喜悦。

她在离北站大门口一百米的地方，被身后一个人叫住了。

程德寿果然脸上堆满了傻傻的惊讶。他没有想到这个为了一只兔子，要哭很长时间鼻子的姑娘，竟然这么能干，把全县那么多的高手打败了。他曾经多么担心，毕竟五复式教学这个馊主意是他程德寿给的。他准备丁小艺失败了，以后就把自己的嘴缝起来，不给任何人做参谋提建议。

要高，就高到山顶；要土，就土到掉渣。他对丁小艺说。三复式还不够厉害，要干，就要干到顶点，干到虎尾山尖去！

他看着全身泛光的丁小艺，相信现在她就站在虎尾山尖。现在就是真拿一把渣土给她，她也能叫它变成黄金。

他们在厨房的餐桌上，谈得最欢的时候，丁小艺一句："我碰见杨又侠了！"

程德寿马上就饱了。

丁小艺偏要把程德寿往那个夜晚带。起先，他们找一家路边饭店吃饭。丁小艺责怪杨又侠浪费，两人一个小包厢。杨又侠笑笑："咱们的三强选手，未来的城里老师，怎么能亏待！再说这家饭店我熟，两个人坐，不耽搁老板生意。"

丁小艺课刚上完，正云里雾里，听了杨又侠的话，心里受用，就安心坐了进去。

程德寿听到这里，说："嘻，你们就该坐在饭店大堂，又宽敞，外面人多，又热闹。这小杨，到了城里阔绰啦，没提到我？"他心里说的是："一个小包厢，人家不知道还以为你们谈恋爱哩。"

"怎么不提，一坐下就提你，让我向你问好。"

程德寿心里舒坦了一些。

原来，杨又侠在县实验小学只教了一年书，第二年就凭实力考到县教研室去了。这次赛课,就是他向乡校长提出单独给桃花寺一个名额的。丁小艺责怪他:"我还以为是谁这么好心,原来是你在背后作怪,害我吃了这么多苦头,夜里都睡不好觉。我看你是自己上岸了,存心想看我们出丑。"

杨又侠一听,仔细地在灯下看丁小艺。这一看,果然丁小艺眉眼间有些憔悴。不由得笑道:"这不是好心被当了驴肝肺嘛!我就想着,你们在那里面,信息闭塞不说,肯定是不想和外面的人竞争的。一般是三人以上的小学出一人比赛,我寻思着亏别人不能亏你们两个。就和乡校长交代了一下,特意增加一个名额。看来这校长办事还行,改天还得感谢他。"

丁小艺说:"这不是要被人家说了?"

杨又侠说:"说什么?我走了,不给你们增老师,本来就是他当校长的不是。这回算他将功补过——不过,还真不能小看了咱们的小艺同志!我原先想,在乡里露一手过把瘾就算了,没想到还杀到县里,把人家杀得人仰马翻的。"

丁小艺说:"这么说来,还不是你在背后帮衬。我这三脚猫的功夫,估计在乡里就是要淘汰的。"

杨又侠说:"我说归说,最终靠的还是实力说话。你这课,比我当年上得实在多了。"

丁小艺说:"快别提了,还不是德高望重的寿星爷爷的主意。"

杨又侠说:"哟,这德高望重的寿星爷爷还真看不出来,菜种得好,招也支得高。"

程德寿不免脸一红。被杨又侠表扬,这可是破天荒第一次。

程德寿说:"后来呢?"

丁小艺说:"吃饭吃饭,总要把饭吃饱才有后来对不。好了,现在吃好了。"

程德寿说:"吃好就散了?"

"没呢!"丁小艺低头喝茶,"杨又侠说有样好东西要给我看。"

程德寿说:"看,鱼饵抛出来了——什么好东西?"

丁小艺说:"就不告诉你。你什么心肠,把人家想得这么坏,还鱼饵,你当他是在钓鱼啊。"

程德寿说:"切,小气鬼,说一句都不行。他这么左遮右挡不痛快,我不是怕你吃亏嘛。去看了?"

丁小艺说:"看了。"

丁小艺看到程德寿眼里有醋意,便故意逗他:"那件好东西,你也熟悉的。"

程德寿说:"我脑子笨,实在是猜不出来。他是拿来给你看,还是怎的?"

丁小艺说:"还能是哪里,当然是去他的房间啊。"

程德寿惊讶:"啊?"

丁小艺说:"啊什么?"

程德寿说:"我估摸着这不能去啊,姑娘。我怕你单纯善良,容易被坏人骗了。"

丁小艺说:"坏人,你什么眼神?他是杨又侠哎!别人不了解他,你还不了解他?"

程德寿说:"我这不是怕你羊入虎口。再说,他离开咱们时间也长了,难保证他能出淤泥而不染。"

丁小艺说:"呸,好个羊入虎口!要说虎,我看你才是虎,肚子里绕着这么多坏九九!牙齿上亮出来的都是飞刀,把人家想成什么样子了!他是杨又侠,不是街上的地痞流氓。他要是地痞流氓,还用得着等我丁小艺送上门去?早在桃花寺小学就伸出恶爪了。再说我丁小艺有那么笨,他想欺负就欺负得成?"

程德寿说:"嘿嘿,是是。大姑娘,我这不担心您吃亏嘛。杨又侠此人要干起坏事来,那肯定是好蛋上找不着缝——从里面孵出来的。"

丁小艺说:"你还是担心担心杨又侠吧!人家现在是开化教育系统的一颗新星,想粘他的人多。说起吃亏,不定还是他的亏吃得大。"

程德寿说:"别人再吃亏,咱们丁小姐不能吃亏。"

丁小艺说:"不跟你扯了,尽把人想得这么坏。找时间,我要跟杨又侠参你一本,说你在背后说他坏话。"

程德寿说："快别，我这还不是善意提醒。你要不听，就当耳边风。哎——你们都是人才，很快就要到城里会合了。"

丁小艺说："喂，我可没同意要去城里哈。这是他们的规定，我有自己的规定。"

程德寿说："你有什么规定？"

丁小艺说："就不告诉你！兔娃儿，走，咱们去睡觉了。别听这德高望重的寿星爷爷扯了——还真能扯啊，算我以前小看了。"

说归说，丁小艺快乐得像一颗发光的水珠，蹦过来跳过去。在这颗水珠的衬托下，程德寿越发像块黝黑的山石，沉默而无趣。

山石沉默了两天，水珠忍不住了，蹦过来继续和山石讨论水的问题。

"德高望重的寿星爷爷，你说这水出了山，还会是原来的水吗？"

"怎么可能。水去了哪里，就成了哪里的水。它去了塘里，就是塘水；去了河里，就是河水；去了江里，就是江水；去了海里，就是海水。要是去了眼里呢？那就是泪水啰！"

"德高望重的寿星爷爷，我发现您老人家真是越来越逗了。您不想再听听那天晚上的事？"

"人家不愿说，我耳朵扯再长没用。"

"那咱们一起分析分析，流到城里的水是什么水。"

"你是说小杨吧。"

"就以小杨为例。"

"唉，我就说这家伙欺负你了吧。水到了城里，基本上就没什么好水。具体情况还要看。那天晚上你看了好东西，清清白白出门，这水就没变质。他要对你有什么动作，就是变质。他对你有了什么动作，要是完完全全负责就不是变质，要脚底抹油，就是变质。"

丁小艺扑哧一笑："德高望重的寿星爷爷，看来是变质过的，不然哪有这么懂。"

程德寿说："冤枉。咱们当老师的都知道，有些经验是直接经验，有些经验是间接经验。我刚才说的，就是间接经验——跟书本老师学的。"

丁小艺说："鬼才相信。对了，你刚才说的动作，哪些才算是变质的，哪些是不变质的？"

程德寿心里一声哀号：完了，这个纯洁的小姑娘中招了，自己还不知道！他心里苦得要命，表面上却不动声色："比如，我这么看着你，是不变质的！"

丁小艺说："脸都把人家看烫了，还不算变质？"

程德寿说："姑娘见笑，见笑了！我这眼光是水里洗过的，看姑娘是姑娘，完完整整，穿着衣服裤子如假包换的姑娘。"

丁小艺"呸"了一声："谁知道你心里有什么歪肠子。"

程德寿说："喏，对了，就是这回事，凡是只在心里想想的，眼里看看的动作，都不算变质。那小杨，我看他那么滑头，将你骗到他房间里去，想必是没有这么简单！"

丁小艺佩服得要命："人家当然有动作，不过，可不是你想的动作。"

程德寿人紧张得缩了好几寸："快说，他怎么你了。"

丁小艺忸怩着："他……他——"

程德寿不敢说话，怕一张嘴，把丁小艺的话吓回去，又怕丁小艺一张嘴，把自己给吓住。

丁小艺说："他给我看了他的好东西，然后，然后，哎，你们男人怎么回事，动不动喜欢把手搁人家肩膀上。"

程德寿说："他就搭了你的肩膀？"

程德寿眼前一暗，脑海里一只老虎猛地扑向一只羊羔。

他们到了杨又侠租住的房间。那是一套四五十平方米的套间，靠近街面的二楼，里外都搞得很干净整洁。杨又侠把丁小艺带到里间。外面汽车的喇叭声和各种叫卖声随时冲进耳膜。里间只有一张床和一张写字桌，和十二间的摆设差不多。这使丁小艺一下放松下来。

杨又侠从写字桌的抽屉里掏出一个纸包，展开，里面是一团干花瓣。

丁小艺有些不解。

"这是我离开桃花寺那天，路上摘来的花瓣。"

丁小艺的眼热了。她想到了竹笼里源源不断地涌来的花瓣。眼前的男孩比两年前成熟多了。看得出来，城里的打拼比桃花寺要艰难得多。他的眼角，有着不易为人察觉的疲惫。从小山村跳进城里，是多么不容易。难得的是他还珍藏着桃花寺的花瓣。离开了桃花寺的花瓣，因缺失水分而皱巴巴的，香味却和原来一样。

丁小艺低头嗅了一把。很香！在她闻的时候，一只手自然地搭上了她的肩膀。

她全身一震。鼻端似乎闻到了密林中猛兽的气息。

"小艺！"她听到耳边一声呢喃。那是春天的燕子在呼唤另一只燕子的声音。她静静立了一会儿。忽地肩膀一低，杨又侠手从她背上滑了下去。

"不早了，我要去开旅馆了。"

"小艺。"杨又侠看着走到门口的丁小艺，喊了一声。丁小艺没有应声，快速走出了外间。她有逃出森林的轻松感，街上一股喧嚣扑面而来。人间的热闹真好。她紧张得手心汗都出来了。

杨又侠跟了出来："我陪你去。"

丁小艺没有拒绝。在人前，杨又侠永远是那么彬彬有礼，豪光四射。去旅馆的路上，丁小艺脚步轻松起来。她看了看杨又侠。杨又侠没有半点的不快，依然那么平稳热情。她看了看城，灯光辉煌。这是杨又侠的城，以后也将是她丁小艺的城！想到城，她又有些晕起来。她完全没有做好准备。她是被推着来、押着来城里的。在桃花寺她有十二间，不，十一间，她想住哪间就住哪间。在这城里她没有立足之地，就算住一晚，都要人带着去。城市是一匹陌生的大兽，要没有杨又侠领着，她很快会迷路。她明白自己刚才有些过激了，也许杨又侠依然把自己当哥们儿。哥们儿！哥们儿搭下肩膀又有什么关系。

他们到了人民旅馆。

"他进你房间了？"

程德寿刚放下的心又悬起来。

"你对他有成见，程德寿！好像他就是一坏人似的。"

他的脑回路里，猛兽在后面紧追不放伺机出击，可怜的小羊羔走在前面浑然不觉危险。他恨不得跳进那个夜晚，把丁小艺扯回桃花寺，扯回十二间。

她本来在前台登记好就和杨又侠说再见的。这段时间，心思纠缠在赛课上，她累了，想早点休息。杨又侠突然说："小艺，关于你课上的几个点，我还得跟你谈谈怎么提升，怕你明天回了没时间不好面谈。"

这是一位县教研员对普通老师的要求，在丁小艺听来，等同于命令而无从拒绝。杨又侠便坐进了丁小艺的房间。

丁小艺听得呵欠连天。尤其憋得小腹紧紧的。杨又侠那边却说得振振有词，举手投足间一副专家风范。看来这两年没少在教育理论上下功夫。好在人民旅馆的卫生间是公用的。丁小艺跑到女厕好一阵轻松，出来时得了主意，笑对杨又侠说："说了半天，估计老师肚子说饿了。我听说大排档炒粉干配啤酒是一绝，想请老师吃点夜宵。"杨又侠一听，眉头皱了皱，喉结动了动，然后马上高兴起来。两人避着路灯一前一后去了大排档。路上不时有人招呼，杨又侠都是草草两句打发。到了大排档，杨又侠坚决要坐小包厢，说是清净。不一时两盘粉干两瓶啤酒端上桌。丁小艺不善酒，说好杨又侠喝一瓶半，丁小艺喝半瓶。哪用得着半瓶，一杯下去，丁小艺脸已经通红，人晕乎起来。那双眼睛被酒一润，又大又亮，把杨又侠晃回了桃花寺岁月。他自己再加了一瓶，那酒喝下去，分明多了桃花寺竹筅上的清冽味道。

进城后，杨又侠在外人看来，简直是流浪汉捡了金元宝：从全县最山旮旯的山村小学一跳进城，半年内和教育界的大咖女儿确定了恋爱关系。一年后再次鱼跃龙门，考进县教研室当小学语文教研员。他虽租了房子，实际上大部分时间住在准丈人家里。只因平时要午休，房子也没退租，成了临时休息场所。教研员虽小，小县城自有一帮人捧着哄着。不说要风得风，要雨得雨，酒桌上女老师往肩膀上靠是常有的福利。就图点期末试卷上的作文题，点评课上两句表扬。他的女朋友，就是那位赶到桃花寺，一心谋杨又侠为婿的专家的千金，有一天趁父母不在家，这城里女孩也不客气，把杨又侠按在了床上。脱了衣裳的城里姑娘，根本就是一只猛虎。杨又侠被扑倒在床，稀里糊涂就失了身。而她那沉浸在欲望中的虎头，没有了云鬓的装饰和脂粉的掩护，抬起来时几乎把杨又侠吓住。想着自己原来是被一只老虎追赶到城里来的，不免分外怀念桃花寺的清澈来。酒越往下灌，这份缺憾就越深。这份缺憾越深，对面的美人就越美。

啤酒粉干下肚，时候恰好。起身时，丁小艺不要杨又侠送，杨又侠坚决要送。

"怕我是老虎吃了你？"

"你要是老虎，深山老林里不吃人，到街上吃人？"

"别看街上人多，不知哪个是老虎。这么着，我这当门神的，送你到门口。"

杨又侠把丁小艺送到旅馆门口。丁小艺停步看看杨又侠。杨又侠笑道："不是这个，是房间门口。"丁小艺一阵小感动。心想，到底是十二间的门神，五星级。

杨又侠果然摇晃着止步在房间门框外，向丁小艺挥手。之前在街上，两人隔了两米。现在两人隔了半米。空气里温度直线上升，迅速逼向燃点。丁小艺半开着门，靠在门上挥手。两人互道晚安，挥手作别了三次，杨又侠的脚才抬向外。丁小艺转身把门靠上……

程德寿长嘘一口气。这个跟丁小艺之死有着重大干系的夜晚，就这样轻轻关上了大门。

云朵一会儿在程德寿脸上聚合，一会儿在程德寿脸上散开。

女孩子的心事，谁猜得透呢？

而男孩子的心情，原来也是这般千变万化，阴晴难测。

在丁小艺一遍遍和程德寿谈论水的日子，她想知道的才不是程德寿想的那样。她不关心远方的水是否变质，她只关心水的心里是不是还刻着她的影子。她自然明白程德寿的那股醋劲。这家伙多酸呀！当远方的水靠近她的时候，他的脸立刻阴了；当远方的水彬彬有礼时，他的脸上是多么灿烂，为着那纯洁的友谊感动了似的。

当她被邀请进了杨又侠的房间，他几乎坐不住了，要冲进去把她拉出房间似的。当她机智地避开，他的眉毛舒展开来，上面是盛放云淡风轻的天。

程德寿怎么会懂呢？女孩子的心事，永远藏在没有说出的话里，藏在她的眼神偶尔迷失的那一瞬。

这是程德寿永远不知也不想知道的——

丁小艺在门后静静地靠了很长时间。啤酒推动血液在脉管里奔腾。她脚踩着棉花，仿佛只是做了一个梦。梦中她参加比赛，梦中她获得了掌声。但这些对于夜晚来说，都被隔离在很远的地方。特别是今天见了杨又侠，让她特别怀念十二间。她是属于十二间的，有两尊门神的十二间。

门神会守门，门神也有脚会跑，她的眼角不知怎么湿了。要是时光永不迈步多好，那就让它永远停留在杨又侠未走的日子。她宁愿不要这比赛，这掌声和鲜花。一束鲜花有什么了不起，桃花寺的山上鲜花多得采不完，四季永远有花在绽放。她想马上回到桃花寺。这一想，她恍然已在十二间的门后。她闭上了眼睛。她愿她打开门时，他们还在，永远都在。她愿蜷在他们的掌心，她愿在他们中间，永远！忽然无边的孤独袭上心头，将她整个人淹没。她打开了门。她那么急，差点和一个人撞个满怀。

门口站着杨又侠。那么坏、那么宠溺地看着她。她还没清醒过来就腾身而起，在他的双手间化为温柔的云朵，飘进房间飘到床上，从两个年轻人的身体深处，制造出了雷声闪电和甜蜜的洪流……

春天，春天就这样跟在丁小艺身后来了！

一百多棵桃树，树树红出了血，异常灿烂，把整座坟场都烧了起来。程德寿站在菜园地里，拄着锄柄，整个人红红的，眼睛像盛了血。低头时，锄柄是桃花红，菜是桃花红，大地是桃花红。回身时，整个十二间都红红的。桃花寺人站在村里，遥指学校："看，那边烧起来了！"

是的，烧起来了。丁小艺也烧起来了。她穿上一件新大红衣服，像一朵行走的桃花，走到哪里，哪里就映出了红。她哪能不红呢，这么一个小姑娘，为桃花寺争了光。她走到哪里，都有人朝她竖大拇指。

竖得她心慌慌的。她怎么了？不就是上了一节课？她平时没这么上过，她以后也不会这么上，怎么就不同了？夜里她一遍遍地抚着自己，问着自己。她还是之前的她，不，她已经不是之前的她了。

衣服是她从县城回桃花寺之前，专门去小商品市场买的。她不知怎么的，就想换件新衣服。杨又侠并没有来送她。她也不知道他晚上什么时候走的。可这有什么关系。她拥有了这一个夜晚。她从此是盛开的女人了，她从此是花一样的女人了。美好的未来向她招着手。在她身体里制造出无穷甜蜜的人，会在桃花寺山泉水流经的小县城等着她……

她成了程德寿眼里跳跃着的火焰。她越耀眼，他就越黯淡。

最后一瓣桃花从树上飘落，桃枝上现出青色的小桃子。毛茸茸的小桃子，慢慢地把桃枝压弯了腰。

程德寿惊奇地发现，丁小艺走路时不再蹦蹦跳跳，那些藏在眼角眉梢的任性，一并被她收拢了。树上的青桃疯狂地吸收着地下的养分，日夜膨胀。丁小艺偶尔拍拍肚皮，娇嗔地责怪程德寿："都怪你，天天烧得那么好吃，看看，都胖了！"

程德寿说："放开吃，以后再来，就是桃花寺的客人喽。"

这期间，丁小艺又去了两次城里。第一次是去城里进行录用体检，回来后，脸色很不好看。

"身体不舒服？"

程德寿以为丁小艺晕车，给她熬了姜汤，让兔娃儿捧过去。丁小艺喝过姜汤，脸色好了一些，勉强吃了些饭菜，早早睡了。这一昏沉就是整整一个星期。第七天她早早起床，背着兔娃儿把检测棒放进晨起第一泡尿中浸了。

一道红杠！

谢天谢地。她把天上神佛和祖宗十八代感谢了一遍。洗衣服时，这些天来头一次找程德寿说了话。错毕竟错了，然而错得神不知鬼不觉，错得不是那么大。程德寿蹑着脚从丁小艺身后走过，被丁小艺叫住了："德寿。"

程德寿吓了一跳，他从没听丁小艺这么庄重地叫过她。

他停下来，认真地看着丁小艺。

"小艺——"

丁小艺迟迟不开口，程德寿摸不着头脑了。

"德寿，你说这水去了山外面，还能这么干净吗？"

"呃，水本身是干净的，不论它去哪里。它看上去脏，只是脏东西侵犯了它。它本身是干净的。"

"你是说，水不管去了哪里，它都还是干净的？"

"对，它永远是干净的。只要它愿意，它就可以回归干净。比如一盆脏水，只要它重新静下来，它就干净了。水归水，泥归泥。"

"静下来？"

"像潜龙潭一样静下来。"

"呵，想不到还是个哲人。以前，我以为你哑巴哩。"

"以前，话不是给人讲光了嘛。比如，小杨——"

"别提他！"丁小艺忽然声音高了八度，把程德寿吓了一大跳。

"他说你坏话了？"

说坏话？哼，这个王八蛋可比说坏话坏多了！丁小艺看向竹筤的眼里喷出了火苗。

丁小艺去城里的所有夜晚，又沉重地压在了程德寿心上。欺负人难道非要在夜晚？于是，丁小艺去城里的所有时间，加倍沉重地压在了程德寿心上。

水哗哗地流着，丁小艺眼里的火苗既烧不干它，也拦不住它。它永远是那么欢快。她拿起棒槌敲打了它，敲得它四散逃逸，敲得它泪花飞溅。

这回丁小艺去体检，好巧不巧，在人民旅馆门口，远远看到了杨又侠。她高兴得想扑过去，却被他手上的大红女式手提包，和一个发髻高盘的骄傲女孩阻在了十多米处。杨又侠在她身边，温驯如一条哈巴狗，跑前跑后。杨又侠或者是看了她一眼的，头向丁小艺这边转了一下，停顿了零点零一秒，然后又有说有笑地远去了。

丁小艺的心瞬间从春天走进了冬天。

体检时，医生询问近期有没有不舒服，她回复月事停了一个月，另外就是老爱困觉。医生问她有没有男朋友。她的脸飞红,摇摇头。好在这一项并非必查。好心的医生叮嘱她多休息。她自己到药店买了根早早孕检测试剂带回桃花寺。

"杨又侠这盆水被城市洗脏了!"

"那可得小心别被他泼到。"

丁小艺扑哧一笑。这一笑,融冰化雪,自丁小艺被通知参加赛课以来的隔阂感,全被这一笑拆除了。程德寿看得痴了。丁小艺把棒槌朝程德寿脸上一甩:"看什么,傻子?"

程德寿笑着逃开了。

"喂,回来。"

程德寿又转了回来。丁小艺说:"人家话没说完,你就想逃?"

程德寿把耳朵竖了起来。

"我想我还是不去城里了,就留在桃花寺!想听听你的意见。"

程德寿以为自己听错了:"什么?多少人抢都抢不到。"

丁小艺捧了脸盆向十二间楼上:"让他们抢,这里才是我家!"

"什么,你再说一遍,我没听清楚——"程德寿在楼下又蹦又跳。丁小艺嘴一抿,回了房间。路过那人的房门时,她还踢了一脚。活该!她想。将军不当当奴隶。她想到他在街上低眉顺眼的样子就来气。装!做你的奥斯卡影帝。我和你从此一别两清。只有测孕棒最懂她,体贴她。只给她一道红杠杠。天!她还真没准备好一次就中奖。要是有两条杠,她咬咬嘴唇,想到了那只在街上走着的骄傲的母鸡。自然地,她可以拿着两条杠杀上门去,逼他来个奉子成婚。可那样的婚姻,是自己想要的吗?不,她绝不要那强扭的爱情。她要瓜熟蒂落,水到渠成。她为此感激着测孕棒给她的神明般的提示和照顾。她也感激着那个她平时以为他是哑巴的男人。正是他告诉她,水永远是干净的,脏水只要静下来,就可以自净。她当然好想有个自己的宝宝,可她不希望是从那样的夜里偷来的。她摸了摸小腹,那里的感觉好奇妙!作为一个女人,她多么希望是两道红杠。作为一个未婚女人,她多么希望是一条杠。嗯,是一道杠!一个未婚女人,一个连男朋友都没有的女人,要是有两条杠,那是多么丢人现眼。幸好,一道杠。嗯，她是一道杠。毋庸置疑，她已经是一道杠。她莫名其妙地，竟还有些失落。

毕竟那夜太美！

测孕棒她记得测过后就藏在抽屉里了。她打开抽屉，又看了一眼测孕棒。这一看，她的脸色顿时绿了，魂飞魄散。

测孕棒上变成了触目惊心的两条红杠！

两条红杠，双节棍一般，乒乒乓乓，把丁小艺打蒙在当场。当时就想开了门，从十二间楼上跳下去。或者干脆，在墙上一头撞死。死得难看有什么关系，活得难看才是最难的。

她明白自己中了那个夜晚的剧毒。天啊，她怎么有脸再活下去！这就是人们不吝把鲜花和掌声献给她的优秀老师，这就是别人看她冰清玉洁的深山未婚女青年！她全身冰凉，仿佛已经看到了一根根指头，利剑似的朝她身上飞。

"你这个婊子，破鞋，被人玩过不要的弃货！"

天啊，真不如死了的好，丁小艺失魂落魄地向潜龙潭走去。

天空乌云翻滚，她心间的乌云比天空的更黑。

她脑里不断翻卷着那个夜晚的所有细节。爱情是那么突然地降临并将她完全俘获。她不甘心！她不信自己比不过那个红色手提包的女主人，那个骄傲得眼睛不看地面的人。是她抢走了，哦，不，究竟是谁抢了谁？谁诱惑了谁？她又能去怪谁？他扮成纯真的猛兽候在门边，是她自己开的门，是她自己给了别人伤害的机会。是她自己引诱他犯下错误——呵呵，是她自己把一切想得那么美好！想他依然是城市浊流里的一股清流。哦，生活，你开的是什么玩笑！我宁愿你收回掌声和鲜花，我宁愿只在桃花寺什么也没有发生。普普通通，平平凡凡，我只愿做这山里的一道清流，这山间的一朵百合。

她站到了潭边。潭水清澈，潭水深不可测。潭水啊，请你告诉我该怎么做。她把脚步挪到潭边。现在，只要眼睛一闭，纵身一跃，就可一了百了。什么名利地位，什么爱恨情仇，都一笔勾销。

潭水静静地映出她的影子。那真是一个可怜人的身影。孤独、无助、无力、迷惘。

　　水哗哗地从瀑布上飞跃而下。啊，永别了，这可爱的一切。她的目光停留在潭水上方的那第一根竹笕上。正是这竹笕上的水，带着花瓣第一次冲开了她的心门，让春天停泊在她的心尖上。爱情蜻蜓般的小爪子，搔得她的心尖痒痒的。她小小的心中，曾经多么得意于门前的两尊门神护佑。却又正是那根指到哪儿，哪儿就会出现奇迹的手指，脱卸了她身上最后的防线，在她身体的最隐秘处，引导出了蜜汁与火焰。他对别人的所有英明，都敌不过为她指的这一条不归路！

　　她身体往前一倾，身体将跃未跃之际，忽地感觉连虎尾山在内的山石林木，似乎都在伸出手拦了她一下。她重新站直身体，天空明亮起来。是的，这山山水水拥围着她，它们没有半分的嫌弃。是的，它们永远是这般沉默地爱着她！她放声大哭起来，哭得地动山摇，山河失色。

　　你只须静下来！

　　朦胧中，程德寿的话在耳边再次回响。她猛地回头，路上空空的。

　　静下来，像潭水一样静下来。

　　让水回到水。让水不堪承载的一切，回它的爪哇国去吧。她听到了内心的坚冰融化，水声汩汩。水是醒来的冰。她抬头，天空一朵朵白云，悠闲自在，无拘无束。云是归来的水！她激动得跳了起来，泪水再次挂满她的脸颊。这新生的泪水！

　　丁小艺第二天去了县城。这次去县城，她没有和程德寿说，也没有和兔娃儿说。她很早就起了床，爬山过岭去坐第一班车。

　　她要把县城留给她的那个夜晚还给县城。

　　程德寿梦见了雪。

　　雪落下时，有一种惊人的美丽。他从不曾见过这么大的雪，也不曾见过这么惊人的美丽。他在操场上抬起头，雪一朵朵、一片片从天空飘洒。那不是飘洒，那是飞翔。飞翔的雪，它们一朵朵、一片片，它们笑得咯咯咯的，飞向山峦，飞向大地，飞向人间！

"又侠，小艺——"

他朝十二间，合拢了双手呼喊。没有人应他，他们不知道去了哪儿。天地间仿佛只剩了他一个人。

他摊开手掌，雪落在掌心。化为水，化为泪，化为生生世世不竭的洪流。他攥紧，紧紧地攥住。他要攥住此刻，攥住无涯无际未来的小尾巴。

雪落在虎尾山尖，落在莽莽群山，落在林木的发梢，落在十二间屋顶，落在坟场和菜园。白了，一切全白了。

啊，看，虎尾山原来是玲珑剔透的玉虎，它从天空跃向人间，它勇猛的追寻是多么圣洁！看，十二间原来是天界的琼楼玉宇，檐角飞翘，高处不胜寒！那么，就让他程德寿在桃花寺做个孤独的蓑笠翁吧，以注入杯中的酒为线，钓起千古不灭的愁肠……

他的诗情还没发完，蓦地起了狂风。天地间铅云翻滚，一片昏暗。刚才的诗情画意全然不见。他看到丁小艺落寞地从十二间走出来，走向后门。这么恶劣的天气，她要去哪里？程德寿追了过去。可是狂风暴雪迷住了他的眼睛，积雪阻挠着他的脚步，他只能眼睁睁看着丁小艺越走越远，消失在山林深处……

丁小艺是被一个返乡的中年人背回学校的。中年人胡子拉碴体格健壮，身边一个尿素袋，拎起来就叮叮当当发响。

中年人一上中巴车，就向丁小艺打听着桃花寺小学的情况。当他听到那个叫兔娃儿的女孩子，在丁小艺和程德寿的照顾下，过着和其他同学一样幸福的学习生活时，他哈哈哈地从胸腔里发出了兔子般兴奋的笑声。

这笑声没能减轻眼前这个女孩子的痛苦。但是她看向他的时候，眼里闪出了喜悦的光芒。她从他脸上看到了某种熟悉的感觉。女孩子已经没有心力再深追下去，中年人却点点头，表示明白了丁小艺的意思。

中年人很快发现，眼前女孩子讲话的声音越来越虚弱。她开始是正坐在位置上的，后来慢慢地斜了下去。后来干脆躺到后排无人的座位上，躺了下去。她额头上不断涌出豆大的汗珠，脸色青白得可怕。

中年人示意司机在邻近的村庄停车，找个赤脚医生看看。女孩子没有同意。

啊，怎么会有人懂呢？她现在是一朵轻盈的云，正要回家去。她已经在城里的诊所，把县城那个夜晚，用冰凉的仪器从两腿之间掏了出去。现在，它跟她无关了。现在，她是自己的。她觉得自己越来越轻，离天空越来越近。

后来，连她自己都奇怪，自己已经轻得没了重量，为什么那个背着她的中年人还累得气喘吁吁。

下了中巴车，她很快就走不动了。她在石拱桥上躺了下去。她听到了哗哗的水声。那些欢快的水正向山外奔去。而她，正逆流而上。中年人背起她的时候，她已经陷入了半昏迷之中。在她被棉花塞着的深处，血液疯狂地向着脉管外喷涌。血最后沿着裤管，一滴滴滴在中年人的身后，从石拱桥面上一直滴到了十二间……

兔娃儿看到了中年人。开始几秒有点不相信地看着他。突然，她扑了过去："爸爸！"她的热泪涌了出来，"爸爸，你是不是不要我了！"

"对不起，女儿，爸爸回来了！爸爸再也不离开你了！"

"爸爸，老师怎么了？"

中年人抬头看向床上的丁小艺。她仿佛睡着了一般，看上去是那么恬静安详。程德寿用手摸摸丁小艺的额头，又去探探丁小艺的鼻息，他突然迸出了天崩地裂的一声："小艺——"

"快，把它给爸爸。"

中年人指指兔娃儿胸前的"麻将牌"。

中年人拿着牌跑向了厨房，从碗橱中抓出一个碗，去竹笕下接了清水，把那块麻将牌大小的东西，放在碗里慢慢地磨着。

"爸，这是什么做的？"

兔娃儿惊奇地看着父亲，那块麻将牌大小的东西，在碗里磨了一阵后，慢慢地沁出了血一般的红色。

"青衣皇后的角！你爷爷当年给我喝的那碗，就是这角磨出的水！"